Tod im Theaterhaus

Michael Moritz, 1968 in Freiburg geboren und am Kaiserstuhl aufgewachsen, schreibt und produziert seit zwanzig Jahren Theaterstücke und Kurzfilme. Als Schauspieler war er an den großen deutschsprachigen Bühnen (Staatstheater Stuttgart, Schauspielhaus Zürich, Burgtheater Wien) engagiert, im Fernsehen gibt er meist den Bösewicht und den üblichen Verdächtigen (»Tatort«, »SOKO Köln«, »Die Sitte«, »Post Mortem«). Am Max Reinhardt Seminar und am Konservatorium der Stadt Wien unterrichtet er Schauspiel. Im Emons Verlag erschienen seine Kriminalromane »Tod in der Rheinaue«, »Roter Regen«, »Weinselig«, »Lost Place Vienna«, »Zürcher Verschwörung« und »Um die Wurst«.

Dieses Buch ist ein Roman. Handlungen und Personen sind frei erfunden. Ähnlichkeiten mit lebenden oder toten Personen sind rein zufällig. Außer bei Herrn Schretzmeier und dem Ensemble der »Zwölf Geschworenen«. Die gibt es wirklich.

MICHAEL MORITZ

Tod im Theaterhaus

KRIMINALROMAN

emons:

Bibliografische Information der Deutschen Nationalbibliothek
Die Deutsche Nationalbibliothek verzeichnet diese Publikation in der Deutschen Nationalbibliografie; detaillierte bibliografische Daten sind im Internet über http://dnb.d-nb.de abrufbar.

MIX
Papier aus verantwortungsvollen Quellen
FSC® C083411
FSC
www.fsc.org

Umschlagmotiv: Fotomontage: photocase.de / o-zero
und fotolia.com / Falko Seidel
Druck und Bindung: CPI – Clausen & Bosse, Leck
Printed in Germany 2013
Erstausgabe 2012
ISBN 978-3-95451-016-0
Originalausgabe

*»Menschen, die sich überall zu Hause fühlen,
wenn sie verreisen, verdienen auch sonst nicht viel Vertrauen.«*

George Bernard Shaw

Prolog

Bluhm wusste nicht, wer unter der Fechtmaske ihm gegenüber steckte. Er fing den Degen auf, den ihm sein unbekannter Gegner zuwarf. Bluhm ging davon aus, dass sie eine einstudierte Choreografie fechten würden, so wie er sie die Teilnehmer seines Kurses in den letzten Wochen gelehrt hatte. Aber sein Gegner bevorzugte eigene Kombinationen. Und nicht nur das. Er schlug nicht daneben, wie es beim Bühnenfechten üblich war, sondern zielte direkt auf Bluhms Kopf. Er wollte ihn treffen.

Bluhm reagierte schnell und parierte die Angriffe, so gut er konnte. Doch die Wucht und Entschlossenheit, mit der die Hiebe auf ihn niederprasselten, drängten ihn in die Ecke.

»Was soll der Scheiß?«, rief er und tauchte ab. Die Klinge surrte über ihn hinweg und schlitzte eine dicke Turnmatte, die in der Halle an der Wand lehnte.

Es war keine Bühnenwaffe, die auf ihn eindrosch. Der Degen war scharf.

Bluhm starrte auf die Maske seines aggressiven Gegners, als könne er so das Gesicht dahinter erkennen. Er löste sich aus der Ecke und versuchte sich in der Rückwärtsbewegung zu verteidigen. Wenn es ihm gelang, unverletzt bis in die Umkleidekabine zu kommen, konnte er fliehen.

Er übersah die niedrige Turnbank und stolperte. Der Degen glitt ihm aus der Hand. Der Maskierte holte zum Stoß aus. Bluhm versuchte sich mit den Händen zu schützen und schrie ein lang gezogenes: »Nein!«

Die Degenspitze schnitt ein Loch in sein verschwitztes Shirt und drang bis zu seinem Herzen.

EINS

»Noch irgendwelche Fragen?« Belledin sah auf die Zuhörer hinab, die seinem Vortrag interessiert gelauscht hatten. Eine junge Frau in der hinteren Reihe meldete sich. Belledin nickte ihr zu.

»Ist es denn notwendig, gleich mit tausend Polizisten ein verhältnismäßig kleines Gelände zu räumen? Zieht man da nicht zu viele Leute von anderen Posten ab, die dann dort fehlen?«

Belledin atmete tief durch. Er dachte, dass er diese Frage schon beantwortet hätte. Entweder hatte die junge Kollegin mit ihrem Handy gespielt, als er das Thema behandelt hatte, oder die Sprachbarriere zwischen Baden und Württemberg war eben doch so groß, dass Kommunikationslöcher vorprogrammiert waren.

»Wenn Sie mit einer Übermacht ein klares Zeichen setzen, kommt von den Chaoten gar keiner auf die Idee, Krawall zu machen. Dadurch haben Sie den möglichen Brandherd sofort unter Kontrolle und wieder ausreichend Ressourcen für anderweitige Aufgaben. Wenn Sie allerdings zögerlich und mit einem kleinen Trupp anrücken, wittern die Besetzer eine Chance und trauen sich was. Und wenn das andere mitkriegen, solidarisieren sie sich. Dann kann das Feuer sogar auf sonst passive Bürger überspringen, die darin eine Gelegenheit sehen, sich für einen Strafzettel wegen Falschparkens zu rächen.«

Einige im Auditorium nickten zustimmend. Belledin glaubte, nun genug erklärt zu haben. Sein Mund fühlte sich an wie ausgedörrt; so viel wie bei diesem Vortrag hatte er das gesamte letzte Jahr nicht geredet.

»So eingeschüchtert haben Sie die Rhinos dann aber doch nicht. Immerhin waren sie so mutig, anschließend Dienstfahrzeuge vor dem Regierungspräsidium anzuzünden«, sagte die Frau, die sich in Hochdeutsch mühte, deren Sprachmelodie aber untrüglich die schwäbische Note trug, so wie Belledin den Slang Südbadens nicht leugnen konnte.

»Erstens ist nicht erwiesen, dass es die Rhinos waren, zweitens sind zwei Autos gar nichts gegen unzählige Verletzungen unschuldiger Bürger.« Belledin kam noch mal in Fahrt. »Und drittens haben wir damit im Vorfeld verhindert, dass Fotos wie die des halb blinden Opfers während der Stuttgart21-Demo in allen Boulevardzeitungen für Auflage sorgen.«

Ein Raunen schwappte durch den Saal. Einige applaudierten. Für Belledin war der Vortrag damit beendet.

»Wie gehen Sie aber mit der Situation weiterhin um? Das Thema ist ja noch nicht vom Tisch. Denken Sie daran, einen Mediator einzusetzen?«

Die junge Frau begann zu nerven.

»Ich halte nicht viel von Mediatoren«, sagte Belledin und stieg vom Podium. Den warmen Beifall, der ihn begleitete, nahm er nicht mehr wahr. Er war wütend. Was tat er hier überhaupt? Er hatte von Anfang an nicht hierher wollen. Nach Stuttgart. Ins Regierungspräsidium. Aber sie hatten ihn gedrängt. Der Anfrage aus der Landeshauptstadt müsse man nachkommen, hatte Ammer gesagt. Ammer war Chef der Freiburger Kripo und Belledins direkter Vorgesetzter. Nach der Erfahrung von Stuttgart21 wollte man einen Austausch mit den badischen Kollegen. Und Belledin galt nicht nur seit der erfolgreichen Räumung des Vauban-Geländes in Freiburg als Deeskalationsspezialist. Ammer sagte, dass es gut wäre, mit den Schwaben zu kooperieren. Und Belledin tat ihm den Gefallen. Er hatte sich kurz gefasst, alles gesagt, was gesagt werden musste. Die Pflicht getan. Aber jetzt musste dieses schwäbische Frauenzimmer ihm noch Extrafragen stellen. Schon in der Schule hatte es ihn genervt, wenn die Lehrer Dinge gefragt hatten, die offensichtlich waren. Und er hatte schlechte Noten bekommen, nicht, weil er die Antworten nicht wusste, sondern weil es ihm albern erschien, das Offensichtliche wiederzukäuen, bis es auch der letzte Hinterbänkler begriffen hatte.

Er nahm Hut und Mantel von der Garderobe, wickelte sich den schwarzen Schal um den Hals, den ihm Biggi für diesen Herbst gestrickt hatte, und wollte den Saal verlassen.

Doch Böhnisch, der Leiter der Stuttgarter Kripo, kam auf ihn zu. »Vielen Dank, Herr Belledin. Das war sehr aufschlussreich. Ich hoffe, unsere Kollegen können von Ihrem Vortrag lernen.«

»Koleg*innen*«, verbesserte die Frau mit den tausend Fragen ihren Chef. Belledin verdrehte die Augen. Er hätte darauf wetten können, dass sie auch Beifahrerinnensitz sagte.

»Kolleg*innen*, natürlich«, verbesserte sich Böhnisch. »Darf ich vorstellen –«

Das Klingeln eines Handys unterbrach ihn. Es war das Handy der Kollegin.

»Ja? … Alles klar. Ich bin gleich da.« Sie steckte das Handy ein und sah zu Böhnisch. »Ein Toter im Theaterhaus. Ich muss los.«

Ohne sich von Belledin zu verabschieden, verschwand sie aus dem Saal. Belledin war froh, dass sie weg war. Er hatte keine große Lust, sie näher kennenzulernen. Dazu war sie ihm zu flachbrüstig. Er grinste bei dem Gedanken in sich hinein und dachte an Biggis Rundungen. Gerne würde er sie jetzt packen. Einfach nur anfassen. Das würde ihm genügen. Dann wüsste er, dass er zu Hause war und nicht in Stuttgart.

Er sah auf seine Armbanduhr. Wenn er Gas gab, war er in zweieinhalb Stunden in Merdingen. Da ging sich noch eine Nummer aus. Es müsste ja nicht lange sein, nur ein kurzes Hallo zur Begrüßung, dann könnte jeder wieder seiner Arbeit nachgehen. Biggi könnte aufräumen und er sich noch einen John-Ford-Western angucken. Anschließend würden sie im Bett liegen, und er würde noch ein paar fiese Witze über die Schwaben reißen. Biggi würde lachen, und wenn sie lachte, wäre vielleicht sogar noch eine zweite Runde drin.

»Vielen Dank für die Einladung. Ich hoffe, die Kollegen, Entschuldigung, Kolleg*innen* konnten damit etwas anfangen.« Belledin empfing den erwarteten kleinen Lacher von Böhnisch und streckte mit süffisantem Lächeln seine Pranke aus. »Wiedersehen.«

Böhnisch schlug ein und hielt dagegen. »Nehmen Sie es ihr nicht krumm. Anna Kälble ist eine gute Polizistin. Noch nicht lange in der Praxis. Kommt direkt von der Schulbank, hat aber sehr gute Zeugnisse. Und gewiss eine erfolgversprechende Zukunft vor sich.«

»Gewiss.« Mehr sagte Belledin nicht. Er wollte nach Hause.

***

Anna bretterte mit ihrem Polizei-Lautsprecherwagen über die Heilbronner Straße Richtung Pragsattel. Sie hatte den VW-Bus mit Hilfe der Polizeimechaniker eigenhändig restauriert. Der grüne Lack glänzte wie neu; die beiden Blaulichter flackerten. Siebzig PS, hundertsiebenundzwanzig Kilometer pro Stunde Spitze. Für eine Verfolgungsjagd reichte das kaum, für die ASU nur mit Sonderstempel: Oldtimer, Baujahr 1978. Fünf Jahre älter als sie selbst.

Sie setzte den Blinker und bog von der Siemensstraße auf das Gelände des Theaterhauses. Vor dem Rolltor der Sporthalle bevölkerten Rettungsdienst und die Kollegen mit den neueren Wagenmodellen in Blau den Tatort. Auch schaulustige Theaterbesucher drängten sich, um etwas vom Reality-Spektakel zu erheischen. Die Kollegen hielten sie nur mit Mühe hinter der Absperrung.

Anna tauchte unter einem rot-weißen Band hindurch und zeigte den Kollegen ihren Dienstausweis. Nicht alle konnten sie kennen. Sie war erst seit einem halben Jahr bei der Kripo. Schirmer hatte sie direkt von der Polizeischule zu sich geholt, und das war ihr erster Mordfall. Anna dachte an den badischen Kommissar. Wie selbstgefällig dieser Macho über das Thema der Geländeräumung referiert hatte. Der glaubte wohl, er wäre Sheriff in irgendeinem Kaff der Südstaaten. Allein wie er sich am Ende seinen Stetson aufgesetzt hatte; als wäre es ein Cowboyhut. Wenn er wenigstens Stiefel aus Schlangenhaut getragen hätte. Aber dazu war er dann doch zu spießig.

Anna wusste, dass man über ihren Spleen mit dem VW-Bus lachte, aber sie stand dazu. Sie mochte die Siebziger, vor allem die Krimiserien aus jener Zeit. Die Kommissare waren harte Hunde, hatten aber trotzdem eine soziale Ader. In den Folgen von damals ging es nicht um die Beziehungskisten der Kommissare, sondern um die Fälle und deren gesellschaftliche Einbettung. Das mochte Anna, so verstand auch sie ihren Beruf. Kein Wunder, dass sie Probleme in ihrer privaten Beziehung hatte. Und wenn schon. Ihr Job war wichtiger. Sie wollte zeigen, dass sie es konnte, gerade als Frau. Und sie wusste, dass sie mit ihrem Emanzengehabe nerven konnte. Aber sie nervte gern. Das war Teil ihres Jobs. Zu nerven, bis die Täter aufgaben.

»Wo ist der Tote?«, fragte sie den Beamten, der sie zum Tatort brachte.

»Liegt noch dort, wo man ihn abgestochen hat. Vor der dicken Turnmatte, neben der Sprossenwand. Wird gerade geknipst fürs Fotoalbum.«

»Wer hat ihn gefunden?«

»Der Hausmeister, er sitzt dort hinten auf der Bank. Er wollte die Halle abschließen. Pawel Lewandowski, ursprünglich aus Polen, eigentlich Ingenieur für Maschinenbau. Schon verrückt, was manche sind und was sie dann tatsächlich tun.«

»Wie heißen Sie?«, fragte Anna.

»Gentner. Wolfgang Gentner. Dienststelle Feuerbach.«

»Ich bin Anna Kälble, die neue Kollegin von Schirmer.«

»Die Frau mit dem Lautsprecherwagen. Schon gehört.«

»So?«

»Aber ich glaube, dass Sie auch die leisen Töne beherrschen.« Gentner lächelte. »Würde Ihnen jedenfalls einiges erleichtern.«

Anna zog die rechte Braue hoch. Eine Angewohnheit, die sie nicht im Griff hatte. Sie wusste, dass es arrogant wirkte, aber wenn sie es registrierte, war es meist schon zu spät.

»Wo ist Schirmer? Der müsste doch schon da sein.«

Gentner zuckte mit den Schultern und wandte sich ab, um zwei Kollegen zu helfen, die sich mit Pressefotografen balgten.

Anna wählte Schirmer an. Es meldete sich nur die Mailbox. Seltsam. Schirmer hatte in Bereitschaft zu sein. Sie sah zu Lewandowski hinüber. Er konnte warten. Erst wollte sie den Toten sehen. Sie durchquerte die Halle und atmete tief durch, als sie vor der Leiche stand. Der große Blutfleck auf seinem T-Shirt und der krampfhaft umklammerte Degen in seiner Hand wirkten unecht. Theatralisch. Gleich würde er aufstehen und sich verbeugen. Aber er stand nicht auf. Dafür erhob sich ein Mann mit dünnem blondem Haar, der neben dem Toten gekniet hatte.

»Sind Sie Frau Kälble?«

Anna nickte.

»Willkommen im Club. Hab schon von Ihnen gehört. Schirmer schwärmt verdächtig. Hüten Sie sich vor ihm. Wenn Sie nicht aufpassen, quetscht er Sie aus wie eine Zitrone. Der Kerl kennt nur Arbeit. Bis zum Umfallen. Und das erwartet er von seinen Lieblingen auch.«

»Und wer sind Sie?«

»Dr. Steiner, der mit den Toten spricht.«

»Und was erzählt er Ihnen?«

»Nicht viel. Recht schweigsamer Kerl. Bisher kann ich nur sagen, dass ihm ein scharfer, spitzer Gegenstand das Herz durchbohrt hat und der Tod sofort eingetreten ist. Ich tippe auf einen Degen wie den, den er in der Hand hält.«

»Wo ist die Waffe? Oder hat er sich selbst mit der eigenen erstochen?«

»Unwahrscheinlich. Erstens ist kein Blut dran, zweitens ist sie stumpf.«

»Die Frage war rhetorisch.«

»Ich weiß.«

»Haben wir die Waffe oder nicht?«

»Nein.«

»Was erzählt Ihnen der Tote noch?«

»Gesprächig werden sie in der Regel erst bei mir zu Hause, wenn wir unter vier Augen sind.«

»Dann wünsche ich noch einen unterhaltsamen Abend.«

»Werde ich haben. Wenn Sie wollen, können Sie gerne noch in der Pathologie vorbeikommen. Aber vermutlich wird sich das Schirmer nicht nehmen lassen.«

»Ist dieser Tote so vielversprechend?«

»Nein, aber mein Wein.«

Anna wusste, dass Schirmer gerne trank. Auch sie hatte schon einiges mit ihm bechern müssen. Das gehörte zu seiner Lebensphilosophie. Sie ließ Steiner arbeiten und ging zu Lewandowski, der noch immer auf der Turnbank hockte.

»Guten Abend, Herr Lewandowski. Ich bin Anna Kälble von der Kriminalpolizei Stuttgart.«

Lewandowski erhob sich von der Turnbank und reichte Anna die Hand.

»Können Sie mir noch mal sagen, was Sie dem Kollegen bereits erzählt haben?«

»Ich wollte die Halle um neun Uhr zumachen. Da habe ich ihn gefunden. Das ist alles.«

»Kannten Sie ihn?«

»Vom Sehen. Er veranstaltet hier öfters Trainings.«

»Was für Trainings? Fechten?«

»Ja, so in der Art. Von oben kann man ganz gut in die Halle gucken. Da habe ich manchmal zugeschaut. Sie fechten nicht wirklich, tun nur so. Wie im Theater. Ich habe nicht verstanden, was die da wirklich machen.«

»Und wer macht das? Woher kommen die Teilnehmer?«

»Irgendwelche Firmen, die Coachings für Führungskräfte brauchen. Wir vermieten die Halle. Das sind Einnahmen fürs Theaterhaus.«

»Verstehe. Haben Sie noch jemanden gesehen hier unten? Vielleicht in den Garderoben?«

»Nein. Da war alles leer. Ich hab mich nur gewundert, dass noch eine Sporttasche in der Umkleide stand. Das waren dann wohl seine Sachen.«

»Kann ich die sehen?«

Lewandowski nickte und ging voran. Anna folgte ihm in die Umkleide. Dort pinselten bereits zwei Spurensicherer nach Fingerabdrücken. Anna nickte ihnen zu.

»Ist Schirmer nicht da?«, fragte einer der Männer, der sichtlich schlecht gelaunt war.

»Nein. Er ist nicht erreichbar. Hab es schon versucht.«

»Scheiße. Das hat uns grade noch gefehlt. Nichts gegen Sie, junge Frau, aber um den Fall sollte sich doch besser ein Profi kümmern.«

Anna nahm es mit einem gespielten Lächeln und fragte entschlossen: »Haben Sie irgendetwas gefunden?«

Der Schlechtgelaunte sah sie finster an. »Wir sind hier nicht im Fernsehen, wo Sie alle Antworten schon bekommen, ehe Sie zu arbeiten begonnen haben. Hier wimmelt es von Fingerabdrücken, Schamhaaren und Fußpilzen. Das ist ein ganzes Universum an Spuren.«

Anna biss sich auf die Lippen und nickte. Eine Kollegin, ebenfalls in weißem Schutzanzug, kam auf sie zu. »Nehmen Sie es dem Schmötzer nicht krumm, er ist so. Sie sollten ihn erst mal sehen, wenn er schlecht gelaunt ist. Sie sind die Neue? Ich bin Beate Meier. Einfach Bea.« Sie streckte Anna ihren Plastikhandschuh entgegen. Anna schlug ein. Das Plastik knisterte.

***

Böhnisch war auf hundertachtzig. »Was soll das heißen, Schirmer ist nicht am Tatort? Wo ist er dann? War schon jemand bei ihm in der Wohnung? Dann schicken Sie jemanden hin. Sofort!«

Er ahnte Schlimmes. Es war nicht das erste Mal, dass Schirmer abgetaucht war. Vor anderthalb Jahren war er eine ganze Woche lang wie vom Erdboden verschluckt gewesen. Böhnisch hatte es ihm nicht übel genommen. Er wusste, was Schirmer zu verdauen hatte. Der Tod eines Kollegen nagte an ihm. Das steckte keiner so einfach weg. Vor allem dann nicht, wenn man sich schuldig fühlte. Aber Schirmer war nicht schuldig, die Ermittlungen hatten das eindeutig bestätigt. Nur Schirmer selbst pfiff auf das Ermittlungsergebnis. Sein Gewissen biss weiter und nagte am Gemüt, bis nichts mehr davon übrig war. Den Rest erledigten Tabletten und Alkohol.

Das Telefon läutete. Böhnisch wartete kein zweites Klingeln ab. »Ja? … Rütteln Sie ihn wach. Wir brauchen ihn … Was? … Nein, nein, schon in Ordnung. Sie haben richtig gehandelt. Wiederhören.«

Böhnisch legte auf und stierte auf das chinesische Service. Zartes Porzellan. Eine Polizistenseele war nicht weniger zerbrechlich. Dann sah er zu seiner Frau Elvira auf.

»Schirmer ist in der Notaufnahme. Ein Mix aus Alkohol und Tabletten«, sagte er schließlich. »Den können wir vergessen. Ausgerechnet jetzt. Wenn ich die Kälble allein auf den Mord im Theaterhaus ansetze, ist sie die Nächste, die zusammenklappt. Das steht die nicht durch. Nicht in den Zeiten, wo die Presse auf jeden Ausrutscher von uns wartet.«

»Zucker oder Honig?«, fragte Elvira.

»Ich muss Hilfe anfordern. Aber woher? Wir sind schon unterbesetzt. Und die Angelegenheit muss schnell vom Tisch.«

Elvira drehte den Löffel im Honig und tauchte ihn dann gut gefüllt in Böhnischs Tasse ein. Sie rührte für ihn um.

»Oliver will nach Freiburg. Er will dort studieren«, sagte sie.

»Wieso Freiburg? Das kostet nur Geld. Wenn er hier studiert, ist es billiger. Außerdem habe ich ihn dann im Blick.«

»Vielleicht will er gerade deswegen weg.« Elvira leckte den Resthonig vom Löffel und behielt ihn erwartungsvoll im Mund.

Böhnisch sah sie konzentriert an. »Freiburg, das ist eine gute Idee. Eine sehr gute Idee.« Er zog sein Handy wieder heraus und scrollte die letzten Anrufe ab, die er getätigt hatte. Er fand die gesuchte Nummer und wählte sie.

***

Belledin fegte auf der Überholspur alles weg, was es wagte, vor ihm zu schleichen. Der linke Mittelfinger zuckte im Dauereinsatz. Blinker und Lichthupe. Immerhin hatte er darauf verzichtet, sein Blaulicht aufs Dach zu setzen. Er wollte nach Hause. Zu Biggi. Die Ausfahrt nach Pforzheim zog an ihm vorüber. Jetzt wurde der Verkehr allmählich zäh. Eine Baustelle verengte die Fahrbahnen der A 8 und zwang das Tempo auf achtzig Stundenkilometer.

Mürrisch trat Belledin auf die Bremse. Ihm kam der Temposchwund vor, als würde er rückwärts fahren. Sein Handy brummte. Er sah auf das Display: Böhnisch. Belledin hatte die Nummer schon beim ersten Telefonat abgespeichert. Solche Dinge erledigte er sofort. Er wollte immer wissen, wer ihn nervte. Er überlegte kurz, dann entschied er sich, den Anruf entgegenzunehmen. Vermutlich wollte Böhnisch ihm noch ein paar Komplimente zuflöten. Die hörte er sich gerne an.

»Belledin.« Am Ende seines Namens zog er die Silbe fragend nach oben und wartete, bis der Anrufer bestätigte.

Böhnisch tat aber alles andere, als Belledin bloß zu bestätigen. Zwar prasselte es nur so von Komplimenten, aber es ging dabei nicht nur um Belledins Vortrag, sondern auch um seine bisherigen Meriten, die bis ins Ländle gedrungen seien. Und wie selten es solche Kaliber wie Belledin heutzutage noch gäbe. Alte Schule und so weiter. Belledin drehte den Rückspiegel so, dass er sich darin sehen konnte. Er wollte sich überzeugen, ob Böhnisch tatsächlich den Mann mit dem runden Gesicht, der Halbglatze und dem dicken Schnäuzer meinte. Belledins Spiegelbild grinste wie ein Mondkalb im Abendrot. Mehr davon, dachte er, aber er sagte: »Genug. Genug. Sie machen mich ja ganz verlegen.«

Die kurze Pause in der Leitung ließ Belledin skeptisch werden. Er dachte darüber nach, wann er jemandem einen solch üppigen Strauß mit Blumen reichte. Und er kam gleich auf Biggi. Wenn er Biggi sagte, wie toll sie war, wollte er Sex. Was wollte Böhnisch?

»Hallo? Böhnisch? Sind Sie noch dran?« Ein Funkloch. Rauschen in der Freisprechanlage. Der Kontakt brach ab. Böhnisch würde es gleich wieder versuchen. Sonst wäre der Honig, den er ihm um den Bart geschmiert hatte, für die Katz.

Das Handy brummte. Wie erwartet wieder Böhnisch. Belledin zögerte. Warum sollte er nicht so tun, als ob das Funkloch länger anhielte? Oder sein Akku leer sei? Nein, das wäre unprofessionell. Nach allem, was er gerade über sich gehört hatte, war er unmöglich der Typ, dessen Handyakku plötzlich den Geist aufgab. Er ging dran.

»Ja?« Mehr sagte er vorerst nicht mehr. Denn nun kam das, was unter dem Balzteppich lag. Böhnisch sagte: »Zieh dich aus und dreh dich um.« Wenigstens kam es Belledin so vor. Denn was Böhnisch für all den Schmalz, den er von sich gegeben hatte, nun verlangte, war nichts Minderes.

»Das muss ich erst mit meinen Chefs absprechen.« Ein netter Versuch, den Böhnisch sofort niederschlug. Er habe bereits mit Freiburg gesprochen, für Ammer sei das machbar: Die Kollegen könnten den Laden auch eine Weile allein schmeißen. Es stünde nichts Großes an. Er habe volles Verständnis. In solchen Notlagen müsse man sich aushelfen. Und schließlich sei Belledin ein Mann, der keine Ewigkeit an einem Fall kaue. Gerade deswegen wollte man unbedingt ihn für die Sache.

»Ich fahr g'schwind heim und hol ä paar Sache.« Belledin war ins Badische gerutscht. Er brauchte etwas, woran er sich festhalten konnte. Aber Böhnisch bat ihn, sofort umzukehren, damit er noch heute am Tatort sein konnte.

»Ja, klar. Isch au besser so. Ich nehm die negschte Ausfahrt und kehr um. Wo isches genau? Ich kenn mich in Stuttgart nämlich nit so gut aus … Siemensstraße 11, gut.«

Böhnisch hatte aufgelegt. Er wollte wohl nicht warten, bis Belledin es sich doch noch anders überlegte.

»Schissdreck! Hureseich, verdammter!«, schrie er in den Rückspiegel und drehte ihn dann so, dass er seinen rot angelaufenen Kopf nicht mehr sehen musste. Dafür blinkte jetzt eine Lichthupe hinter ihm, da er nun selbst auf der linken Fahrbahn trödelte. Die Baustelle war längst vorbei, er aber fuhr noch immer achtzig.

Belledin setzte das Blaulicht aufs Dach. Die Lichthupe des Dränglers erstarb umgehend. Er gab Gas und fegte auf die nächste Ausfahrt zu.

***

»Sie glauben doch nicht etwa, dass ich die Leute aus den Vorstellungen hole? Die haben bezahlt dafür. Was mache ich, wenn die dann ihr Geld wieder zurückhaben wollen?« Der Mann mit der hohen Stirn und dem langen weißen Haar schüttelte fassungslos den Kopf. »Gute Frau, des isch ausg'schlosse«, setzte er hinterher.

Anna sah sich den Chef des Ladens genau an. Ganz in Schwarz gekleidet. Biker Boots, enge Jeans, ein schwarzes Hemd und eine Motorradlederjacke, die noch aus der Zeit stammte, in der Annas VW-Bus als Neuwagen galt.

»Herr Schretzmeier, hier wurde ein Mann ermordet.«

»In meinem Stück auch. Gucken Sie sich ruhig mal die ›Zwölf Geschworenen‹ an, da können Sie noch was lernen.« Er hob beschwörend seine rechte Hand. Anna bemerkte, dass ihm zwei Finger fehlten. »Wir haben heute zweitausend Leute hier. Die können Sie gar nicht alle vernehmen. Fangen Sie doch einfach mit denen an, die bereits hier rumstehen. Bis Sie mit denen fertig sind, reiß ich schon wieder Karten ab.« Er sah auf die große Uhr, die im Foyer an der Wand hing, und hatte es eilig. »Ich muss die Ansage machen. Ich hab heut nämlich Abenddienst.«

Schretzmeier ließ Anna stehen und eilte die Stufen des Foyers hinab, um in dem verglasten Kassenhäuschen zu verschwinden. Dort griff er nach einem Mikrofon, um das ein Taschentuch gewickelt war. Er erinnerte Anna an einen Schausteller, der für die nächste Runde im Autoscooter warb. Wenn man Glück hatte, konnte man bei ihm bestimmt auch einen riesengroßen Teddybären gewinnen.

»Liebe Besucher des Theaterhauses, werte Gäschte, in T4 beginnt in wenigen Minuten ›Fußball ist unser Leben‹. Bitte nehmen Sie Ihre Plätze ein.« Eine Rückkopplung durchschnitt das Foyer. Anna sah, wie Schretzmeier verärgert mit einem Angestellten gestikulierte, und ließ dann ihren Blick durchs Foyer schweifen. Schretzmeier hatte recht. Es war unmöglich, alle Leute zu vernehmen. Wie sollte sie auch die neuen Theatergäste von denen unterscheiden, die gerade aus einem Stück gekommen waren? Es war ein Kommen und Gehen. Sie hoffte auf die Spurensicherer und darauf, dass Schirmer endlich antanzte. Entschlossen ging sie auf das Kassenhäuschen zu und fing Schretzmeier ab, der seine Ansage beendet hatte.

»Können Sie mir die Teilnehmerliste des Kurses geben, der in Ihrer Turnhalle veranstaltet wurde?«

»Damit hab ich nichts zu tun. Ich vermiete die Halle nur. Den Rescht mache die Veranstalter.«

»Und wer ist der Veranstalter?«

Er plusterte die Backen auf. »Des weiß ich jetzt nicht aus dem Ärmel. Ich muss zum Einlass. Komme Sie morgen früh im Büro vorbei. Ja?« Er ließ sie stehen. Sie sah ihm nach und merkte, wie ihr die Knie zitterten. Lag es daran, dass sie seit heute Morgen nichts mehr gegessen hatte, oder musste sie sich eingestehen, dass sie sich überfordert fühlte? Sie war noch nicht bereit, einen solchen Fall federführend zu leiten. Wieso konnte es nicht ein Rentner sein, der in seiner Wohnung erschlagen worden war? Warum musste ihre erste Leiche ausgerechnet auf so einem Rummelplatz liegen? Sie fingerte nach einer Zigarette, verließ das Gebäude und rauchte in einem Pulk von Gästen, die sich ebenfalls auf eine Zigarette vor dem Eingang eingefunden hatten.

Unter den Rauchern entdeckte sie Gentner und ging auf ihn zu. »Haben Sie die Personalien?«, fragte sie ihn und war froh, sich über das kleine Einmaleins weiterhangeln zu können.

»Hans Bluhm, fünfundvierzig Jahre, Coach für Persönlichkeitsentwicklung und Kommunikation, NLP-Trainer. Geschieden, zwei halbwüchsige Kinder. Leben beide bei der Exfrau in Bremen.«

»War Bluhm also kein Stuttgarter?«

»Erster Wohnsitz in Hamburg. Sonst viel unterwegs. Hier war er im Hotel Landgraf in Feuerbach untergebracht.«

»Ständig? Das kostet doch.«

»Zahlt vielleicht der Arbeitgeber.«

»Und wer ist das?«

»Führe ich die Ermittlungen?«, fragte Gentner und blickte Anna dabei prüfend an.

»Danke.« Anna drückte ihre Zigarette in dem hüfthohen Metallaschenbecher aus und ließ Gentner rauchend zurück.

»Wenn Sie wollen, sage ich Ihnen in fünf Minuten auch, wer der Täter ist«, rief er hinterher und erntete von den Umstehenden einen Lacher.

Das Gelächter setzte sich in Annas Nacken fest. Er hatte ja recht. Es war ihr Job – und der von Schirmer. Und während Schirmer noch immer nicht hier war, stand sie gelähmt zwischen den Leuten und fragte einen Kollegen nach Dingen, die sie selbst zu ermitteln hatte.

Die Spurensicherer waren noch in der Umkleide zugange.

»Macht ihr die Halle auch?«, fragte Anna und erntete einen missmutigen Blick von Schmötzer.

»Klar, vor allem die Ecke, in der gefochten wurde. Die haben dort einiges an Schweiß verloren. Das bringt uns bestimmt weiter«, sagte Bea. Anna war froh über das Lächeln, das sie ihr schickte.

»Sollen wir nicht warten, bis Schirmer kommt, ehe wir unnötig Pferde bewegen?« Der brummige Bär konnte es nicht lassen. Bea drehte sich zu dem Kollegen um.

»Schmötzer, wenn du keinen Bock hast, dann geh endlich in Pension. Ein Job, der keinen Spaß macht, verkürzt das Leben.«

Schmötzer verdrehte die Augen und pinselte weiter nach Fingerabdrücken. Bea sah Anna an und zuckte mit den Schultern.

»Komm mal mit, ich zeig dir was.« Sie führte Anna zu dem Spind, in dem Bluhm seine Sachen deponiert hatte, und griff in den Fechtsack, der auf dem Boden stand. »Hier, mit diesen Degen wurde normalerweise gefochten. Sportwaffen. Die Spitze ist abgerundet, die Schneiden sind stumpf.«

Sie zeigte Anna einen der Degen, dann legte sie ihn wieder zurück.

»Damit kommst du niemals durch die Kleidung, geschweige denn durch den Brustkorb bis ins Herz. Der Täter muss mit einer scharfen Waffe gefochten haben.«

»Jemand hat also die Waffen ausgetauscht? Und der Täter wusste gar nicht, dass er eine scharfe Waffe in Händen hielt? Ein Unfall?«

»Kann sein. Oder der Täter hat den ganzen Abend den Kurs schon mit der scharfen Klinge gefochten und den richtigen Zeitpunkt abgewartet, um damit zuzuschlagen«, sagte Bea. »Wenn ich die Tatwaffe hätte, könnte ich mehr sagen. Je mehr Kerben die Klinge aufweist, umso länger wurde damit gefochten.«

»Ich muss mit den Kursteilnehmern sprechen. Die können sich doch nicht alle in Luft aufgelöst haben.«

»Gibt es keine Liste?«

»Komme ich jetzt nicht dran.«

»Warum nicht?«

»Der Theaterchef muss gerade Karten abreißen.«

»Und das lässt du dir gefallen?« Bea kam näher an Anna heran. »Ich rate dir eins. Stell dich auf die Hinterbeine, sonst hast du keine Chance. Guck dir Schmötzer an. Was glaubst du, wie der am Anfang mit mir umspringen wollte. Den Zahn habe ich ihm aber sofort gezogen.«

»Danke.«

»Nichts zu danken.« Bea drehte sich zu Schmötzer. »Wie sieht es aus? Können wir in die Halle?«

Annas Handy klingelte. Es war Böhnisch. Sie schluckte, dann ging sie dran. »Ja? … Was? … Ach du meine Güte … Und was mach ich jetzt? … Was? Aber warum? … Haben wir keine eigenen Leute? … Das schaffen wir doch auch so … Hallo? Hallo!«

***

Belledin atmete erschöpft aus. Es fiel ihm kein Fluch mehr ein. Die gesamte Rückfahrt hatte er geschimpft wie ein Rohrspatz. Hatte sich gefragt, was er verbrochen hatte, dass man ihm so etwas antat. War der Vortrag nicht Strafe genug gewesen? Was hatte Ammer gegen ihn? Fürchtete er etwa, Belledin wäre heiß auf seinen Sessel, und wollte ihn deshalb in Stuttgart kaltstellen? Da konnte er beruhigt sein. Belledin liebte seinen Job genau so, wie er war. Er hatte kein Bedürfnis, noch weiter nach oben zu klettern. Er war dort angekommen, wo sich Fähigkeit mit Position verbrüderte. Eine Stufe höher, und er befand sich auf dem Parkett der Diplomatie und der geschmeidigen Hinterzimmerpolitik. Nichts für ihn. Er würde schlittern und dabei Porzellan zerschlagen, bis keine Vase mehr heil war.

Nein, Ammer konnte sich Belledins Loyalität sicher sein. Er musste ihn nicht so demütigen. Wenn er ihm zeigen wollte, wer der Chef im Haus war, sollte er ihn eben wieder Streife fahren lassen. Irgendwo zwischen Bickensohl und Amoltern. Aber doch um Himmels willen nicht nach Stuttgart schicken, um dort mit den Schwaben zusammen einen Mord aufzuklären! Sollten die sich doch gegenseitig umbringen. Ein paar Schwaben weniger, das würde die Welt schon verschmerzen.

Er hupte und brüllte: »Mach Platz, Spätzlefresser!« Dann atmete er noch einmal tief durch und sah aus dem Fenster. Es gab nichts zu sehen. Er stand im Tunnel nach Feuerbach. Wusste der Teufel, warum es hier nicht weiterging. Er würde sein Auto in den Tagen, die er hier war, stehen lassen und öffentlich fahren. Ansonsten hätte er pro Tag entweder drei Schlägereien oder seinen Audi zerbeult. Stuttgart war nicht New York, aber von der Freiheit Kaiserstühler Landstraßen doch weit entfernt.

Er tat nun das, wovor er sich bislang erfolgreich gedrückt hatte. Er rief Biggi an. Sie würde traurig sein, zetern, sich Sorgen machen. Auch sie kannte Stuttgart nur aus Erzählungen, und in Merdingen erzählte man sich nichts Gutes.

»Hallo, Schatz, ich bin's. Du, ich komm heut nit heim … Die brauche mich hier länger. Ich soll helfe bei 'nem Mordfall.« Belledin lauschte. Am anderen Ende herrschte Stille. »Biggi? Bisch noch dran?« Er sah auf sein Handy. Es zeigte Empfang an. »Hallo? … Ah, jetzt, ich hab scho denkt, dich hätt de Blitz erschlage … Häsch verstande, was ich g'sagt hab? … Gut … Des heißt, ich bleib die Woch über in Stuttgart und komm erscht am Wocheend heim. Es sei denn, mir hän de Täter früher.«

Wieder kein Ton von Biggi.

»Biggi? Sag doch was.«

Endlich redete sie. Aber nicht mit ihm. Sie fragte sich vielmehr selbst, wer ihm denn kochen, die Wäsche machen und putzen würde. Und überhaupt. Wo würde er schlafen? Sie würde ihm ein Päckchen schicken. Auf jeden Fall. Mehr konnte sie erst einmal nicht tun. Sie schien zufrieden mit ihrer Lösung.

Der Stau lockerte sich, der Verkehr floss. Belledin tauchte aus dem Tunnel auf.

»Mir höre uns später.« Er beendete das Gespräch und suchte im Wald der Verkehrsschilder den Wegweiser zum Theaterhaus. Er fand ihn – aber zu spät. Er befand sich auf der falschen Fahrspur. Er blinkte, um sich noch einzuordnen, aber die anderen Autofahrer nutzten die Grünphase und ließen ihn mit seinem flehenden Blinken verhungern. Dafür hupten die anderen, die geradeaus wollten und an Belledin nicht vorbeikamen. Belledin wütete nicht, kein Mucks entglitt seinem sonst so hitzigen Mundwerk. Er atmete tief in seinen Bauch, von dem er viel hatte, und sagte dann leise, aber für die Ewigkeit in Stein gemeißelt: »Ich loss au keine meh nie.«

Dann zog er nach dem letzten Auto rüber und wartete stoisch vor der roten Ampel. Er war angekommen. Nun war er im badischen Zen. Nichts würde ihn mehr aus der Ruhe bringen. Er würde hier seinen Job mit einer Professionalität abziehen, dass man noch Jahre später davon erzählen würde. Die Ampel sprang auf Grün. Er fuhr an und bog auf das Gelände des Theaterhauses.

***

Anna hatte einen Rundgang durch das Theaterhaus gemacht. Es war größer, als sie dachte. Vier bespielbare Säle, die Sporthalle, ein Glashaus und das riesige Foyer. Dann die Werkstätten und Technikräume, im anderen Trakt die Büros. Ein Labyrinth. Und zu allem Übel überall Feuertüren, die ohne Schlüssel nur in eine Richtung zu öffnen waren. Hier konnte man leicht irgendwo stecken bleiben. Für einen Moment hatte Anna gehofft, dass es dem Täter so ergangen war und sie ihn in irgendeinem Teil verzweifelt auffinden würde. Aber ihr waren nur Bühnenarbeiter begegnet, die Kulissen schoben, und Schauspieler, die auf ihren Auftritt warteten. Einen Comedian glaubte sie aus dem Fernsehen zu kennen. Sein Name fiel ihr nicht ein. Sie hatte andere Rätsel zu lösen.

Sogar eine Wohnung für Gäste gab es. »Jetzt haben Sie bis auf den Heizungskeller alles gesehen.«

»Danke. Gibt es einen Plan, den sie mir kopieren können?«

»Klar. Kann ich gleich machen.«

Lewandowski stieg die knirschende Holztreppe in die Etage hinunter, auf der sich sein Büro befand. Er kramte in einem Ordner und zog einen Grundrissplan des Gebäudes hervor. »Der Kopierer steht ein Stockwerk tiefer, beim Chef.«

Schretzmeier selbst stand vor dem Kopierer und zog einige Kopien durch. Er ließ es ruhig angehen. Aus seinem Büro klangen Trötentöne. Anna sah hinein und entdeckte einen Fernseher, der ein Fußballspiel übertrug.

Schretzmeier blickte auf. »Zwei zu eins für Fürth. Fürth führt.« Er brummte zerknirscht über sein Wortspiel. Anna sah die Wiederholung. Ein schönes Tor.

»Und? Erfolgreich?«, fragte er, während er seine Kopien zusammenschob.

»Eine Mordaufklärung dauert länger als ein Theaterstück oder ein Fußballspiel.«

»Beim Columbo net.« Schretzmeier presste die Lippen altklug aufeinander. Dann lachte er das Lachen eines langjährigen Rauchers und drehte sich zu Lewandowski. »Du, Pawel, ich geh rüber an den T1-Tisch. Du machsch des alles hier, ja? Gut.« Es hörte sich an wie das tägliche Kommando eines mild gewordenen Feldwebels. Jetzt drehte er sich wieder zu Anna. »Frau Kommissarin. Ich wünsche erfolgreiche und schnelle Ermittlung. Wär schön, wenn Sie den Mörder schnell fassen täten. Net, dass womöglich noch ein zweiter Mord hinzukommt, dann bleiben mir die Besucher weg. Und des wär eine Kataschtrophe. Gut Nacht.«

Anna versperrte ihm den Weg. Schretzmeier stutzte.

»Der Veranstalter und die Teilnehmerliste. Jetzt sind wir ja im Büro.«

»Gute Frau, ich hab einen langen Tag hinter mir. Irgendwann isch au mal Feierabend.«

Anna wich keinen Deut zur Seite. Schretzmeier presste wieder die Lippen aufeinander, bis sie unsichtbar waren, ging in sein Büro und ließ den Blick über ein Regal schweifen. Er drehte sich zu Anna um und zuckte mit den Schultern. »Tut mir leid, der Ordner isch beim Willi obe, in der Buchhaltung.«

»Gehen wir hoch.«

»De Willi isch scho daheim.«

»Haben Sie keinen Schlüssel?«

Schretzmeier knurrte. Gleich würde er auch beißen. Sie ließ ihn an sich vorbei und folgte ihm die Treppen ein Stockwerk höher.

»Waren Sie den ganzen Abend im Foyer?«, fragte Anna in Schretzmeiers Rücken. Er blieb stehen, drehte sich um und blickte auf sie hinab.

»Wenn ich Abenddienscht hab, hab ich keine Zeit, einen umzubringe.« Er sah sie scharf an. »Außerdem bin ich ein entschiedener Gegner von Gewalt. Schon seit 68.«

»Sie waren also den ganzen Abend über sichtbar?« Anna ließ nicht locker.

»Sichtbar, hörbar, omnipräsent.« Schretzmeier ging voran und öffnete die Tür zur Buchhaltung. Er knipste das Licht an und knöpfte sich die Ordner vor. Es dauerte nicht lange, dann zog er den richtigen aus dem Regal und legte ihn auf ein Stehpult. Er klappte ihn auf, blätterte und zog ein Blatt heraus. »Da isch die Liste. Milton Reloaded. So heißt der Veranstalter.«

Anna streckte die Hand danach aus. Schretzmeier zog das Papier zurück.

»Ich mach Ihne eine Kopie.« Er klappte den Ordner zu, stellte ihn zurück, knipste das Licht aus und verschloss die Tür. Dann stieg er wortlos die Treppe herunter, kopierte die Liste und reichte sie Anna.

»Z'friede?«

Anna sah kurz auf die Liste, faltete sie und steckte sie in ihre Jackentasche. Ihr Blick fiel auf den Fernsehapparat in Schretzmeiers Büro. Experten besprachen die Niederlage des VfB. »Wie war die erste Halbzeit?«

»Furchtbar. Net zum Angucke.«

»Also waren Sie doch nicht die ganze Zeit im Foyer.« Sie merkte, wie sich ihre rechte Braue nach oben zog.

»Mir reiche die erschte zwei Spielzüg, und ich weiß, wie der Rescht der Halbzeit läuft. Schon mal was von Körpersprache gehört? Da kannsch du alles lese.« Schretzmeier reckte sich, als würde er selbst gleich auf den Platz laufen.

Lewandowski kam mit zwei geleerten Papierkörben zurück, die er neben den Kopierer stellte.

Schretzmeier drehte sich zu ihm. Diesmal mit der verkürzten Version seiner Anweisung. »Pawel, alles klar? Gut. Ich bin drübe.«

Lewandowski legte den Plan auf den Kopierer. Er ließ den Apparat blitzen und reichte Anna den Ausdruck. Sie nahm ihn und steckte ihn ein.

»Zum Foyer geht es …?«

»Geradeaus. Ich gehe hoch und mache noch einen Rundgang.«

Anna ging den Gang entlang auf die Feuertür zu, die zum Foyer führte. Aus einem der Büroräume summte Metallica. Sie sah hinein.

Ein tätowierter Fleischberg saß hinter einem Bildschirm unter Kopfhörern und wippte mit langem Haar zur Musik. Anna klopfte mit dem Knöchel ihres Zeigefingers gegen den Türrahmen, wohl wissend, dass sie gegen Metallica nicht ankam. Sie trat ein und winkte. Der Fleischberg nahm nichts wahr. Anna stellte sich neben ihn und sah, dass er in ein Mystery & Crime-Spiel verstrickt war. Sie kannte es: »Belief and Betrayal«. Sie hatte sich während ihrer Zeit auf der Akademie gerne die Nächte damit um die Ohren geschlagen. Jetzt kam sie zu keinem Spiel mehr. Aus dem Spiel war Ernst geworden.

Sie schob dem Spieler ihren Dienstausweis vors Gesicht. Der schrak hoch. »Was? Polizei? I hab nix g'macht! Die von Schalke hen ang'fange.«

Anna zog ihm den Kopfhörer von den Ohren. Der Stecker sprang aus der Buchse. Metallica hämmerte durch den Raum. Der Fleischberg stellte die Musik ab. »Der isch oifach dumm g'falle, des isch alles.«

»Wie heißen Sie?«

Der Mann stand auf und drehte sich um. Auf seiner Jeansjacke, die ihn als Fan des VfB Stuttgart auswies, stand sein Kampfname: »Bulli«.

»Und mit bürgerlichem Namen?«

»Bernd Ulmen.«

»Also, Herr Ulmen, wo waren Sie heute zwischen zwanzig und einundzwanzig Uhr?«

»Ich? An der Abendkasse. Da isch's meischte los.«

»Zeugen?«

»Schätze, so an die tausend. Der Rescht läuft über Vorbestellungen.«

»Und wie viele Zeugen gab es gegen Schalke?«

»Ausverkauft.« Er grinste breit. »Wenn Sie mal Luscht habet, neben mir isch immer noch ein Stehplatz frei.« Bulli streckte seine Zunge aus dem Mund und wackelte mit der Spitze. Dann lachte er dreckig, sah sich um und kam einen Schritt näher an sie ran. Er roch nach dem Schweiß des Tages und einer Überdosis Knoblauch. »Aber mir könne gern au glei zur Sache kommen. Hier sieht uns keiner.«

Der Kerl nervte. Einen Tritt in die Eier würde tatsächlich niemand sehen. Und Bulli würde auch niemals jemandem davon erzählen, dass ihn eine zierliche Frau niedergeschlagen hatte. Ihr Temperament ließ Anna keine Wahl. Sie stieß Bulli von sich. Er plumpste auf seinen Sessel.

Mit einem Ruck zog sie den Hebel des Bürosessels, sodass der Sitz samt Bulli nach unten schoss. Vor Schreck sprang Bulli in die Höhe und kam genau in die Position, die sich Anna für ihren Tritt gewünscht hatte. Sie zog durch. Vollspann. Die Kugel krachte in den Winkel und zappelte im Netz. Bulli klappte stöhnend zusammen.

»Ich bin Kickers-Fan.«

Sie verließ das Büro und ging durch die Feuertür ins Foyer.

***

Belledin stand vor dem Eingang des Theaterhauses und studierte die Plakatwand, auf der die Spektakel angekündigt waren. Viele lustige Leute traten hier auf. Belledin kannte sie nicht. Er mochte keine Comedians. Bis auf Benny Hill. Über den konnte er lachen. Schon allein, wenn er an ihn dachte.

Er lachte dreckig und dachte daran, wie Benny Hill im Zeitraffer langbeinigen Krankenschwestern in Strapsen hinterherjagte. Benny Hill war tot. Die Comedians auf den Plakaten wirkten nicht lebendiger.

Er löste sich von den Plakaten und ging bis zur Absperrung des Tatorts. Die Leiche hatte man bereits fortgeschafft, nur die Spurensicherer und zwei Uniformierte schwirrten noch herum.

Belledin sah durch das offene Rolltor in die Sporthalle und entdeckte Blut auf dem Hallenboden. Er bückte sich, um unter der Absperrung hindurchzugehen. Eine Frauenstimme hinderte ihn daran.

»Halt. Da dürfen Sie nicht durch.«

Belledin ließ sich davon nicht stören und kam hinter der Absperrung wieder hoch. Eine Hand packte ihn an der Schulter. Er schnellte herum, griff das Handgelenk und drehte der Frau den Arm auf den Rücken. Sie jaulte. Belledin erkannte sie und ließ los.

»Immer ruhig, junge Frau«, brummte er und sah ihr humorlos in die Augen. Die Frau schien verwundert, ihn hier anzutreffen.

»Was machen Sie hier?«, fragte sie.

»Hospitieren Sie etwa bei dem Fall? Wo ist der verantwortliche Beamte?«

»Ich bin die verantwortliche Beamtin, Kommissarin Kälble.«

»Ach du meine Güte.« Belledin gab sich keine Mühe, sein Entsetzen zu verbergen. »Jetzt ist mir alles klar. Darum hat mich Böhnisch gebeten, den Fall zu übernehmen.«

Sie trat zwei Schritte zurück. Dann drehte sie sich zweimal im

Kreis und starrte hilfesuchend in die Ferne. Aber dort war nichts, was ihr hätte Beistand leisten können. Ihr Blick landete wieder auf Belledin.

»Damit das klar ist«, sagte sie. »Wir arbeiten zusammen. Sie *übernehmen* den Fall nicht.«

»Sie können auch gern Urlaub machen, wenn Sie meine Anwesenheit unter Stress setzt. Wäre mir ehrlich gesagt lieber. Ich möchte die Sache schnell hinter mich bringen. Anfänger machen Fehler, und Fehler kosten Zeit. Und die habe ich nicht, weil ich bald wieder nach Hause will.«

»Mobben Sie mich etwa gerade?«

Belledin antwortete nicht, sondern machte sich auf den Weg, um die Halle zu besichtigen. Kälble schlüpfte unter der Absperrung hindurch und blieb dicht an ihm dran.

Belledin lupfte seinen Hut und begrüßte die Frau von der Spurensicherung, die sich gerade um das Blut auf dem Hallenboden kümmerte. Er fand, dass sie in ihrem engen weißen Anzug sexy aussah. »Guten Abend. Kommissar Belledin. Ich soll hier für Herrn Schirmer übernehmen.«

»*Der* Belledin? Aus Freiburg?« Die Frau zeigte tadellose Zähne und ein Lächeln, das in jede Werbung gepasst hätte. »Beate Meier, gern auch Bea.« Sie streckte ihm ein Paar Plastikhandschuhe entgegen. Belledin griff sie und zog sie sich über.

»Schon viel von Ihnen gehört«, sagte Bea.

»Hoffe, nichts Gutes.«

»Wie man's nimmt. Man sagt, Sie seien ein bisschen knorrig.«

»So, sagt man das.«

»Und erfolgreich.«

Belledin strich sich mit dem Plastikhandschuh verlegen über den Bart. Er konnte mit Komplimenten schlecht umgehen. Er war es gewohnt, dass es seine Pflicht war, gut zu sein. Nicht geschimpft war genug gelobt.

»Lag hier die Leiche?«, fragte er.

»Ja. Ein glatter Durchstoß. Vermutlich mit einem Degen. Mitten ins Herz. Der Doc kann Ihnen da bestimmt mehr erzählen.«

»Was gibt es an Spuren? Vielleicht die Tatwaffe?«

»Fehlanzeige.«

»Wir hoffen auf Schweiß und DNA. Die können wir dann mit

den Teilnehmern des Kurses abgleichen«, drängte Kälble dazwischen.

»Kurs?«, fragte Belledin.

»Ich mach mal weiter.« Bea ging.

»Der Tote heißt Hans Bluhm, war Coach für Personalentwicklung. Er hat hier einen Kurs gegeben. Wir sollten uns bei seinem Auftraggeber mal umhören.«

»Personalentwicklung? Wäre vielleicht auch gut für Sie, so ein Kurs.«

»Hören Sie zu, Belledin: Sie mögen für manche vielleicht eine Legende sein. Für mich sind Sie bisher nur ein eingebildeter Affe, der ein Problem damit hat, mit Frauen zu arbeiten.«

»Haben Sie gerade ein Problem mit Frau Meier und mir gesehen?«

»Sie entspricht Ihrem Rollenklischee. Sie bewundert Sie und arbeitet Ihnen zu.«

»Könnte doch auch für uns ein Anfang sein, was meinen Sie?«

Kälble biss auf ihr Wangenfleisch. Ihr energisches Kinn sprang nach vorne und bezeugte Angriffslust. Sie schluckte und zog ein zusammengefaltetes Blatt Papier aus ihrer Jackentasche. »Hier. Die Liste mit den Teilnehmern des Kurses. Und die Adresse des Veranstalters.«

Belledin nahm ihr die Liste aus der Hand und las: »Milton Reloaded. Was ist das denn? Hört sich an wie ein neuer Matrix-Film.«

Er drehte sich zu dem weißen Papierengel um, der mit einem der Degen angeraschelt kam, und nahm ihn entgegen.

»So ein Degen könnte es gewesen sein. Im Gegensatz zu diesem hier allerdings spitz und scharf.«

»Danke.« Er besah sich den Degen durch die Plastikfolie.

»Kennen Sie sich mit Stichwaffen aus?«, fragte Bea.

»Nein. Ich schieße lieber. Aber Fechtfilme mochte ich immer. Wegen der Kostüme.« Er sah Bea zweideutig an und stellte sie sich in Rokoko vor: raus aus dem weißen Papier, rein ins gezurrte Mieder und die Brüste hochgeschraubt. Ein Seufzer entglitt ihm. Sein Degen wurde scharf. Die stählerne Stimme mit dem schwäbischen Kneifzangenbiss brachte ihn wieder in die Gegenwart.

»Soll ich den Veranstalter heute noch kontaktieren?«, fragte Kälble.

Belledins Blick sprang zu Kälble. Dann wieder zu Bea. Es war ein Wechselspiel wie Feuer und Eis. Er gab Bea den Degen zurück.

»Ich mach dann mal weiter«, sagte sie und ging mit dem Degen fort.

Kälble wartete noch immer auf Antwort. Sie hatte die rechte Braue nach oben gezogen und verrückte sie um keinen Millimeter, während Belledin sie ansah.

»Glaube nicht, dass Sie da heute noch jemanden erreichen werden. Wo hat Bluhm gewohnt?«, fragte er.

Kälble nahm ihm die Liste aus der Hand und fand Bluhms Adresse vor Ort. »Hier ist er im Hotel Landgraf in Feuerbach abgestiegen. Auf seinem Personalausweis steht Erstwohnsitz Hamburg.«

»Dann schlage ich vor, dass ich mir das Hotel vornehme und Sie nach Hamburg fahren.«

Kälble sah ihn fassungslos an.

»War ein Scherz.« Belledins Augen funkelten diebisch. Kälble verzog keine Miene. Es würde nicht leicht werden. Sein Mitarbeiter Wagner hätte bestimmt gelacht. Oder sich wenigstens einen genehmigt. Wie Kälble aussah, trank sie noch nicht einmal.

ZWEI

Belledin hatte das Auto genommen. Er hatte keine Lust, so spät mit der Stadtbahn zu fahren. Außerdem kannte er sich mit dem hiesigen öffentlichen Verkehrsnetz nicht aus. Er würde überall landen, nur nicht dort, wo er wollte. Da vertraute er doch lieber seinem Navi und saß in seinem warmen Wagen. Dieses Jahr war es früh kalt geworden. Er erinnerte sich daran, wie er im vorigen Jahr an Allerheiligen noch im T-Shirt auf dem Friedhof gewesen war. Dieses Jahr hatte er es keine zehn Minuten vor dem Grab seiner Eltern ausgehalten. Die Zehen waren ihm fast abgefroren. Biggi hatte versucht, ihn mit einem Punsch wieder aufzuwärmen, aber er spürte die Kälte noch immer in den Zehen. Und das war jetzt schon eine Woche her. Vielleicht hatte er sich eine Grippe eingefangen, die jetzt ausbrechen würde? Warum nicht? Er bekäme vierzig Grad Fieber und müsste umgehend nach Hause.

Belledin krallte die Zehen in seinen Budapestern zusammen und schüttelte vehement den Kopf. Nein, er würde nicht krank werden. Er hatte noch nie gekniffen, er würde auch hier durchhalten. Er konnte sich doch einfach vorstellen, dass er jetzt gleich in einem Freiburger Hotel absteigen würde. Er war nicht in Stuttgart, nicht in Feindesland. Feinde wuchsen nur im Kopf. Es war alles nur eine Sache des Kopfes.

»Sie haben Ihr Fahrziel erreicht«, klang es aus dem Navi.

Belledin parkte und stieg aus. Er stellte den Kragen seines Mantels auf, um den kalten Nebel abzuhalten, hustete gereizt und betrat das Hotel.

Hier war es warm und gemütlich. Die Frau hinter der Rezeption stimmte ihn ebenfalls sonniger. Ein kurzer roter Pagenkopf, dezent funkelnde kleine Ohrringe und ein Lippenstift, der sicher gut schmeckte.

»Guten Abend. Was darf ich für Sie tun?« Auch die Fragestellung: perfekt. Nicht aufdringlich, aber hilfsbereit. Allein der schwäbische Singsang missfiel ihm. Fast hätte er gefragt, ob sie eine Zugereiste war, so sehr hatte er schon daran geglaubt, in einem Hotel in Freiburg zu stehen. Aber es half nichts. Die Illusion war geplatzt. Er sah auf das Namensschild, das sie am Revers ihres dunkelblauen Blazers trug.

»Da fiele mir einiges ein, Frau Singer.« Er lächelte wie ein schmieriger Vertreter. »Aber vorerst hätte ich nur ein paar Fragen.« Er zeigte seinen Dienstausweis. Frau Singer begnügte sich nicht nur mit einem flüchtigen Blick darauf, sondern nahm ihn Belledin aus der Hand und betrachtete ihn sorgfältig.

»Freiburg? Hat die Stuttgarter Polizei keine eigenen Leute mehr?«

»Alle umgelegt.« Belledin verzog keine Miene. Er fand seinen Witz gut, wusste aber, dass zu viele Lacher bei Beginn eines Kennenlernens gerne den Eindruck hinterließen, man sei ein Kasper. Und als solcher wollte Belledin auf keinen Fall gelten. Auch Frau Singer lachte nicht. Sie schien ähnliche Prinzipien zu pflegen.

»Ich würde mir gerne das Zimmer von Hans Bluhm anschauen.«

»Und wozu?«

»Damit ich mir einen Eindruck über ihn verschaffen kann.«

»Dann müssen Sie warten, bis Herr Bluhm zurück ist. Die Wahrung der Privatsphäre unserer Gäste ist uns wichtig.« Frau Singer wurde bissig. Das passte gar nicht zu dem Bild, das sich Belledin auf den ersten Blick von ihr gemalt hatte.

»Sie brauchen einen Durchsuchungsbescheid, ansonsten tut es mir leid.«

»So, brauche ich das. Und was ist mit dem Zimmermädchen? Braucht das auch einen Durchsuchungsbescheid?«

Frau Singer blickte irritiert. So hatte sie es anscheinend noch nie betrachtet. Belledin genoss den Augenblick und setzte gleich nach. »Herr Bluhm ist tot. Ermordet worden.«

Der rote Lippenstift formte ein sprachloses »O.« Die hellgrünen Augen weiteten sich. Frau Singer öffnete den obersten Knopf ihrer Bluse, um mehr Luft zu bekommen. Ob es ihm gelang, ihr doch noch den zweiten Knopf abzuringen? Blödsinn. Es ging um Bluhm. Je schneller er den Mörder fand, desto schneller käme er wieder nach Hause. Da durften ihn keine Blusenknöpfe ablenken.

»Zeigen Sie mir das Zimmer?«

»Er hatte immer die Suite für zwei Personen, wenn er hier war.« Belledin registrierte, dass ihre Stimme brüchig geworden war.

Sie reichte ihm den Schlüssel. »Dritter Stock.«

»Hat er die Suite allein bewohnt?«, fragte Belledin.

»Einer wie Bluhm war nie allein. Das konnte er gar nicht sein.« Sie blickte ertappt zu Boden.

»Verstehe«, sagte Belledin. »Darauf kommen wir später noch mal zurück. Jetzt schaue ich mir die Suite an. Kommen Sie mit?«

»Ich? Nein. Nein, ich muss hier unten bleiben.«

»Kann das niemand übernehmen?«

»Wir sind nur ein kleines Team. Deshalb sind die Preise günstig. Aber der Service muss vier Sterne hergeben.«

»Sie sind aber noch da, wenn ich wiederkomme?« Belledin hob seine buschigen Brauen.

»Eigentlich wollte ich über die Grenze, nach Mexiko«, sagte sie trocken. Belledin stutzte. Dann schürzte er die Lippen und ging kommentarlos zum Fahrstuhl. Die Kleine gefiel ihm. Heiß und kalt. So wie Rita Hayworth.

***

Anna war nicht mehr aufs Revier gefahren. Mittlerweile war es halb zwölf. Den ersten Bericht konnte sie auch von zu Hause aus schreiben. Schlafen würde sie sowieso nicht können. Vielleicht mit Martin noch einen Wein trinken und darauf hoffen, dass mal wieder mehr daraus wurde. Aber Martin schlief bestimmt schon. Früher war er wach geblieben, bis sie nach Hause kam. Das war vor zwei Jahren gewesen. Vielleicht hatte es auch daran gelegen, dass sie nur am Wochenende in Stuttgart gewesen war. Die Woche über war sie an der Akademie in Freiburg gewesen. Eine Fernbeziehung hielt die Liebe wohl frischer. Seit sechs Monaten hatte sie eine neue Liebe: ihren Job als Kommissarin.

Sie hatte viel dafür geackert, jetzt war sie am Ziel. Sie hatte ihren eigenen Mordfall. Und ihr zitterten die Knie. Vor allem weil Schirmer, ihr Mentor, schlappmachte. Gerade jetzt, wo sie ihn so nötig brauchte. Dafür hatte sie einen badischen Cowboy im Genick, der sie mit einem einzigen Blick zur Politesse degradierte. Hoffentlich war Martin noch wach. Sie brauchte ihn jetzt, um sich auszuheulen.

Anna parkte den VW-Bus in der Schlosserstraße und stieg die Stufen des Mietshauses hoch. Im dritten Stock kam ihr ein großer Pappkarton entgegen. Dahinter lugte Martins Kopf hervor. Er war also wach. Aber was hatte er mit dem Karton vor?

Martin stellte den Karton auf der Fensterbank ab, dicht bei einem Blumentopf, in dem ein Farn vegetierte. Die vertrockneten Pflanzen in den beiden anderen Töpfen wusste Anna nicht zu benennen.

»Das ist der letzte«, sagte er.

»Der letzte was?« Anna verstand nichts.

»Der letzte Karton. Die Küchensachen hole ich morgen. Da brauchen wir Zeit, um genau zu gucken, wem was gehört.«

»Was? Heißt das …?« Sie unterbrach sich selbst. Klar hieß das, dass es vorbei war. »Aber warum? Und so plötzlich? Ohne Vorankündigung? Wir hätten doch reden können?«

»Du warst nie da. Mit der Wand habe ich oft genug geredet. Und die hat mir tatsächlich zugehört. Den Eindruck hatte ich bei dir in der letzten Zeit nicht.«

»Spinnst du? Aber wir lieben uns doch!«

Das Flurlicht ging aus. Sie standen im Dunkeln. Anna tastete nach dem Lichtschalter und fand ihn. Sie drückte nicht darauf. Warum noch einmal hinsehen? Sollte er doch seinen Karton nehmen und damit die Treppe runterfallen.

»Hals- und Beinbruch«, sagte sie und ging an Martin vorbei die Treppen bis zu ihrer Wohnung hoch. Auch hier knipste sie das Licht nicht an. Sie drückte sich mit dem Rücken an die Wohnungstür und glitt daran hinab, bis sie auf dem Fußabtreter saß.

Das Treppenlicht ging an. Anna schloss die Augen. Die Dunkelheit sollte jetzt ihr Freund sein. Nichts sehen. Dafür hörte sie Martins Schritte, die sich entfernten. Dann die Haustür, wie sie schwer ins Schloss fiel.

Sie hielt die Augen geschlossen und tastete nach ihren Zigaretten. Sie fand das Feuerzeug und zündete die Zigarette blind an. Kein Kunststück, aber eine Disziplin. Das Licht im Treppenhaus ging wieder aus, dafür glomm die Zigarette. Anna öffnete die Augen und sah auf die Glut. Sie verlosch rasch, wenn sie nicht mit Sauerstoff gefüttert wurde. So war es wohl auch mit der Liebe. Hatte sie vergessen, sie zu füttern? Die Kippe würde sie jedenfalls gleich ausdrücken. Zwei Minuten hatte sie geraucht. Zweieinhalb Jahre hatte die Liebe mit Martin geflammt. Jetzt war Schluss.

Sie traf das Schlüsselloch im Dunkeln und betrat die Wohnung. Einen Moment zögerte sie. Sollte sie ihr Spiel mit der Dunkelheit fortsetzen und erst morgen früh mit neuem Tageslicht den Scherbenhaufen ihres Lebens betrachten? Blödsinn. So sentimental war sie nicht. Außerdem hatte sie noch den Bericht zu schreiben.

Sie knipste das Licht an und sah sich in der Wohnung um. Martin hatte geplündert. Er war mit weniger gekommen, als er herausgeschafft hatte. Die Regale, die jetzt fehlten, waren von ihr in den gemeinsamen Haushalt eingebracht worden. Ihre Bücher stapelten sich heimatlos auf dem Boden. Sie hockte sich neben sie und entkorkte eine angebrochene Flasche Rotwein. Das Glas, das danebenstand, zeigte eine eingetrocknete Neige. Anna nahm es und goss frischen Wein dazu. Es war ein Bordeaux, günstig, aber ohne üble Nachwirkungen. Keine Kopfschmerzen. Sie verglich den Tropfen mit Martin und kam mit sich überein, dass er ihm ähnelte. Auch Martin würde ihr nicht lange nachgehen. Im Grunde hatte er recht. Sie hatte ihm schon lange nicht mehr zugehört. Werbung interessierte sie nun mal nicht. Und die Gespräche aus der Branche drehten sich immer nur um Geld. Und wegen Geld brachten sich die Leute um. Ob auch Bluhm wegen Geld sterben musste?

Anna hatte die Kurve gekriegt. Sie war wieder dort, wo sie hingehörte. Bei den anderen Menschen und deren Abgründen. Solange sie dort forschte, brauchte sie in ihre eigenen nicht zu schauen. Irgendwann würden sie sie aber auch einholen, und dann müsste sie sich ihnen stellen. Das hatte Schirmer gesagt, und er musste es wissen. Seine Abgründe hatten ihn gestellt, unausweichlich. Sie würde ihn morgen im Krankenhaus besuchen. Jetzt wollte sie noch ihren Bericht schreiben.

Sie drückte sich mit der Hand von einem Bücherstapel ab und kam auf die Beine. Mit Glas und Flasche bewaffnet ging sie in ihr Zimmer. Hier sah es aus wie immer, hier hatte Martin nicht geplündert. Anna goss noch mal nach und fuhr ihren Mac hoch. Die Uhr zeigte Viertel nach zwölf. Morgen sollte es neblig bleiben.

Sie setzte sich hinter den Schreibtisch und begann die bisherigen Fakten zusammenzutragen. Auch dass sie mit Belledin zusammenarbeitete, vermerkte sie. Ein Umstand, der ihr mehr Kopfzerbrechen bereitete als Martins Abgang. Der erdige Badener war kein günstiger Bordeaux. Da war mit Nachwirkungen zu rechnen.

***

Belledin gähnte weit und laut. Er hatte sich ausreichend in der Suite umgesehen und war fündig geworden. Der Laptop des Toten war allerdings mit einem Passwort gesichert, da kam er nicht rein. Er würde ihn mit aufs Revier nehmen. Die Experten sollten sich darum kümmern. Dafür hatte er in einer Aktentasche eine Agenda und einen Ordner mit ausgedruckten Profilen einiger Kunden gefunden. Er blätterte darin herum und fragte sich, wie akribisch man sein konnte.

Belledin selbst vertraute auf seine intuitive Menschenkenntnis. Er verschwendete selten Zeit, Profile zu erstellen oder sich über Orgasmusgewohnheiten Gedanken zu machen. Bluhm hatte das sehr wohl getan. Er ging in seinen Analysen von erfüllter oder unerfüllter Libido und deren Sublimierung aus. Immer wieder fand Belledin Notizen wie: »Hält im Unterkiefer fest. Dadurch gleichzeitig Starre in der Hüfte. Angestaute Sexualität, die sich in Wut ballt.« Oder: »Kann nicht loslassen. Meint nicht den Partner, sondern sich selbst. Orgasmusunfähigkeit.«

Und alle Kommentare waren säuberlich mit Datum versehen. Die Namen der Personen, samt Unternehmen und Position, gab es gratis dazu. Belledin stellte sich vor, was Bluhm wohl über ihn geschrieben hätte. Er fand nicht, dass er in der Hüfte festhielt. Und sein Kiefer saß doch recht locker. Mit angestauter Wut im Gesäß konnte er leben, aber Orgasmusschwierigkeiten kannte er nicht. Biggi könnte vielleicht sagen, dass er beim Sex zu sehr darauf achtete, nur auf seine eigenen Kosten zu kommen. Doch wenn er sich recht erinnerte, hatte sie schon auch was davon. Aber jeder sah sich selbst wohl anders als solche Persönlichkeitsfummler. Die mussten ja irgendwas finden. Wie sollten sie sonst so viel Kohle verdienen? Und Kohle hatte Bluhm ordentlich gescheffelt mit seinen Kursen. Das belegten die Eintragungen in seiner Agenda. Da waren alle Einnahmen seiner freiberuflichen Tätigkeiten gelistet. Sowohl die noch ausstehenden Zahlungen bereits geleisteter Dienste als auch die Prognosen der kommenden Aufträge. Ein Geschäftsmann, der Herr Bluhm. Warum brachte man so einen um? Weil er herumerzählen konnte, dass einer keinen Orgasmus bekam? Belledin lachte lautlos. Wenn man das über ihn am Kaiserstuhl verbreitete, würde ihn das wenig kratzen. Aber er hatte ja auch keine Schwierigkeiten. Wenn einer tatsächlich Probleme damit hatte, sah die Sache anders aus.

Er rieb sich die Augen und gähnte noch einmal. Der Tag war lang gewesen. Am liebsten hätte er sich jetzt auf eines der beiden Betten gelegt. Aber er durfte keine Spuren verwischen. Sollte er die Spurensicherung noch hierherbeordern? Es war halb eins. Wenn sie noch im Theaterhaus war, konnte sie gleich hierherkommen. Bea Meier hätte er gerne noch mal gesehen. Sein Ruf war bis an ihr hübsches Ohr gedrungen. Sie hätte ihm noch mehr von seinem Ruhm erzählen können. Solange nur Kälble nicht mitkam. Für die war er zu müde.

Er entschied sich gegen die Spurensicherung. Die konnten auch morgen noch aufräumen. Mit der Sporthalle hatten sie genug zu tun. Er wollte es sich nicht gleich mit ihnen verscherzen. Vor allem nicht mit Bea. Er würde zu Frau Singer gehen und sich ein Einzelzimmer mieten. Der Staat zahlte ja. Vier Sterne. Immerhin. Er sah auf die beiden Betten und überlegte, in welchem Bluhm wohl geschlafen hatte. Belledin selbst schlief zu Hause immer links. Auch Bluhm schien sich für das linke Bett entschieden zu haben. Auf dem Nachttisch stapelten sich einige Bücher. Belledin nahm zwei davon in die Hand: »Neurolinguistisches Programmieren. Gelungene Kommunikation und persönliche Entfaltung«, stand auf dem einen Deckel, »Moderation und Training« auf dem anderen. Belledin sagten beide nichts. Ihm war das Gebiet fremd. Er glaubte nicht an den Schabernack, dass man Kommunizieren trainieren konnte.

Er legte die Bücher zurück und verließ die Suite. Unten tippte Frau Singer Daten in einen Computer.

»Doch noch nicht in Mexiko?«, fragte Belledin.

Sie ging nicht darauf ein.

»Geben Sie mir bitte ein Einzelzimmer für die Nacht.«

»Tut mir leid. Wir sind belegt.«

»Nicht mal eine Abstellkammer?«

»Wir haben keine Abstellkammern.«

»Und wo schlafen Sie?«

»Ich schlafe nicht. Ich habe Nachtdienst.«

»Ich dachte, der Nachtdienst hätte immer irgendwo ein kleines Bett, auf dem man sich ausruhen kann?«

»Wir nicht.«

»Dann geben Sie mir Ihren Wohnungsschlüssel. Wenn Sie hier sind, ist Ihr Bett zu Hause ja frei.« Belledin bildete sich ein, ihr ein winziges Lächeln abgetrotzt zu haben.

Ihre Finger glitten über die Tastatur ihres Rechners. »Im Zentrum, im Hotel Taubenhof, gibt es noch etwas. Hundertfünfundneunzig mit Frühstück«, sagte sie.

»In Ordnung. Können Sie mir das buchen?«

»Dazu brauche ich Ihren Ausweis und Ihre Kreditkartennummer.«

Belledin reichte ihr beides über den Tresen. »Ich bin gleich wieder da. Ich hab etwas vergessen.« Bluhms Computer. Den wollte er nicht zurücklassen.

Als er das Zimmer betrat, erschrak er. Der Computer war nicht mehr da. Er kniff die Augen zu und rieb sie sich mit den Fingerknöcheln. Sein Blick wanderte durch das Zimmer. Er erinnerte sich. Er hatte den Laptop auf der kleinen Anrichte in der Küche abgestellt. Ja, dort stand er.

Belledin nahm ihn und wollte die Suite wieder verlassen. Er kam nur bis zu Bluhms Bett. Dann wurde ihm schwindlig. Seine Beine wogen wie Blei. Er ließ sich auf das Bett sinken. Den Laptop auf den Knien, atmete er schwer durch. Der Kreislauf. Vielleicht doch eine Grippe. Jedenfalls kam er nicht mehr hoch. Er erinnerte sich. Er hatte nichts gegessen. Den ganzen Tag nicht. Erst vor Aufregung wegen des Vortrags. Dann vor Ärger über seine Abberufung. Und jetzt fehlte ihm die Energie. Er ließ sich nach hinten aufs Bett fallen. Schon ging es ihm besser. Konnte er hier einfach liegen bleiben? Würde er Spuren verwischen? Nein. Er würde sich nicht bewegen. Einfach nur schlafen.

***

Anna speicherte den Bericht ab. Noch ein Glas gab die Flasche her. Sie goss sich ein und dachte an Martin. Sie konnte nicht weinen. Die Liebe war eben verbraucht, was sollte man da tun? Die Flasche war ja auch leer. Und an jedem Stand konnte man eine neue kaufen. Martins gab es wie Sand am Meer. Aber sie wollte keinen Martin mehr. Und nach dem Glas würde sie auch erst mal auf Bordeaux verzichten. Sie brauchte einen klaren Kopf, musste voll da sein. Hans Bluhm war ihr erster Fall, und sie wollte ihn lösen. Sie wollte keineswegs nur der Schatten Belledins sein, der dann mit dem Lorbeerkranz nach Freiburg zurückfuhr, während sie den Papierkram abzuschließen hatte.

Sie las die Fakten noch mal sorgfältig durch. Warum wurde einer so umgebracht? Nicht nur, dass der Mord im Theaterhaus verübt worden war, die Tat an sich war auch ein sehr theatralischer Akt. Ein Duell? Altmodisch und romantisch? War es dabei um Ehre gegangen?

Wen konnte Bluhm in seiner Ehre verletzt haben? Wodurch? Und wo war die Tatwaffe geblieben? Wie konnte jemand mit einem blutigen Degen ungesehen aus dem Theaterhaus verschwinden? Hatte sich der Täter anschließend unter das Theaterpublikum gemischt? Hatte er mit jemandem gesprochen und sich dadurch ein scheinbares Alibi verschafft?

War es einer der Teilnehmer gewesen? Sie sah sich die Namen auf der Liste an. »Milton Reloaded«, murmelte sie. So ein Laden hatte sicherlich einen Internetauftritt. Sie tippte den Namen in die Suchmaschine ein und wurde fündig.

***

Belledin merkte nicht, wie die Tür aufging und ein Schatten in die Suite huschte. Er merkte auch nicht, wie sich die Frau die Pumps von den Füßen streifte, ihren Mantel auf den Teppich gleiten ließ und zu ihm schlich. Erst als sie an seinem Ohr knabberte und ihm ein Potpourri aus Alkohol und Parfum in die Nase stieg, wurde er wach. Aber er rührte sich nicht. Es konnte ein Traum sein. Einer, der harmlos begann und wild endete. Einer, den man niemandem erzählen würde. Jetzt drückten sich Lippen gegen seine, und eine spitze Zunge suchte Einlass in seinen Mund. Belledin gehorchte und öffnete willig. Die Zunge schoss kurz tief hinein, dann schlich sie sich wieder heraus und glitt über seinen Schnäuzer.

Ein schriller Schrei ertönte. Das Licht ging an, und Belledin blinzelte in das verschreckte Gesicht einer Frau.

»Wer sind Sie? Was machen Sie hier? Wo ist Hans?« Drei Fragen in weniger als drei Sekunden. Belledin setzte sich auf. Er würde sie der Reihe nach abarbeiten. Aber zuerst wollte auch er etwas wissen.

»Wie kommen Sie hier rein? Was wollen Sie hier? Und wer sind *Sie*?« Er hatte mit seinen Fragen rasch aufgeholt.

»Das geht Sie gar nichts an. Wo ist Hans? Was haben Sie mit ihm gemacht? Wenn Sie nicht reden, rufe ich die Polizei.«

Darauf hatte Belledin gewartet. In Hunderten von Filmen hatte er es bereits gesehen, und es war immer wieder eine Freude, wenn der Beamte dann sagen konnte: »Keine Umstände. Die Polizei ist schon da.«

Dann zeigte er seinen Dienstausweis und genoss den Augenblick der Irritation. »Kommissar Belledin. Kripo«, setzte er nach.

»Kripo? Aber warum?« Die Frau suchte sich zu sammeln. »Und warum liegen Sie in Hans' Bett?«

»Wie sind Sie an Frau Singer vorbeigekommen?«, fragte er.

»Wie immer. Sie gibt mir den Schlüssel und bekommt dafür ihr Trinkgeld.«

»Hat sie Ihnen nicht gesagt, dass ich hier oben bin?«

»Nein! Glauben Sie etwa, ich wäre dann hochgekommen?«

Da hatte sie recht. Das ergab keinen Sinn. Aber warum hatte Frau Singer ihr nicht gesagt, dass Bluhm tot war und ein Polizist in seinem Zimmer schnüffelte? Gab es da eine Feindschaft zwischen den beiden Damen? Er würde Frau Singer noch darauf ansprechen.

»Wo ist Hans?«, wiederholte die Unbekannte. »Und weswegen sind Sie hier?«

»Hans Bluhm ist tot. Erstochen. Durchbohrt von einem Degen.« Das war eine Antwort, wie sie ein Aufreißer der BILD nicht besser hätte setzen können. Und sie traf. Vielleicht nicht ins Herz, so doch den Kreislauf der angeschlagenen Fremden. Sie taumelte, suchte Halt, fand aber nichts und stürzte aufs Bett. Belledin konnte gerade noch verhindern, dass sie mit dem Kopf auf die Nachttischkante knallte. Der sündhafte Geruch ihres Parfums stieg ihm wieder in die Nase. Es wurde Zeit, dass er hier rauskam.

***

Anna lag im Bett. Den Wecker hatte sie auf sieben Uhr gestellt. Jetzt war es bereits halb drei. Sie gähnte mit weit aufgerissenem Mund, dafür lautlos. Sie fürchtete sich davor, die Augen zu schließen. Sie hatte keine Lust auf unverarbeitetes Material ihres Unbewussten. Lieber würde sie weiter am Fall Bluhm arbeiten, als ihren eigenen Zustand zum Thema werden zu lassen. Aber vier Stunden Schlaf musste sie haben. Sie konnte nicht jetzt schon in Schlafrückstand geraten; sonst würden sie der Fall und der badische Kommissar überrollen.

Sie dachte an Schirmer. Auch er hatte kaum geschlafen. Aber bei ihm war alles schiefgelaufen. Bei ihm war es eine ganze Familie, die zu Bruch gegangen war; Anna hatte lediglich mit einer kaputten Beziehung zu kämpfen. Vielleicht waren die Männer nicht fähig, eine selbstständige Frau zu ertragen? Eine, die wusste, was sie wollte. Die sich nichts gefallen ließ und sich ihre eigenen Prioritäten setzte. Ja, das war sie. Aber war das ein Grund, sich einfach vom Acker zu machen und die Regale mitzunehmen? Anna graute davor, mit Martin die Küchenutensilien auszusortieren. Sollte er doch alles mitnehmen. Sie konnte sowieso nicht kochen. Das hatte Martin ihr gleich von Anfang an zu verstehen gegeben. Allein die Sammlung an Kochbüchern, die er angeschleppt hatte. Wer wäre da nicht eingeschüchtert?

Sie drehte sich auf die Seite und krümmte sich in Embryohaltung. Dann schloss sie die Augen. Kurz bevor sie einschlief, tastete sie mit ihrer Linken nach Martin. Sein Platz war leer.

***

Belledin hatte die bewusstlose Frau auf das zweite Bett gelegt und durchsuchte ihre Manteltaschen nach Hinweisen. Er wurde fündig und zog eine Brieftasche heraus. Neben vierhundert Euro Bargeld und einer goldenen Kreditkarte steckte ihr Personalausweis darin. »Eva Klein, Stuttgart«, las er leise. Frau Klein war knapp über fünfzig. Mit Hilfe von Disziplin und einigem Kleingeld trimmte sie sich auf mindestens zehn Jahre jünger. Ihr hübsches Gesicht verriet trotz der teuren Schminke erstes Welken. Belledin schrieb es ihrer Alkoholfahne zu. Die Lady schien öfter zu feiern.

Er dachte an die Spurensicherung. Jetzt war schon einiges verwischt. Ein anderes Zimmer zu mieten war überflüssig. Sie würden meckern. Oder sollte er Frau Klein wecken und nach Hause schicken? Ihr einen Eimer Wasser ins Gesicht schütten und sie verhören? Er konnte auch erst zu Frau Singer runtergehen, um ihr noch mal auf den Zahn zu fühlen. Aber ihm fielen die Augen zu. Er war nicht Jack Bauer. Einmal am Tag musste er schlafen.

Er steckte die Brieftasche in den Mantel zurück, den Ausweis behielt er. Dann legte er sich genau so auf das Bett, wie er vorhin gelegen hatte. Er würde so schlafen und sich nicht bewegen. Er würde keine weiteren Spuren verwischen.

DREI

Die Melodie des Handyweckers schreckte Anna auf. Schon nach dem ersten Akkord tastete sie nach dem Quälgeist und schubste ihn versehentlich vom Stuhl, der ihr als Nachttisch diente. Sie riss die Augen auf und versuchte zu sehen, was die Ohren längst hörten. Noch drei weitere Klingelschlaufen, dann hatte sie das Gerät in der Hand und den Lärm gestoppt.

Ein Blick nach links bestätigte, dass sie nicht geträumt hatte. Martin gab es nicht mehr. Jedenfalls schlief er jetzt anderswo bis in den Mittag, um so seine Kreativität zu pflegen. Sollte er. Arschloch.

Sie schwang sich aus dem Bett und ging ans Fenster. Nebel. Noch immer. Sie würde Klarheit erzwingen. An allen Fronten. Sie öffnete das gekippte Fenster ganz und atmete tief ein, dann absolvierte sie ihr halbstündiges Yogaprogramm, bei dem sie hoffte, nur auf den Atem achten zu können. Vergebens. Ihre Gedanken schweiften ab. Die Übungen waren Routine, da musste sie sich bewusst zur Achtsamkeit zwingen.

Sollte sie im Präsidium auf Belledin warten oder direkt ins Theaterhaus fahren und sich den Tatort bei Tag genauer ansehen? Sie könnte sich mit dem Badener dort treffen und mit ihm gemeinsam entscheiden, wie sie weiter vorgingen.

Sie ging ins Dreieck des Kriegers und hoffte, dass sich ihre Flanken öffneten. Es tat sich nicht viel. Vielleicht besser so. Wenn man nicht so offen war, kassierte man weniger Treffer. Warum war Bluhm so offen gewesen? Mitten ins Herz. Hatte er keine Parade gekannt? Hatte er nicht mit einem Stich ins Herz gerechnet? Wer rechnete schon damit. Man musste mit allem rechnen. Jederzeit. Das hatte Schirmer gesagt. Sie musste zu ihm.

***

Belledin schlug die Augen auf. Er musste sich kurz besinnen, dann war ihm klar, dass er nicht in seinem Bett zu Hause lag. Und neben ihm lag auch nicht Biggi, sondern –

– niemand.

Mit einem Ruck saß er im Bett. Wo war sie hin? Weit würde sie nicht kommen. Er hatte ihre Papiere. Eine kurze Fahndung würde reichen, und sie säße ihm zum Interview auf dem Revier gegenüber. Wusste sie nicht, dass sie sich mit diesem Verhalten verdächtig machte? Sie hatte doch bislang gute Karten gehabt. Wieso sollte sie hier hereinschleichen und so tun, als würde sie Bluhm vögeln wollen, wenn sie die Mörderin war? Das ergab keinen Sinn. Es sei denn, sie bluffte so gut, wie sie küsste.

Belledin rieb sich den Schlaf aus den Augen und stellte die Füße neben dem Bett auf. Er wollte langsam aufstehen. In letzter Zeit trieb sein Kreislauf bei raschem Höhenwechsel Schwindelscherze mit ihm. Er stemmte sich hoch und horchte auf das Knirschen seiner Knie. Alles im Eimer. Morgens kam er sich vor wie fünfundachtzig. Auch die Fußsohlen schmerzten während der ersten Schritte.

Er trippelte ins Bad und pinkelte. Kaum verstummte die Spülung, glaubte er, im Zimmer etwas gehört zu haben. Er zog sich die Hose hoch und lugte vorsichtig aus der Badezimmertür.

Da stand Eva Klein mit einem Tablett in der Hand.

»Frühstück gefällig?«, sagte sie und lächelte Belledin an, als wäre sie für die Ausbildung aller schwäbischen Gastronomielehrlinge zuständig.

Belledin sah auf das reich bestückte Tablett: Kaffee, frische Brötchen, Croissants, Brezeln, Eier, Marmelade, Melone, Schinken, Käse und Honig. Für einen Moment dachte er, es wäre Sonntag und er wäre daheim. Sein Blick wanderte vom Tablett zum tiefen Ausschnitt Eva Kleins. Auch ihre Brüste konnten sich mit Biggis messen. Bislang bräuchte es also kaum eine Phantasie, um sich hier heimisch zu fühlen.

»Musik?« Eva Klein stellte das Tablett auf dem Tisch in der Kochnische ab und steuerte auf die Anlage zu, die aus Bluhms Besitz sein musste. Sie kannte sich aus. Anscheinend war sie tatsächlich häufiger hier.

»Mozart avec nous?«, fragte sie.

»Nein. Keine Klassik.«

»Das ist Boris Vian. Auch ein Klassiker, aber anders.« Sie lächelte wieder. Die Musik erklang. Französisches Chanson. Belledin mochte es. Er dachte an die Spurensicherung. Wenn es jetzt noch überall krümelte und Eva Kleins Fingerabdrücke die gesamte Suite abtasteten, war alles verloren.

»Warten Sie kurz. Bleiben Sie stehen. Frieren Sie ein.« Er griff nach seinem Handy und wählte das Präsidium an. »Hier Kommissar Belledin. Ich ermittle im Fall Hans Bluhm … Nein, Sie können mich nicht kennen. Ich bin erst seit gestern hier. Ich helfe hier nur aus. Schicken Sie mir bitte jemanden von der Spurensicherung nach Feuerbach. Ins Hotel Landgraf. Danke.«

»Das Hemd können Sie aber nicht mehr tragen. Das hat ja schon Salzränder«, sagte Eva Klein, und der bestimmte Ton erinnerte ihn an Biggi. »Die Hemden von Hans werden Ihnen nicht passen. Ich lasse Ihnen eins bringen. Welche Größe?«

Belledin war überfordert. Er kaufte nie selbst Kleidung ein. Überhaupt kaufte er nichts. Das überließ er alles Biggi. Nur DVDs, die kaufte er sich selbst.

»Sechsundfünfzig?«

Belledin zuckte mit den Schultern.

»Darf ich mich wieder bewegen?«

»Kommt drauf an, was Sie vorhaben.«

»Ich möchte gerne telefonieren und Ihnen ein Hemd bringen lassen.«

»Haben die Läden denn schon auf?«, fragte Belledin.

»Hier steigen viele Geschäftsleute ab. Da gehört so etwas zum Service. Wollen wir frühstücken?«

»Nicht hier. Gehen wir in den Frühstücksraum.«

»Wie unromantisch.« Sie spielte einen großen Seufzer.

Belledin fühlte sich wohlig unwohl. Für einen Moment stellte er sich vor, dass er mit Eva Klein verheiratet wäre, er ein anderes Leben als sein bisheriges geführt hätte. Anderer Ort, andere Frau, anderes Leben. Konnte es so einfach sein? Ging das? Wäre er jetzt vielleicht im gehobenen Management von Daimler, wenn er hier aufgewachsen wäre? Blödsinn. Er war hier nicht aufgewachsen, sondern am Kaiserstuhl, der seelischen Wurzel Südbadens. Und er war kein Manager, sondern Kommissar. Und als solcher hatte er einen klaren Kopf zu behalten.

»Sind Sie nicht mehr traurig, dass Bluhm tot ist?«, fragte er.

»Wieso?«

»Gestern Nacht sind Sie noch in Ohnmacht gefallen, als Sie davon erfahren haben. Heute wollen Sie mit mir frühstücken, als würden wir uns schon eine Ewigkeit kennen und Bluhm hätte nie existiert. Finden Sie das normal?«

»Normal? Was ist schon normal? Ich kenne Hans nur flüchtig. Rein sexuelle Angelegenheit.«

»Und warum die Ohnmacht?«

»Niedriger Blutdruck. Und wenn ich getrunken habe, sackt er mir manchmal weg. Muss man nicht überbewerten. Gehen wir?«

Sie hielt das Tablett mit dem Frühstück hoch.

Belledin öffnete die Tür und folgte Eva Klein aus der Suite. »Sind Sie verheiratet?«, fragte er.

»Das müssten Sie doch bereits aus meinem Ausweis wissen.«

»Sie haben ihn also schon vermisst?«

»Wäre ich sonst noch hier?«

»Hat alles Hand und Fuß, was Sie machen, was? Alles berechnet?«

»Nein. Alles spontan. Für Berechnungen habe ich nicht mehr viel Zeit. Ich bin einundfünfzig, da ist das Leben bald vorbei. Ich nehme, was ich noch kriegen kann.« Sie befahl dem Aufzug per Knopfdruck, nach oben zu kommen. »Kennen Sie solche Gedanken nicht? Sie scheinen im gleichen Alter zu sein. Da klopfen solche Fragen doch unweigerlich an. Was mache ich mit dem Rest meines Lebens?« Sie zog ihre säuberlich gezupften Brauen nach oben, ihre dunklen Augen glänzten im Gegenlicht. Die Tür des Aufzugs öffnete sich. Eva Klein ging voran.

»Gemordet wird immer. Und solange das geschieht, stelle ich mir nur die Frage, wie ich den Mörder schnappen kann. Das ist Aufgabe genug.« Hinter Belledin schloss sich die Tür. Der Aufzug roch sofort nach Kaffee, Gebäck und dem Parfum Eva Kleins. Sie nutzte die Intimität des engen Raums.

»Kann das alles sein? Das glaube ich Ihnen nicht. Sie sehen nicht so aus, als würden Sie nur stumpf einem Mörder nachjagen. Sie fragen sich auch, warum einer etwas tut. Sie wären gerne kalt, aber Sie sind es nicht. Sie genießen zu gerne. Und wer genießt, stellt Fragen nach dem Sinn des Lebens.« Ihre Stimme wurde von Silbe zu Silbe hauchiger, ihr Blick zart bohrend. Jetzt fehlte nur noch das Pendel und Belledin fiele in Hypnose. Sein Handy brummte und riss ihn raus. Ohne auf das Display zu schauen, ging er dran. Das Gespräch war ihm ein willkommenes Luftschnappen.

»Hier Belledin … Ah, Sie sind es. Ich dachte, ich hätte Sie nur geträumt … Ja, gut. Wenn Sie wollen. Sie können es sich aber meinetwegen auch im Büro gemütlich machen. Dann stehen Sie nicht im Weg.« Er legte auf, bevor Kälble etwas erwidern konnte, und sah auf die Uhr. Um halb neun wollte sich die junge Kollegin mit ihm im Theaterhaus treffen, um die weiteren Ermittlungsschritte zu besprechen. Auch wenn er das für reine Zeitverschwendung hielt, es musste wohl sein. Zu sehr durfte er den Einzelgänger auch nicht geben. Er war hier nicht zu Hause, kannte die Schleichwege und Gepflogenheiten nicht. Da war es vielleicht ganz gut, hin und wieder auf das Wissen einer Einheimischen zurückgreifen zu können.

Die Tür des Fahrstuhls öffnete sich. Frau Singer hob ihren Kopf hinter der Rezeption und nickte professionell. »Guten Morgen.« Dann drehte sie sich zu einem jungen Mann und redete mit ihm. Wohl ihre Ablöse.

Belledin ließ Eva Klein den Vortritt. Sie kannte sich hier besser aus. Sie passierten die Rezeption.

»Gehen Sie ruhig schon mal vor. Ich komme gleich nach«, sagte er und drehte sich dann zu Frau Singer. Sie lächelte kühl.

»Man hat Sie im Taubenhof vermisst«, sagte sie und schob ihm Ausweis und Kreditkarte über den Tresen. Er nahm beide Karten und hielt sie zwischen den Fingern, als wären es Asse, mit denen er seine letzten beiden Stiche einstreichen wollte.

»Warum haben Sie Frau Klein nicht gesagt, dass Hans Bluhm tot ist? Und dass ich im Zimmer oben bin?«

»Weil es ihr egal ist und ich mein Trinkgeld für den Schlüssel kassieren wollte.«

»Steckt da nicht noch etwas anderes dahinter?«

Sie spielte die Ahnungslose.

»Ihnen ist es nicht egal, dass Bluhm tot ist, habe ich recht? Er hat Ihnen etwas bedeutet?«

Sie schlug die Augen nieder und schwieg. Als sie den Kopf wieder hob, verwischte eine Träne den Kajal. »Ja, er hat mir etwas bedeutet. Aber nicht, wie Sie meinen. Wir hatten keinen Sex miteinander.«

»Sondern?«

»Er hat mich darin bestärkt, dass ich etwas kann. Immer wenn er mit mir gesprochen hat, hat er mir das Gefühl gegeben, dass ich etwas Besonderes sei und dass ich es noch weit bringen würde.« Sie schluckte und wandte sich ab.

Belledin hätte jetzt auch gerne etwas gesagt, was sie bestärkte. Aber er hatte es nie gelernt, andere zu motivieren. Er ging davon aus, dass jeder selbst genug Motivation in sich trug, um gewinnen zu wollen. Er steckte seine Karten ein und ging in den Frühstückssaal, in dem sich bereits einige Anzugträger am Büfett schadlos hielten. Manche schienen das Frühstück für den ganzen Tagesbedarf zu nutzen.

Eva Klein saß an einem Tisch in Nähe der Fensterfront. Belledin löffelte sich eine ordentliche Portion Rührei auf den Teller. Dann setzte er sich zu ihr und würzte das Ei mit Salz und Pfeffer.

»Geben Sie mir jetzt meinen Ausweis wieder?« Eva Klein lächelte bestimmt. So hielt sie es wohl auch mit ihrem Mann, wenn sie sich einen Fummel von seinem Geld kaufte.

»Woher kennen Sie Hans Bluhm?«

»Von einem Kurs.«

»Er hat Sie gecoacht?«

»Die Führungskräfte unseres Unternehmens.«

»Auch diese Sache mit den Degen?«

»Degen-Dialoge, richtig.«

»Was macht Ihr Unternehmen?«

»Die Klein-Messtechnik ist florierender Mittelstand. Mein Mann ist ein Cleverle.« Der letzte Satz klang bitter. Ihre Zunge glitt angriffslustig über die oberen Schneidezähne.

»Weiß er, dass Sie ihn betrügen?«

»Kann sein. Wenn, dann interessiert es ihn nicht. Er steht auf Jüngere.«

»Haben Sie Kinder?«

»Nein.«

»Wollten Sie Kinder?«

»Geht Sie das etwas an?«

Belledin strich sich mit dem Daumen über seinen Schnäuzer. Nein, es ging ihn nichts an. Persönlich zumindest. Faktisch schon.

»Wann hat Bluhm den Kurs abgehalten?«

»Eigentlich läuft er noch immer. Wir haben Bluhm in regelmäßigen, kleineren Blöcken verpflichtet. Mein Mann glaubt, das sei nachhaltiger als ein einmaliger Crashkurs.« Sie zwinkerte. »Und da hatte er nicht unrecht.«

Diese Frau war schamlos.

»Lief der Kurs direkt über Bluhm? Oder über diesen Veranstalter?«

»Milton Reloaded.«

»Richtig. Was sind das für Leute?«

»Halsabschneider. Aber mit Stil.« Sie lachte und biss in ein Croissant.

»Und seit wann hatten Sie eine Beziehung mit Bluhm?«

»Seit dem ersten Klingenschlag. Da war er sehr direkt.«

»Und Sie wollten nicht mehr?«

»Nein. Von so einem kann man nicht mehr kriegen. Aber was man kriegt, ist genug.« Ihre Stimme bekam wieder den Hauch, dem sich Belledin nur ungern aussetzte. Er schob sich Rührei in den Mund und zerdrückte es mehr mit Zunge und Gaumen, statt zu kauen. Dann spülte er mit Kaffee nach.

»Wo findet Ihr Kurs statt? Auch im Theaterhaus?«

»Nein. Wir haben eine kleine Lagerhalle. Da ist Platz genug. Mein Mann findet, dass die Leute solche Impulse räumlich mit der Firma verbinden sollen. Identifikation mit dem Unternehmen ist immer auch an den Ort gebunden. Außerdem sparen wir die Hallenmiete. Mein Mann ist Geschäftsmann. Der wirft kein Geld zum Fenster raus.«

»Ich brauche eine Liste der Teilnehmer Ihres Unternehmens, die bei Bluhm gefochten haben.«

»Gerne. Kommen Sie vorbei. Dann sehen wir uns wieder.« Sie konnte es nicht lassen.

Belledin stand auf und griff in seine Manteltasche. »Hier ist Ihr Ausweis. Danke für das Frühstück.«

Sie nahm ihn entgegen. »Gern wieder einmal.«

Belledin wandte sich zum Gehen, aber Frau Singer versperrte ihm den Weg.

»Die Hemden«, sagte sie.

Eva Klein nahm sie entgegen und stand ebenfalls auf. Sie drehte sich mit den drei folienverschweißten Päckchen zu Belledin und sah sie durch. »Ich würde das nehmen. Das passt zu Ihren Augen.« Sie drückte es ihm gegen die Brust, die anderen beiden behielt sie in der

Hand. »Die hier würden Sie zum Vertreter machen. Sie haben mehr Stil. Bis bald«, sagte sie und gab die beiden anderen Hemden Frau Singer zurück. »Schicken Sie die Rechnung an mich.« Sie ging.

»Steht Ihnen bestimmt gut«, sagte Frau Singer. Es klang abgespult. Sie wollte ebenfalls gehen, aber Belledin hielt sie zurück.

»Frau Singer, setzen Sie sich doch bitte einen Moment.« Belledin setzte sich wieder und wies auf den Stuhl neben sich.

»Ich habe zehn Stunden Dienst hinter mir und obendrein für Sie ein Zimmer bestellt, dass Sie nicht gebraucht haben. Die Kollegen vom Taubenhof mögen das nicht. Wozu soll ich mich zu Ihnen setzen? Ich bin genervt und hundemüde.«

»Hatten Sie wirklich keine Affäre mit Hans Bluhm?«

Frau Singer schien nach den richtigen Worten zu suchen. Fand keine und sah Belledin an. Ihre grünen Augen standen in Wasser.

»Ich mochte ihn. Sehr sogar. Das sagte ich doch bereits.«

»Hatten Sie was mit ihm?«

»Manchmal. Wenn uns beiden die Nacht zu lang war.«

»Haben Sie eine Beziehung?«

»Nein.«

»Jemand, der mit Ihnen eine Beziehung möchte?«

»Woher soll ich das wissen?«

»So etwas spürt man.«

Sie lachte. Diesmal ehrlich.

»Wenn ich jedem, der mich an der Rezeption anbaggert, unterstellen würde, dass er mit mir eine Beziehung möchte, dann käme ich zu nichts anderem mehr.«

Belledin murrte innerlich. Sie hatte recht. Aber bei Bluhm wäre Eifersucht ein brauchbares Motiv. So wie der Kerl unterwegs war. Belledin schob die Reste des Rühreis auf dem Teller zusammen und schaufelte sie auf den Löffel.

»Danke. Das war es. Vorerst. Wäre gut, wenn Sie in der nächsten Zeit in der Stadt bleiben würden. Ich muss es ja auch.« Frau Singer verstand seinen privaten Witz nicht. Er schluckte das Ei und wischte sich mit der Serviette über Schnäuzer und Mund. Frau Singer stand auf und ging zur Rezeption. Belledin sah, wie sie mit dem jüngeren Kollegen redete und dann das Hotel verließ.

Er sah auf das Hemd. Es war weiß mit dunkelbraunen Streifen.

»Passt gut zu Ihren Augen«, sagte eine Frauenstimme. Belledin sah auf. Es war Bea Meier, die ihn angrinste. Da konnte es draußen so neblig sein, wie es wollte, diese Sonne leuchtete.

»Und Ihr Knitteranzug zu Ihren Zähnen«, sagte Belledin.

Bea zeigte noch mehr Zahnweiß.

»Sind Sie allein?«

»Nein. Schmötzer ist schon oben. Wenn der in den Frühstücksraum kommt, kriegen wir ihn nicht mehr raus.«

»Bringen Sie ihm was mit. Dann bin ich nicht allein verantwortlich für die Spurenverwischung.«

»So schlimm?«

Belledin reichte Bea die Kaffeetasse, aus der Eva Klein getrunken hatte. »Hierauf müsste DNA von Frau Klein zu finden sein. Es wird oben auch Fingerabdrücke von ihr geben. Sie war heute Nacht in der Suite und hat im rechten Bett geschlafen. Ich lag im linken.«

Bea streckte ihm ihr rechtes Ohr entgegen, als hätte sie schlecht gehört.

»Ich war einfach zu müde.«

»Schmötzer wird sich freuen.«

»Oben steht ein Laptop. Er ist passwortgeschützt. Ich möchte, dass Sie ihn den Experten zum Knacken geben.«

»Noch etwas?«

Belledin hielt sich das Hemd gegen die Brust. »Finden Sie wirklich, dass es mir steht?«

***

Anna stand schon um Viertel nach acht am Theaterhaus. So hielt sie es immer. Schon wenn sie nur zehn Minuten vor der Zeit zu einer Verabredung erschien, hatte sie das ungute Gefühl, sich verspätet zu haben. Martin hatte oft darüber gewitzelt. Er hatte sie nicht verstanden. Sie hätte es wissen müssen, schon beim ersten Rendezvous. Offiziell war er auf die Minute pünktlich gewesen, und er hatte damit geprahlt, immer auf die Minute zu kommen. Für Anna war es schon damals eine Viertelstunde zu spät gewesen. Sie hätte auf ihr Zeitgefühl hören müssen. Jetzt war es zu spät.

Ein Mann überklebte alte Plakate und nahm es dabei sehr genau. Er schien keine anderen Termine zu haben. Jetzt tapezierte er ein lustiges Gesicht mit dem Namen Olsen Grimm. Anna kannte ihn nicht. Grimm zog eine Grimasse und blies in eine Klarinette, während er mit der freien Hand einen witzigen Hut auf seinen Kopf drückte. »Music-Comedy«, stand darunter. Nichts für Anna. Sie mochte keine Komödien. Dramatische Geschichten von Strindberg und Ibsen, Virginia Woolf, Herta Müller, Ingeborg Bachmann – das war ihre Welt. Oder düstere Endzeit-Thriller, bei denen das Blut in Strömen vergossen wurde und niemand lange nachfragte. Und schräge Geschichten von Murakami, da konnte sie dann auch lachen. Aber von so einem Max Immerlustig war bei ihr nichts zu holen.

Der Plakatkleber beendete sein Werk, schielte verstohlen zu ihr herüber und grüßte stumm. Dann verschwand er im Theaterhaus. Ob sie ihn befragen sollte? Vielleicht hatte er ja was gesehen? Wenn er sich täglich hier herumdrückte, war das gut möglich.

»Hallo. Einen Moment«, rief sie ihm nach. Der Mann drehte sich um; Anna lief zu ihm und zeigte ihm ihren Ausweis.

»Ich weiß, ich hab Sie geschtern Abend schon g'sehn. Ich war's net.« Er sprach langsam und hielt sich an seinen Plakaten fest. »Ich hab mit dem Rolf Kneipp Plakate sortiert. Bin erscht raus, als ich die Polizei hab komme sehe.« Er nickte, als wollte er sich selbst bestätigen. »A schönes Auto habe Sie. Nehme Sie mich mal a Runde mit? Nur aufm Gelände. Würd mich interessiere, wie sich des anfühlt, da drin.« Seine Augen hofften wie die eines Kindes beim Schreiben des Wunschzettels für Weihnachten.

Anna sah sich um. Belledin war noch nicht da. »Gut. Für eine Runde hab ich Zeit«, sagte sie. »Wie heißen Sie?«

»Heiko. Heiko Wind«, sagte er und nickte wieder wie zur Bestätigung.

Anna überlegte, ob er vor dem Nicken darüber nachdachte, wer er selbst sei, und öffnete die Beifahrertür. »Steigen Sie ein.«

Wind stieg ein, die Plakate fest im Arm. Anna setzte sich hinters Steuer und fuhr los.

»Funktioniert der Lautsprecher?«, fragte Wind. Anna drückte ihm das Mikrofon in die Hand und legte den Kippschalter der Anlage um. »Probieren Sie es.«

Wind schien nicht zu wissen, was er sagen sollte. Schließlich schrie er hinein: »Achtung, Achtung! Hier spricht die Polizei! Fahren Sie sofort rechts ran! Sie haben keine Chance!« Er nahm das Mikrofon vom Mund und bellte nun Anna direkt an. »Los! Schneller! Sonscht entwischt uns die Sau!«

Anna blickte ihn verdutzt an. Wind wischte sich mit dem Ärmel den Mund trocken und beruhigte sich wieder. Er lachte leise und nickte. »Tolles Auto. Da bisch glei mitte im Film.«

Anna parkte den Wagen wieder, und sie stiegen aus. Wind war noch so in seiner Verfolgungsjagd, dass er die Plakate fallen ließ. Anna bückte sich und hob sie auf.

»Was plakatieren Sie denn gerade?«, fragte sie.

»Fußball ist unser Leben. Läuft in T4.«

Sie sah sich das Plakat an. Eine Torwand und ein Mann im blauen Trainingsanzug. »Mit Stan Libuda«, las sie. »Der ist doch schon tot.«

Sie kannte die Schalker Fußball-Legende. Ihr Vater hatte ihr oft genug davon vorgeschwärmt. Heiko lachte. »Ja, ja. Stan Libuda. Der kennt alle Tricks«, sagte er und nickte. Er nahm ihr die Plakate aus der Hand und drückte sie an sich. Dann wurde er ernst. »Ich hab nix g'sehn. Gar nix.« Damit verschwand er.

Anna sah ihm nach. Sie könnte gleich auch noch andere Angestellte des Theaterhauses befragen. Zum Beispiel diesen Rolf Kneipp, mit dem Wind gestern Abend Plakate sortiert hatte. Aber sie wollte auf Belledin warten, ehe sie weitere Schritte unternahm. Anna sah sich als Teamplayer, Alleingänge waren nicht ihre Sache. Schon in der Schule und auf der Akademie hatte sie kapiert, dass sie besser in der Gruppe funktionierte. Sie brauchte den Austausch, daran wuchs sie. Schirmer war auch so ein Typ. Seinen Unterricht hatte er immer auf Augenhöhe abgehalten. Auch bei Belledin hatte sie einen seiner letzten Vorträge gehört. Schließlich war die Polizeiakademie Baden-Württemberg in Freiburg. Da war es unumgänglich gewesen, dem Platzhirsch der Region zu begegnen. Sie erinnerte sich an ihn. Er sich an sie anscheinend nicht.

Dafür war sie Schirmer umso mehr aufgefallen. Schirmer hatte Belledin in Freiburg abgelöst, weil Belledin keine Zeit zum Unterrichten hatte. So wie sie ihn gerade erlebte, hatte er wohl grundsätzlich keine große Lust, sein Wissen an andere weiterzugeben. Ironie des Schicksals: Jetzt löste Belledin Schirmer ab, weil dem die Zeit zu kostbar war, um Mörder zu jagen. Aber warum musste er gerade jetzt schlappmachen? Wie sehr hatte sie sich darüber gefreut, als er sie zur neuen Kollegin erkoren hatte. Und jetzt ließ er sie im Stich.

Ein silbergrauer Audi fuhr auf das Gelände. Anna erkannte Belledin hinter dem Steuer. Er grüßte nicht, als er an ihr vorbeifuhr. Hatte er sie nicht gesehen? Oder nicht wiedererkannt? Gott, was für ein Stoffel. Immerhin war er fünf Minuten vor der Zeit.

Belledin parkte und stieg aus dem Wagen, kam auf sie zu, blieb etwa einen Meter vor ihr stehen und fixierte sie wortlos. Anna dachte gar nicht daran, ihn zuerst zu grüßen, aber es fiel ihr schwer, nichts zu sagen. Endlich schnaufte er tief durch.

»Ist das immer so neblig hier?«

»Gegen Mittag soll es schön werden. Hochnebel.«

»Auf wen warten wir hier?«

»Ich dachte, wir treffen uns hier, um das weitere Vorgehen abzusprechen. Außerdem wollte ich Ihnen das Theaterhaus zeigen. Es ist nie verkehrt, wenn man die nähere Umgebung des Tatorts kennt.«

»So.«

War der Kerl zäh. Anna schmerzte der Kiefer, als würde sie auf einem drei Tage alten Kaugummi herumkauen. Sie merkte selbst, wie ihre Stimme dadurch gepresster wurde. »Lewandowski, der Hausmeister der Spätschicht, wollte vorbeikommen und uns führen.«

»Haben Sie nicht schon gestern einen Rundgang gemacht?«, fragte Belledin.

»Eigentlich habe ich die Touristenattraktion für Sie gebucht.« Anna wurde giftig. An Belledin schien das abzuprallen.

»Ich mag keine Theater. Mir wäre es lieber, der Haufen würde auf dem Revier antanzen.«

»Aber wir haben doch gar nichts gegen sie vorliegen.«

»Gegen Theaterleute liegt immer etwas vor.« Belledin ließ seinen Blick über die Plakatwand schweifen. »Sehen Sie sich die doch mal an. Wenn es keine Theater gäbe, wären die doch alle in der Klapse. Und war es nicht das Theaterhaus, das am heftigsten gegen Stuttgart21 gemault hat? Allein dafür müsste man die Burschen zitieren.«

»Sie vermischen Äpfel mit Birnen.«

»Schmeckt auch gut.«

Sie schwiegen und sahen aneinander vorbei.

»Reinhard Mey kommt auch hierher.« Belledin zeigte auf die Plakatwand. Anna sah ihn mit großen Augen an.

»Über den Wolken muss die Freiheit wohl grenzenlos sein …«, begann Belledin zu singen. »Kennen Sie das nicht? War vor Ihrer Zeit. Heißen Sie mit Vornamen nicht Anna? Annabelle, ach Annabelle, du bist so schrecklich intellektuell.« Er lachte kurz, fing sich wieder und steuerte auf die Plakatwand zu, um Reinhard Mey genauer zu betrachten. »Ist auch nicht jünger geworden. Wenn wir den Fall bis Weihnachten nicht gelöst haben, lade ich Sie zum Konzert ein.«

Er drehte sich wieder zu ihr. »Haben Sie die Liste mit den Kursteilnehmern dabei?«

Anna zog sie aus ihrer Jackentasche und gab sie ihm.

»Milton Reloaded, Kronenstraße 120. Liegt das im Zentrum?«

»Mittendrin.«

Lewandowski kam auf einem Fahrrad an, sichtlich außer Atem. Schon vom Rad winkte er. »Guten Morgen. Entschuldigung, aber ich hatte noch etwas zu erledigen.« Er stieg ab und reichte erst Anna, dann Belledin die Hand.

»Das ist Kommissar Belledin«, sagte Anna und fühlte sich fast wie eine Bauchrednerin, so wenig Spielraum gab ihr der feste Kiefer, um Belledins Namen auszusprechen. »Wir möchten gerne, dass Sie uns noch mal durch das Theater führen.«

»Frau Kälble will noch mal eine Führung. Ich habe etwas anderes vor«, sagte Belledin. »Wir sehen uns dann heute Nachmittag auf dem Revier. Bin gespannt, was Ihnen der zweite Rundgang Neues erzählt.«

Belledin ging zu seinem Wagen, stieg ein und fuhr vom Hof.

Anna stand da, als hätte man einen Eimer kaltes Wasser über ihr ausgeschüttet. Wäre Lewandowski nicht da gewesen, sie hätte laut geschrien. So aber zwang sie sich zu Haltung und biss noch mehr auf die Zähne. Sprechen konnte sie im Moment nicht. Dafür gequält lächeln und Lewandowski per Handzeichen andeuten, dass er doch bitte vorgehen sollte.

***

Was glaubte diese schwäbische Schnepfe eigentlich? Als ob er Zeit für Theaterführungen hätte. Belledin fuhr die nächste Tankstelle an und zapfte voll. Neben einem Mineralwasser mit Kohlensäure kaufte er sich auch einen Stadtplan von Stuttgart. Er wollte sich auskennen. Wenigstens grob. Das Navi tat zwar seinen Dienst, gab ihm aber keinen räumlichen Überblick über den Kessel.

An der Kasse griff er sich eine Nussschokolade und Kaugummis für den guten Geschmack. Irgendwo musste er auch eine Zahnbürste kaufen. Und Unterhosen. Vielleicht noch Socken. Mit dem Rest müsste er hinkommen, bis der Fall gelöst war. Er zahlte und stieg wieder in den Wagen, fuhr von der Zapfsäule weg und steuerte über die Heilbronner Straße auf den Hauptbahnhof zu.

Baustelle, wohin man sah. Nicht ohne, so ein Gelände zu beherrschen. Wenn da richtig gezündelt wurde, konnte man einen Flächenbrand nur schwer eindämmen. Aber er schätzte die Schwaben nicht als Kämpfer ein, die bis zum Letzten gingen. Sie hatten zu viel zu verlieren. Immerhin war es nicht der Mob, der hier auf die Straße ging, sondern die biedere Mittelschicht, die sich von ihrer Regierung verschaukelt fühlte. Bei den Wagenburgen in Freiburg war das etwas anderes gewesen. Da ging es den Leuten an den Kragen. Die verloren ihr Zuhause.

Er steuerte auf die Tiefgarage am Schlossgarten zu und tauchte hinab. Lieber wäre er auf ein Parkdeck gefahren. Er mochte keine Tiefgaragen. Die Luft darin verursachte ihm Atemnot. Er versuchte, so flach und wenig wie möglich zu atmen, bis er wieder draußen war.

Er sah sich um und versuchte sich zu orientieren. Immerhin kannte er den Hauptbahnhof. Ein Fixpunkt. Von hier aus konnte er die Stadt erobern. Der Stadtplan verriet ihm, dass die Fußgängerzone ins Zentrum die Königstraße war. Links davon lag das Neue Schloss, nicht weit entfernt davon fand er die Kronenstraße. Dorthin wollte er.

Eine Fahrradklingel schreckte ihn auf. Er erblickte eine Frau, die ihn mit bepackten Satteltaschen rammen wollte. Sie dachte gar nicht daran, das Tempo zu drosseln. Belledin sprang zur Seite und schimpfte. Er konnte Radfahrer nicht leiden. Das Automobil war die Krönung der Fahrzeuge. Darüber ging nichts. Oder zu Fuß gehen. Aber nicht Rad fahren. Der Radfahrer terrorisierte beide. Sowohl den Autofahrer als auch den Fußgänger. Außerdem kleideten sie sich furchtbar. Mit ihren bunten Funktionsklamotten, ihren albernen Helmen. Nein, sie hatten keinen Stil.

Belledin trat seinen Weg an. In der Königstraße fühlte er sich vor Radfahrern sicher. Dafür bettelten ihn zwei Krüppel an, denen er unterstellte, dass sie sehr wohl laufen konnten und ihre Krücken nur zur Inszenierung benutzten. Die üblichen Geschäfte. Fußgängerzonen besaßen etwas Heimisches. Ein Glück, dass es Verkaufsketten gab. Da fühlte man sich selbst in Stuttgart nicht so verloren. Das half, das gab Halt in der Fremde.

Straßenmusikanten und Kreidemaler, Werbezettelverteiler in Tierkostümen, Zeugen Jehovas und Scientologen, die Persönlichkeitstests anboten. Alles da. Er hielt inne und sah auf seinen Plan. Jetzt musste er den Schutz der Fußgängerzone verlassen und die Kronenstraße 120 finden.

***

Anna ärgerte sich. Erstens über Belledin, der sie behandelte, als sei sie eine blutige Anfängerin, und zweitens über sich selbst, weil sie ihm die Liste mit den Kursteilnehmern gegeben und nicht selbst mit Ermittlungen in diese Richtung angefangen hatte. Sie hatte gedacht, sie würden im Team arbeiten. Sie hatte den Rundgang mit Lewandowski als gemeinsamen Startschuss nehmen wollen. Wenn wenigstens einige Angestellte des Theaterhauses hier gewesen wären, die sie hätte befragen können. Aber es war noch zu früh. Im Theater stand man später auf. Heiko Wind schien da die Ausnahme zu sein.

»Ich möchte noch mal in die Sporthalle«, sagte sie zu Lewandowski. Er ging vor und öffnete die Tür.

»Brauchen Sie Licht?«

»Danke. Das wäre nett.«

Die Halle war von der Spurensicherung wieder freigegeben. Eine Putzkolonne tauchte im Eingang auf. Lewandowski ging auf sie zu und vertröstete sie auf später. Die Putzleute zogen ab.

»Brauchen Sie lange?«, fragte er.

»Halbe Stunde.«

»Dann gehe ich solange nach oben.«

»Sind die Garderoben offen?«

»Ich schließe auf.«

»Danke.«

Anna durchquerte die Halle und steuerte auf den Tatort zu. Sie stand jetzt dort, wo Bluhms Mörder gestanden haben musste, als er zugestochen hatte. Sie sah sich um. Von den oberen Fenstern hätte es jemand sehen können. Lewandowski hatte den Toten auch von einem der oberen Fenster gesehen. Die Tat selbst aber nicht. Gab es Zeugen? Was hätte sie als Täter getan?

Sie spielte den Stoß ins Herz, zog gestisch den Degen aus Bluhms Brust und sah sich um. Der kürzeste Weg führte durch die Garderobe. Sie nahm ihn. Hatte der Täter Fechtkleidung getragen? Eine Fechtmaske auf dem Kopf? Sollte auch Bluhm nicht wissen, wer ihn erstach? Ihre rechte Hand umklammerte den Griff des unsichtbaren Degens. Wohin damit? Da war Blut dran. Abwischen? Abwaschen und zu den anderen stecken?

Bea hatte die Degen untersucht. Sie waren alle stumpf, die Tatwaffe war nicht dabei gewesen. Wo war sie? Ein Degen war zu lang, um ihn in einer normalen Sporttasche zu transportieren. Das würde auffallen. Die Fechtmaske passte in eine Tasche. Anna war sich sicher, dass der Degen hier irgendwo sein musste.

Sie sah in die Duschen und überprüfte den Abfluss. Er war fest. Durch die Schlitze passte vielleicht eine Klinge, aber kein Griff. Hatte der Täter den Degen auseinandergeschraubt? Wie schnell ging so etwas?

Anna zog ihren Leatherman aus der Jacke und klappte den Kreuzschlitz-Schraubenzieher auf. Sie kniete sich auf die Kacheln der Dusche und löste die vier Schrauben, die den Abfluss fixierten. Dann hob sie das Gitter ab, krempelte ihren Ärmel hoch und tauchte mit der Hand in das dunkle Rohr. Es schüttelte sie, als sie seifig verklumpte Haare und Undefinierbares ertastete. Sie wollte die Hand schon zurückziehen, da spürten ihre Fingerkuppen etwas Geriffeltes aus Metall. Sie griff es zwischen Daumen und Zeigefinger und zog. Es klemmte. Sie versuchte es mit der Zange des Leatherman und drehte.

Es löste sich. Sie zog erneut. Das Eisen glitt aus dem Abfluss. Anna hatte gewonnen: Es war die Degenklinge. Reste von Blut und Duschgel klebten daran.

Anna ballte die Faust und schrie ein scharfes: »Ja!« Sie atmete tief durch und legte die Klinge auf den Boden. Dann zückte sie ihr Handy und rief Bea an. Sie versprach, sofort zu kommen.

Lewandowski streckte den Kopf herein. »Kann die Putzkolonne jetzt anfangen?«

»Ja, aber nur in der Halle, nicht hier.«

Lewandowskis Blick fiel auf die Klinge. »Ist das –?«

»Ja. Das ist die Klinge, mit der Bluhm erstochen wurde. Sie steckte im Abfluss.«

»Und der Rest des Degens?«

»Keine Ahnung. Hat der Täter vielleicht mitgenommen. Bleibt ja nicht mehr viel übrig.«

»Kann ich den Abfluss wieder schließen?«

»Warten Sie bitte, bis die Spurensicherung da war. Vielleicht findet die da drin noch mehr Hinweise.«

Er nickte und ging. Er schien nervös. Sie würde ihn im Auge behalten.

Statt Bea erschien nach etwa einer Viertelstunde Schmötzer in der Tür.

»Wo ist die Klinge?«

Anna zeigte mit dem Finger darauf.

»Mit Fingerabdrücken von Ihnen drauf?«

Anna zog ihren Leatherman. Schmötzer nickte, ohne die Miene zu verändern.

»Im Abfluss steckt vielleicht noch mehr«, sagte sie zögerlich.

Schmötzer sah sie finster an. Dann hellte sich sein Gesicht etwas auf. »Gute Arbeit, Frau Kälble. Weiter so.«

Anna fiel die Klappe runter. Beinahe wäre sie Schmötzer um den Hals gefallen.

»Aber jetzt fangt's erscht richtig an. Keine Zeit zum Feiern.« Er drehte sich von ihr weg und verstaute die Klinge in einem Plastiksack.

Anna passierte die Plakatwand und ging auf ihren VW-Bus zu. Wie versteinert blieb sie stehen und starrte auf die schwarze Schrift, mit der man ihren Liebling beschmiert hatte: »Bullenfotze!!!« Sie sah sich um. Niemand weit und breit. Sie ballte die Fäuste und schrie. Einmal. Zweimal. Das dritte Mal schluckte sie hinunter. Sie stieg in den Bus und fuhr davon. Ob das Heiko Wind gewesen war? Ein bisschen schräg fand sie ihn schon. Aber warum sollte er ihren Bus so beschmieren? Sie hatte ihm doch nichts getan? Sie versuchte, den Gedanken an die Schmiererei zu verbannen, und konzentrierte sich auf den Fall.

Belledin war gestern Abend im Hotel Landgraf gewesen. Ob er in Bluhms Zimmer etwas Wichtiges gefunden hatte? Er hätte es ihr bestimmt gesagt. Nein, hätte er nicht. Er sah sie nicht als gleichwertige Kollegin, sondern als Praktikantin, der man wichtige Ermittlungsergebnisse besser verschwieg, damit sie damit keinen Unfug anstellte.

Anna kochte innerlich und steckte sich eine Zigarette an. Sie kurbelte das Fenster runter, ließ den Niesel ins Auto und bog links ab. Warum sollte sie nicht selbst im Landgraf nachsehen? Sie war ja auch zweimal im Theaterhaus gewesen. Das konnte heiter werden, wenn alle Gänge zweimal getätigt werden mussten. Zusammenarbeit hatte sie sich anders vorgestellt.

Sie parkte den Bus vor dem Hotel und stieg aus.

An der Rezeption erwartete sie ein freundlicher junger Mann, der laut Namensschild Berger hieß. Sie schob ihm den Dienstausweis auf die Theke und genoss es, dass er sie neugierig musterte. Sieht so eine Kommissarin aus? Ja, warum nicht? Genau so und nicht anders: eins fünfundsechzig, nichts auf den Rippen, Cowboystiefel und Jeans, schwarze Lederjacke und schulterlanges dunkles Haar, zu einem Zopf gebunden. Dazu ein dunkelroter Rollkragenpulli, von der Mutter selbst gestrickt. Der Rollkragen verbarg ein Lederband, an dem eine selbst geschnitzte kleine Faust aus Holz hing. Es stammte von dem Birnbaum, der im Garten ihres Elternhauses gewachsen war und an dem ihre Schaukel gehangen hatte. Vor einem Jahr hatte man ihn gefällt, genau an Vaters fünftem Todestag.

Das sah Herr Berger nicht, dafür aber die wachen grauen Augen, die schmalen, scharf gezogenen Brauen und die ebenso scharf geschnittene Nase. Vielleicht entdeckte er auch die kleine Narbe an der rechten Schläfe, bestimmt aber sah er die schmalen Lippen, an denen sie nagte, wenn sie grübelte.

»Ich möchte gerne das Zimmer von Hans Bluhm sehen«, sagte sie.

»Sie meinen die Suite. Das ist gut, dass Sie kommen. Wir würden die Räumlichkeiten gerne weitervermieten. Ihre Kollegen blockieren sie schon den ganzen Morgen.«

»Ich sehe nach, wie weit wir sind.«

»Bis zwölf Uhr wäre eine Entscheidung gut.« Berger lächelte devot.

Der Fahrstuhl öffnete sich. Bea kam heraus. Sie hatte einen Sack mit allerlei Gegenständen in der einen Hand, in der anderen hielt sie einen Laptop. Sie strahlte, als sie Anna sah.

»Gratuliere. Klasse, dass du die Klinge gefunden hast.«

»Der Griff mit Fingerabdrücken wäre noch besser.«

»Kommt auch noch. Immer positiv denken.«

»Und, was hast du gefunden?«

»Ein paar Bücher, Zahnputzzeug, Reste im Aschenbecher. Das Übliche. Und Belledins Fingerabdrücke.« Sie lachte laut. »Stell dir vor, der alte Profi ist hier eingeschlafen und hat uns fast alle Spuren verwischt. Dafür hat er uns aber auch eine Verdächtige geliefert, die wir jetzt auf DNA und Fingerabdrücke abklopfen können. Die Klinge kann uns dabei sicher helfen.«

»Wie heißt diese Verdächtige?«

»Eva Klein. Mehr weiß ich auch noch nicht. Der Badener ist ja so gesprächig nicht. Gibt's was Neues von Schirmer?«

»Nein. Ich war noch nicht bei ihm. Hatte noch keine Zeit.«

»Nimm sie dir. Vielleicht hat er ein paar Tipps, wie du mit Belledin zurechtkommen kannst.«

»Vielleicht. Lieber wüsste ich ein paar Tipps für Schirmer, wie er wieder auf die Beine kommt.«

Bea erwiderte nichts.

»Ist das Bluhms Laptop?«, fragte Anna.

»Sieht so aus. Wir müssen erst das Passwort knacken.«

»Gib ihn mir. Ich bin darin ganz gut.«

Bea zögerte.

»Was ist?«

»Belledin wollte, dass wir ihn den Experten geben.«

Anna nahm Bea den Laptop aus der Hand. »Ich bin Expertin.«

Bea presste ihre vollen Lippen aufeinander. »Okay. Ich sage es Belledin erst, wenn er danach fragt. Und wenn du bis dahin das Passwort geknackt hast, ist sowieso alles klar.«

»Danke.«

»Ich melde mich, sobald ich die Klinge unter die Lupe genommen habe.« Bea zwinkerte und verließ das Hotel.

Berger rief hinter seiner Rezeption hervor: »Ist das Zimmer jetzt frei?«

Anna drehte sich zu ihm um und nickte. »Ich gehe trotzdem noch mal hoch, um es mir anzusehen.«

Die Tür stand offen. Der Putzkarren bereits im Gang. Aus der Suite lärmte der Staubsauger. Berger hatte schnell gehandelt.

Anna klopfte an die Tür, das Zimmermädchen reagierte nicht. Sie hatte Stöpsel in den Ohren und hörte ihre Musik. Anna stupste sie an. Das Zimmermädchen fuhr erschrocken in die Höhe und riss sich die Stöpsel aus den Ohren.

»Habe Sie mich aber erschreckt«, sagte sie. Ihr Akzent klang nach Balkan, aber genau hätte Anna es nicht sagen können.

»Was wolle Sie? Zimmer isch erscht in einer Stunde fertig. Ich hab grad erscht angefangen putzen«, sagte sie.

Anna zeigte ihr den Dienstausweis. Das Zimmermädchen nahm sofort eine andere Haltung an. Ihr Blick maß Anna aufmerksam. Sie schätzte die Gefahr ein, die von Anna ausgehen konnte.

»Wie heißen Sie?«, fragte Anna.

»Emi Alicka.«

»Kroatien?«

»Kosovo.«

»Arbeiten Sie schon lange hier?«

»Halbes Jahr.«

»Der Gast, Herr Bluhm, stieg hier doch öfters ab. Kannten Sie ihn?«

»Netter Mann. Hat gutes Trinkgeld gegeben. Aber sonscht weiß ich nix.« Emi Alicka sah zu Boden.

»Wovon wissen Sie nichts?«

»Von Tod.«

Jetzt sah sie Anna direkt an. Angst war darin zu lesen. Angst, Ärger mit der Polizei zu bekommen, Angst vor behördlichen Institutionen, vielleicht auch Angst, zu viel zu wissen und sich selbst dadurch in Gefahr zu bringen.

»Machen Sie ruhig weiter, ich sehe mich hier mal um.«

***

»Milton Reloaded«, las Belledin auf dem Messingschild und trat einen Schritt zurück, um das Gebäude zu betrachten. Einer der vielen mehrstöckigen, quadrigen Neubauten, die nach dem Krieg rasch hochgezogen worden waren. Schön war anders. Trotzdem: Die Miete hier war sicherlich nicht billig, der Laden musste brummen. Er drückte den Klingelknopf, wartete den öffnenden Summer ab, dann trat er ein. Der Fahrstuhl war außer Betrieb. Zwei Experten in Blaumännern kümmerten sich um die Elektrik.

Belledin stieg die Stufen hoch. Dritter Stock, so stand es auf dem Schild. Er schämte sich. Schon im ersten Stock musste er schnaufen, im zweiten brannten die Oberschenkel. Warum tat er bloß so wenig für seine Fitness? Früher war er doch nicht so faul gewesen: Zehnkampf, Handball, Fußball, Rudern – alles ein Kinderspiel. Und nun keuchte er schon beim Treppensteigen.

Ob er sich mal durchchecken lassen sollte? Vielleicht war die Pumpe nicht mehr so in Schuss. Er verweigerte Arztbesuche kategorisch. Von Voruntersuchungen hielt er gar nichts. Das war nur Geldmacherei. Wenn es nach ihm gegangen wäre, hätte er auch seinen Kreuzbandriss ohne Operation ausgeheilt. Aber die Metzger waren schneller gewesen. Noch ehe er es begriffen hatte, hatten sie ihn auf den Tisch verfrachtet. Und geholfen hatte es wenig. Das Knie wurde dick, sobald er sich ein wenig anstrengte. Wie sollte er da in Form bleiben können, wenn die Ärzte ihn ruiniert hatten? Belledin hatte den ersten Schuldigen gefunden. Im dritten Stock war er allerdings noch nicht angekommen.

Eine Tür knallte zu. Hohe Absätze klackerten eilig herunter. Sie hätte ihn beinahe umgerannt, so schien sie in Gedanken versunken zu sein.

Belledin hielt sie am Arm fest. »Frau Klein. Woher? Wohin?«

Sie erschrak, lächelte irritiert, beinahe irre. »Geschäftlich. Ich musste etwas regeln.«

»Mit Milton Reloaded?«

»Exakt.«

»Suchen Sie einen neuen Coach?«

»Nein. Genau das suche ich nicht. Bluhm ist nicht einfach zu ersetzen.«

»Milton wollte Ihnen Ersatz für Bluhm anbieten?«

»Ja.«

»Und wen?«

»Weiß ich nicht. Interessiert mich nicht. Irgendeinen abgehalfterten Schauspieler, der jetzt sein Glück im Coaching versucht.«

»Und warum sind Sie so erhitzt?«

»Was erhitzt eine Schwäbin am meisten?«

»Sex?«

Sie lachte. »Sex gehört in die Kategorie Shoppen. Das beruhigt eher.«

»Also?«

»Geld. Bluhm ist tot, wir haben aber für den gesamten Kurs gezahlt. Da gibt es eine Differenz zwischen Leistung und Zahlung. Einfache Buchhaltung.«

»Und Milton will nicht zahlen?«

»Erfasst. Er will den Kurs mit dem Ersatzmann durchziehen. Aber wir haben gute Anwälte. Wir kriegen unser Geld.«

»Werden da die Anwaltskosten nicht teurer als die Ausstände?«

»Nicht, wenn man gewinnt.« Ihre Lippen schürzten sich kämpferisch. »Und wir werden gewinnen. Ich habe noch nie verloren. Übrigens, das Hemd steht Ihnen gut.« Sie griff in ihre Manteltasche und reichte ihm eine Karte. »Rufen Sie mich mal an, wenn Sie nicht im Dienst sind. Dann können wir gemeinsam shoppen gehen.«

Ihre Finger berührten Belledins Handrücken an Punkten, die er zuvor nicht gekannt hatte. Es schien ihm, als befände sich dort der Lichtschalter für weit entfernt gelegene Organe. Leider reichte der Strom nicht ganz bis ins Knie. Sie ließ wieder los und klackerte die Treppen hinunter. Es zwickte im Knie, als er die nächsten Stufen anging.

Eine herrschaftliche Front mit Milchglas und hohen Türen deutete an, dass man Geld mitbringen musste, wollte man von Milton Reloaded das Rüstzeug für die Zukunft erhalten. Auch hier blinkte wieder Messing.

Belledin drückte den Klingelknopf. Diesmal erwiderte kein Summer, sondern jemand öffnete die Tür.

Was da vor ihm stand, schien einem Sin-City-Comic entsprungen zu sein. Beine bis zur Türklinke, in hohen schwarzen Stiefeln, eng anliegender dunkelgrauer Rock, der nur bis zur Hälfte der Oberschenkel reichte, eine Taille, die Belledin mit den Händen würde umfassen können und die in keinerlei Verhältnis zu der prächtigen

Oberweite stand, die aus ihren engen Körbchen zu springen drohte. Das Kostümjäckchen über der giftgrünen Bluse stach herausfordernd, das wallende rote Haar würde in der richtigen Position bis über die Brüste fallen. Perlweiße Zähne lächelten ihn an, eine blasse, feingliedrige Hand streckte sich ihm entgegen.

»Guten Tag«, hauchte das Wesen aus der Welt der Sünde.

Belledin trat einen Schritt nach vorn. Bewusst mit links, um sein Knie um Hilfe zu bitten. Es half ihm und stach. Er war wieder geerdet.

»Kommissar Belledin, ich möchte gerne mit Herrn Milton sprechen.«

Sie lachte, warf den Kopf in den Nacken und sah Belledin mit ihren hellgrünen Augen dann mitleidig an.

Plötzlich strahlte sie eine Arroganz aus, die Belledin noch nie gemocht hatte. Sie gehörte zu jener Sorte Mensch, die viel versprach und nichts hielt, weil die Welt sich nur um ihren eigenen Bauchnabel drehte.

»Hier gibt es keinen Milton.«

»So? Ich dachte, weil der Laden hier so heißt.«

»Milton Erickson, Hypnotherapie. Noch nie gehört?«

»Nein.« Was sollte Belledin lügen. »Ich möchte einfach nur mit Ihrem Chef reden, egal, wie er heißt.«

»Haben Sie einen Termin?« Die rothaarige Praline wurde zur Bitterschokolade.

»Wenn ich einen hätte, wären Sie doch bestimmt diejenige, mit der ich ihn vereinbart hätte, oder?«

Sie verzog säuerlich den breiten Mund. »Dr. Frank ist gerade beschäftigt. Er hat einen Kunden.« Sie glitt hinter ihren Schutzwall, der eher einer Rezeption als einem Schreibtisch glich, und blätterte geschäftig in ihrem Terminkalender. »Morgen um zwölf könnte ich Ihnen etwas anbieten. Oder nächste Woche.«

»Leider kann ich aber Dr. Frank nur jetzt etwas anbieten, weil *mein* Terminkalender übervoll ist.«

Diesen Ton schien die Rothaarige nicht gewohnt zu sein. Und Belledin erwartete nach dem blitzenden Blick einen Kung-Fu-Sprung über die Theke mit anschließendem Drehkick, der ihn ihren Stiefelabsatz schmecken ließe. Aber die Dame hatte sich im Griff. Sie blieb in ihrem Revier und schwieg.

»Hans Bluhm ist ermordet worden, und ich versuche, so rasch wie möglich seinen Mörder zu finden. Vielleicht können Sie mir ja vorerst weiterhelfen, bis Dr. Frank Luft für mich hat.«

»Ich? Wieso ich? Ich habe ihn bestimmt nicht erstochen.«

»Sie wissen, wie er ermordet wurde?«

»Frau Klein hat es laut genug herumgeschrien. Das war nicht zu überhören.«

»Sie scheinen nicht sonderlich betroffen.«

»Ich kannte ihn nicht. Sind Sie betroffen, wenn Sie von einem Ihnen fremden Toten hören? Die Nachricht ist für mich nichts anderes als eine Meldung aus dem Fernsehen. Fünfzehn Tote bei einem Attentat hier, dreihundert bei einem Hochwasser dort. Ich nehme es zur Kenntnis, das war's.«

»Ganz schön kalt.«

»Ehrlich. Es scheint mir ehrlich.«

»Und Sie kannten Bluhm tatsächlich nicht? Er war doch ein Mitarbeiter. Da muss man sich doch kennen.«

»Ich habe ein paar logistische Dinge für seine Kurse organisiert, dabei sind wir uns ein paarmal begegnet. Alles rein geschäftlich. Muss man deswegen gleich Betroffenheit heucheln?«

»Bluhm schien mir einer, der Frauen gerne kennenlernte. Und Sie sehen mir aus wie eine Frau, die er bestimmt sehr gerne näher kennenlernen wollte.«

Sie sah ihn aufmerksam an. Dann lächelte sie, und ihr Eis schmolz für einen Moment, sodass Belledin heiß wurde. »Danke. Sie sind sehr charmant.« Sie fuhr die Temperatur wieder runter. »Ich habe ihm von Anfang an klargemacht, dass da nichts läuft. Und glauben Sie mir, wenn ich klar sage, dann meine ich auch klar.«

»Klar«, sagte Belledin trocken und konnte sich vorstellen, was sie damit meinte. »Ist Ihnen vielleicht etwas aufgefallen? Ich meine, Sie kriegen hier im Vorzimmer viel mit. Immerhin haben Sie auch gehört, wie Frau Klein von Bluhms Tod gesprochen hat.«

»Nicht alle Kunden sind so temperamentvoll wie Frau Klein. Das ist eher die Ausnahme.«

»Könnte Bluhm Feinde unter den Kunden gehabt haben?«

Sie zuckte mit den Schultern.

»Und hier? Wie war sein Verhältnis zu Milton Reloaded?«

»Schauen Sie mal auf sein Bankkonto, dann sehen Sie, wie viele

Überweisungen von uns darauf eingegangen sind. Ich glaube, er durfte durchaus zufrieden sein.«

Die Tür zum Büro wurde geöffnet. Ein grau melierter Mann im dunkelblauen Boss-Anzug trat in den Raum, in der Hand hielt er einen Papierbogen, den er seiner Vorzimmerdame überreichte. »Sandra, schreiben Sie das noch mal ins Reine und schicken Sie es dann an Volker Klein. Ich hoffe, mit ihm kann man besser reden als mit seiner Frau.« Er schien Belledin erst jetzt zu bemerken und blickte fragend zu Sandra.

»Das ist Kommissar Belledin. Er ermittelt im Fall Bluhm.«

»Schreckliche Sache. Ich bin Dr. Frank. Guten Tag.« Er streckte die Hand aus. Belledin ergriff sie. Frank schien zu lächeln, ohne zu lächeln. Das kannte Belledin sonst nur vom Dalai Lama.

»Ich habe zwar wenig Zeit, aber kommen Sie doch bitte rein. Mir liegt sehr daran, dass die Sache schleunigst aufgeklärt wird. So eine Geschichte wirft immer auch ein wenig Schmutz auf das umliegende System. Und das wäre nicht gut fürs Geschäft.« Er wies Belledin mit der Hand in sein Büro. Belledin ging vor. »Wollen Sie etwas trinken? Vielleicht einen grünen Tee? Sandra, machen Sie uns doch bitte einen grünen Tee. Danke.«

Frank schloss die Tür hinter sich und bot Belledin einen Platz an. Belledin setzte sich in einen der geschmackvollen, sicher sündhaft teuren Ledersessel und schien darin zu versinken. Wollte er nicht gleich einschlafen, musste er sich einen anderen Platz suchen. Aber er kam nicht hoch. Sein Knie verweigerte ihm den Wechsel. War das etwa schon Hypnose?

»Herr Belledin, wie kann ich Ihnen helfen?« Frank setzte sich in einen Sessel, der im rechten Winkel zu Belledins stand. Belledin gefiel das gar nicht. Er begegnete gerne frontal, der rechte Winkel beraubte ihn seiner körperlichen Wucht. Überhaupt schien dieser Dr. Frank ihn einlullen zu wollen. Gleich würde der Magier das Pendel zücken, damit Belledin am Ende selbst den Mord gestand.

»Wen wollten Sie Frau Klein als Ersatzmann für Bluhm schicken?«, fragte er, um das Heft in die Hand zu bekommen.

Frank sah ihn überrascht an. »Sie kennen Frau Klein?«

»Ja.«

»Sie ermitteln schnell. Kompliment.«

»Wenn ich schnell wäre, hätte ich den Täter bereits. Also?«

»Ehrlich gestanden habe ich keinen wirklichen Ersatzmann. Das war nur ein Vorwand, um Zeit zu gewinnen.« Er lächelte verbrüdernd.

Sandra klopfte leise an die Tür und erschien mit einem silbernen Tablett, auf dem der Tee angerichtet war. Sie stellte es auf dem kleinen Mahagonitisch ab, der vor den beiden Sesseln stand, und schenkte beiden Herren ein. Dann verließ sie den Raum wieder.

Belledin sah ihr nach und gab sich einen Löffel Zucker zu viel in die Tasse. Er bemerkte es erst, als er an dem Tee nippte. Zu süß. Wie Dr. Frank.

»Was ist das eigentlich: Degen-Dialoge?«, fragte er.

»Das ist eine Methode des Kommunikationstrainings, das Bluhm erarbeitet hatte. Bluhm war lange Zeit Choreograf für Kampf- und Fechtszenen an Theatern.«

Was es alles gab.

»Am Theater ficht man, ohne seinen Partner mit der Klinge zu berühren. Trotzdem muss es so aussehen, als wollte man ihn treffen. Obendrein handelt es sich beim Kämpfen um Kommunikation auf einer energetisch höheren Ebene. Wird ein Laie mit dieser Technik des Bühnenkampfes konfrontiert, greift er umgehend auf seine üblichen Kommunikationsmuster zurück. Sie werden lesbar, als hielte man eine Lupe über sie. Damit aber nicht genug. Die Muster werden dem Übenden durch sein Handeln bewusst, und er kann sie verändern.«

Belledin nickte, obwohl er kein Wort verstand und auch nicht verstehen wollte.

»Und wer besucht so einen Kurs? Ich meine, freiwillig.«

Frank lachte und zeigte Zähne, wie Belledin sie sonst nur von Hollywoodstars kannte. »Menschen, die sich weiterentwickeln wollen. Wenn Sie bedenken, dass achtundfünfzig Prozent unserer Kommunikation über Körpersprache abläuft, liegt es wohl nahe, sich dieses Werkzeug anzueignen.«

»Und wie viel kostet dieses Werkzeug?«

»Weniger, als sie damit wieder verdienen können.«

»In Zahlen?«

»Für einen Kurs wie diesen investiert der Kunde zweitausendvierhundert Euro.«

Belledin schob anerkennend die Unterlippe vor und blies die Backen auf. »Und wie lange geht der Kurs?«

»Insgesamt sechs Einheiten innerhalb von drei Monaten. Meistens sind es Wochenendblöcke. Aber das ist flexibel.«

»Und wie viele Teilnehmer?«

»Minimum sechs, Maximum zehn. Damit eine individuelle Betreuung gegeben ist.«

»Und so ein Fechtkurs bringt wirklich was?«

Frank sah Belledin milde an. »Was glauben Sie? Hilft die Homöopathie? Manche Dinge muss man an sich erfahren, damit man sie versteht. Ich hätte Ihnen gerne eine Schnupperstunde angeboten, aber das ist mit Bluhms Tod nun ebenfalls gestorben.«

»Konnte das etwa nur Bluhm?«

Frank seufzte. »Ja, leider. Wir hätten den Kurs dreimal füllen können. Aber es war unmöglich, auf die Schnelle dafür Trainer auszubilden.«

»Es gibt doch genügend Fechter. Wo liegt das Problem?«

»Es gibt kaum gute Bühnenfechter, die dann obendrein den Transfer hinkriegen. Da war Bluhm einzigartig.«

»Und was ist mit dem Ersatzmann, diesem Schauspieler, den sie Frau Klein gerade anbieten wollten?«

»Es sind nur noch zwei Abschlusseinheiten. Die hätte jemand, der von der Schauspielerei kommt und gerade einen Kurs bei Bluhm gemacht hat, übernehmen können. Zur Not. Natürlich reicht das nicht an Bluhms Klasse heran. Er war ein Meister der Kommunikation. Ein wahrer Verführer.« Franks Augen glänzten vor Verzückung.

»Verführte er auch anderweitig, beispielsweise seine Klientinnen?« Belledin suchte nach Motiven.

»Bestimmt. Degen-Dialoge sind eine sehr sinnliche Angelegenheit. Da werden körperliche Blockaden abgebaut, was Bluhm hin und wieder nutzte.«

»Ist das seriös? Gerät der Kunde nicht in ein Abhängigkeitsverhältnis, das missbraucht wird?«

»Die Klienten sind erwachsen.«

»Das sind sie beim Psychiater auch.«

»Und da passiert nichts?« Frank nippte am Tee. Er hatte wohl richtig gesüßt.

»Worin haben Sie Ihren Doktortitel gemacht?«

»In Psychologie. Und er ist nicht gekauft.«

Sandra erschien wieder. Diesmal musste sie sehr leise angeklopft haben, denn Belledin hatte nichts gehört. »Darf ich Ihnen noch etwas bringen? Vielleicht Gebäck? Kuchen?«, fragte sie. Von der Schärfe, die sie ihm vorhin entgegengebracht hatte, war nichts mehr zu spüren. Unberechenbar. Oder war das Selbsthypnose? Konnte sie per Fingerschnippen ihre Stimmung wechseln?

»Ein Wasser mit Kohlensäure bitte«, sagte Belledin, der sich die Süße vom Gaumen spülen wollte, dann wandte er sich wieder an Frank. »Wie stand Bluhm zu anderen Kollegen? Hatte er da vielleicht Feinde?«

Frank legte die Fingerspitzen zu einem Dach gegeneinander und drückte zum Nachdenken die Nase gegen die Kuppen. Große Geste. Belledin ertrug sie.

»Die Coaching-Szene ist ein freier, hart umkämpfter Markt. Wenn Sie gut sind, können Sie hier ein Vermögen verdienen. Bluhm war gut. Sogar sehr gut. Da sind Neider nicht fern.«

»Namen?«

Frank öffnete sein Fingerdach und zeigte unschuldig die Handflächen in Ohrenhöhe, so wie es italienische Fußballer gerne vor dem Schiedsrichter taten, wenn sie dem Gegner von hinten in die Waden gegrätscht waren. »Damit kann ich Ihnen leider nicht dienen. Wir stehen für eine gewisse Ethik und Seriosität. Nicht nur unseren Kunden, auch unseren Mitarbeitern gegenüber. Da bringt man keinen durch ein unachtsames Wort in Verruf.«

Belledin ging das Vornehm-Getue mächtig auf den Geist. Er wurde laut. »Ein Mann wurde ermordet. Mein Job ist es, seinen Mörder zu finden. Und das so schnell wie möglich. Da kann es schon sein, dass sich die eine oder andere Unachtsamkeit mal einschleicht.«

»Wir könnten Ihnen ein Etikette-Seminar anbieten.« Der Ton, den Frank auf einmal anschlug, schmeckte Belledin überhaupt nicht.

»Falls Sie mehr wissen, als Sie mir sagen wollen, kriege ich das raus. Dann führe ich Sie in Handschellen durch die Fußgängerzone. Und glauben Sie mir, das entspricht dann alles der Etikette.«

Er stand auf. Sandra kam mit dem Wasser herein. Er ließ sie ebenso stehen wie Dr. Frank. Sämtlicher Etikette trotzend verließ er Milton Reloaded.

***

Anna sah sich im Bad um. Bea hatte alles mitgenommen, was ihr Spuren bringen konnte. Aus dem Schlafraum brummte der Staubsauger. Die Badewanne war großzügig. Der Spiegel schmeichelte. Anna ging näher an das Glas und sah sich an. Der Spiegel zu Hause ließ sie schlechter aussehen. Aber vielleicht ging es ihr im Moment auch besonders gut? Sie hatte die Klinge gefunden, mit der Bluhm erstochen worden war. Sie fühlte sich als Jägerin. Das gab Kraft. Vielleicht würde sie noch etwas finden. Gestern hatten die Spurensicherer schon etwas übersehen. Warum heute nicht wieder?

Sie drückte ihr Gesicht an die Wand, um ein mögliches Versteck hinter dem Spiegel zu entdecken. Nichts. Der Spiegel war sauber verklebt. Da passte nichts dahinter. Auch der Rest. Penibel verfugt und glatt.

Die Putzfrau lugte herein. »Darf ich?«, fragte sie.

Anna nickte und machte ihr Platz. Sie ging zur Kochnische. Emi Alicka hatte hier schon sauber gemacht. So frisch roch es in Annas Küche nie. Sie wollte nicht an ihr Zuhause denken. Wie war Bluhms echtes Zuhause? Er konnte doch nicht nur in Hotels gelebt haben. Anna erinnerte sich, dass es eine Exfrau und zwei Kinder gab, in Bremen. Die Kollegen vor Ort waren bereits informiert. Sie hoffte, dass die Frau ein Alibi hatte, damit der Fall in Stuttgart blieb. Er war so schon groß genug.

Ihr Blick fiel auf den Schlitz zwischen Kochfeld und Spüle. Dort klemmte ein Stück Karton, das dazwischengerutscht war. Anna zog es mit den Fingernägeln vorsichtig heraus.

Eine abgerissene Eintrittskarte des Theaterhauses von »Die zwölf Geschworenen«. Erst war sie enttäuscht. Das war keine Spur. Es lag nahe, dass Bluhm auch mal in eine Vorstellung gegangen war, wo er doch im selben Gebäude arbeitete. Sie drehte die Karte um. Auf der Rückseite standen ein Name und eine Telefonnummer: »Sandra 0170-8326652«. Das roch schon nach mehr.

Anna zog ihr Handy aus der Jacke und tippte die Nummer. Am anderen Ende ertönte eine Frauenstimme: »Sandra Müller, guten Tag.«

»Guten Tag, Frau Müller, hier Anna Kälble, Kripo Stuttgart. Sie kannten Herrn Bluhm, richtig?«

»Ja. Aber das hat mich Ihr Kollege Herr Belledin schon gefragt. Ich glaube, Ihre Abteilung sollte bei uns ein Kommunikationstraining absolvieren.« Sandra Müller legte auf.

Anna stand da, als hätte sie jemand durch den Hörer schallend geohrfeigt. Es reichte ihr jetzt mit Belledin. Sie würde mit Böhnisch reden müssen. So konnte das nie und nimmer funktionieren. Dieser badische Einzelgänger ließ sie auflaufen und aussehen wie eine Amateurin. Da fuhr sie lieber Streife oder schrieb Strafzettel, als mit ihm weiterzuarbeiten.

Sie wollte gerade Böhnischs Nummer wählen, als ihr Handy klingelte. Sie nahm den Anruf entgegen. »Kälble ... Okay. Gut. Dann bleibt er also hier. Danke.« Die Ex von Bluhm hatte ein Alibi. Kegelabend mit Freundinnen. Anna überlegte, wann sie zuletzt einen Abend mit Freundinnen verbracht hatte. Sie hatte keine Freundinnen. Tratsch wie bei »Sex and the City« langweilte sie, ihre Freundin war die Arbeit.

Sie wählte Schirmers Nummer. Er ging nicht dran. Was hatte sie erwartet? Als Nächstes rief sie das Krankenhaus an, in dem sich Schirmer schon einmal wegen Depressionen und Suizidgefahr hatte behandeln lassen. Man bestätigte ihr, dass er da war, aber noch Ruhe brauche. Sie würde trotzdem hinfahren.

VIER

Belledin stapfte über die Königstraße, die schier endlos lange Fußgängerzone. Er hatte den Kragen seines Mantels aufgestellt, den Hut gegen den stiebenden Niesel tief ins Gesicht gezogen und seine Hände in die Taschen gegraben. Die Finger seiner rechten Hand spielten mit dem Hausschlüssel. Er dachte an daheim. Auch am Kaiserstuhl nebelte es im November. Er schlenderte dann gerne durch die Reben und dachte an früher. Allerheiligen war nicht umsonst im November. Der Herbst war die Zeit der Erinnerung, der großen Fragen: nach den Toten, nach der eigenen Vergänglichkeit, nach dem Sinn des Ganzen. Kein Wunder, dass die Depression in dieser Zeit besonders gerne zuschlug. Fragen ohne Antworten machten nun mal depressiv. Es sei denn, man war ein Narr und sah gerade im Unbeantworteten die Wahrheit.

Belledin mochte aber keine unbeantworteten Fragen. Er war kein Narr. Er war Polizist vom alten Schlag. Und deswegen steckte er sich jetzt auch einen Zigarillo an, den er gegen den Nebel und die unbeantworteten Fragen der Welt paffte.

Er blies den Rauch in die Luft, um den Trübsinn zu vertreiben, der in ihm aufstieg. Er war doch erst den zweiten Tag hier. Warum sollte er jammern? Gedanken an sein einziges Ferienlager mit der Arbeiterwohlfahrt kamen hoch. Er war zwölf gewesen, die Krankenkasse hatte einen Großteil bezahlt. Nach Dänemark war es gegangen, auf die Insel Langeland. Schon auf der langen Busfahrt war ihm übel gewesen. Dann die Überfahrt von Kiel mit der Fähre. Ostsee, kaum Wellen, noch nicht einmal Ebbe und Flut. Trotzdem war er seekrank geworden. Er hatte gekotzt wie ein Reiher. Die unruhigen Nächte im Schlafsack. Mehrbettzimmer mit über zwanzig Jungs. Die Mädchen schliefen in anderen Räumen. Nachts waren die Jungs hinübergeschlichen und hatten sich erste Küsse abgeholt. Belledin war dabei gewesen, aber geküsst hatte man ihn nicht. Ihn mochte nur die dicke Susanne, die zwar schon weit entwickelt war, über die aber nur Witze gerissen wurden. Von so einer geküsst zu werden, hätte als Todesurteil gegolten. Dann schon eher von einer Feuerqualle, die sich an den inneren Oberschenkel saugte.

Belledin spürte die Hitze des Bisses allein beim Gedanken an das Biest. Die ganzen drei Wochen waren ein Scheiß gewesen. Er hatte sich vor Heimweh verzehrt. Und dennoch hatte er beim Abschied aus Langeland Rotz und Wasser geflennt.

Hier würde er nicht flennen, Stuttgart war kein Ferienlager. Stuttgart war Württemberg. Und für einen Badener Strafkolonie. Die Luft hier fühlte sich dünner an. Calvinistischer, geiziger, rechthaberischer. Die Luft wie der Schwabe an sich. Ein Vorurteil? Na wennschon. Belledin wollte heim.

Er stand vor dem Parkhaus und kramte sein Handy heraus. Es klingelte fünfmal, dann sprang der Anrufbeantworter an. Es war Dienstag, zwölf Uhr. Biggi müsste eigentlich zu Hause sein. Sie war es offenbar nicht. Er probierte es auf ihrem Mobiltelefon. Auch hier vertröstete die Mailbox auf später oder forderte auf, eine Nachricht nach dem Signalton zu sprechen. Enttäuscht steckte er sein Handy ein. Vermisste sie ihn denn überhaupt nicht? Warum hatte sie ihn nicht schon längst angerufen? War sie etwa froh, dass er weg war? Hatte sie vielleicht nur darauf gewartet, dass er hierher musste, weil sie hinter seinem Rücken längst etwas mit einem anderen hatte? Wenn Eva Klein so etwas konnte, warum dann nicht auch Biggi? Wer war er denn, dass er glaubte, seine Frau sei ihm treu?

Er warf den Stummel des Zigarillos auf den feuchten Asphalt und trat ihn mit der Schuhspitze aus. Kräftiger als sonst. So, wie man Walnüsse knackte. So würde er es auch mit dem Lüstling machen, der es Biggi besorgte, wenn er ihn zwischen die Finger bekäme.

Blödsinn. Biggi hatte keinen anderen. Biggi war anders als Eva Klein. Sie würde Besorgungen machen oder den Rest des Gartens abräumen. Für Biggi gab es immer etwas zu tun. Das erklärte alles.

Ein Restgefühl von Eifersucht lag ihm dennoch im Magen. Ein Motiv, das auch Bluhm das Leben gekostet hatte? Vielleicht sollte er mal den Mann von Eva Klein besuchen. Schließlich hatte Bluhm auch dort sein Degen-Training abgehalten. Anschließend würde er die Liste des Kurses durchgehen. Auch Dr. Frank müsste er auf dem Schirm haben. Geschäftspartner hatten immer Gründe, sich zu streiten.

Er stieg ins Dunkel des Parkhauses und hoffte auf Biggis baldigen Rückruf.

***

»Er ist auf seinem Zimmer. Besonders gut geht es ihm nicht«, sagte Frau Dr. Metz und führte Anna durch den Gang des Krankenhauses. Vor einer Tür blieben sie stehen. »Aber nicht lange. Er braucht wirklich Ruhe.« Frau Dr. Metz klopfte an. Niemand reagierte. Sie öffnete die Tür. Schirmer saß auf einem Stuhl vor dem Fenster und starrte gegen die Scheibe. »Besuch für Sie, Herr Schirmer.«

Er reagierte nicht. Anna ging ins Zimmer, Dr. Metz schloss von außen die Tür.

Anna ging zu Schirmer, blieb hinter ihm stehen und legte eine Hand auf seine Schulter. Schirmers Blick hing in einer Birke, die noch Reste ihres gelb gefärbten Laubs in den Zweigspitzen hielt. Eine Kohlmeise hüpfte von Ast zu Ast und flog dann auf das Fensterbrett, um von einem Futterring Sonnenblumenkerne zu picken.

»Was macht sie, wenn sie nicht gefüttert wird?«, fragte Schirmer. »Kommt sie trotzdem hierher? Aus Gewohnheit? Hat sie noch die Kraft, sich anderswo Futter zu suchen?«

Anna schwieg. Schirmer wollte keine Antworten. Er hatte sie in seine Fragen schon selbst verpackt.

»Und warum kommst du? Auch aus Gewohnheit? Oder brauchst du Futter?«

»Ich brauche Hilfe.«

»Von mir?«

»Ich habe sonst niemanden.«

»Mich hattest du auch nie wirklich. Ich habe mich ja noch nicht einmal selbst.«

»Ich muss einen Mord aufklären.«

»Und ich ein Leben. Mein Leben.«

»Du hilfst mir bei meinem Mord und ich dir bei deinem Leben. Das wäre doch ein Deal?«

»Eher andersherum. Du hilfst mir bei *meinem* Mord. Allein bin ich anscheinend zu blöde.« Schirmer lachte zynisch. »Für die Dienstwaffe war ich zu feige. Ich hatte den Lauf schon im Maul. Und konnte nicht abdrücken. Ich dachte, Pillen und Schnaps würden es auch tun. Es ist angenehmer, benebelt zu sterben, als mit einem Ruck der Entschlossenheit. Die Hoffnung, dass man doch noch gefunden wird, bleibt einem. Und ich wollte wohl gefunden werden. Aber wozu? Das macht keinen Sinn. Ich will nicht mehr, Anna. Ich bin müde. Aber auch zu müde, endlich Schluss zu machen.«

»Ich bin keine Ärztin. Ich habe nur die einfache Menschenkenntnis einer Polizistin. Wie kann ich dir helfen?«

»Indem du mich in Ruhe lässt. Frag mich nicht, dir dabei zu helfen, wie man das Rätsel eines Mordes löst. Ich habe das Rätsel des Lebens nicht begriffen, und deswegen will ich den Knoten zerschlagen. Wen interessiert es, warum einer sterben musste? Willst du nicht wissen, warum du überhaupt lebst? Wer tot ist, der ist tot. Der hat es schon hinter sich. Der braucht sich nichts mehr zu fragen.«

»Oder erst recht.«

Schirmer lachte laut, als platze ein Ballon. »Gott? Jenseits? Halleluja! Daran glaubst du doch selbst nicht. Glaubst du überhaupt? Darüber haben wir nie gesprochen. Wir haben immer nur über Recht und Ordnung gesprochen. Und manchmal über Musik. Musik war das Einzige, was einen Halt gab. Jetzt kann ich aber nichts mehr davon hören. Jede Melodie ist nur noch ein schaler Versuch, mich davon abzuhalten, meiner inneren Stimme zu folgen. Auch das Geschwätz der Ärzte höre ich nicht. Die innere Stimme ist nämlich laut, sehr laut geworden. Selbst du wirst sie mit deinen albernen Fragen weder ablenken noch zum Schweigen bringen.«

Er legte die Hand auf Annas, die noch immer auf seiner Schulter ruhte. »Kalt und heiß«, sagte er. »Durch den Stoff hindurch spüre ich die Wärme deiner Handfläche. Aber dein Handrücken ist kalt. Eiskalt. Wer bist du, Anna?«

Anna wusste nichts zu antworten. Schirmer hatte sie am Haken. Er war ein Meister der Rhetorik. Sie hatte gesehen, wie schnell er Verdächtige in Widersprüche verstricken konnte und diese eher alle Taten der Welt gestanden, als sich Schirmers Sprachpsychoterror weiter auszusetzen. Sie war ihm nicht gewachsen, aber sie brauchte ihn. Er musste ihr helfen.

Schirmer drückte ihre Hand fester. Dann packte er richtig zu, schnellte auf, drehte ihr den Arm auf den Rücken und zog mit der anderen Hand ihre Dienstwaffe aus dem Holster. Grob stieß er Anna von sich weg. Sie stolperte auf das Bett und fiel mit dem Gesicht auf das Kissen. Es roch nach Weichspüler. Sie hörte das Geräusch und würde es nie mehr vergessen: das Entsichern ihrer Waffe. Sie riss den Kopf herum und sah Schirmer vor dem Fenster stehen. Den Lauf der Walther PP zwischen seinen Lippen. Sie schrie. Der Schuss war lauter. Die Kohlmeise flatterte vom Fensterbrett schutzsuchend zur Birke zurück. Schirmer sackte tot zu Boden.

***

Im Auto lief es doch besser, als Belledin gedacht hatte. Er würde nicht auf die öffentlichen Verkehrsmittel umsteigen. Er brauchte seine Intimsphäre. Gerade hier, in der Fremde. Von Kreuzung zu Kreuzung lernte er die Frauenstimme aus dem Navi mehr zu schätzen.

Die Dame lenkte ihn über den Pragsattel. Jetzt erst sah er, dass es dort oben einen Weinberg gab. Ein wenig Sonne stach durch den Nebel und erhellte die Reben. Am liebsten wäre er jetzt dort hoch. Vielleicht später. Jetzt lotste ihn die Stimme durch Feuerbach. Er fuhr am Hotel Landgraf vorbei, dann durch Feuerbach hindurch. Wieder ein Tunnel. Diesmal ohne Stau, zum Glück.

Föhrichstraße. Hier wurde es schön grün. Ein Sportpark, Wald und rechts die Kuppel einer orthodoxen Kirche. Er begann die Fahrt zu genießen. Ein Schild mit der Aufschrift »Fasanengarten« forderte auf, links abzubiegen. Belledin blieb auf der B 295. Er sah links aus dem Fenster. Der »Fasanengarten« wäre ein schönes Ausflugsziel. Sollte er länger hierbleiben müssen, hätte er jetzt schon zwei Orte gefunden, die ihm die Großstadt versüßen könnten.

Allmählich verschwanden die Äcker und Wälder wieder. Belledin wurde ins Gewerbegebiet Weilimdorf-Nord gelotst. Motorstraße 10.

»Klein – Messtechnik«, hier war es.

Belledin stellte den Wagen auf einen reservierten Parkplatz, dessen Nummernschild mit einem großen »S« begann, und stieg aus. Ein fegender Kerl im Blaukittel schrie über den Platz. Belledin tat so, als höre er ihn nicht, und ging in Richtung Hauptgebäude. Die aufgeregte Stimme kam näher und wiederholte keuchend ihr Anliegen.

»Hier könnet Sie net parke. Des isch dr Parkplatz vom Chef.«

»Genau zu dem will ich.« Belledin hielt dem Platzwart seinen Dienstausweis unter die Nase. »Und wenn er der ist, den ich dringend suche, dann ist sein Auto ein Oldtimer, wenn er ihn wieder fährt.«

Der Mann mit dem Besen verstand nichts, aber der Dienstausweis und Belledins bestimmtes Auftreten schüchterten ihn ein.

»Wo ist Ihr Chef?«

»Unterwegs. Sonscht wär ja dr Parkplatz net frei.«

»Wann kommt er zurück?«

»Seh ich aus wie sei Sekretärin? Des müsset Sie drin froge.«

Der Mann nickte zum Hauptgebäude und fegte mit dem Besen nasses Laub von Belledins Budapestern. Er wusste nicht, ob er maulen oder sich bedanken sollte, und strebte dem Eingang zu.

Ein Pförtner setzte routiniert Blockbuchstaben in die Kästchen eines Kreuzworträtsels. Sein Rautenpullover war ebenfalls beschrieben. Allerdings mit unfreiwilligen Kaffeeflecken. Eine zerknautschte Zigarettenpackung lag neben einem gefüllten Aschenbecher. Der Mann musste eine Legende sein, wenn er das Rauchverbot ignorieren durfte. Aber solange er es in seinem Glaskasten tat, störte er wohl auch keinen Fundamentalisten der Antirauchergemeinde.

Belledin klopfte ans Fenster. Der Pförtner blickte von seinem Kreuzworträtsel hoch. »Zum Chefbüro, bitte.«

»Wer will das?«, fragte er mit der Ruhe einer Schildkröte.

»Kommissar Belledin von der Kriminalpolizei.«

»Muss ich den kennen?«

»Ist nur ein regionaler Star in Baden. Ausnahmsweise Special Guest in Stuttgart. Einmaliger Auftritt.« Belledin verzog keine Miene.

»Aus Baden? Woher?« Die Miene des Pförtners hellte sich auf.

»Kaiserstuhl-Tuniberg, Merdingen. Eigentlich Bötzingen.«

»Peguform? Do hab ich zehn Johr lang in de Spritzerei g'schafft. Ich kumm vu Bickesohl.«

Belledin glaubte es nicht. Noch ein Badener im Exil. Was tat er hier? Freiwillig?

»Im Heubode, z'Umkirch isches denn passiert. Do hab ich mei Frau kenneg'lernt. Erscht hab ich's nit blickt. War jo Musik. Mir hän tanzt, denn rumknutscht. Und wo sie ag'fange hät mit schwätze, war's scho z'spät. Ä Schwäbin. Was willsch mache. Wo die Liebe hinfällt.«

Belledin nickte. So etwas würde ihm nicht passieren. Er hatte bereits eine Frau, und er würde auch nicht tanzen gehen, um eine andere kennenzulernen. Er dachte an den Kuss von Eva Klein, und ein Schauder überkam ihn. Nein, auf keinen Fall wollte er hier mit einer Schwäbin etwas anfangen. Er sah sich schon in einem verrauchten Glaskasten sitzen und Kreuzworträtsel lösen.

»Jetzt bin ich Witwer, scho seit fünf Johr. Aber heim kumm ich nimmi. Heut sind es nimmer die Fraue, die eine wegziehe von daheim, sondern dä Job. Und was Besseres wie des hier krieg ich in meinem Alter nirgends.«

Belledin wusste wieder nichts zu sagen. Auch er war nicht wegen einer Frau hier, sondern weil ihn die Arbeit herbestellt hatte. So nah ihm der Kaiserstühler Dialekt des Pförtners auch war, so sehr fürchtete er sich doch, von der Krankheit angesteckt zu werden, die diesen Tropf hier hatte enden lassen. Ohne Aussicht auf Entkommen. Eingesperrt in einen Glaskasten, die einzige Freiheit: Zigaretten und ein Kreuzworträtselheft mit den immer selben Fragen.

»Gradaus. Frau Klein isch da. Die kann weiterhelfe. Gemahlin des Zeus.«

»Nennt man sie hier so?«

»Nein. Mit vier Buchstaben.« Der Pförtner klopfte mit dem Kugelschreiber auf die Felder seines Rätselhefts.

»Hera«, sagte Belledin und ging den Gang entlang, auf die Tür zu, die ihm der Pförtner gewiesen hatte.

Die Tür öffnete sich, noch ehe er anklopfen konnte. Eva Klein stand vor ihm, einen Ordner unterm Arm. Diesmal strenger gekleidet, aber nicht minder geschmackvoll. Sie schien nicht überrascht, ihn hier zu sehen. Sie tat auch nicht so, als sähen sie sich zum ersten Mal. Belledin hätte eine kleine Posse in der Art erwartet. Dass sie es nicht tat, ehrte sie.

»Hallo, Herr Kommissar. Mein Mann ist leider nicht da. Noch immer auf Geschäftsreise. Hatte ich Ihnen das nicht bereits gesagt?« Sie wartete nicht auf Antwort, drehte sich in das Zimmer, aus dem sie gerade gekommen war, und rief hinein: »Frau Monn, bringen Sie doch bitte die Belege in die Buchhaltung. Ich habe mit Herrn Belledin etwas zu besprechen.«

Eine junge Frau erschien im Türrahmen, nahm Eva Klein den Ordner ab und trippelte davon. Es gab sie wirklich, die grauen Mäuse. Belledin hätte nicht sagen können, wie Frau Monn aussah. Er dichtete ihr eine spitze Nase an, auf der eine Brille saß. Bestimmt hatte sie auch einen lippenlosen Mund. Und einen Körper besaß sie nur, um das hellgraue Kostüm daranzukleben. Schon nach wenigen Metern verschmolz sie mit der Wand und war unsichtbar. Nur dem Klackern der schnellen Absätze war es zu verdanken, dass man einen Menschen in geschäftiger Eile vermutete.

»Kommen Sie doch rein.« Eva Klein ging voran. Auch ihre Absätze klackerten. Aber hier sprangen Waden wie bei einem Wild auf der Flucht. Belledin erinnerte sich wieder an den Kuss, dann an den gehörnten Ehemann. Hera. War es bei Zeus nicht andersherum gewesen? War nicht der Göttervater fremdgegangen und Hera vor Eifersucht explodiert? Er würde noch einmal nachschlagen müssen.

»Wo ist Ihr Mann?«

»Tirana. Wissen Sie, wo das ist?«

Natürlich wusste Belledin, dass Tirana die Hauptstadt Albaniens war. »Die Schande von Tirana, 1967. Null zu null im Qualifikationsspiel für die Europameisterschaft. Und Deutschland durfte nicht nach Italien fahren.«

»Fußball? Davon habe ich keine Ahnung. Mein Mann hat eine Dauerkarte beim VfB. Noch so ein Punkt der Nichtgemeinsamkeit.«

»Und was haben Sie gemeinsam?«

»Romantische Verliebtheit und gute Gespräche. Früher zumindest. Jetzt suchen wir die auf getrennten Wegen. Aber auch das wissen Sie ja bereits.« Sie sah an Belledin vorbei aus dem Fenster. »Und Wohlstand. Das ist nicht zu verachten. Dafür lohnt es sich doch, dass man zusammenbleibt. Finden Sie nicht?«

»Was macht er in Tirana?«

»Die Albaner beginnen sich wirtschaftlich zu entwickeln. Auch so ein Land, das unbedingt in die EU will. Bis die alle Normen erfüllt haben, ist die EU Geschichte. Aber jetzt brauchen sie gute Messtechnik. Und die können wir liefern.«

»Die Geschäfte dort laufen also gut?«

»Aufträge gibt es ohne Ende. Aber die Liquidität unserer Kundschaft ist nicht immer die beste. Um das zu überprüfen, ist mein Mann vor Ort.«

»Und wie oft leisten Sie sich solche Trainings wie mit Bluhm?«

»Meinen Sie die geschäftlichen oder die privaten?« Sie lächelte frech.

Belledin zuckte mit den Schultern.

»Zweimal im Jahr machen wir ein Training für unsere Führungskräfte.«

»Bringt das etwas?«

»Es bringt Schwung und lenkt von der Tretmühle ab. Man wird daran erinnert, dass nichts von selbst läuft, und ist gezwungen, sich neu zu überprüfen und auf Unbekanntes einzulassen. Und da das alles in unseren Räumen stattfindet, versprechen wir uns eine engere Bindung unserer Führungskräfte ans Unternehmen.«

»Verstehe.«

»Machen Sie bei der Polizei denn keine Trainings?«

»Fortbildung. Bei uns heißt das noch Fortbildung.«

»Sie sollten mal außerhalb ein Training belegen.«

»Bei Milton Reloaded?«

»Warum nicht? Es wird Sie bereichern.«

»Und meinen Beutel ärmer machen.«

Die Tür ging auf, ein Gespenst in Grau huschte herein und drückte sich hinter den Schreibtisch.

»Wann kommt Ihr Mann wieder zurück?«

»Morgen Mittag. Um zwölf Uhr fünfunddreißig landet sein Flieger.«

»Zwölf Uhr fünfundvierzig«, verbesserte die graue Maus, geduckt wie ein Heckenschütze.

»Zwölf Uhr fünfundvierzig«, wiederholte Eva Klein, ohne sich an der Pedanterie ihrer Angestellten zu stören. Überhaupt schien sie über vielem zu schweben. Eine Göttin eben, hoch oben im Olymp. Hera.

»Falls Sie noch weitere Fragen haben, rufen Sie mich einfach an. Ab acht Uhr bin ich zu Hause erreichbar.«

Ihr Blick war nicht eindeutig zweideutig. Und trotzdem glaubte Belledin eine Einladung zu einem weiteren Kuss darin zu lesen. Oder wünschte er es sich nur? Verflucht. Er war einfach zu unerfahren in solchen Dingen. Er schluckte und nickte.

»Morgen. Zwölf Uhr fünfundvierzig.« Er war froh, als er seine Stimme hörte. Und dass er das Richtige sagte. Die graue Maus verbesserte ihn jedenfalls nicht.

***

Anna kauerte wortlos in einem der beiden Stühle, die vor Böhnischs Schreibtisch standen. Böhnisch sah stehend auf sie herab. Er hatte bereits alles gesagt, was gesagt werden musste. Wie es dazu kommen konnte, dass es Schirmer gelungen war, sich mit Annas Dienstwaffe zu erschießen. Wie sie überhaupt auf die Idee gekommen war, Schirmer in dessen Zustand aufzusuchen. Warum die Ärzte Annas Besuch gestattet hatten. Und warum sie stattdessen nicht mit Kommissar Belledin im Mordfall Bluhm ermittelte.

»Deswegen bin ich ja zu Schirmer. Weil Belledin keine Anstalten macht, mit mir zusammenzuarbeiten. Ich brauchte Rat von Schirmer, wie ich damit umgehen soll.«

»Rat von Schirmer. Die Verzweifelte fragt den Depressiven. Sagen Sie mal, geht es noch?« Böhnisch drückte sich vom Schreibtisch ab und ging durchs Zimmer. »In eine Scheißlage haben Sie uns gebracht. Eigentlich müsste ich Sie beurlauben, das wissen Sie.« Er sah sie eindringlich an. »Sie haben sogar das Recht darauf. Auf psychologische Betreuung, meine ich.«

Anna antwortete nichts. Sie dachte an Schirmer und wie wenig ihm psychologische Betreuung geholfen hatte. Sie fühlte sich schuldig und elend. Ein Nichts. Meilenweit entfernt von der Heldin, die sie so gerne gewesen wäre. Was sie angerichtet hatte, war mit nichts wiedergutzumachen. Sollte sie zu ihrer Mutter fahren und aus den Resten des gefällten Birnbaums Figuren schnitzen? Das war das Einzige, was sie konnte. Denn zur Polizistin taugte sie nicht. Das hatte dieser badische Klugscheißer gleich gerochen. Es ärgerte sie, dass ausgerechnet dieser Kaiserstuhl-Cowboy recht haben sollte. Allein um ihn eines Besseren zu belehren, hätte sie sich gewünscht, dass sie keine Niete war. So würde sie dessen Vorurteile und Lebensanschauung zu hundert Prozent bestätigen, und die nächste Frau, die vielleicht wirklich gut war, hätte wieder keine Chance, nur weil so ein Drecksack sie auflaufen ließ.

»Ich möchte trotzdem, dass Sie an dem Fall dranbleiben.« Böhnischs Stimme klang weit entfernt. »Wenn Sie jetzt auch noch ausfallen, haben wir ein Riesenloch. Glauben Sie, Sie schaffen das?«

Anna spürte, wie Böhnisch seine Hand auf ihre Schulter legte. Genau so, wie sie es bei Schirmer getan hatte. Und dann hatte er sich umgedreht und ihr die Waffe aus dem Holster gestohlen. Sollte sie Böhnisch auch die Waffe klauen und sich das Hirn wegpusten?

Dann wäre es vorbei. Keine Gedanken mehr an Schmach und Erfolg. Einfach Ruhe. Vielleicht lag Schirmer gar nicht so falsch? Aber Böhnisch trug keine Waffe. Er hatte Autorität, das genügte.

»Ja, ich schaffe das«, sagte Anna. Die Stimme, die sie hörte, klang fremd. All der Druck, der ihr sonst auf der Kehle lag, war gewichen. »Machen Sie nur bitte auch dem Kollegen Belledin klar, dass wir zusammenarbeiten.«

Böhnisch nahm seine Hand von Annas Schulter, ging hinter den Schreibtisch und nahm einen in Folie verpackten Gegenstand aus der Schublade. »Hier, Ihre Waffe. Die Kriminaltechnik braucht sie nicht mehr. Sie vielleicht schon.« Er legte die Waffe auf den Tisch.

Anna sah sie an, griff danach, zögerte und steckte sie langsam ein.

»Viel Glück.«

Sie begriff, dass sie jetzt zu gehen hatte. Aber wohin? Immerhin gelang es ihr, aufzustehen und Böhnischs Büro zu verlassen. Vor der Tür wusste sie weder links noch rechts.

Zwei Uniformierte kamen vorbei, grüßten wortlos und steckten die Köpfe zusammen, als sie weit genug entfernt waren. Anna ahnte, worüber sie tuschelten. Im Präsidium konnte sie nicht bleiben. Die Kantine war der letzte Ort, an den sie jetzt wollte, und in ihrem Büro würde nur der leere Platz Schirmers an eine Zeit erinnern, in der die Welt noch alles versprochen hatte, was eine junge Frau, die an Gerechtigkeit glaubte, erreichen konnte.

Anna entschied sich für links und stieg in den Fahrstuhl, der nach unten führte. Vor dem Präsidiumsgebäude holte sie tief Luft. Sie war feucht und kalt, aber was hatte sie erwartet? Stuttgart war ein Kessel, und wenn sich hier ein Wetter erst einmal eingenistet hatte, konnte es dauern, bis sich etwas änderte. Immerhin lag das Präsidium nicht mitten im Kessel. Anna sah in die Weinberge. Dort hatte sich der Nebel gelichtet. Ein Spaziergang täte gut.

»Frau Kälble, hätten Sie kurz Zeit für ein paar Fragen?« Ein Mann mit dem Gesicht eines Haifischs drückte ihr ein Aufnahmegerät unter die Nase. Ein Ballonkopf schoss in rascher Folge Fotos von ihr.

»Stimmt es, dass Kommissar Schirmer sich mit Ihrer Dienstwaffe das Leben genommen hat? Wie konnte es dazu kommen?« Die Fragen schnappten zu, und Anna fühlte sich bereits mit Haut und Haaren von dem gierigen Schlund des Journalisten gefressen.

Sie sah sich selbst dabei zu, wie sie es tat, und schämte sich nicht.

Erst trat sie dem dicken Fotografen ihren Cowboystiefel in die Eier. Mit einem zweiten Kick schlug sie ihm die Kamera aus der Hand. Schnarrend schlitterte der Apparat über den Asphalt. Sie drückte dem Haifisch das Aufnahmegerät gegen die Zähne und lief davon. Sie rannte immer schneller und hielt erst wieder inne, als ihre Lungen glühten. Sie stand an der U-Bahn-Station Pragsattel. Die U5 in Richtung Feuersee fuhr ein. Anna sprang hinein.

Die Bilder ihrer Stadt zogen an ihr vorüber. Sie sah nur Schlieren, starrte aus dem Fenster, vorbei an den Gesichtern der Insassen. Am Hauptbahnhof stieg sie aus, lief ziellos durch die Hallen, vorbei an Imbissständen, Reisenden und Obdachlosen. Kollegen filzten zwei Afrikaner, ein bärtiger Gitarrist zupfte einen Blues. Raus, wieder an die Luft. Nein, nicht zur Königstraße, keine Menschen. Ruhe. Sie nahm die andere Richtung und fand sich neben den gefällten Platanen des Schlossgartens, die dem neuen Bahnhof weichen mussten. Sie setzte sich auf einen Stamm und schnaufte durch. Als sie wieder bei Atem war, begann sie zu schluchzen.

»Ich weiß, es ist hart«, sagte jemand neben ihr. Sie hatte nicht bemerkt, wie er sich neben sie auf den Stamm gesetzt hatte. Anna drückte ihr Gesicht weiter in die Handflächen, bereit, auch dem nächsten Journalisten die Fresse zu polieren. »All die Bäume für ein ehrgeiziges Projekt einiger Profitgeier. Und wir stehen da und lassen es uns gefallen.« Die Stimme war warm und klang ehrlich berührt. »All unsere Proteste waren doch nur eine Farce. Am Ende ist Demokratie bloß eine Floskel. Es diktiert längst die Oligarchie. Die Demokratie war immer nur eine Utopie. Vielleicht utopischer als der Kommunismus. Weil wir glaubten, wir hätten sie tatsächlich gelebt.«

Anna sah zu ihm auf. Er mochte um die vierzig sein, trug abgewetzte Jeans und eine dunkelbraune Lederjacke mit Fellkragen. Sein Haar war kurz geschnitten, Geheimratsecken schnitten sich tief in die hohe Stirn. Hellgraue Augen, so grau wie der Himmel über ihm. Und genauso trüb. In der Hand hielt er eine Flasche Bier. Er nahm einen Schluck und unterdrückte den anschließenden Rülpser. »Hast du eine Zigarette?«, fragte er.

Anna kramte in ihrer Jacke und reichte ihm das Päckchen. Aus der anderen Tasche fingerte sie ihr Zippo. Er pfiff durch die Zähne, als er das silberne Feuerzeug sah. »Aus den Sechzigern. Eine Rarität.« Er nahm es und vollführte einige coole Moves damit, dann schnippte er es an, zündete mit der Flamme die Zigarette an und gab es Anna zurück. »Ich hatte auch mal eins. Da war ich fünfzehn. Stunden habe ich damit verbracht, zu üben, wie man sich auf besonders lässige Weise eine Kippe anzündet. Verrückt, oder? Womit man sich beschäftigt? Nur damit man irgendwie Eindruck schinden kann? Mit einem Zippo.«

Er streckte Anna die angebrochene Bierflasche entgegen. Sie schüttelte den Kopf.

»Aber im Grunde ist es egal, ob mit einem Zippo, einer Knarre oder dem Geldbeutel. Es geht immer nur um Status. Und davon habe ich die Schnauze voll. Was nutzt es der Platane, dass sie stolz und hoch wächst, wenn sie am Ende doch gefällt wird?« Er erwartete keine Antwort, nahm einen weiteren Schluck aus der Flasche und ging davon. Die Kippen nahm er mit. Er sah sie wohl als eine Art Bezahlung für seinen Vortrag.

Anna suchte nach ihrem Taschenmesser. Es saß in der Innentasche ihrer Lederjacke. Ein Erbstück ihres Vaters wie das Zippo. Sie klappte es auf und säbelte damit vom Stamm der Platane einen kleinen Ast, den die Holzfäller beim Schnitt übersehen hatten. Dann begann sie zu schnitzen. Sie wusste nicht, was es werden sollte.

***

Belledin hatte sich alles in Ruhe angehört. Was sollte er auch dazu sagen? Ein depressiver Kommissar hatte sich mit der Dienstwaffe seiner Kollegin erschossen. Es ging ihm näher, als ihm lieb war. Er hatte Schirmer gekannt. Flüchtig. Auf der Akademie waren sie sich begegnet, hatten Fachwissen ausgetauscht. Schirmer war ein fähiger Mann gewesen. Etwas zynisch vielleicht, aber ein hervorragender Analytiker. Und jetzt hatte ihn seine Analyse über den Sinn des Lebens zu solch einem dramatischen Schluss gebracht. Furchtbar.

Böhnisch verlangte von Belledin besonderes Einfühlungsvermögen.

»Sie ist eine gute Polizistin. Es wäre schade, wenn sie daran zerbräche. Ich wäre Ihnen sehr dankbar, wenn Sie ihr eine Stütze wären.«

»Aber den Fall soll ich auch lösen?«

Böhnisch schluckte die Spitze. Was blieb ihm anderes übrig. Er brauchte Belledin.

»Haben Sie hier keinen Psychologen für solche Situationen?«, fragte er.

»Seit wann sind Sie schon dabei?«

»Im Januar werden es achtundzwanzig Jahre.«

»Waren Sie in der Zeit einmal beim Psychologen?«

Die Frage war rhetorisch. Natürlich war Belledin niemals in seinem Leben bei so einem Weichspüler gewesen, um sich auszuweinen. Stress, Fehler, Öffentlichkeitsdruck – das hatte er alles mit sich selbst ausgemacht. Nicht einmal Biggi hatte er etwas vorgeheult. Belledin hatte gelernt, dass man keine Schwäche zeigte. Harte badische Schule. Zu Hause war ihm nie etwas erklärt worden, der Ledergürtel des Vaters war Erklärung und Reinigung genug gewesen.

»Na, sehen Sie. Und die Kälble ist aus demselben Holz.«

Die Kälble aus demselben Holz? Eine Schwäbin? Jetzt überhob sich Böhnisch aber mächtig. Belledin schwieg, kaute nur an den Spitzen seines Schnäuzers.

»Ich habe übrigens noch mal mit Ihrem Chef telefoniert. Er lässt Sie grüßen und hofft, dass Sie die Freiburger nicht blamieren. Sie wissen ja, wie er ist.«

Ja, Belledin wusste, wie Ammer war. Ein Höfling, der es verstand, die Erfolge seiner Untergebenen für sich zu verbuchen, während sie Scharten selbst auswetzen durften. Er mochte ihn nicht. Ebenso wenig wie Böhnisch. Sie reckten sich alle nach dem Wohlwollen der Politiker, strebten nach höheren Weihen, während sich das Fußvolk schiefe Absätze lief.

»Noch etwas?«, fragte Belledin.

»Wo schlafen Sie eigentlich?«

»Gestern Nacht war ich im Landgraf.«

»Tut mir leid, das bringt unsere Kasse nicht.«

»Ich gedenke ja nicht, ewig hierzubleiben.«

»Trotzdem, Hotel ist nicht drin.«

»Ich nehme auch eine Dienstwohnung.«

»Wird schwer. Es ist alles voll. Es sei denn –« Böhnisch unterbrach sich selbst. »Nein, das kann ich Ihnen nicht zumuten. Obwohl, warum nicht? Sie kannten ihn ja kaum.«

»Was?«

»Sie könnten in Schirmers Wohnung ziehen. Es ist eine Dienstwohnung, sehr zentral. In der Olgastraße, direkt hinterm Oberlandesgericht. Klein, aber es ist alles da, was ein Haushalt braucht. Vielleicht müssten Sie ein wenig ausmisten. Er lebte allein. Geschieden. Und ich möchte nicht wissen, wie es bei mir zu Hause aussähe, wenn meine Frau endlich das täte, was sie mir seit Jahren androht. Sind Sie verheiratet?«

»Ja.«

»Dann wissen Sie ja, was ich meine.«

Belledin wusste es genau. Aber das ging Böhnisch nichts an.

»Wie ist die genaue Adresse?«

»Olgastraße 8. Wenn Sie wollen, kann ich Sie hinbringen. Ich hab noch einen Termin mit dem Staatsanwalt.«

»Keine Umstände. Allein lernt man die Stadt besser kennen.«

»Wie Sie wollen.«

»Die Schlüssel?«

»Kriegen Sie unten. Müssten bei den Sachen sein, die er im Krankenhaus dabeihatte.«

Belledin erhob sich. »Noch was?«

Böhnisch erhob sich ebenfalls. »Auf gute Zusammenarbeit.« Er streckte Belledin die Hand entgegen und bleckte hündisch die Zähne. Belledin hätte gerne einen davon ausgeschlagen, drückte aber stattdessen fest zu. Er glaubte, dass das Lächeln von Böhnisch kurz von Schmerz verzerrt war, dann ließ er los und verließ das Büro.

FÜNF

Anna musste hierherkommen. Sie hatte den Schlüssel von Schirmer im Sommer bekommen, als er mit seinem Sohn drei Wochen Urlaub in Südfrankreich gemacht hatte. In der Zeit hatte sie sich um die drei Kakteen, den Gummibaum und die Sonnenblumen auf dem Balkon gekümmert. Vor allem die Sonnenblumen waren Schirmer wichtig gewesen. In großen Töpfen hatte er sie gezogen, aus den Samen des Vogelfutters, mit dem er im Winter die Meisen fütterte. Anna erinnerte sich an die Kohlmeise, die von Schirmers Schuss aufgeschreckt vom Fensterbrett in die Birkenzweige geflüchtet war.

Sie öffnete die Balkontür. Die Sonnenblumen steckten noch immer im großen Kübel. Sie waren braun, die reifen Kerne ausgepickt, die Köpfe hingen nach unten. So würde sie auch bald an Schirmers Grab stehen. Und mit ihr ein paar wenige andere. Ob sein Sohn wohl kommen würde? Er war zwölf. Anna war immerhin schon dreiundzwanzig gewesen, als ihr Vater gestorben war. Am Schmerz änderte das nichts.

Sie hörte einen Schlüssel in der Wohnungstür und drehte sich hastig um. Hatte Schirmer eine Freundin? Er hatte ihr nie etwas erzählt.

Anna trat einen Schritt zurück auf den Balkon und verschanzte sich hinter den dürren Stängeln der Sonnenblumen. Sie hatte keine Lust auf eine trauernde Geliebte Schirmers. Noch weniger wollte sie diejenige sein, die einer Frau die Nachricht von seinem Tod überbrachte.

Durch das Glas der Balkontür sah sie, wie sich der Besucher in der Wohnung bewegte. Es war keine Frau, sondern ein Mann in einem beigefarbenen Trenchcoat und mit einem schwarzen Stetson auf dem Kopf. Belledin.

Was zum Teufel suchte er hier? Er kam auf sie zu. Sie duckte sich unter das Fenstersims. Sie wollte ihrem natürlichen Feind nicht begegnen. Sie hörte, wie er die Balkontür schloss. Verdammt. Wie sollte sie jetzt von hier runterkommen? Die Wohnung befand sich im dritten Stock, an einen Sprung vom Balkon war nicht zu denken.

Sie würde warten, bis Belledin verschwunden war, und dann das Türglas einschlagen.

Vorsichtig lugte sie durch die Scheibe. Belledin dachte gar nicht daran, Schirmers Wohnung zu verlassen. Im Gegenteil. Er legte Hut und Mantel ab und verschwand in der Küche. Was trieb er hier? Recherchen im Fall Bluhm? Schirmer hatte damit doch gar nichts zu tun gehabt. Oder hatte ihn eine Spur hierhergeführt? Glaubte Belledin etwa, Schirmer hätte sich umgebracht, weil er Dreck am Stecken hatte? Blödsinn. Aber wer wusste schon, wie dieser Badenser tickte.

Die nasskalte Luft kroch Anna langsam unter die Lederjacke. Ihre Kluft war für kurze Ausflüge ins Freie ausreichend, aber für Stellunghalten im Manöver zu dünn. Jetzt sah sie, wie Belledin mit einer dampfenden Tasse und italienischen Keksen aus der Küche kam. Anna hatte Schirmer die Biscotti von ihrem einwöchigen Toskana-Trip mitgebracht. Er hatte sie aufgehoben für einen gemeinsamen Abend. Und jetzt riss Belledin das Päckchen auf. Griff hinein und holte einen Keks heraus, den er in die dampfende Tasse tunkte. Zu lange, denn der Keks löste sich auf und verblieb in der Tasse.

Belledin maulte irgendwas vor sich hin. Er trank, stellte die Tasse ab und entfaltete ein Papier, das er neben die Tasse legte und zu studieren begann. Er notierte sich etwas und griff nach einem weiteren Keks. Diesmal tunkte er nicht, sondern schob ihn sich direkt in den Mund. Wenn Anna wartete, bis Belledin die ganze Packung aufgegessen hatte, konnte sie sich morgen mit einer Lungenentzündung ins Bett legen. Es wäre nicht das erste Mal, dass es sie erwischte. Sie war anfällig. Besonders um diese Jahreszeit. Sie durfte nicht krank werden. Sie wollte kämpfen. Gegen die sich anbahnende Depression, gegen Bluhms Mörder und gegen bornierte Keksfresser, die nicht wussten, was sie taten.

Anna richtete sich auf und klopfte gegen die Balkontür. Belledin sah von seinem Blatt auf. Dann trank er einen Schluck und vertiefte sich wieder in seine Notizen.

Hatte er sie nicht gesehen? Es war doch noch nicht dunkel. Auch wenn der Tag nicht richtig hell werden wollte. Oder glaubte er, ein Vogel wäre gegen die Scheibe geflogen? Sie klopfte erneut. Diesmal stärker. Wenn er sie jetzt nicht wahrnahm, würde sie tatsächlich die Scheibe einschlagen. Sie klopfte wie ein Specht und hämmerte noch mindestens drei Schläge in die Luft, nachdem Belledin die Tür längst geöffnet hatte.

»Was machen Sie hier?«, fragten sie beide gleichzeitig. Die erste gemeinsame Tat. Nur im Ton lagen sie weit auseinander. Während Belledin ganz ruhig und allenfalls verwundert über Annas Balkonauftritt schien, keifte Anna wie eine Hausmeisterin, der man gerade mit matschigen Gummistiefeln durch den frisch gewischten Hausflur gelaufen war.

»Ich wohne hier«, sagte Belledin und zog damit Annas Hochspannung den Stecker.

»Sie tun was?« Anna musste sehr große Augen machen. Denn Belledin zog seine Brauen weit nach oben, als wollte er sie imitieren.

»Aber … das ist Schirmers Wohnung. Sie können doch nicht einfach – ich meine, das geht doch nicht …«

Belledin zuckte mit den Schultern. »Böhnisch hat mir die Wohnung zugewiesen. Hotel ist ihm zu teuer. Andere Dienstwohnungen wären momentan nicht frei. Und irgendwo muss ich ja unterkommen. Oder ist bei Ihnen noch ein Zimmer frei?«

»Was?« Anna sah ihn fassungslos an.

»Ein Scherz. Entschuldigen Sie. Sollte keine Belästigung am Arbeitsplatz sein. Wollen Sie auch einen Kaffee? Ich habe viel zu viel gemacht. Wahrscheinlich auch zu stark. Kenne mich da nicht so aus. Zu Hause macht den immer meine Frau und im Büro der Automat. Kekse gibt es auch. Sind etwas trocken, schmecken aber nicht übel.«

Anna konnte es noch immer nicht fassen. Sie sah Belledin nach, wie er in der Küche verschwand und mit einer Tasse Kaffee in der Hand zurückkehrte, als hätte er schon immer hier gelebt.

Er stellte die Tasse auf den Tisch. »Setzen Sie sich doch«, sagte er und ließ sich selbst wieder auf den Stuhl fallen, auf dem er zuvor gesessen hatte.

Anna sah ihn skeptisch an. Warum war er plötzlich so freundlich? Hatte Böhnisch ihm ins Gewissen geredet? Sie setzte sich. Lieber noch wäre sie gegangen, aber sie fühlte sich schwach. Sitzen und Kaffee trinken, einfach zu Kräften kommen, alles verdauen, sich sammeln. Warum nicht? Aber ausgerechnet hier? In der Wohnung Schirmers, in Gegenwart Belledins? Das war absurd. Aber es hatte sich so ergeben. In sich logisch. Aus einer unzerreißbaren Kette des Schicksals.

Sie griff in die Kekstüte und spürte einen Hauch Toskana zwischen den Fingern. Sie tunkte den Kringel in den Kaffee, wie es Belledin zuvor getan hatte, und sah dabei zu, wie er sich auflöste.

»Das geht sehr schnell. Die Kekse halten nicht viel aus. Italiener eben.«

Anna sah zu ihm auf. Was wusste er schon? Von Italien, von Schirmer, von ihr. Eine Polizeilegende aus Südbaden. Aber Schirmer war auch eine Legende. Eine echte. Nur tot.

»Hier«, sagte Belledin. »Unsere Liste mit den Kursteilnehmern. Ich war vorhin bei dem Verein, der Bluhm angeheuert hat. Milton Reloaded. Aalglatt.« Er sah auf seinen Zettel. »Der Name leitet sich von Milton Erickson ab. Kennen Sie den?«

Anna sah ihn noch immer gedankenverloren an. Er winkte mit seiner behaarten Pratze vor ihrem Gesicht herum. Sie erwachte. »Was?«

»Haben Sie etwas zu schreiben? Wir arbeiten«, sagte Belledin.

Es klang bestimmt, aber nicht unfreundlich. Konnte er tatsächlich auch anders? Sie zückte ihren Notizblock und den silbernen Waldmann-Füller, ein weiteres Erbstück ihres Vaters.

»Milton Reloaded. Haben Sie es?«

Anna schrieb und nickte.

»Milton Erickson. Irgendwas hat das mit dem zu tun. Ich möchte alles wissen über die. Auch was der Name bedeutet.«

Anna fluchte. Die Patrone war leer. Belledin warf ihr seinen Kugelschreiber zu. Sie fing ihn. Belledin schien beeindruckt, kommentierte es aber nicht.

»Es sind acht Teilnehmer, drei Frauen, fünf Männer. Ich schlage vor, wir machen halbe-halbe.« Er schob ihr die Liste rüber. »Kennen Sie sich hier aus? Wissen Sie, ob es hier Papier gibt?«

Anna stand auf und ging in Schirmers Arbeitsraum. Hier hatten sie oft gesessen und über das Leben philosophiert. Sinn und Unsinn. Gestritten hatten sie sich, wie ein Rechtssystem aussehen müsste, das für alle fair wäre. Was Demokratie überhaupt konnte. Wann und wo Polizei überflüssig wurde. Hätte Schirmer mehr von sich gezeigt, Anna hätte Martin verlassen, ehe er die Kartons gepackt hätte. Aber Schirmer ließ nie ganz in sich hineinblicken. Öffnete nur in winzigen Momenten sein Wesen. Dann rutschte man wieder ab wie an poliertem Marmor.

Anna griff nach dem Papierstapel, der neben dem Drucker lag, verdrängte die Erinnerung und kehrte zu Belledin zurück.

»Hier«, sagte sie und legte ihm das Papier auf den Tisch.

»Ich brauche es nicht. Sie schreiben. Oder gibt es hier auch einen Kopierer?«

»Ich kann die Adressen in mein iPhone tippen.«

Belledin sah sie an. Er würde wohl nie darauf kommen, ein digitales Notizbuch zu verwenden. Haptischer Mensch alter Schule. Das Feuer wurde noch mit Steinen geschlagen.

»Sie knöpfen sich die ersten vier vor, ich die anderen.« Er stand auf und verschwand.

Anna begann die Liste abzuschreiben. Darüber vergaß sie für einen Moment Schirmer. Ob tatsächlich einer auf der Liste Bluhm auf dem Gewissen hatte? Schön wäre es. Aus acht Verdächtigen auszuwählen war schon um einiges besser als aus zweitausend Besuchern des Theaterhauses.

Belledin kehrte zurück. »Wissen Sie, wo hier Bettwäsche ist?«

»Ich lebe nicht hier. Und ich war auch nicht Schirmers Hausmädchen.« Anna war unnötig laut geworden. Aber sie fühlte sich gut damit. Was glaubte der Kerl eigentlich?

»Entschuldigung. Hätte ja sein können.«

»Hätte es nicht.«

Belledin ließ sie stehen und ging wieder ins Schlafzimmer. Was musste er jetzt Bettwäsche suchen? Es dämmerte gerade mal. Wollte er etwa schon ins Bett? Hatte er genug ermittelt? Wie war er zu so einem Ruf gekommen, wenn er schon um fünf Uhr schlafen ging?

Sie tippte weiter die Adressen in ihr Handy und wunderte sich, dass Belledin nicht mehr zurückkam. Schließlich ging sie ins Schlafzimmer. Der Geruch des Raums trieb ihr wieder Schirmer in Erinnerung.

Belledin mühte sich umständlich damit ab, das Bett frisch zu beziehen. Anna konnte es nicht mitansehen. So gerne sie ihn auch hätte zappeln lassen, so flugs war sie dabei, ihm das Laken ordentlich über die Matratze zu spannen. Belledin stand mit dem zur Hälfte bezogenen Kissen da wie ein Fünfjähriger. Tollpatschig und süß, mit großen dunklen Augen. Anna nahm die große Bettdecke und schlug sie kräftig in den Bezug, dass der Duft des Waschmittels durch das Zimmer wehte. Belledin schloss die Augen und inhalierte.

»Das riecht wie bei uns früher. Ich glaube, meine Mutter hatte das gleiche Waschmittel. Das Kissen schaffe ich allein. Danke«, sagte er, setzte es ans Kopfende und gab ihm einen Karatehieb, sodass es Ohren machte. »Perfekt. Haben Sie die Liste abgeschrieben?«

»Zwei fehlen mir noch.«

»Dann machen Sie voran. Ich werde jetzt einen kleinen Powernap machen, und um sieben treffen wir uns in der Pathologie.«

»Gut. Bis dann.«

Belledin schnürte sich die Schuhe auf, zog sie aus und legte sich rücklings aufs Bett. Seine Füße rochen nach Schweiß.

»Frische Socken finden Sie in der Kommode dort«, sagte Anna und wandte sich zum Gehen. Sie glaubte, dass sie Belledin noch murmeln hörte: »Sie kennen sich hier ja doch aus, als wären Sie das Hausmädchen.« Aber es war wohl Einbildung. Denn Belledin atmete bereits schwer und schnappte nach Schlaf.

***

Sie hatte noch zwei Stunden, bis sie sich mit Belledin in der Pathologie traf. Sollte sie sich auch hinlegen? Sie würde kein Auge zukriegen. Und falls doch, wäre sie hinterher wie gerädert. Sie konnte diese Zwanzig-Minuten-Nickerchen nicht. Sie sackte sofort in einen Tiefschlaf, der sie bis weit nach dem Aufwachen noch benommen machte.

Von der Olgastraße war es nicht weit bis zum Schlossgarten. Anna schlenderte am Kleinen Haus vorbei, setzte sich auf die Stufen vor der Oper und zündete sich eine Zigarette an. Lange würde sie es nicht aushalten. Sie war zu dünn angezogen für November. Aber nach Hause, um sich etwas Wärmeres anzuziehen, wollte sie nicht. Sie fürchtete, Martin zu begegnen, der den Rest seiner Sachen zusammensuchte. Da schlotterte sie lieber.

Der kalte Stein der Treppen kühlte sie noch mehr aus. Ihre Mutter würde schimpfen und ihr prophezeien, dass sie es an den Nieren bekäme. Sie hatte solchen Warnungen schon immer getrotzt. Auch als man ihr sagte, dass Polizei nur was für Männer sei, trotzte sie. Und sie war sich noch immer sicher, dass sie damit richtiglag. Selbst wenn sie momentan in ihrem Beruf auch mehr Kälte als Wärme empfand. Sie rauchte hastig, ohne Genuss, warf die Kippe auf den Boden und ging schnellen Schrittes in Richtung Königstraße. In der Buchhandlung Wittwer konnte sie sich aufwärmen und gleichzeitig ungestört recherchieren.

Sie stieg die Treppe in den ersten Stock hinauf, passierte die Biografien und landete bei den Managementbüchern. Coaching, Training, Personalentwicklung. Ein Wahnsinn, was es da alles gab. NLP hatte sogar ein eigenes Regalfach. Milton, immer wieder Milton. Sie nahm ein Buch mit dem Titel »Zauberlehrling« aus dem Regal und blätterte durch: Milton H. Erickson. Amerikanischer Psychiater.

»Kann ich Ihnen helfen?«, fragte eine Buchhändlerin engagiert.

Anna musste lachen und sagte: »Darf ich Ihnen vielleicht weiterhelfen?« Dabei zeigte sie auf den Satz, der in dem Buch für solche Fälle vorgeschlagen wurde. Er sollte vager, freundlicher, suggestiver wirken, dem Kunden das Gefühl von Wohlbefinden geben und ihn nicht unter Druck setzen.

Die Verkäuferin errötete und lächelte verlegen.

»Haben Sie noch etwas über Milton Erickson?«, fragte Anna, um die hilfsbereite Frau nicht düpiert stehen zu lassen.

»Oben, bei der Psychologie.«

»Danke.« Anna stellte den »Zauberlehrling« wieder ins Regal und stieg in den nächsten Stock. Zwischen Freud und Jung, Reich und Gehirnforschern fand sie »Hypnotherapie« von Milton H. Erickson und Ernest Rossi. Sie nahm das Buch und zog sich damit auf ein gelbes Ledersofa zurück, das im Bereich der Kinderbücher zum Lesen einlud.

***

Aus den zwanzig Minuten waren zwei Stunden geworden. Belledin schnappte erschrocken nach Luft, als sein Handy klingelte. Er tastete nach dem Störenfried und nahm den Anruf mit geschlossenen Augen entgegen.

»Wo bleiben Sie?« Es war Kälble.

»Bin unterwegs.« Seine Stimme war durch den Schlaf noch tiefer in den Keller gefallen; seine Laune ebenfalls. Er war unerträglich, wenn er die Ausfahrt aus einer Trance verpasst hatte. Eine kalte Dusche täte jetzt gut. Aber dafür war keine Zeit. Er schlüpfte in seine Budapester, warf sich Mantel und Hut über und verließ die Wohnung. Die Bewegung würde ihn wecken.

Im Flur stieß er mit einem jungen Mann zusammen. Belledin hatte keine Zeit für Entschuldigungen und ging weiter. Wenn er Gas gab, konnte er in fünfzehn Minuten in der Pathologie sein.

Er hatte Gas gegeben, aber die Ampelphasen pochten auf fünfzig Stundenkilometer. Allmählich gingen ihm die Flüche aus. Er kramte im Handschuhfach nach einem Kaugummi, der ihm frischen Atem spenden sollte. Er fand einen mit Erdbeergeschmack. Pfefferminz wäre besser gewesen.

Noch immer brummig fuhr er auf den Parkplatz der Pathologie. Kälble erwartete ihn vor dem Eingang und qualmte eine Zigarette. Besser eine Kippe als diesen Erdbeergeschmack auf der Zunge.

»Tut mit leid. Ist sonst nicht meine Art. Geben Sie mir eine?«

»Zeitzonenwechsel. Da kann sich schon ein Jetlag breitmachen.« Sie streckte ihm die Packung entgegen, aus der er eine Zigarette nahm. Das Zippo beeindruckte ihn ebenfalls.

»Ich hatte auch mal eins. Direkt aus den Staaten«, sagte er und zog an der Zigarette, als wäre er der Marlboro-Mann.

»Wo waren Sie? Im Süden?«

»Ich selbst war nie drüben. Meine Tochter war ein Jahr dort, in Boston. Sie hat es mir mitgebracht.«

»Wo ist es?«

»Ich habe es verloren.«

»Weiß sie es?«

»Nein.«

»Sagen Sie es ihr?«

»Nein. Warum?«

»Wenn ich meinem Vater etwas geschenkt hätte, wäre es mir wichtig zu wissen, ob er es bei sich hätte.«

»Annette ist da anders. Sie schenkt einfach so. Denkt sich nicht viel dabei. Weil es dazugehört.«

»Wozu?«

»Zum Geburtstag. Zu Weihnachten. Zu solchen Anlässen eben.«

»Kriegen Sie sonst nie was geschenkt?«

»Nein.«

»Und Sie? Schenken Sie?«

»Nicht einmal zu Weihnachten.« Sie sahen sich an. Zwei Indianer verfeindeter Stämme, die gemeinsam das Kalumet rauchten. Es war ein Anfang. So unsympathisch war die Schwäbin dann doch nicht. Bis der Fall gelöst war, konnte man es vielleicht professionell miteinander durchstehen.

»Warum sind Sie nicht schon reingegangen?« Belledin drückte die Zigarette im Sand eines Aschenbechers aus.

»Dr. Steiner erzählt nicht gerne zweimal. Außerdem darf man in seiner Halle nicht rauchen. Könnte die Gesundheit gefährden.«

Kälble hielt ihm die Tür auf. Sie konnte sogar charmant sein.

Die Pathologie hingegen weniger. Die strahlte das aus, was sie war: kalt und tot. Selbst der weißblonde Dr. Steiner mit seinem fahlen, glatten Gesicht glich einer Totenmaske. Und die Hand, die Belledin zum Gruß drückte, knirschte wie das Eis eines zugefrorenen Teichs, das einzubrechen drohte.

Steiner kam direkt zur Sache und führte Kälble und Belledin zur obduzierten Leiche. »Der Stich kam von links unten und stach diagonal in die linke Herzkammer. Der Täter schien fest entschlossen. Er stach so fest, dass die Klinge durch den linken Lungenflügel drang und aus dem Rücken wieder herauskam.«

Er sah zu Kälble. »Bea sagte, Sie haben die Klinge gefunden. Inzwischen auch Glocke und Griff?«

»Nein.«

»Schade. Ich vermute durch den Stoßwinkel, dass der Täter Linkshänder ist. Es sei denn, er hat sein rechtes Handgelenk sehr geknickt. Der Griff würde uns Klarheit verschaffen.«

»Trat der Tod sofort ein?«, fragte Kälble.

»Bei einem Stich ins Herz und durch die Lunge ziemlich sicher. Wenn Sie hoffen, er hätte dem Hausmeister noch verraten können, wer der Mörder war, muss ich Sie enttäuschen.«

»Noch was?«, fragte Kälble.

»Kleinste Metallspäne an der Einstichstelle. Ich schließe daraus, dass die Klinge kurz zuvor geschärft wurde, ohne anschließend fein geschliffen und gereinigt worden zu sein. Es könnte sich also um eine normale Sportdegenklinge handeln, die rasch umfunktioniert wurde. Aber das kann Bea bestimmt alles viel besser sagen.«

Kälble drehte sich zu Belledin. Er schwieg. Sah nur auf das blasse Gesicht Bluhms und zupfte sich mit den Fingern der rechten Hand am Schnäuzer.

»Herr Belledin?«, fragte Steiner.

Belledin sah den wachsfarbenen Geist an und unterbrach das Zwirbeln am Bart. »Genitalbereich?«

»Keine Anomalie. Gut gebaut.«

»Gibt es da Spuren von Verkehr? Weibliche DNA?«

»Fehlanzeige.« Steiner hob die dünnen Brauen. »Aber Sie liegen gar nicht so falsch.« Er sah zu Kälble, dann wieder zu Belledin wie der Zauberer auf einem Kindergeburtstag, der gleich etwas aus seinem Zylinder zaubert. Tatsächlich trommelten seine Finger einen Wirbel auf dem Metallkarren, der neben der Bahre Sezierwerkzeuge trug. Sie schepperten. Endlich verstummte der Wirbel auf dem Höhepunkt seiner Dynamik, und Steiner ließ es raus. »Männliche DNA.« Mehr sagte er nicht. Es musste wirken. Warum sonst auch der Hokuspokus davor?

Belledin wartete geduldig.

»Im Genitalbereich?«, fragte Kälble. Immerhin sie hatte Steiner am Haken.

Er schüttelte diebisch den Kopf, der blonde Schnittlauch rutschte über die kahlen Stellen. »Am Hals. Schweiß. Aber nicht der von Bluhm.«

»Schweiß vom Täter?«

»Könnte sein. Wenn Bluhm aber vorher auch gegen andere gefochten hat, was anzunehmen ist, dann können die Spuren auch von einem anderen Teilnehmer des Kurses sein.« Steiner deckte Bluhm zu. »Er muss schlafen.« Weder Kälble noch Belledin entlockte er damit ein Lächeln. Nur ihn selbst schien sein Spruch zu erheitern. Er streckte erst Kälble, dann Belledin die Hand zum Abschied hin.

Vor der Tür sog Belledin den Nebel ein. Bei Nacht mochte er ihn. Kälble trat neben ihn. Sie wusste, warum er schwieg.

»Tut mir leid.«

»Gratuliere.«

»Es war einfach keine Zeit, es Ihnen zu sagen.«

»Schon gut.« Er wollte nicht wie ein beleidigtes Kind klingen. »Wo haben Sie die Klinge gefunden?«

»Im Theaterhaus. Ich bin nach der Führung von Lewandowski

noch mal in die Garderobe. Und dann habe ich im Ausguss der Dusche nachgesehen.«

»Wie kamen Sie darauf?«

»Ich habe überlegt, was ich getan hätte.«

»Und was hätten Sie mit dem Griff gemacht?«

»Ihn mit nach draußen genommen und ihn dann dort irgendwo entsorgt.«

»Und wie hätten Sie die Klinge geschärft?«

»Mit einem Schleifstein?«

»Da brauchen Sie etwas Stärkeres.«

»Schleifmaschine?«

Belledin sah sie an. »Fahren wir in zwei Autos?«

»Wohin?«

»Ins Theaterhaus. Die haben dort doch sicherlich Werkstätten, oder?«

Belledin genoss es, Kälble blind zu folgen. Ein Navi, das ihm zusagte. Der Blick auf das Heck des VW-Busses erinnerte ihn an Zeiten, in denen er noch Kalle Blomquist gelesen hatte. Seine Eltern hatten auch einen VW-Bus gehabt. Darin hatten sie die Kartoffeln und Salatköpfe verstaut, mit denen sie auf die Wochenmärkte gefahren waren. Belledin hatte sich heimlich darin verkrochen, wenn er ungestört Kalles Fälle lösen wollte, während seine Mutter mit ihren dicken Bauernfingern das Kleingeld für die Kundschaft zählte.

Der VW-Bus blinkte und bog nach links ab. Belledin wusste nicht, wo sie jetzt waren. Aber er ahnte, dass sie auf einer gemeinsamen Spur fuhren. Er hatte Kälble unterschätzt. Vielleicht unterschätzte er die Schwaben überhaupt? Er atmete tief durch. Es würde nicht leicht werden, ihre Qualitäten anzuerkennen. Aber stur leugnen konnte er sie auch nicht. Dazu war er zu pragmatisch. Und zu clever. Wenn Kälble ihr Trauma mit Schirmer beiseiteschieben konnte, kämen sie zusammen gut voran.

Sein Handy klingelte. Er nahm den Anruf entgegen. Bea Meier.

»Belledin … Ja. Habe es eben erst erfahren … handelsübliche Klinge. Uhlmann-Sport … gut … Und man kann sie auf die Schnelle nur mit einer Maschine schärfen? … Gibt es männliche DNA aus Bluhms Hotelzimmer, die nicht von ihm selbst stammt? Steiner hat männlichen Fremdschweiß an Bluhms Hals gefunden. Vielleicht gibt es Übereinstimmungen mit Ihren Spuren … Wir fahren ins Theaterhaus und suchen die Schleifmaschine … Haben die Experten das Passwort von Bluhms Rechner geknackt? … Was? Warum? … Verstehe. Danke.«

Er legte auf. Seine gute Laune und die Hoffnung auf fruchtbare Zusammenarbeit waren futsch. Kälble hatte Bluhms Rechner. Auch davon hatte sie ihm nichts gesagt. Hatte sie bereits das Passwort geknackt und wusste Dinge, die sie ihm vorenthielt? War sie gar nicht auf Zusammenarbeit aus, sondern wollte ihm zeigen, dass sie ihn nicht brauchte? Sie war ehrgeizig, das hatte er schon bei ihrer ersten Frage gerochen, die sie ihm während seines Vortrages gestellt hatte.

Die Ampel vor ihm sprang auf Gelb. Der VW-Bus rauschte noch drüber. Rot. Belledin bremste. Was hatte er erwartet? Sie wollte ein paar Minuten eher im Theaterhaus sein. Sie wollte es sein, die die Schleifmaschine aufspürte. Sollte sie. Fakten zusammentragen war das eine, die richtigen Folgerungen daraus schließen das andere. Er stellte sein Navi ein. Die Siemensstraße hatte er noch gespeichert.

***

Anna hatte sich in Gedanken verloren. Als Steiner von der Mordwaffe zu sprechen begonnen hatte, war ihr flau geworden. Mit einem Schlag war ihr klar gewesen, dass sie Belledin etwas Wichtiges verschwiegen hatte. Unabsichtlich. Trotzdem hätte er das Recht gehabt, sie zurechtzuweisen. Er hatte es nicht getan. Sie sogar gelobt. Das tat gut. Sie merkte, wie die Lust, den Fall zu lösen, wuchs. Der alte Tatendrang, den Schirmer so sehr an ihr gemocht hatte, pochte wieder in ihr. Am liebsten hätte sie sich vervielfacht und an allen Fronten gleichzeitig ermittelt. Jetzt galt es, die Schlosserei des Theaterhauses zu überprüfen und die Schleifmaschine sicherzustellen, an der womöglich die Mordwaffe geschärft worden war.

Sie setzte den Blinker, wartete den Gegenverkehr ab und fuhr auf das Gelände des Theaterhauses, parkte und stieg aus. Jetzt erst bemerkte sie, dass sie Belledin verloren hatte. Sie wählte ihn an. Mobilbox. Was war los? Warum ging er nicht dran?

***

Belledin hatte Kälbles Namen auf dem Display gesehen und die Entgegennahme des Anrufs verweigert. Selbst wenn sie ihm jetzt gesagt hätte, dass sie den Mörder in Handschellen bei sich hätte – sie hätte es sich in die Haare schmieren können.

»In hundert Metern links abbiegen ... jetzt links abbiegen.« Der Navi-Stimme vertraute er. Er bog links ab. »Jetzt links abbiegen ...« Er erinnerte sich. Außerdem leuchteten die Lichter des Theaterhauses hell. Nicht zu verfehlen. »Fahrtziel erreicht.«

Er parkte neben Kälble und stieg aus dem Wagen.

»Ich dachte schon, ich hätte Sie verloren«, sagte sie.

»Keine Sorge. Ich komme immer ans Ziel.« Es klang scharf. Kälble entging es nicht.

»Tut mir leid, ich war in Gedanken.« Sie hoffte wohl, ihn damit zu besänftigen.

»Und? Was ist dabei herausgekommen?« Seine Stimme rasierte noch immer.

»Wenn hier die Schleifmaschine ist, an der der Täter seine Waffe geschärft hat, muss er sich im Theaterhaus gut auskennen. Er muss sich Zutritt zu den Werkstätten verschaffen können.«

»Er müsste also gar kein Kursteilnehmer sein«, sagte Belledin. Seine Stimme klang wieder freundlicher. Aber er sprach auch mehr zu sich selbst. »So einen Degen bekommt man bei Uhlmann-Sport. Der Täter besorgt sich einen, schleift ihn sich zur Waffe, wartet, bis der letzte Kursteilnehmer verschwunden ist, und tötet Bluhm.«

»Fällt es nicht auf, wenn jemand mit dem Degen durchs Theater spaziert? Die Teile sind ziemlich lang. Die passen nicht in eine normale Sporttasche.«

»Er hätte den Degen in Einzelteilen in die Halle bringen und dann dort zusammenschrauben können. So, wie er ihn später auch auseinandergenommen hat.« Belledin sah Kälble an. »Oder er hat ihn bereits tagsüber in der Umkleide versteckt. Wenn er Zutritt zur Werkstatt hat, kommt er auch in die Umkleide.«

Kälble schien etwas sagen zu wollen, nickte dann aber nur.

»Wo ist die Schlosserei? Sie waren doch schon zweimal hier.«

»Hinten, auf der anderen Seite.«

»Müssen wir durchs Theater?«

»Geht auch. Aber außenrum sind wir schneller.«

Kälble ging vor. Belledin blieb einen halben Schritt hinter ihr.

In der Werkstatt brannte Licht. Durch die Glasfront sahen sie einen Mann mit einer Schutzbrille. Er stand vor der Schleifmaschine und zog Eisen über die rotierenden Steinscheiben. Funken sprühten.

Belledin drückte die Klinke der Tür. Sie war verschlossen. Er klopfte an. Der Mann mit der Schutzbrille reagierte nicht. Er hielt das Eisenstück, das er bearbeitete, in die Höhe und betrachtete es prüfend. Es war ein großes Kampfmesser. Sein Blick fiel zur Glastür. Er erschrak, steckte das Messer ein und verschwand durch eine andere Tür aus der Werkstatt.

»Schneiden Sie ihm den Weg ab. Sie kennen das Gebäude besser. Ich rufe Verstärkung.« Belledin zückte sein Handy. Kälble lief los.

***

Anna hatte den Mann in der Werkstatt erkannt. Es war Bulli. Was machte er an der Schleifmaschine?

Es schien gerade wieder ein Stück zu Ende zu sein. Das Foyer war überfüllt mit Besuchern. Anna zwängte sich durch den Pulk. Schob und schubste. Ein Herr in teurer Abendgarderobe maulte, weil Annas Rempler ihm den Sekt verschüttete.

»'tschuldigung.« Sie rannte weiter.

Hinter dem Kassenhäuschen musste sie links abbiegen, an der Turnhalle vorbei und wieder links, bevor sie den hinteren Ausgang erreichte. Sie drückte die Metalltür auf, die in den Gang zu den Werkstätten führte. Der Gang endete an einer weiteren Metalltür. Die Tür hinter ihr fiel zu. Bulli war nirgends zu sehen. Sie lief zur nächsten Metalltür, öffnete sie und stieß dann die Tür zur Werkstatt auf. Niemand da. Nur Belledin, der vor der Glasscheibe wartete.

***

Belledin sah sich nach der angeforderten Verstärkung um. Auch Bea Meier hatte er gerufen. Sie sollte die Schleifmaschine sicherstellen und sich in der Werkstatt umsehen. Sie konnten schon hier sein. Aber vielleicht verfuhren sich hier auch die Einheimischen.

Er sah einen Mann in Motorradkluft über den Parkplatz gehen. Er steuerte eine Harley an, die unter einer Laterne parkte. Hinter ihm klopfte jemand gegen die Scheibe. Kälble. Sie gestikulierte wild und zeigte auf den Mann, der auf das Motorrad stieg.

Belledin kapierte. Das war der Mann, der eben das Kampfmesser geschliffen hatte. Er sprintete zur Laterne. Die Harley zündete und knatterte aus tiefer Kehle. Der Mann setzte sich einen Halbschalenhelm auf den Kopf und zurrte den Riemen zu. Belledin erwischte ihn an der Schulter, ehe er den ersten Gang einlegen konnte. Der Fahrer verlor das Gleichgewicht und fiel mit der Maschine um. Er jaulte auf und schickte Belledin einen bitterbösen Blick. Belledin passte es gut, dass der Fleischberg unter dem Motorrad eingeklemmt lag.

»Belledin, Kripo, Sie sind festgenommen. Wegen Verdachts des Mordes an Hans Bluhm.« Das klang gut und wäre eine feine Lösung.

Der Fleischberg lachte höhnisch. »So ein Blödsinn.«

Belledin hatte schon alles gehört: Beteuerungen, Flüche, Flehen und Drohungen. Es prallte an ihm ab. Er hatte einen Verdächtigen. Und mit ein wenig Glück sogar den Täter.

Die Kollegen fuhren ein. Im Schlepptau Bea Meier und Schmötzer. Die Uniformierten befreiten den Verdächtigen vom Gewicht der Harley und legten ihm Handschellen an.

»Bulli. Diesmal kriegen wir dich«, sagte einer der Polizisten.

»Sie kennen ihn?«, fragte Belledin den Kollegen.

»Bernd Ulmen, genannt Bulli. Isch immer mal gern irgendwo dabei, wo die Fetzen fliegen. Hat aber nie was ang'schtellt. Isch immer nur zufällig vorbeigekommen. Hab ich recht?«

Bulli schwieg.

»Wie heißen Sie?«, fragte Belledin den Beamten.

»Gentner. Ich bin von der Dienststelle Feuerbach. Und Sie sind der Ersatz für Schirmer? Belledin aus Freiburg? Weiß B'scheid. Wo isch Frau Kälble? Abgezogen? Besser so. Schien mir von Anfang an überfordert. Und dann die Sache mit Schirmer und ihrer Dienschtwaffe. Des kann jeden umhaue.«

»Kommissarin Kälble arbeitet weiter an dem Fall. Sie hat uns auf Bullis Spur gebracht. Und sie schlägt sich tapfer. Ich bin verdammt froh, dass ich sie habe.«

Gentner schluckte und schwieg. Belledin sah zu Bea, dann wandte er sich an Bulli.

»Frau Meier würde gerne Ihr Messer an sich nehmen.«

»Was für ein Messer?« Sich blöd stellen konnte Bulli schon mal ganz gut.

»Durchsuchen.«

Gentner gehorchte, fand aber kein Kampfmesser. Bulli grinste siegessicher.

»Abführen.«

Gentner und der Kollege packten Bulli und verfrachteten ihn in den Dienstwagen. Belledin drehte sich zu Bea und Schmötzer.

»In der Werkstatt steht eine Schleifmaschine. Wäre gut, wenn wir wüssten, ob die Mordwaffe daran geschärft worden ist. Und wenn die DNA von Bulli mit der auf Bluhms Hals identisch ist, müsste das reichen, um den Kerl einzubuchten.«

***

Anna hatte es endlich geschafft, Lewandowski zu erreichen. Sie war eingesperrt. Die Glastür zum Parkplatz war verschlossen, und durch die Brandschutztüren kam sie ohne Schlüssel nur in eine Richtung. Lewandowski schloss die Glastür auf, vor der Belledin bereits mit Bea und Schmötzer wartete.

»Wo ist Bulli?«, fragte Anna.

»Abgeführt.«

»Mir hat er gestern gesagt, er hätte ein Alibi. Er saß zur Tatzeit angeblich im Kassenhäuschen.«

»Überprüft?«

Anna senkte den Blick.

»Dann machen Sie das jetzt.« Belledin wandte sich an Lewandowski. »Wo ist Bullis Arbeitsplatz?«

»Während der Vorstellungen an der Kasse. Sonst im Büro.«

»Führen Sie mich hin.«

»Soll ich mitkommen?«, fragte Anna.

»Sie gehen zur Kasse und beten, dass Bulli gestern zwischen neun und zehn Uhr das Kassenhäuschen mindestens ein Mal verlassen hat. Anschließend treffen wir uns im Theaterrestaurant. Ich habe Hunger.«

Anna ging außen herum und betrat das Foyer. Jetzt war weniger los. Sie steuerte auf das Kassenhäuschen zu. Schretzmeier gab einer Kassiererin Anweisungen. Er zog finster die Augenbrauen zusammen, als er Anna erkannte, und kam aus dem Häuschen.

»Was fällt Ihne denn ein, den Bulli zu verhafte?«

»Er steht unter Tatverdacht.«

»So? Und warum? Weil er net Ihren bürgerlichen Konventionen entspricht? Ich sag Ihne eins: Der Bulli isch in Ordnung. Schwer in Ordnung.«

»Waren Sie gestern Abend zwischen neun und zehn Uhr die ganze Zeit hier?«

»Bin ich jetzt etwa auch verdächtig? Jetzt wird's aber luschtig.«

»Beantworten Sie einfach nur meine Frage.«

»Freilich war ich hier, wo sonscht?«

»Und Bulli war ebenfalls hier? Die ganze Zeit?«

»Ja.«

Anna musterte Schretzmeier und hoffte, etwas in seinem Blick zu lesen, was auf eine Lüge schließen ließ. Aber da war nichts. Sie merkte, wie sie innerlich zusammenknickte. Jetzt konnten sie nur auf die DNA hoffen. Ein Motiv würde sich finden. Vermutlich würde es schon reichen, wenn Bluhm HSV-Fan gewesen wäre.

»Ich muss weiterarbeiten«, sagte Schretzmeier. »Und wegen Bulli höre mir uns noch.«

»Auch ich arbeite. Und wir hören uns ganz bestimmt noch.« Anna war die Wichtigtuerei des Theaterchefs leid.

***

Belledin hatte die Werkstatt verlassen und sich ausgiebig in Bullis Büro umgesehen. Das Kampfmesser hatte er nicht gefunden. Auch sonst keine Hinweise, die Bulli als Fechter auswiesen. Es wäre zu schön, wenn er hier Griff und Glocke der Tatwaffe fände. Er wühlte in einer Kiste, in der sich Videospiele stapelten. Fehlanzeige.

»Wissen Sie, ob Bulli Linkshänder ist?«

»Keine Ahnung«, sagte Lewandowski. »Aber ich bin Linkshänder. Allerdings umgewöhnt. Ich schreibe und esse mit rechts. Nur wenn ich mit dem Hammer einen Nagel in die Wand schlage, dann nehme ich die linke Hand.«

Belledin sah ihn an. »Sie haben Bluhm gefunden. Sie haben die Schlüssel für alle Räume. Sie sind Linkshänder. Sie hätten Zeit gehabt, die Klinge zu verstecken, ehe Sie die Polizei verständigten. Haben Sie Bluhm getötet?«

Lewandowski schluckte. »Nein. Um Gottes willen. Wieso sollte ich das tun?«

»Sagen Sie es mir.«

»Ich habe keinen Grund. Ich kannte ihn doch überhaupt nicht. Außerdem habe ich, kurz bevor ich in die Halle gegangen bin, noch in der Theaterwohnung Mausefallen aufgestellt. Das kann Bruno bezeugen.«

»Bruno?«

»Der Clown, der gerade in der Theaterwohnung lebt.«

»Ist er jetzt da?«

»Weiß ich nicht.«

»Sehen wir nach.«

Lewandowski führte Belledin aus Bullis Büro und stieg mit ihm die Treppen zur Theaterwohnung hoch. Hinter der Tür hörte man es fluchen.

Nachdem Lewandowski die Tür geöffnet hatte, fiel Belledins Blick auf einen Mann in Pumphosen, der auf den Knien hockte und einen Schuh in der Hand hielt. Bereit, damit auf alles zu schlagen, was ihm unter den Absatz geriet.

»Hallo, Bruno. Das ist Kommissar Belledin.«

»Meinst du etwa, die Polizei erwischt die Viecher? Deine Mausefallen können jedenfalls gar nichts.« Bruno dachte gar nicht daran, sich vom Fleck zu rühren, sondern lauerte weiterhin auf den Nager, den er hinter einer Kommode vermutete.

»Der Kommissar will nur wissen, ob und wie lange ich gestern hier gewesen bin.«

»Bis kurz nach zehn. Und gebracht hat es gar nichts.« Die Maus huschte aus ihrem Versteck. Bruno schmetterte den Schuh auf die Dielen. Es krachte. Der Absatz war gebrochen. Die Maus verschwand in der Küche.

Belledin drehte sich zu Lewandowski. »Wohnt hier außer den Mäusen und Bruno noch jemand?«

»Chiara, eine Tänzerin aus der Theaterhaus-Kompanie, und Markus, ein Schauspieler des Ensembles.«

»Sind die da?«

»Chiara hat Probe«, mischte sich Bruno ein, der mit einer Tube

Sekundenkleber bewaffnet versuchte, den Absatz zu leimen. »Außerdem wollten Freddy und Bolle längst hier sein.«

»Freddy und Bolle?«, fragte Lewandowski erschrocken. »Ich dachte, die hätten Hausverbot.«

Bruno zuckte mit den Schultern. »Pack schlägt sich, Pack verträgt sich.«

»Aber wo sollen die denn noch schlafen? Hier ist doch gar kein Platz mehr.«

»Markus hat gesagt, er kommt bei seiner Schwester unter.«

Lewandowski starrte hilflos die Wand an.

»Ist etwas mit Ihnen?«, fragte Belledin.

»Freddy und Bolle«, sagte Lewandowski so resigniert, als würde er den Weltuntergang verkünden. »Da hab ich die Hütte lieber voll mit Mäusen.«

Bruno verdrehte die Augen und presste Daumen gegen Zeige- und Mittelfinger, wie es die Italiener taten, wenn sie in Fahrt kamen. »Du übertreibst. So schlimm sind sie nun auch wieder nicht. Und wer weiß, ob sie überhaupt den Weg hierher finden. Bei denen weiß man nie.«

»Eben.«

»Cazzo!«, schrie Bruno und starrte auf seine Fingerkuppen. Sie klebten zusammen.

***

Im Restaurant ging es ruhig zu. Anna suchte einen kleinen Tisch und bestellte sich einen Kaffee. Als er serviert wurde, trat Belledin ein und hielt Ausschau nach ihr. Sie winkte. Er sah sie und näherte sich ihrem Tisch. Auf dem Weg passte er die Kellnerin ab und gab seine Bestellung auf.

»Essen Sie nichts?«, fragte er.

»Ist mir zu spät.«

»Dinner Cancelling? Hab ich auch mal probiert. Bringt überhaupt nichts. Außer schlechter Laune.«

»Und die haben Sie sowieso.«

»Nicht grundlos.«

»Darf ich ihn erfahren?«

»Erst, wenn Sie mir etwas über Bullis Alibi erzählt haben.«

»Wasserdicht. Vom Chef persönlich.«

»Das heitert nicht auf.« Belledin griff nach der Apfelschorle, die ihm die Kellnerin servierte, und nahm einen großen Schluck davon. »Ich habe Lewandowski auf den Zahn gefühlt. Er ist Linkshänder. Aber auch er hat ein Alibi.«

»Hoffen wir auf die DNA.«

»Und auf ein Geständnis. Dann ist Schretzmeiers Aussage hinfällig. Er könnte Bulli auch decken, weil er ein Freund ist.«

»Und weil es keine gute Werbung wäre, wenn ein Mitarbeiter des Theaters ein Killer wäre.«

Die Kellnerin brachte Belledins gemischten Salat mit Putenbrust. Er machte sich darüber her.

»Und?«, fragte Anna. »Sagen Sie mir jetzt, welche Laus Ihnen über die Leber gelaufen ist? In der Pathologie waren Sie ganz anders drauf. Liegt es daran, dass ich Sie an der Ampel habe stehen lassen? Das tut mir leid. Wie gesagt, ich war in Gedanken. Ich habe es nicht gemerkt.«

Belledin kaute gemächlich, schluckte und spülte mit der Apfelschorle nach. »Haben Sie auch nicht gemerkt, dass Sie Bluhms Computer an sich genommen haben? Ich wollte, dass ihn die Experten knacken.«

»Ich kann das.«

»Und?«

»Ich kam noch nicht dazu.«

Belledin spießte ein riesiges Salatblatt auf und stopfte es sich in den Mund. Sein Kiefer malmte wie der einer Kuh.

»Ich kümmere mich noch heute darum. Aber es ist wahnsinnig viel los.«

»Deswegen werden Arbeiten auch delegiert. Macht Sinn, oder?«

»Das sagen ausgerechnet Sie? Wer macht denn hier von der ersten Sekunde auf Lonely Rider?«

Belledin unterdrückte einen Rülpser und wischte sich den Mund mit der Serviette ab.

»Was haben Sie über Milton Reloaded herausgefunden?« Belledin hatte offenbar keine Lust, Befindlichkeiten zu tauschen.

»Milton kommt von Milton Erickson. Ein amerikanischer Psychiater, der die Hypnotherapie entwickelte.«

»Und was ist das? Einer schnipst mit dem Finger, und man macht dann Dinge, von denen man hinterher nicht mehr weiß, dass man sie getan hat? Begeht einen Mord, zum Beispiel?«

»Nein. Das ist alles Humbug, so etwas geht gar nicht. Milton induziert zwar auch Schlaftrancen, bei denen er mit dem Unterbewusstsein des Patienten arbeitet, aber viel interessanter sind seine Techniken der Wachtrancen.«

»Was heißt das nun wieder?«

»Das heißt, dass wir ständig in irgendwelche Trancen fallen, ohne dass wir uns dessen bewusst werden. Sobald Sie Ihren Fokus auf etwas gerichtet haben, sind Sie in einer Art Trance. Sie nehmen das andere um sich herum nicht mehr wahr.«

»Sie meinen, wenn ich auf die Beine der Kellnerin starre, bin ich hypnotisiert?« Belledin tat belustigt.

»Richtig.«

»Wie kommt es aber, dass ich Ihnen noch immer zuhöre?«

»Weil Sie nicht auf ihre Titten schauen.«

Belledin starrte Anna verwirrt an.

»Schauen Sie, jetzt habe ich Ihre Aufmerksamkeit. Jetzt kann ich anfangen, Sie zu lenken, in die gewünschte Richtung zu manipulieren. Bei Milton Erickson fällt das unter die Technik ›Schock, Überraschung und schöpferische Suggestion‹. Gewohnte geistige Bezugsrahmen des Patienten werden durch einen Schock durchbrochen, sodass seine bewussten Haltungen außer Kraft gesetzt werden und eine momentane Bewusstseinslücke entsteht, die durch die geeignete Suggestion gefüllt werden kann.«

»Das funktioniert?«

»Anscheinend ja. Die gesamte NLP-Technik von Dilts und Grinder baut hauptsächlich auf Erickson auf.«

»NLP. So ein Buch hatte ich auch bei Bluhm gesehen. Ich dachte immer, das sei so eine Art Religion.«

»Ein Werkzeugkasten: gelungene Kommunikation und persönliche Entfaltung. So beschreibt es sich selbst.«

»Hört sich bereits an wie eine Suggestion.«

»Sie lernen schnell.«

»Haben Sie noch mehr von den Techniken? Ich meine, wie den Schock mit den Titten?«

Anna ging nicht darauf ein. »Milton Reloaded steht also für eine Neuauflage des Erickson-Geistes. Für die nächste Epoche sozusagen.«

»Und Bluhm unterrichtete nach dem Prinzip?«

»Ist anzunehmen.«

»Und die Degen helfen dabei?«

»Anscheinend. Wenn ich das Passwort geknackt habe, weiß ich vielleicht mehr. Solche Leute schreiben gerne Abhandlungen über ihre Methoden. Wenn wir seine Methoden und Werte kennen, können wir vielleicht darauf schließen, wer etwas dagegen gehabt haben könnte.«

»Ich glaube, es ist viel einfacher. Entweder Futterneid oder Eifersucht.«

»Eifersucht?«

»Bluhm schien gut mit Frauen zu können. Und ich kann mir vorstellen, dass die Tricks, die er im Koffer hatte, nicht allen Männern geschmeckt haben. Oder allen Frauen, wenn sie aus ihrer Trance erwachten und sahen, dass Bluhms Pendel bereits eine andere hypnotisierte.«

»Also die Teilnehmerliste.«

»Richtig. Solange wir keinen DNA-Abgleich von Bulli haben, müssen wir weiterermitteln.«

»Dann mal los.« Anna wollte aufstehen. Belledin hielt sie am Arm zurück. Er nickte zu einer Gruppe aufgescheuchter Menschen, die sich an den Stammtisch des Theaterhauses setzten. Die Kellnerin lief bereits mit Block und Kugelschreiber auf die Lustigen zu.

»Und? Was kriegen unsere zwölf Geschworenen?«, fragte sie und nahm die Bestellung auf.

»Lief gestern während Bluhms Kurs nicht auch ›Die zwölf Geschworenen‹?«, fragte Belledin.

»Ja. Und noch drei weitere Spektakel.«

»Vielleicht haben die Schauspieler etwas Ungewöhnliches bemerkt.«

»Glauben Sie wirklich, dass einer der Schauspieler etwas gesehen haben könnte? Die sind doch am meisten mit sich selbst beschäftigt. Ein Musterbeispiel an Trance.«

»Könnte mir vorstellen, dass der eine oder andere Bluhm kannte. Sagten Sie nicht ›persönliche Entfaltung‹? Künstler sind für solche Versprechen besonders anfällig.«

Es kam Leben in das Lokal. Eine weitere Vorstellung war zu Ende. Der Laden füllte sich.

»Wollen wir uns dazusetzen und die Stimmung vermiesen?«, fragte Belledin und stand auf.

»Ich bleibe sitzen und beobachte die Lage von hier aus. Verschiedene Perspektiven können manchmal hilfreich sein.«

»Guten Abend.« Belledins Bass erntete freundliche Blicke und unverbindliches Nicken. Man war es hier gewohnt, dass Fremde sich dazugesellten. Vermutlich war das auch Zweck dieses offenen Stammtisches: Nähe zum Publikum aufzubauen.

»Ist hier noch frei?«, frage Belledin einen jungen Schauspieler mit zurückgekämmtem Haar, der sich gerade ein großes Bier bestellte.

»Der ist eigentlich reserviert für den Chef.«

»Wenn er kommt, kann ich ja aufstehen.« Belledin setzte sich. Er sah sich stumm die Runde an. Es schien keinen groß zu stören, dass er dazwischenhockte. Man unterhielt sich über den Verlauf der Vorstellung, Insiderbemerkungen kreisten. Ein älterer Schauspieler erzählte einen Witz, die Frauen lachten, zwei jüngere Kollegen verdrehten die Augen. Sie kannten den Kalauer anscheinend längst. Eine hübsche Frau, die er auf etwa dreißig schätzte, lächelte ihn an und prostete ihm zu. Belledin merkte, dass er sein Glas am anderen Tisch stehen hatte, und nahm sich frech das Bier des Nachbarn, um mit ihr anzustoßen. Der junge Schauspieler merkte nichts, weil er mit einem Kollegen, der am anderen Ende saß, heftig und laut über den VfB und Besiktas diskutierte.

Der Bierkrug klang gegen ein Rotweinglas mit Lippenstiftspuren. »Waren Sie in der Vorstellung?«, fragte die Frau, und Belledin glaubte einen leicht slawischen Akzent herauszuhören. Auch die hohen Wangenknochen ließen ihn auf Russland tippen.

»Nein. Lohnt es sich denn?«

Sie zuckte mit den Schultern. »Kennen Sie den Film?«

»Klar. Sidney Lumet. Mit Henry Fonda. *›I don't really know what the truth is. I don't suppose anybody will ever really know.‹* Geschworener Nummer acht. Wer spielt den von Ihnen?«

»Er dort hinten. Emre. Ich finde, er macht das ganz gut.«

»Schwer, an Henry Fonda vorbeizukommen. Aber noch schwieriger ist es, den Geschworenen Nummer drei zu toppen: Lee J. Cobb. Da geht überhaupt nichts drüber.«

Die Frau lächelte und trank.

»Und Sie? Was haben Sie mit der Produktion zu tun? Sind Sie die Maskenbildnerin?«

»Nein. Ich bin Geschworener Nummer elf.«

»Was? Aber Sie sind doch eine Frau. Kleben Sie sich einen Bart an?«

Sie lachte. »Heute gibt es auch Frauen unter den Geschworenen. Wir spielen es zeitgemäß.«

»Verstehe.« Belledin fand, dass er jetzt genug geplänkelt hatte. Er wollte nicht in eine Grundsatzdiskussion übers Theaterspiel verfallen. Er hatte zwar eine Meinung, aber keine Ahnung. Er zückte seinen Dienstausweis.

»Polizei? Wegen dem Mord gestern?«

»Sie hatten gestern doch auch Vorstellung, oder?«

»Ja.«

»Ist Ihnen etwas aufgefallen?«

»Nichts. Wir haben mit der Sporthalle gar nichts zu tun. Die Männer spielen da dienstags Fußball, aber ansonsten wird sie vermietet.«

»Das ist mein Bier.« Der Schauspieler hatte Belledins Diebstahl bemerkt. Belledin drehte sich zu ihm um und hielt ihm den Ausweis unter die Nase.

»Wo waren Sie gestern Abend zwischen zwanzig und zweiundzwanzig Uhr?«

Der Schauspieler lachte. »Die Frage hat mir Richy Müller im letzten ›Tatort‹ auch gestellt.«

»Und? Was haben Sie geantwortet?«

»Dass ich allein zu Hause war.«

»Schlechtes Alibi.«

»Ich war am Ende auch der Täter.«

»Und diesmal?«

»Habe ich elf Geschworene als Zeugen.«

Belledin gab ihm das Bier zurück. Der Rest der Truppe hatte mittlerweile mitbekommen, dass Belledins Auftritt mehr Unterhaltung versprach als das Witze-Repertoire des Alt-Chargen, und hing dem Kommissar an den Lippen. Belledin sah in die Runde.

»Hat von Ihnen jemand etwas gesehen, was im Zusammenhang mit dem gestrigen Mord stehen könnte?«

Allgemeines Kopfschütteln. »Wir sind alle die gesamte Zeit auf der Bühne. Bis auf den Gerichtsdiener«, sagte der Witzeerzähler und konnte dabei ziemlich ernst sein.

»Und wer spielt den?«

»Ich. Aber die Sporthalle liegt auf der anderen Seite. Wir spielen in Halle drei.« Die anderen bestätigten die Aussage mit Murmeln und Nicken. »Ich hab so schon Angst, dass ich den Auftritt verpasse, was glauben Sie, was für ein Nervenbündel ich wäre, wenn ich dazwischen auch noch einen Mord begehen müsste.« Die anderen lachten.

»Falls Ihnen noch etwas einfällt, rufen Sie mich an.« Belledin schob seine Karte der Geschworenen Nummer elf neben das Weinglas und stand auf. Hinter ihm wartete bereits ein altgedienter Cowboy mit weißem Pferdeschwanz und einem Achtel Roten in der Hand auf seinen angestammten Platz.

»Ah, Chef, das nenn ich Timing«, sagte der junge Schauspieler. »Der nette Herr Kommissar hat schon mal vorgewärmt. Warst du in der Vorstellung?«

»Furchtbar. So geht des nicht. Da macht ja jeder, was er will.« Der Chef setzte sich auf den frei gewordenen Stuhl, ohne Belledin zu beachten. Der Krimi auf der Bühne war ihm wohl wichtiger als die Klärung des echten Falls.

»Du bisch doch nur stinkig, weil heut unser Kicken ausgefallen isch. Aber was legsch unsere Vorstellung auch auf Dienschtag?«

»Hör auf. Wenn du heut so gekickt hättsch, wie du Theater g'spielt hasch, dann hättet ihr verlore. Aber haushoch.«

Geblöke der jungen Männer. Abwinken des Chefs. Belledin ließ ihn. Er hatte keine Lust auf ein Platzhirschgespräch und ging an den Tisch, an dem er seine Apfelsaftschorle und Kälble zurückgelassen hatte.

Die Schorle war noch da. Kälble nicht.

***

Anna hatte die Gruppe am Theatertisch eine Weile beobachtet. Ihr waren keine Unsicherheiten der Schauspieler aufgefallen, als Belledin sich als Kommissar geoutet hatte. Jetzt stand sie im Foyer und sah sich um. Wie würde sie selbst agieren, wenn sie Bluhms Mörder wäre? Wenn er Fechtkleidung getragen hatte, musste er sich erst umziehen. Oder einfach einen dicken Mantel darüberwerfen. Wenn man aus der Sporthalle wollte, musste man durch das Theater. Nur wenn man das Rolltor öffnete, kam man direkt auf den Parkplatz. Aber das machte zu viel Lärm. Außerdem war das Rolltor zu gewesen, als Lewandowski Bluhm gefunden hatte. Man konnte es nur von innen bedienen. Und wo waren die anderen Teilnehmer gewesen? Waren die bereits fort gewesen? Hatte von ihnen jemand etwas gesehen? Wenn ja: Befand er sich jetzt in Gefahr?

Anna wurde mit einem Mal heiß. Warum hatten sie nicht zuallererst die Teilnehmerliste abgeklappert? Keinen Einzigen hatten sie bislang befragt.

Sie zückte ihr Handy und öffnete die Liste. Ein Blick auf die Uhr sagte ihr, dass es bereits halb elf war. Egal. Sie musste etwas tun. Sinnvolle Taten gegen sinnlose Gedanken aufbieten. Sie wählte die erste Nummer an: Franz Erken, Landhausstraße. Am anderen Ende meldete sich eine verschlafene Stimme.

»Entschuldigung, dass ich so spät anrufe. Kälble, Kripo Stuttgart. Ich hätte ein paar Fragen an Sie wegen dem Mord an Hans Bluhm.«

Stille am anderen Ende.

»Hallo? Sind Sie noch dran?«

»Ja, ja. Was? Bluhm ist tot? Aber warum? Wie?«

»Kann ich bei Ihnen vorbeikommen?«

»Wenn Sie heute noch einen Flieger kriegen.«

»Was?«

»Ich bin in London.«

»Wann kommen Sie zurück?«

»Freitag.«

»Dann melden Sie sich bitte umgehend.«

Anna legte auf und wählte die nächste Nummer: Britta Vogel, Schulstraße 34. Die Mobilbox sprang an; Anna sprach drauf: »Guten Abend, Frau Vogel, hier Anna Kälble, Kripo Stuttgart. Wir ermitteln im Fall Hans Bluhm und bitten um Ihren Rückruf.« Anna wollte schon die nächste Nummer aufrufen, da vibrierte ihr Handy. Sie nahm den Anruf entgegen.

»Hallo? … Ah, das trifft sich gut. Ich bin nämlich auch gerade hier. Treffen wir uns an der Bar im Foyer? Ich habe schwarzes Haar, einen Zopf, eine schwarze Lederjacke an und Jeans. Und einen roten Rollkragenpullover.«

Volltreffer. Anna steckte das Handy weg und ging an die lange Theke der Foyerbar. Sie stellte sich so, dass sie von Britta Vogel trotz einiger Gäste gesehen werden musste. Aber Britta Vogel kam nicht. Anna rief sie noch einmal an. Wieder nur die Mailbox. Diesmal sprach Anna nichts drauf. Sie wollte noch fünf Minuten warten. Vielleicht war Britta Vogel aufgehalten worden.

Die Besucher der letzten Vorstellung drängten sich bereits aus dem Foyer, die Theke leerte sich. Britta Vogel ließ noch immer auf sich warten. Ein Schrei ertönte durch das Foyer: »Hilfe! Schnell!«

Es war Lewandowski, der wild mit den Armen fuchtelte und damit einen Sanitäter herbeiwinkte, der Abenddienst hatte und eben seine Sachen zusammenpacken wollte. Der Sanitäter, ein schwerer Brocken, musste aufpassen, dass er beim Hinabrennen der Foyertreppe nicht selbst verunglückte. Er keuchte an Anna vorbei. Sie stieß sich von der Theke ab und folgte in seinem Windschatten, bis sie den aufgewühlten Lewandowski erreichten.

»Was ist passiert?«

Lewandowski lief vor in die Halle vier. Der Sanitäter und Anna folgten. Eine Frau um die dreißig lag reglos am Bühnenrand. Der Sanitäter ging in die Hocke und tastete den Puls ihrer Halsschlagader. Offenbar fand er ihn nicht, denn er begann hektisch mit Wiederbelebungsversuchen.

»Holen Sie einen Krankenwagen!«, rief er über die Schulter.

Lewandowski gehorchte und telefonierte nach dem Rettungsdienst. Der Sanitäter pumpte, was er konnte. Schweiß perlte von der Stirn. Dann gab er auf. »Nichts zu machen.« Er erhob sich und setzte sich auf einen der Theaterstühle. Nur sein Schnaufen störte die Totenstille.

Anna beugte sich zu der leblosen Frau und suchte in deren Handtasche nach Papieren. Im Portemonnaie fand sie einen Ausweis: Die Tote war Britta Vogel.

SECHS

Belledin hatte gehofft, Bea noch in der Werkstatt anzutreffen. Ihre Grübchen versprachen süße Träume. Er fand aber nur Schmötzer, der die Schleifmaschine in einen Karton verpackte.

»Wo ist Frau Meier?«, fragte Belledin.

»Dort, wo auch Sie sein sollten.«

Belledin verstand nicht und hob fragend die Brauen.

»In Halle vier. Bei der nächsten Leiche.«

»Was?«

»Kälble hat eben angerufen. Es gibt einen neuen Toten. Bea isch glei rüber.«

»Und wieso ruft mich keiner an?«

Schmötzer zuckte mit den Schultern. »In den unteren Gängen isch a Funkloch. Nur hier in der Werkstatt hasch Empfang.«

Belledins Handy klingelte. Kälble. Belledin nahm ab. »Bin unterwegs.«

Dr. Steiner kniete neben der Toten und sah zu Belledin auf. »Erwürgt mit bloßen Händen.«

»Wenn wir Glück haben, finden wir Fingerabdrücke am Hals«, sagte Bea und sicherte neben einem ausgespuckten Kaugummi ein Papiertaschentuch zwischen den Sitzreihen.

»Wenn wir Pech haben, hat der Sanitäter bei seinen Rettungsversuchen alles verwischt.« Kälble sah Belledin an.

»Wieso macht ein Sanitäter da noch Rettungsversuche? Das muss man als Profi doch sehen, dass jemand tot ist.«

»Haben wir als Profis denn alles richtig gemacht?« Kälble sah finster drein und erwartete offensichtlich eine Antwort auf ihre Frage. Belledin schwieg. Er hatte sich nichts vorzuwerfen. »Wir hatten mit Bulli einen Verdächtigen«, sagte er.

»Den Mord hier kann er nicht begangen haben.«

»Den ersten schon. Da warten wir noch auf den Abgleich. Wie sieht es aus?« Belledin hatte sich zu Dr. Steiner gedreht, der sich die Handschuhe von den Fingern streifte.

»Da hat der Verdächtige mit dem Pathologen etwas gemeinsam:

Er kann nicht an zwei Orten gleichzeitig sein. Wie soll ich mich um DNA kümmern, wenn ich hier bin?«

»Bis wann?« Belledin sah ihn eindringlich an.

»Morgen früh. Ich liebe Nachtschichten. Da ist es bei mir in der Kühlhalle am lebendigsten.« Dr. Steiner grinste wie ein Vampir der ersten Stunde. Belledin glaubte sogar, einen langen Eckzahn gesehen zu haben. Er drehte sich wieder zu Kälble.

»Wir hätten trotzdem gleich mit der Teilnehmerliste anfangen müssen. Die Schauspieler zu befragen, hatte keine Priorität«, sagte sie.

»Was wäre, wenn heute Geschworene Nummer elf tot wäre?«

»Ist sie aber nicht. Sondern Britta Vogel, kurz nachdem sie mit mir telefoniert hat.« Kälble reichte Belledin einen Personalausweis, der in der Handtasche der Toten gefunden worden war. Belledin warf einen Blick darauf.

»Was hat sie Ihnen gesagt?«

»Nichts. Nur dass sie im Theater ist und gerade die Vorstellung verlässt.«

»›Die zwölf Geschworenen‹ waren da schon aus. Also muss es ›Fußball ist unser Leben‹ gewesen sein. Ich habe das Plakat gesehen. ›Ha. Ho. Heja-heja he.‹«

Kälble sah Belledin befremdet an.

»1974. Das war das Lied zur WM. Da waren Sie noch gar nicht auf der Welt. Können Sie gar nicht kennen. ›Buenos Dias Argentina‹? Noch nicht einmal das fällt in Ihre Zeit. Warten Sie, welches Lied könnten Sie kennen?«

»Machen wir jetzt ein Fußball-Quiz?«

»Entschuldigen Sie. Britta Vogel war auch erst einunddreißig. Würden Sie in ein Fußballstück gehen, das in einer Zeit spielt, die Sie selbst nicht miterlebt haben?«

»Wieso nicht?«

»Allein?«

»Ich gehe oft allein ins Theater oder Kino. Warum nicht?«

»Sie sind anders. Sie sind auch zur Polizei gegangen und riskieren Beziehungslosigkeit.« Belledin gab Kälble den Ausweis zurück. »Ich gehe mal zur Abendkasse. Vielleicht kriege ich raus, ob und mit wem Britta Vogel im Theater war.«

»Wenn sie denn mit jemandem hier war.«

»Sie können sich in der Zeit mal umschauen. Vielleicht ist der Mörder ja noch im Haus? Oder falls auch jetzt die Liste Priorität hat, telefonieren Sie sie durch.« Er ließ sie stehen.

Belledin hatte Glück. Ein kahl geschorener Schönling mit Tattoos, die sich bis zum Hals rankten, und zwei Kilo Ohrringen und Piercings im Gesicht schloss gerade das Kassenhäuschen ab.

Belledin zeigte seinen Ausweis. Der Mann atmete schwer aus. »Furchtbar. Des isch furchtbar. Zwei Tote bei uns. Da kriegt ma ja Angscht ums eigene Leben. Ich habe ein Alibi. Pizko. Pizko!« Er hielt Ausschau im Foyer. Belledin folgte seinem Blick. Ein weißes, wollenes Knäuel wackelte seinem Herrchen entgegen. Belledin mutmaßte, dass sich Schaf und Pudel gekreuzt hatten.

»Pizko, du kannsch es bezeugen. Wir waren Gassi.« Der Tätowierte streichelte sein Hündchen. Das Pudelschaf knurrte Belledin an. »Pizko, des isch der Herr Kommissar. Der gehört zu den Guten. Sei lieb zu ihm. Herr Kommissar, des isch der Pizko. Der hat eine lange Reise hinter sich. Kommt aus Mallorca.«

»Und Sie sind?«

»Rolf Kneipp. So wie der Wasserpfarrer. Dabei dusche ich niemals kalt.«

»Könnten Sie in Ihrem Computer mal nachsehen, ob eine Britta Vogel für heute Abend Karten bestellt hatte?« Belledin wollte endlich zur Sache kommen.

»Kein Problem.« Kneipp schloss das Kassenhäuschen wieder auf, fuhr den Rechner hoch und wartete.

Belledin sah auf das Wollknäuel mit den Knopfaugen. Irgendwo hinter der Wolle knurrte es wieder.

»Sie scheinen ihn an sein ehemaliges Herrchen zu erinnern«, sagte Kneipp, ohne vom Bildschirm wegzugucken. »Das war ein Tierquäler. Pizko hat jetzt noch ein Trauma. Noch zwei Sitzungen beim Hunde-Psychiater, und er isch hoffentlich wieder halbwegs stabil.«

Belledin traute seinen Ohren nicht.

»Zwei Karten auf Britta Vogel«, sagte Kneipp.

»Können Sie auch sehen, ob Frau Vogel öfter hier war?«

»Wer einmal hier war, kommt immer wieder.« Kneipp tippte etwas in die Tastatur, ohne den Blick vom Bildschirm zu nehmen. »Stammkundin seit 2005. Auch regelmäßiger Silvestergast.«

»Immer zwei Karten?«

»Manchmal auch mehr. Aber nie allein.«

»Sie können nicht zufällig ersehen, mit wem Frau Vogel ins Theater ging?«

»Bin ich beim Verfassungsschutz? Wir sammeln nur seriöse Daten.«

»Für Kundengewinnung tut man einiges.«

»Aber nicht alles. War's das?«

»Geben Sie mir bitte die Namen der anderen Gäste, die für die Vorstellung Karten vorbestellt hatten.«

Kneipp tippte und spuckte die gewünschte Info aus. »Martin Gruber, Gisela Groß und Magda Mertens.«

»Nur drei? Aber es waren doch mehr Zuschauer, oder?«

»Vierundvierzig, um genau zu sein. Alles Laufkundschaft.«

»Gibt es auch die Telefonnummern der anderen Vorbesteller?«

Kneipp ließ den Drucker surren und reichte Belledin die drei Namen samt Telefonnummern herüber. Belledin tippte die erste Telefonnummer auf der Liste und wartete.

Martin Gruber meldete sich. Ja, er habe sich das Stück mit seiner Frau angesehen. Eine Britta Vogel kenne er allerdings nicht. Er fragte noch, ob sie aus Langeweile gestorben sei, und legte auf. Belledin wählte Gisela Groß an. Sie hatte sich das Stück allein angesehen, fand den Fußball-Abend großartig, bedauerte jedoch, dass eine Zuschauerin ermordet worden war. Nein, sie kannte Britta Vogel auch nicht. Sie würde überhaupt kaum Leute kennen. Das würde ihr aber nichts ausmachen. Man könnte auch ohne Freunde glücklich sein. Sie wäre auch nicht bei Facebook. Mehr wollte Belledin nicht wissen, obwohl Frau Groß sicherlich gern noch länger geplaudert hätte.

Magda Mertens saß der Schock noch in der Stimme. Ja, sie hatte Britta Vogel gekannt. Nicht sehr nah, aber doch gekannt. Ihren Begleiter hatte sie zum ersten Mal gesehen. Ein gut aussehender Mann um die vierzig. Schien Geld zu haben. Aber Britta hatte immer Männer mit Geld. Sie sah gut aus und verkehrte in den entsprechenden Kreisen. Sie hatten sich nur kurz zugewinkt.

»Ich hatte den Eindruck, Britta wollte ungestört bleiben«, sagte Magda Mertens. »Und auch ihm schien es recht, dass man sie in Ruhe ließ. Sie hatten so etwas Frischverliebtes, Sie wissen schon.«

»Woher kannten Sie Britta Vogel?«

»Fortbildung. NLP-Practitioner, vor fünf Jahren.«

»Milton Reloaded?«

»Genau. Kennen Sie die auch? Nicht billig, aber ich bilde mir ein, dass sie einen weiterbringen. Bei mir zwar nur schleppend, aber Britta hat richtige Quantensprünge gemacht. Die war am Anfang eine verstockte Einzelgängerin. Jetzt ist sie Vertriebsleiterin. Was die für eine Karriere gemacht hat. Respekt.« Es entstand eine kurze Pause. Dann sagte Frau Mertens: »Wer hoch fliegt, kann tief fallen«, und legte auf.

Belledin blieb mit dem Kalenderspruch allein. Den kannte er. Er hatte ihn oft genug von seinem Vater gehört. Eine selbsterfüllende Prophezeiung für alle, die mehr wollten. Belledin hatte sie abgeschüttelt, aber nicht aus dem Gedächtnis bannen können.

Er musste herausfinden, wie der smarte Kerl hieß, mit dem Britta Vogel im Theater gewesen war. Überwachungskameras besaß das Theaterhaus nicht. Bei der Alt-Hippie-Direktion kam so etwas natürlich nicht in die Tüte.

Man trug Britta Vogel auf einer Bahre an ihm vorbei. Kälble kam hinzu.

»Sie hatten recht«, sagte sie. »Britta Vogel war nicht allein in der Vorstellung.«

»Ich weiß. Eine Magda Mertens, die ebenfalls in der Aufführung war und sie kannte, hat das eben bestätigt. Sie kann uns vielleicht bei der Erstellung eines Phantombilds helfen.«

»Ich habe hier jemanden, der das Phantombild vielleicht selbst zeichnen kann.«

Erst jetzt nahm Belledin den blassen jungen Mann mit dem schwarzen Pferdeschwanz war.

»Das ist Aaron Hofer. Kunststudent. Er jobbt hier als Kartenabreißer.«

Belledin musterte Hofer. So stellte er sich Kunststudenten vor. Bei anderer Gelegenheit hätte er den Kerl erst einmal auf Drogen gefilzt. So kniff er nur die Augen zusammen und wartete auf Auskunft.

»Sie ist mir gleich aufgefallen«, sagte Hofer und zeigte scheu eine Zeichnung, die er von Britta Vogel angefertigt hatte. Darauf tanzte sie mit einer Flasche Champagner auf einer abgespeisten Tafel in nur einem Stöckelschuh. Aus dem anderen trank sie die Brause, die ihr über den Hals ins großzügig geschnittene Abendkleid rann.

Belledin gab Hofer die Zeichnung zurück. »Nicht schlecht. Wie lange brauchen Sie für so etwas?«

»Zwei Minuten. Ich nehme das als Übung. Beobachten, Charakter erschließen, überzeichnen im Klischee. Das gebiert Phantasie und macht Platz für unverbrauchte Ideen.«

»Und ihr Begleiter? Können Sie uns den in zwei Minuten ohne Klischees zeichnen?«

Hofer drehte die Zeichnung um und legte sie auf den Tresen der Foyerbar. Kälble sah ihm dabei über die Schulter. Belledin winkte Bea, die mit Schmötzer und gesammelter Beute das Theaterhaus verlassen wollte. Sie hielt inne. Belledin ging zu ihr.

»Und? Was Besonderes?«, fragte er.

»Nur Kleinkram. Aber unter dem Sitz von Britta Vogel lag eine Visitenkarte. Wenn wir sie auf Fingerabdrücke untersucht haben, kann ich sagen, ob sie ihr gehörte.«

»Kann ich die Karte mal sehen?«

Bea fingerte die Karte mit einem Handschuh aus ihrem Beutesack und hielt sie Belledin unter die Nase.

»Heinz Brüderle. Coaching und Persönlichkeitstraining«, las er und meinte, den Namen schon einmal irgendwo gesehen zu haben. »Danke. Sofort anrufen. Jederzeit.« Er sah sie einen Moment zu lange an.

Sie lächelte, zeigte Grübchen und steckte die Visitenkarte ein. »Ich nehme Sie beim Wort.«

»Bitte schön«, sagte Kälble und hielt Belledin die Zeichnung vors Gesicht. Smart und erfolgreich. Das Gesicht hätte in jedem Hochglanzformat Erfolg versprechen können. So sahen Männer aus, die sich alles aussuchen konnten.

Belledin sah skeptisch zu Hofer.

»Der sieht ja aus wie aus einem Marvel-Comic. So ein kantiges Kinn gibt es doch gar nicht in echt. Sind Sie vielleicht doch ins Klischee verfallen?«

»Nein. Er sah wirklich so aus. Britta Vogel haben Sie ja auch erkannt.«

»Sie kam öfter hierher. Vielleicht haben Sie sie schon häufiger studiert und gezeichnet?« Belledin musste Hofer auf den Zahn fühlen. Er wollte sich nicht mit einem George-Clooney-Phantombild lächerlich machen.

»Hier.« Hofer reichte Belledin eine andere Zeichnung. Darauf prangte ein rundes, fleischiges Gesicht mit Halbglatze. Schwarze Augenbrauen und der Anflug von Tränensäcken umrahmten dunkle, wache Augen. Ein buschiger Schnäuzer ließ vom Mund nur eine sinnliche Unterlippe erkennen.

Belledin brummte, befühlte sein Kinn. »Hier übertreiben Sie aber. So ein Doppelkinn habe ich nicht.«

Kälble platzte ein Lachen heraus. Es klang unverbraucht und erfrischend. Immerhin konnte sie lachen. Wenn auch auf seine Kosten.

»Kann ich es zur Fahndung rausgeben?«, fragte sie.

»Nein. Ich möchte, dass wir es noch mit der Aussage von Frau Mertens abgleichen.«

»Gut. Ich fahr zu ihr und zeig ihr die Zeichnung«, sagte Kälble.

Belledin reichte ihr den Ausdruck mit der Adresse. »Und ich warte in meiner neuen Wohnung, dass mich Steiner anruft.«

»Glauben Sie, dass wir mit Bulli den Richtigen haben?«

»Den müssen wir laufen lassen. Ganz sicher. Ich glaube nicht, dass wir es mit zwei verschiedenen Mördern zu tun haben. Aber solange Steiner nicht entwarnt hat, bleibt Bulli in Untersuchungshaft. Viel Glück bei Frau Mertens.«

***

Zweimal drehte sich der Schlüssel, dann öffnete sich ein Spalt. Die Türkette wackelte, zwei unruhige Augen lugten durch die Öffnung.

»Zeigen Sie Ihren Ausweis«, sagte Magda Mertens.

Anna tat es.

»Sie sind aber jung. Ganz schön selbstbewusst.« Sie schloss die Tür, nahm die Kette ab und öffnete. »Kommen Sie rein.«

Anna trat ein.

»Hier entlang. Ich habe uns einen Kaffee gemacht. Sie trinken doch Kaffee?«

»Ich wollte nicht lange stören, Ihnen nur diese Zeichnung zeigen.«

»Es pressiert nicht. Ich habe gerade viel Zeit. Mitte vierzig und ohne Job. Da ist immer Zeit für einen Kaffee und eine Zigarette. Sie rauchen doch? Das riecht man sofort. Kaffee und Tabak. Hier entlang.«

Anna folgte ihr in die Küche. Geschmackvoll spartanisch. Magda Mertens goss Kaffee in zwei cremefarbene Mokkatassen.

»Milch? Zucker?«

»Mir ist wirklich nicht nach Kaffee.«

Magda Mertens nahm eine Marlboro-Light-Schachtel vom Küchentisch und schnippte gegen den Boden. Eine Zigarette zeigte ihren Filter. Anna nahm sie, schob sie in den Mund und wartete auf Feuer. Magda Mertens drehte am Rädchen des Feuerzeugs. Nur Funken. Sie wiederholte den Versuch. Zweimal. Dreimal. Dann schleuderte sie das Feuerzeug auf die Kacheln der Küche. »Leer. Wie ich. Kein Feuer mehr.« Sie sah Anna an. »Haben Sie Feuer?«

Anna zog ihr Zippo aus der Tasche und musste an den Parkphilosophen und seine Moves denken. Sie verzichtete auf Prahlerei, zündete es einfach. Magda Mertens nahm sich Feuer und inhalierte tief. Anna steckte sich ihre Zigarette ebenfalls an. Sie wartete zwei Züge, dann schob sie die Zeichnung Hofers über den Küchentisch.

»War das der Mann, den Sie mit Britta Vogel im Theater gesehen haben?«

Magda Mertens sah nicht drauf. »Britta Vogel«, sagte sie und suchte nach irgendetwas in der Rauchwolke, die sie blies. »Die hatte Feuer. Immer. Die brannte an beiden Enden.« Sie sah zu Anna. »Eine Killerin.«

»Wie meinen Sie das?«

»Im Job. Wer nichts taugte, den hat sie auf die Straße gesetzt. Und sie wusste, wer dorthin gehört. Sie kam ja von der Straße. Aber sie hat eine zweite Chance gekriegt. Die kriegt nicht jeder.«

Anna verstand nichts. Sie tippte auf die Zeichnung. »Ist das der Mann?«

Magda Mertens sah kurz auf das Bild. »Solche Typen hatte sie ohne Ende. Einer wie der andere. Smart und karrieregeil. Sie wollten über sie in die obere Riege des Unternehmens steigen. Aber sie war nicht blöd. Das wusste sie natürlich. Und das war ihr Pfund. Kann gut sein, dass einer der Jungs, die sie hat fallen lassen, ihr jetzt den Hals umgedreht hat. Ich hätte es auch beinahe mal getan.« Sie trank den Espresso und sah Anna an. »Wollen Sie Ihren wirklich nicht?«

»Warum wollten Sie ihr den Hals umdrehen?«

»Als sie ganz unten war, wollte ihre Familie, dass ich sie einstelle. Ich war Personalchefin in dem Laden. Habe mich hochgearbeitet. Keine Fortbildung ausgelassen. Ich galt als eine der richtig Guten. Eine, die ein Näschen für Talente hatte. Headhunter standen Schlange bei mir. Aber ich habe den Waschmittelkonzern nicht verlassen. Mehr noch, ich hab mir die Schlange am eigenen Busen gezüchtet.«

»Britta Vogel.«

Magda Mertens trank den zweiten Espresso und drückte die Zigarette im Aschenbecher aus. »Exakt.« Sie schob sich eine neue Zigarette in den Mund, nahm Annas Zippo und sah auf die Gravur: »FBI. Wären Sie gerne bei denen?«

»Ist ein Geschenk.« Anna wartete ungeduldig, bis Magda Mertens sich die Zigarette angezündet hatte, und steckte das Zippo weg.

»Britta hat mich aus dem Laden geworfen, weil sie meinen Posten wollte. Deswegen hätte ich ihr gerne den Hals umgedreht.«

»Sie hätten heute die Gelegenheit dazu gehabt.« Anna war hellwach. Hier war alles möglich. Ein plötzliches Geständnis. Oder ein Griff in die Küchenschublade nach einem Fleischermesser.

Magda Mertens lächelte müde. »Das ist der Kerl. Er war mit Britta in der Vorstellung. Nach ihm müssen Sie suchen.«

»Und warum waren Sie heute in derselben Vorstellung wie Britta Vogel?«

»Zufall. Hätte ich gewusst, dass sie im Theater ist, ich hätte mir den Abend sicherlich anders vertrieben.«

Anna begrub ihre Zigarette neben einem Dutzend anderer, nahm die Zeichnung vom Tisch und stand auf. »Bleiben Sie in den nächsten Tagen bitte in der Stadt.«

»Keine Angst. Ich habe einige Vorstellungsgespräche. Die möchte ich wahrnehmen. Das ist das Schöne an Stuttgart. Hier muss man nicht weit reisen, um ein Vorstellungsgespräch zu kriegen. Hier blüht ein Unternehmen neben dem anderen.« Magda Mertens versuchte sich an einem zynischen Lachen, das ihr verrutschte, und begleitete Anna zur Tür.

»Frau Kälble«, sagte sie, als Anna schon aus der Wohnung war. »Glauben Sie an sich. Und glauben Sie an Ihre Karriere beim FBI. Sie haben das Zeug dazu. Ich weiß, von einer, die gerade auf der Verliererstraße wandert, nimmt man das nicht gerne an. Aber mein Näschen habe ich noch immer.« Sie schloss die Tür, drehte zweimal den Schlüssel und hängte die Kette davor.

***

Belledin war noch hellwach. Der ausgiebige Nachmittagsschlaf kam ihm jetzt zugute. Schirmers Wohnung war gemütlich. Wenn auch von einer Unordnung, die Belledin fremd war. Zu Hause stand alles dort, wo es hingehörte. Dafür sorgte Biggi. Hier schien alles einem eigenen Ordnungssinn zu unterliegen. Immerhin klemmten die Schallplatten nicht zwischen den Tellern.

Belledin hatte Durst. Im Kühlschrank fand er eine Flasche Dinkelacker, in der Spüle ein sauberes Glas. Er schenkte sich ein und spazierte durch die Wohnung. Dann öffnete er die Balkontür und gesellte sich zu den toten Sonnenblumen. Das Haus gegenüber war etwas kleiner, dadurch konnte Belledin viel vom Himmel sehen. Kein Mond. Keine Sterne. Nur Nebel. Er trank. Sein Handy klingelte. Dr. Steiner.

»Ja? Mist … Und was ist mit den Fingerabdrücken auf der Visitenkarte, die Frau Meier gefunden hat? Hat sie sich schon gemeldet? … Danke. Gute Nacht.«

Belledin kippte das Bier herunter und schenkte nach. Ein neuer Anruf. Kälble.

»Ja? Gut. Warten wir bis morgen früh. Wir müssen Bulli freilassen. Seine DNA stimmt mit dem Fremdschweiß an Bluhms Hals nicht überein, und er hat ein Alibi … Ich warte noch auf die Fingerabdrücke. Aber Frau Meier hat sich noch nicht gemeldet … Gehen Sie schlafen. Morgen starten wir mit der Liste.«

Er trank aus und verließ den Balkon. Vor der Plattensammlung blieb er stehen. Er hatte längst keine Platten mehr. Früher hatte er viele gehabt. Alles mögliche, vor allem Südstaatenrock. Creedence Clearwater Revival oder Doobie Brothers. Seine Tochter hatte irgendwann mal ausgemistet und die Scheiben auf dem Flohmarkt verhökert. Dafür schenkte sie ihm nun ständig CDs mit klassischer Musik. Ein schlechter Tausch.

Belledin mochte es nicht glauben. The Nighthawks. »Ten Years Life«. Eine seiner Lieblingsscheiben. Die musste er hören. Er nahm gerade die Platte aus der Hülle, als sein Handy erneut klingelte. Vielleicht Biggi, die ihn vermisste und nicht schlafen konnte, weil er nicht neben ihr lag. Es war nicht Biggi, sondern Bea. Ob auch sie nicht schlafen konnte, weil niemand neben ihr lag?

»Belledin … Danke. Sehr gut. Das hilft uns weiter. Gute Nacht.« Er ertappte sich bei einem ausgedehnten Seufzer. Beas Stimme war noch verführerischer als ihre Grübchen. Und ihre Arbeit verdammt gut. Auf der Visitenkarte waren Britta Vogels Fingerabdrücke. Heinz Brüderle war die heiße Spur. Belledin wusste jetzt auch wieder, wo ihm der Name schon einmal untergekommen war. Er stand ebenfalls auf der Teilnehmerliste von Bluhms Degen-Kurs. Vielleicht hatten sie während des Kurses nicht nur Visitenkarten getauscht. Und vielleicht war Brüderle auch der Mann, mit dem Britta Vogel im Theater gewesen war. Er zog die Liste heraus und glitt mit dem Finger über die Zeilen, bis er den Namen fand: Heinz Brüderle, Feuerseeplatz 24.

Ein Blick auf die Uhr sagte ihm, dass es halb drei war. Konnte er jetzt noch jemanden stören? Wenn er ausreichend Hinweise hätte, dass es sich um den Mörder handelte, konnte er sogar mit einem großen Aufgebot anrücken. Aber er hatte nichts Handfestes. Eine Visitenkarte, mehr nicht. Er würde sich morgen um Brüderle kümmern. Was für ein Motiv könnte Brüderle gehabt haben, Bluhm zu töten. Er war selbst Coach und Persönlichkeitstrainer. Vielleicht Konkurrenzneid?

SIEBEN

»Konkurrenzneid?«, fragte Brüderle. »So ein Blödsinn. Ich war froh, von Bluhm lernen zu dürfen. Es gibt nicht viele, die mir noch neue Impulse geben können. Bluhm war da eine Ausnahme.« Er lehnte sich in dem Ledersessel zurück und nippte an seinem Ingwertee. Dann strich er sich mit einer lässigen Handbewegung durch sein blondes, lockiges Haar und wartete darauf, dass Belledin nachhakte. Brüderle schien Freude am Verhör zu haben. Sah es wohl als Spiel an. Oder eine Art Training? Jedenfalls glich er nicht dem Mann auf dem Phantombild. Der hatte glattes dunkles Haar. Blöderweise hatte er die Zeichnung in der Wohnung liegen gelassen. Aber blonde Locken, da war er sich sicher, hatte der Kerl auf dem Phantombild nicht.

»Und was waren das für Impulse?« Belledin schob sich mit Hilfe seines Zeigefingers ein Stück Apfelkuchen auf die Gabel und ließ sich die Streusel auf der Zunge zergehen. Köstlich. Das Café würde er sich merken müssen.

»Wenn Sie selbst Experte der Kommunikation sind, glauben Sie, Sie hätten alle Tricks bereits griffbereit. Das verführt aber dazu, dass Sie nur noch in Ihrem Werkzeugkoffer kramen und sich nicht mehr auf den Moment einlassen. Geschlossene Fragen, offene Fragen, zirkuläre Fragen. Je nach Bedarf. Aber die Krux ist, dass Sie die Fragen nicht im richtigen Moment stellen, sondern aus der Routine heraus. Verstehen Sie?«

Belledin hatte lange genug gekaut. Er schluckte und spülte mit dem Milchkaffee nach, der besser schmeckte als der aus Schirmers Maschine.

»Nein«, sagte er und kehrte mit dem kleinen Finger seiner Rechten die letzten Krumen auf dem Teller zusammen. »Was hat das mit Fechten zu tun?«

»Beim Theaterfechten, so wie es Bluhm angewandt hat, kann man genau erkennen, ob jemand aus dem Moment heraus agiert oder ob er nur mechanisch handelt.«

»Wenn ich es begriffen habe, dann ist es ein abgesprochener Schlagabtausch, eine Choreografie. Ist doch logisch, dass man dann schon weiß, was kommt.«

»Aber genau das ist eine alltägliche Kommunikation auch. Eine Routine, die jeder nach seinen eigenen Mustern abspult.«

»Spulen wir unser Gespräch jetzt ab? Wissen Sie, was ich Sie jetzt gleich fragen werde?«

»Ich habe eine Ahnung. Wenn ich ein ängstlicher Mensch wäre, könnte ich dieser Ahnung folgen und unbewusst eine Schutzhaltung aufbauen, die jegliche Kommunikation blockt. Ich verteidige also, bevor ich weiß, dass Sie angreifen werden.«

»Ist das ein Fehler?«

»Ich weiß ja nicht, wo Sie angreifen. Außerdem könnte es ja auch sein, dass Sie mir helfen wollen. Dann hätte ich eine Chance blockiert.«

»Und das alles kann man mit dem Fechten erkennen und zum Guten wenden?« Belledin leckte seinen Zeigefinger an und drückte ihn auf die Kuchenkrümel. Sie pappten, und er streifte sie an seinen Lippen ab.

»Der Transfer ist genial. Aber man muss es selbst gemacht haben, um es zu begreifen. Es ist wie Sex. Wenn man nur davon hört, kann man es auch nicht glauben.« Brüderle lachte.

»Und wer führt diese Technik nun fort? Hatte Bluhm einen Assistenten oder so etwas? Jemand, der ihn beerbt? Wenn diese Technik so großartig ist, wie Sie sagen, dann wäre das doch eine Lizenz zum Gelddrucken. Wie steht's mit Ihnen?«

»Ich habe es mir in der Tat schon überlegt. Dr. Frank von Milton Reloaded hat mich sogar angefragt, ob ich nicht einen Kurs übernehmen will, den Bluhm nicht mehr beenden konnte.«

»Bei Klein-Messtechnik.«

»Richtig.«

»Und?«

»Ich habe abgelehnt.«

»Warum?«

»Ich mochte Bluhm. Da fleddert man nicht gleich.«

»Aber später schon?«

»Ich weiß nicht, wem er sein Zertifikat vermacht hat.«

»Zertifikat?«

»In unserer Branche lassen wir unsere Seminare gerne zertifizieren. Eine Art Patent, um einen Burggraben zu ziehen.«

»Und Bluhm hatte sein Bühnenfechten zertifiziert?«

»Ganz sicher.«

»Und wer erbt das nun? Seine Ex? Seine Kinder?«

»Keine Ahnung. Vermutlich stirbt die Idee mit ihrem Erfinder. Die Nachlassverwalter sind meist nur Totengräber. Schauen Sie sich doch all die Steiner-Jünger an. Ausgerechnet den sprunghaften Anthroposophen meißeln sie in Granit, anstatt lebendig mit ihm umzugehen. Nein, ich fürchte, die Degen-Dialoge sind mit Bluhm gestorben.«

»Und woher nehmen Sie jetzt Ihre neuen Impulse?«

»Vielleicht von Ihnen? Wie es scheint, beherrschen Sie die Klinge ebenfalls.«

Belledin ging nicht auf das Kompliment ein und blieb scharf im Ton. »Sie arbeiten also auch für Milton Reloaded?«

»Ja. Aber erst seit Kurzem.«

»Seit wann genau?«

»Seit einem Monat.«

»Und der Kurs bei Bluhm hat vor sechs Wochen begonnen?«

»Richtig.«

Belledin registrierte eine kleine Veränderung bei Brüderle.

»Sie ahnen, welche Frage kommen könnte, und bereiten sich bereits darauf vor, stimmt's?«

Brüderle lachte unsicher. »Kann sein.«

»Verteidigen Sie schon? Ein falsches Lachen ist eine schlechte Parade.«

Brüderle nagte an seiner Unterlippe und wartete, dass Belledin die Frage stellen würde. Sie kam.

»Haben Sie den Kurs belegt, damit Sie bei Milton in die Agentur rutschen? Eine Art Eintrittsgeld?«

»Sie sollten sich Ihre Methode zertifizieren lassen«, sagte Brüderle. Dann rief er in den Raum: »Zahlen bitte.«

»Erst müssen Sie bei mir noch bezahlen.«

Brüderle sah Belledin irritiert an.

»Wo waren Sie vorgestern nach dem Kurs?«

»Im Theaterhaus-Restaurant. Ich habe ein Bier getrunken und bin dann nach Hause gegangen.«

»Zeugen?«

»Die Höpfner-Brüder.«

Belledin erinnerte sich. Die beiden standen auch auf der Liste.

»Und gestern Abend? Wo waren Sie da?«

»Essen mit Dr. Frank.«

»Worum ging es da? Um Bluhms Erbe?«

»Nein. Ich kann nicht wirklich fechten. Das würde mir niemand abkaufen.«

»Und trotzdem hatte Dr. Frank Ihnen angeboten, den Kurs bei Klein zu übernehmen?«

»Als Notlösung. Ich sagte doch: Mit Bluhm ist auch sein Seminar gestorben. Ich habe eigene Ideen.«

»Die wären?«

»Charaktertraining für Sieger.«

»Aha.«

»Getrennt oder zusammen?«, fragte die Bedienung.

»Diesmal zahlt der Sieger«, sagte Belledin und verließ das Café.

Es nieselte. Er stellte den Kragen seines Mantels auf und ging ein paar Schritte auf den Feuersee zu. Der Ort gefiel ihm. Er mochte Wasser. Es beruhigte ihn. Und er brauchte Ruhe, um alles sortieren zu können. Bulli hatten sie entlassen, Brüderle hatte ein Alibi. Es war noch zu überprüfen. Aber Belledin schien es nicht so, als hätte Brüderle gelogen. Er sah auf die Liste. Die Höpfner-Brüder hatte Kälble zu befragen. Er würde ihr sagen, dass sie die beiden nach Brüderle fragen sollte. Zu Milton Reloaded würde er auch noch mal müssen. Das mit der Lizenzierung hatte ihm Frank verschwiegen. Belledin wollte wissen, warum.

»Hier sind Sie. Ich dachte, wir wollten uns im Café treffen?« Es war Kälble. Heute war sie wärmer angezogen. Sie lernte dazu.

»War mir zu stickig. Entschuldigung. Ich hätte Sie gleich angerufen. Wollte nur ein paar Minuten die Ruhe hier genießen.«

»Ich kann auch drin einen Kaffee trinken und später wiederkommen.«

»Nein, nein. Schon gut. Was ist das da für eine Kirche?«

»Die Johanneskirche.«

»Was ist mit dem Turm?«

»Wurde im Krieg abgeschossen. Erst hatte man kein Geld, ihn wieder aufzubauen, heute sieht man es als Mahnmal. Es ist der erste Stuttgarter Kirchenbau nach der Reformation.«

»Gut. Mehr brauche ich nicht. Ich bin katholisch.«

»Klar.« Sie grinste. Er auch.

»Dreißigjähriger Krieg?«, fragte er.
»Wie wäre es mit einem Westfälischen Frieden?«
»Tut mir leid, das mit Schirmer«, sagte er.
Sie schluckte. »Ich glaube, ich habe es noch gar nicht begriffen.«
»Sind Sie sicher, dass Sie das hier packen?«
Kälble sah ihn an. Erst verloren, dann hellwach. Belledin ahnte, was sie dachte, und kam ihr zuvor. »Nein, ich möchte Sie nicht raushaben. Sie arbeiten gut. Ich mache mir nur Sorgen.«
»Um mich?«
»Wir dürfen uns keine Fehler erlauben. Zwei Tote, und die Spuren, die wir hatten, haben sich in Luft aufgelöst.«
»Was ist mit dem Begleiter von Britta Vogel?«
»Heinz Brüderle war es schon mal nicht. Was nicht heißt, dass er nicht der Täter sein kann. Haben Sie die Fahndung nach Vogels Begleiter rausgegeben?«
»Scheiße. Tut mir leid. Ich dachte ... ich wollte erst warten, bis Sie sie freigeben.«
»Hatte ich doch schon.«
»Ich kümmere mich sofort darum.« Sie ließ Belledin stehen. Er rief ihr nach: »Und fragen Sie die Höpfner-Brüder, ob sie nach dem Kurs mit Brüderle etwas getrunken haben.«
Sie drehte sich zu ihm um. Er war sich nicht sicher, ob sie ihn ansah. Es schien ihm eher, als ob sie den abgeschossenen Turm der Johanneskirche suchte.

***

Anna hatte die blöden Affen in dem Mercedes neben sich längst bemerkt. Sie lachten sich heiser über den Schriftzug auf dem VW-Bus. Wann sprang die verfluchte Ampel endlich auf Grün? Wenn sie noch länger hier stand, müsste sie aussteigen und dem Beifahrer die Fresse polieren. Sie drückte eine Kassette in den alten Rekorder und hörte Cat Stevens: *»It's not time to make a change, just relax, take it easy, you're still young, that's your fault, there's so much you have to know ...«* Sie würde warten, bis die Strophe des Sohns an die Reihe kam; dann würde sie laut mitsingen. Sie würde es den Vätern zeigen. Belledin, Böhnisch und auch ihrem eigenen, der zu früh gestorben war, um sich mit ihr noch mal auszusprechen.

Mit einem Mal bekam sie Platzangst. Die Höpfner-Brüder wohnten am Killesberg. Dort wollte sie jetzt nicht hin, die Nobelgegend verursachte ihr Atemnot. Die beiden konnte sie später noch befragen. Sie wollte jetzt raus aus dem Nebel. Sie fuhr in Richtung Neue Weinsteige und freute sich, dem Kessel zu entkommen. Hier oben wurde es luftiger, der Blick gewann mehr Freiheit. Sie sollte sich in Degerloch eine Wohnung suchen. Ihre Wohnung in der Schlosserstraße war nicht schlecht und lag zentral, aber das Grün und der weite Blick fehlten ihr. Manchmal stieg sie die Karlshöhe hoch, um sich Luft zu verschaffen. Das half ein bisschen.

Sie steckte sich eine Zigarette an. Sie war ein Landei. Aber sie hatte sich ein Leben lang dagegen gewehrt, wollte keine Bäuerin werden, sondern in die Stadt, Gangster jagen.

Cat Stevens sang längst »Wild World«, als Anna den Wagen auf dem grauen Pflasterstein vor einer Garage parkte. Laut Liste musste hier, in der Josefstraße, Heribert Klein wohnen. Hier war es grün genug. Wald, der sich kilometerweit erstreckte. Sie war hier schon einige Male zum Joggen raufgefahren, bis zum Dornhaldenfriedhof und zurück. Sie dachte an Schirmer. Er würde nicht mehr zurückkommen.

Sie stieg aus dem Wagen, warf ihre Zigarette in eine Berberitzenhecke und ging auf das Einfamilienhaus zu. Siebziger Jahre. Geschmackvoll. Mit einer großen Fensterfront ins Tal. Schirmer hätte ihr jetzt einen seiner Vorträge über Architektur gehalten. Sie selbst mochte lieber Altbauten, Schirmer hatte für die Moderne geschwärmt und stets damit gehadert, dass die Leute alles Neue erst einmal ablehnten. Schirmer war auch der Einzige gewesen, den Anna kannte, der sich auf den neuen Bahnhof gefreut hatte. Aus rein architektonischen Gründen. Sie vermisste ihn. Mit ihm wäre alles einfacher.

Sie klingelte und wartete, bis ein weißhaariger Mann die Tür öffnete.

»Frau Kälble?«, fragte er und zog dabei seine buschigen Brauen, die noch schwarz geblieben waren, in die Höhe.

»Herr Klein?« Sie hatte sich auf dem Weg hierher telefonisch bei ihm angemeldet.

»Kommen Sie doch rein.« Er machte den Eingang frei und ließ sie eintreten. Sie folgte Klein durch einen großzügigen Flur, der in einen noch großzügigeren Wohnraum führte und das Panorama auf Stuttgart freilegte. Die gewaltige Glasfront erweckte den Eindruck, man stünde im Freien.

»Wollen Sie Kaffee? Tee?«, fragte Klein.

»Wasser ohne Kohlensäure bitte.«

»Kann ich Ihnen nur aus dem Hahn anbieten.«

»Nehme ich auch.«

»Ist sehr kalkig, würde ich nicht empfehlen.«

»Wäre das Wasser im Kaffee oder Tee auch.«

»Richtig. Aber man merkt es nicht so schnell. Der Geschmack übertüncht.«

»Mein Job ist es, die Tünche abzukratzen.«

Klein lächelte. »Das haben Sie fein gesagt. Also Wasser aus dem Hahn.« Er verschwand, und Anna stellte sich an die Fensterfront.

Der Nebel hatte sich nun auch unten gelichtet. Die Sonne kam durch und erhellte die Stadt. Anna atmete tief durch. Viele von ihren Freunden hatte es nach Berlin gezogen. Sie war zweimal dort gewesen, wohlgefühlt hatte sie sich nicht. Und auch wenn sie vom Land kam: In Stuttgart hatte sie ihre ersten Disco-Nächte gefeiert, ihre erste richtige Liebe erfahren und es geschafft, sich ihren Traumberuf zu erkämpfen. Sie wusste um all die Vorurteile, die Stuttgart auszuhalten hatte. Und manches davon mochte wohl stimmen. So, wie die Stadt jetzt aber vor ihr ausgebreitet lag, würde sie sie bis zum letzten Atemzug verteidigen. Gegen Kriminelle und gegen brummige Badener.

Klein kam mit dem Wasser zurück und stellte es auf einen großen Eichentisch. »Kekse?«, fragte er. »Mehr habe ich nicht im Haus. Meine Haushälterin hat sich zwei Wochen Urlaub genommen, die Speisekammer wird erst nächsten Montag wieder gefüllt. Und da ich keine Kekse esse, ist es das Einzige, was noch übrig ist.«

»Danke. Ich möchte nicht Ihre eiserne Ration wegfuttern.« Anna nahm das Glas Wasser und trank. »Einen schönen Blick haben Sie hier.«

»Ja, alle sagen das. Aber ich habe mich schon so sehr daran gewöhnt, dass ich es nicht mehr goutieren kann. Überhaupt habe ich mich schon an zu vieles gewöhnt. Auch an meinen überdurchschnittlichen Wohlstand. Alles hat seine zwei Seiten.«

»Soll ich Sie bedauern?«

»Um Gottes willen, nein. So weit käme es noch. Ich bin zufrieden. Ich wollte Ihnen nur erklären, warum ich diesen Blick hier nicht mehr so schätzen kann wie ein Durstiger das Wasser.«

Anna setzte das Glas auf dem Tisch ab. »Wie gut kannten Sie Hans Bluhm?«

»Wie man einen Übungsleiter eben kennt.«

»Was heißt das?«

»Er war aufmerksam, nahm sich Zeit und traf die Defizite auf den Punkt. Ich habe viel gelernt bei ihm.«

»Zum Beispiel?«

»Nicht zu verteidigen, ehe man angegriffen wird. Das Argument des Gegenüber kommen zu lassen, um zu prüfen, ob es überhaupt ein Angriff ist, den es zu blockieren gilt. Am Ende ist es gar ein unterstützendes Element, das ich für mich nutzen kann.«

»Gab es in Ihrem Kurs auch Leute, die Bluhm nicht so wohlgesonnen waren?«

»Kann ich mir nicht vorstellen. Im Gegenteil. Es haben alle geschwärmt von ihm. Und die Frauen auch für ihn.«

»Werden Männer da nicht eifersüchtig? Ich meine, das Fechten ist doch ein Inbegriff der Männlichkeit. Wollen da die anderen Männer vor den Frauen nicht zeigen, dass ihr Degen ebenfalls scharf ist?«

Klein lachte. »Das mag für die Heteros gelten. Ich hatte mit Bluhm in dieser Hinsicht kein Problem.«

»Verstehe. Und in welcher Hinsicht hatten Sie mit ihm ein Problem? Dass er nicht auf Männer abfuhr?«

»Aus dem Alter bin ich raus. Außerdem lag die Sache bei Bluhm ziemlich klar. Da brauchte ich mir keine falschen Hoffnungen zu machen.«

Anna drehte sich zum Fenster und sah wieder auf die Stadt hinab. »Wie stand Britta Vogel zu Bluhm?«

»Britta Vogel?«

»Sie müssten sie kennen. Sie war auch in dem Kurs.«

»Natürlich kenn ich sie.«

»Sie ist tot.« Anna drehte sich zu Klein um, sie wollte jeden Muskel sehen, der in seinem Gesicht zuckte. »Ermordet«, sagte sie.

Aber es zuckte nichts. Nur der Kiefer fiel sprachlos und verweilte so gefühlte fünf Minuten. Klein stand einfach nur da, mit hängendem Kiefer, und starrte Anna an.

»Wir wissen noch nicht, ob es sich um denselben Täter handelt. Aber wir vermuten es. Beide Morde fanden im Theaterhaus statt, und die Opfer kannten sich.«

»Wurde sie auch … ich meine, hat man sie auch mit dem Degen erstochen?«

»Sie wurde erwürgt. Nach einer Vorstellung. Sie wollte sich mit mir treffen. Vermutlich hat der Mörder das mitgekriegt und sie deswegen mundtot gemacht.« Anna nahm das Phantombild aus der Innentasche ihrer Lederjacke und faltete es auf. »Hier. Das ist der Mann, der mit ihr im Theater war. Kennen Sie ihn vielleicht?«

»Nein.«

Diesmal schien es Anna so, als hätte sich bei Klein etwas im Gesicht bewegt, aber er hatte seine Muskulatur zu schnell wieder unter Kontrolle, als dass sie darauf hätte wetten können. Sie hakte nach.

»Sind Sie sich sicher? Schauen Sie noch mal genau hin. Phantombilder sind keine Fotos. Keine Ähnlichkeit mit jemandem, den sie kennen?«

Zu spät. Er hatte sich im Griff.

»Nein. Wirklich nicht. Tut mir leid.« Er ging zu einem Jugendstilschränkchen, öffnete es und kam mit einer Flasche Oban Whisky und zwei Gläsern zurück. Er goss sich ein und blickte fragend zu Anna. »Im Dienst?«

»Ja. Aber einen Oban kriegt man nicht alle Tage angeboten.«

»Dreiundzwanzig Jahre gelagert.« Es lag ein Seufzen in Kleins Stimme, das ebenso der Toten gelten konnte. Der Whisky goss sich in die Gläser. Klein reichte Anna eines und nahm das andere. »Einfach so«, sagte er. Das sollte wohl der Trinkspruch sein. Er trank in einem Zug, Anna nahm einen kleinen Schluck.

»Lang im Abgang. Feine Sache«, sagte er, und Anna wusste, wovon er sprach. Es wurde ihr heiß vom Rachen bis tief in den Beckenboden. Zuletzt hatte sie mit Schirmer so einen edlen Tropfen getrunken. Er war ein Säufer gewesen, aber auch ein Genießer. Und er war tot. Sein Abgang war aber schnell gewesen.

»Britta war meine Nichte«, sagte Klein und goss sich nach. »Sie hatte die besten Voraussetzungen, innerhalb des Familien-Clans Karriere zu machen. Das war nicht immer klar gewesen, sie hat eine sehr wilde Jugend hinter sich. Drogen, Überfälle auf Tankstellen, Entzug, Rückfall, Jugendknast, Mitglied einer rechtsextremen Organisation, zwei Jahre wegen schwerer Körperverletzung …« Er trank wieder, diesmal aber auch nur einen Schluck. »Aber das haben Sie sicherlich schon alles herausgefunden.«

»Nein. Dazu war noch keine Zeit. Aber das sind wichtige Hinweise. Wir werden das überprüfen.«

»Tun Sie es. Es ist wahr. Leider.«

»Und Sie waren ihr Onkel?«

»Ja. Britta war das Kind meiner Schwester.«

»Lebt sie auch in Stuttgart?«

»Nein. In New York. Britta war ihre Jugendsünde, sie hat sie bereits mit siebzehn bekommen. Dann hat der Clan aber ein Machtwort gesprochen und ihr einen Mann verordnet, der sie wieder in den Rahmen schwäbischer Tugenden zurückführte. Britta wuchs bei Kindermädchen und in Internaten auf.«

»Und wie hat sie die Kurve gekriegt?«

»Als sie aus dem Gefängnis entlassen wurde, war sie zweiundzwanzig. Da stand sie plötzlich vor meiner Tür. Ich befand mich damals in einer Depression, einer Midlife-Crisis. Älter geworden, nicht mehr so attraktiv. Die jüngeren Männer kriegt man nur übers Geld, Beziehungen haben sich überlebt, eigene Familie gibt es nicht. Nur den Panoramablick auf Stuttgart und einen guten Oban.«

Klein trank und goss nach. »Sie kam mir also gelegen. Ich hatte plötzlich eine Aufgabe. Und ich habe sie gut gelöst. Britta biss wie eine ausgehungerte Wildkatze. Sie nahm Unterricht und holte alles in Rekordzeit nach, was sie zuvor abgelehnt hatte. Sie machte mir geradezu Angst in ihrer Karrierelust. Der Clan nahm sie wieder auf. Nicht nur weil Blut dicker ist als Wasser, sondern weil man sich ein Kommunikationsgenie wie Britta auf dem Markt einfach nicht entgehen lassen konnte.«

»Und was sprang für Sie dabei heraus?«

»Ich wurde wieder attraktiver. Ich fühlte mich gut und strahlte das auch auf andere aus. Britta gab mir mein Strahlen zurück.« Klein sah auf den goldenen Whisky in seiner Hand. Seine Stimme, die zuvor voll Wärme gewesen war, wurde plötzlich stählern. »Finden Sie das Schwein, und Sie müssen nie mehr Berichte schreiben.«

Das war mehr als ein Trinkspruch. Anna sagte nichts darauf, trank nur ihr Glas aus und spürte erneut dem langen Abgang nach.

»Das Phantombild lasse ich Ihnen hier. Vielleicht fällt Ihnen ja doch noch eine Ähnlichkeit mit jemandem auf.«

»Ich kenne ihn.« Klein atmete tief durch. »Ich wollte es erst nicht sagen, weil ich ihm selbst die verdiente Strafe verabreichen wollte. Aber das schaffe ich nicht. Ich war schon immer zu weich. Auch eine Sache, die mir bei Bluhms Seminar aufgegangen ist. Doch jetzt kann ich dazu stehen.«

»Wer ist der Mann?«

»Franz Erken. Er war im Kurs.«

***

»Das ist der Erken. Franz Erken. Kein Zweifel«, sagte Johanna Haller und tippte wie zur Bestätigung auf das Phantombild.

Belledin hatte es aus Schirmers Wohnung geholt, wütend auf sich selbst, dass er es zur Befragung von Brüderle nicht dabeigehabt hatte. Erken. Der Name kam ihm bekannt vor. Er blickte auf die Teilnehmerliste und fand ihn in der Gruppe, die Kälble zu vernehmen hatte. Sie müsste ihn sich doch schon vorgeknöpft haben, wie konnte sie dann nicht gemerkt haben, dass er der Kerl auf der Zeichnung war? Er schnaubte, als ihm Kälbles Bericht einfiel. Erken hatte am Telefon gesagt, er sei in London. Hatte er gelogen? War er im Theaterhaus mit Britta Vogel gewesen?

Kälble hatte ihn auf dem Handy angerufen, da konnte er überall gewesen sein. »Landhausstraße«, las er. »Ist das weit von hier?«

»Innenstadt«, sagte Johanna Haller.

»Danke. Wir überprüfen Ihr Alibi. Und bleiben Sie so lange in der Stadt, bis wir grünes Licht geben.«

Belledin verließ die Wohnung und hastete zum Aufzug des Hochhauses. Der Fahrstuhl kam von oben. Zwei Frauen mit Kopftüchern und ein Fettwanst mit gefüllten Mülltüten drängten sich bereits in der Kabine. Der Geruch von altem Schweiß und frisch verzehrtem Knoblauch schwappte Belledin in die Nase. Da musste er durch. Er tauchte in die Kabine und hielt die Luft an, bis die Fahrt zu Ende war. Vor dem Haus wählte er Kälbles Nummer. Sie ging nicht dran. Er spuckte einen badischen Fluch. An seinem Audi angekommen, fluchte er ein zweites Mal. Er entfernte den Strafzettel von der Windschutzscheibe, zerknüllte ihn und warf ihn auf den Gehsteig.

»Des goht aber net. Da drübe stoht der Kuttereimer.«

Belledin drehte sich nach der Stimme um. Eine ältere Dame, die nach wenig Rente, aber viel Lebenswillen aussah, blinzelte ihn an. »Soll i mi vielleicht bücke in meim Alter?«, fragte sie.

»Wenn Sie wollen, können Sie ihn auch bezahlen.«

Er stieg in den Audi und fuhr davon. Im Rückspiegel sah er, wie das Mütterchen den Strafzettel aufhob und im Papierkorb entsorgte. Sie hatte gewonnen. Er hatte ein schlechtes Gewissen.

***

Sie hätte wenigstens frühstücken sollen. Mit Martin hatte sie es getan. Jetzt, wo er weg war, vergaß sie es. Was sollte sie auch allein am Tisch sitzen und daran denken, dass es mal anders gewesen war? Alles hatte sich geändert. Martin war gegangen, Schirmer gestorben und Belledin gekommen. Mit seinem Auftreten hier hatte alles begonnen. Natürlich konnte er nichts dafür, dass Martin Schluss gemacht und Schirmer sich das Hirn weggeblasen hatte. Trotzdem. Normalerweise würde sie sich niemals nüchtern einen Oban geben. Und den langen Abgang spürte sie nun in ihren Blutbahnen. Wenn sie eine Streife anhalten würde, wäre sie erledigt.

Sie fuhr rechts ran, stieg aus dem Wagen und drückte sich hinter das Häuschen einer Bushaltestelle. Dann steckte sie sich den Finger in den Hals. Sie musste einige Male am Zäpfchen klingeln, ehe der Würgereflex bis zum Magen hinunterleitete.

Sie fühlte sich besser. Aber hinters Steuer setzen wollte sie sich noch nicht. Sie hockte sich in das Wartehäuschen und sah auf die vorbeifahrenden Autos. Die Geschichte, die ihr Klein aufgetischt hatte, musste sie erst einmal verdauen. Britta Vogel, ein gefallener Engel, der wie Phönix aus der Asche gestiegen war, um dann im Theaterhaus nach dem Stück »Fußball ist unser Leben« erwürgt zu werden. Das schrie nach einem weiteren Oban. Absurd. Und die Story seiner Schwester. New York. Wo sonst? Und zum Schluss noch das Angebot, sie würde keine Berichte mehr schreiben müssen, wenn sie den Mörder seiner Nichte fände.

In welcher Welt lebte der Kerl? Dachte er, man könnte sie einfach kaufen? Mit Geld glücklich machen? Sie liebte ihren Beruf. Und sie liebte es, Berichte zu schreiben. Auch wenn sie sich gerade besoffen hatte. Sie würde den Mörder von Vogel und Bluhm finden. Aber nicht wegen Klein und seiner Kohle. Sondern wegen Schirmer und dem romantischen Traum, ein guter Bulle zu sein. »Cheers«, sagte sie und stieß pantomimisch mit einem Glas Oban zu Schirmer in den Himmel, wo sie ihn trotz seines Lebenswandels und des Freitods vermutete.

Ihr Handy klingelte. Sie sah auf das Display. Belledin. Sie überlegte kurz, ihn klingeln zu lassen. Dann nahm sie doch ab.

»Ja? ... Was? Erken? Ja, ich habe es selbst gerade erfahren. Von Heribert Klein ... Was? ... Scheiße ... Ja, ich komme.«

Sie hatte gepatzt. Erken hatte sie gelinkt. Auf ganz billige Weise. Aber wieso hätte sie daran zweifeln sollen, dass er sich in London aufhielt? Und wie hätte sie die Lüge in der kurzen Zeit aufdecken sollen? Immerhin waren es acht Teilnehmer, die sie abzuklappern hatten.

Sie stieg in den VW-Bus und fuhr ins Zentrum. Cat Stevens tauschte sie gegen Bob Dylan aus. *»Don't think twice, it's all right.«*

ACHT

Belledin schmerzte die Schulter. Er hatte lange keine Wohnungstür mehr eingerannt. Aber er hatte in der Wohnung Stimmen gehört. Und da ihm nach wiederholtem Klingeln niemand öffnen wollte, hatte er gehandelt. Seine Intuition hatte ihn nicht getrogen. Er stellte das Radio ab. SWR2, der Sender für Kultur und Klassik. Biggi hörte zu Hause lieber Radio Regenbogen, sie liebte das Bunte.

Franz Erken hörte nichts mehr. Er lag tot in seinem Blut auf einem cremigen Langflorteppich. In seiner Brust steckte ein großes Messer. Belledin glaubte, es schon einmal gesehen zu haben. Er hatte zu weit weg gestanden, um ganz sicher zu sein. Aber selbst wenn die Spurensicherer nichts darauf fanden, Bulli käme wieder in Untersuchungshaft. Und diesmal käme er nicht wieder raus, bevor Belledin ihn vernommen hatte. Egal, wer ihm ein Alibi geben würde.

Nach Kälble hatte er Dr. Steiner, dann Bea angerufen. Wo blieben sie alle?

Er ging durch die Wohnung. Von außen hatte er den kühlen Luxus, der sich hier spreizte, nicht erwartet. Designermöbel. Viel schwarzes Leder, heller Marmor und Chrom. Eine sündhaft teure Stereoanlage von Denon. In der gesamten Wohnung waren Lautsprecher versteckt, sodass man sich nirgendwo allein fühlen musste. Belledin überlegte, ob es ihm hier besser gefiel als in Schirmers Bude. Kälbles Eintreffen unterbrach die Entscheidungsfindung.

»Tut mir leid. Ich konnte nicht wissen, dass er mich angelogen hatte.«

»Hätte er Sie nicht angelogen, wäre er wohl noch am Leben.« Belledin wollte Kälble keine Vorwürfe machen, auch wenn er jetzt vielleicht so klingen mochte.

»Meinen Sie, der Mörder von Erken hat auch Bluhm und Britta Vogel umgebracht?«, fragte Kälble.

»Möglich. Aber schauen Sie sich mal das Messer in seiner Brust an.«

Kälble ging vorsichtig über den Teppich, um so wenige Spuren wie möglich zu verwischen, und beugte sich über den Toten.

»Und?«, fragte Belledin.

»Kein normales Messer. Ein Kampfmesser.«

»Weiter?«

»Der gleiche Einstichwinkel wie bei Bluhm?«

»Sieht so aus. Was noch?«

Sie bückte sich weiter über den Toten und besah sich den Griff näher. »Da ist etwas eingraviert. Initialen. B.U.« Sie kam hoch und sah Belledin aufgeregt an. »Bernd Ulmen. Bulli.«

»Hatte ich es doch geahnt. Geben Sie sofort eine Fahndung nach ihm raus. Noch mal leimt uns der Kerl nicht.«

Kälble griff zum Handy und telefonierte mit den Kollegen von der Fahndung. Sie wich dem eintreffenden Trupp der Spurensicherung und Dr. Steiner aus.

»Überprüfen Sie die Tatwaffe umgehend auf DNA und Fingerabdrücke. Und gleichen Sie die Spuren mit Bernd Ulmen ab.«

»Schon wieder der? Den kennen wir doch schon.«

Belledin meinte einen Vorwurf gehört zu haben, erwiderte aber nichts. Dafür drehte er sich zu Bea, die bereits mit Schmötzer Teppich, Tisch und Aschenbecher absuchte. Sie schien fündig geworden zu sein. Ihre behandschuhten Finger zwickten eine nur halb gerauchte Zigarette aus dem Aschenbecher und steckten sie in ein Tütchen.

»Darf ich mal sehen?«, fragte Belledin.

Bea hielt ihm den Beutel hin. Seine Hand berührte bei der Übergabe leicht ihren Finger. Es knisterte. Und es war nicht nur das Plastik des Handschuhs. Er nahm den Blick von ihren Augen und sah auf die Zigarette. Das Knistern blieb.

»Lippenstift«, sagte er. »Gibt es noch mehr davon?«

»Hier.« Bea hatte bereits eine weitere Zigarette gesichert und streckte Belledin auch diesen Beutel entgegen. Er verzichtete darauf, eine weitere Berührung zu riskieren, und besah sich die Kippe aus der Distanz. »Andere Marke?«

»Die mit Lippenstift ist eine Lucky Strike, diese hier eine Marlboro.«

»Auf welcher der beiden wohl Bullis DNA ist? Ich tippe auf die Lucky Strike.« Der Witz kam an. Bea zeigte Grübchen. Eine blonde Strähne fiel ihr unter der Kapuze ins Gesicht. Sie schob sie wieder zurück. Das knallige Hellrot des Lippenstifts, der den Zigarettenfilter zierte, würde auch ihr gut stehen.

»Kennen Sie sich in Stuttgart aus?«, fragte er.

Bea sah ihn befremdet an. »Ich bin hier geboren.«

»Hätten Sie Lust, mir heute Abend etwas zu zeigen, was Sie hier schön finden? Vielleicht in Verbindung mit einem guten Essen?«

Bea schoss die Wangenröte ein. »Gerne.«

»Und wenn Sie mir bis dahin alle Spuren, die Sie hier noch finden, ausgewertet hätten, wäre das fein.«

»Bis heute Abend? Dann wird es später mit dem Essen.«

»Ein Wurststand tut es auch.«

Bea nickte und zeigte wieder Grübchen.

»Verpasse ich hier gerade etwas?«, fragte Kälble, und Belledin merkte, wie nun ihm Blut in den großen runden Kopf stieg.

»Jetzt noch nicht. Aber vielleicht heute Abend«, sagte Bea kokett und ging weiter auf Spurensuche.

Kälble steckte ihr Handy wieder ein. »Gentner hat Bulli festgenommen. Er war im Theaterhaus. Sah nicht danach aus, als ob er nervös gewesen wäre.«

»Wenn er türmen würde, würde er sich verdächtig machen. Aber wenn es sein Messer ist, mit seinen Initialen: Warum lässt er es am Tatort zurück und geht dann seelenruhig ins Theaterhaus?«, knurrte Belledin missmutig.

»Er bekam Panik, nachdem er seine Tat realisiert hat, und ist abgehauen. Und jetzt hat er sich wieder gefangen und mimt den Coolen.«

»Und nachdem er Bluhm erstochen hatte, hatte er keine Panik?«

»Das war ein Heimspiel. Er konnte alles planen. Der Mord an Erken war vielleicht aus dem Affekt.«

Belledin suchte etwas, wogegen er treten konnte. Aber er fand nichts. »Verdammt. Das passt alles überhaupt nicht. Was hat dieser Bulli mit Bluhm, Vogel und Erken zu tun?«

»Wir können ihn fragen. Immerhin haben wir ihn. Ich übernehme das gerne.«

Belledin sah sie an. »Ja. Machen Sie das. Aber wenn das wieder ins Leere läuft, brauchen wir eine andere Theorie.«

»Haben Sie eine?«

»Mit viel Phantasie und Hypothese.«

»Ich höre.«

»Nehmen wir an, es war Erken, und der Mord an Bluhm war ein

symbolischer Akt. Erken ersticht den Kommunikationstrainer mit einer scharfen Klinge, um ihm zu zeigen, wie scharf und verletzend echte Kommunikation sein kann. Ein Racheakt. Hierbei wird er von Britta Vogel gesehen. Sie geht mit ihm ins Theater und steckt ihm, was sie weiß.«

»Warum? Sie könnte doch genauso gut zur Polizei gehen?«

»Sie will Kapital aus ihrem Wissen schlagen.«

»Erpressung?«

»Ein gutes Motiv.«

»Und als er mitkriegt, dass sie sich mit mir treffen will, gerät er in Panik und erwürgt sie. Und wer bringt Erken um?«

»Britta Vogels Komplize.«

»Ihr Onkel.«

»Wer?«

»Herbert Klein. Ich komme gerade von ihm. Steht auf unserer Liste.«

»Ihr Onkel war auch in dem Kurs?«

»Geldadel. Schwul. Vordergründig charmant, aber berechnend. Allerdings glaube ich nicht, dass er es war.«

»Wieso nicht?«

»Weil ich bis eben bei ihm war und er erst von mir vom Tod seiner Nichte erfahren hat.«

»Hat er das?«

»Wie meinen Sie das?«

»Er könnte Sie geblufft haben. Erken hat das ja auch geschafft.«

»Ich stand vor ihm. Er war fassungslos, als er die Nachricht hörte, und hat sich gleich mit Whisky besoffen. Ein wenig Menschenkenntnis besitze ich auch. Erken hatte ich nur am Handy, da konnte ich nicht wissen, wo er tatsächlich war.« Sie war laut geworden.

»Schon gut. Wir überprüfen trotzdem Kleins Alibi.« Belledin hielt nach Steiner Ausschau. Er sprach gerade mit zwei Sanitätern, die Erken auf die Bahre legten.

»Herr Dr. Steiner. Können Sie schon etwas über die Tatzeit sagen?«

»Ich tippe auf heute Morgen, so zwischen sieben und acht Uhr. Genaueres wie immer später.«

Belledin drehte sich wieder zu Kälble. »Damit können wir schon mal arbeiten.« Er plusterte die Wangen auf und suchte einen Stuhl, auf den er sich setzen konnte. Er fand einen und wollte sich schon darauf niederlassen, da schnitt eine Stimme durch die Wohnung.

»Halt. Der isch no net g'sichert.«

Es war Schmötzer, der Belledin den Stuhl unter dem Hintern wegzog. Hätte Kälble nicht reagiert und Belledin am Arm gefasst, er wäre wie ein Clown im Zirkus auf den Hintern geplumpst.

Schmötzer stellte den Stuhl wieder ab. »Ich mach nur mei Arbeit. Net persönlich nehme.« Immerhin schien ein kleines Lächeln über sein Gesicht zu huschen.

Belledin sah zu Kälble. Auch sie schien sich ein Grinsen nur mit Mühe verkneifen zu können.

»Wie hat Klein reagiert, als sie ihm das Phantombild von Erken zeigten?«, fragte Belledin, als wäre nichts gewesen.

»Erst hat er so getan, als würde er ihn nicht kennen. Dann hat er es aber zugegeben.«

»Und warum hat er es nicht gleich gesagt?«

»Weil er wohl sofort Erken im Verdacht hatte, Britta umgebracht zu haben, und Selbstjustiz üben wollte.«

»Und dann hat er sich doch noch umentschieden? Warum?«

»Er sagte, er sei zu schwach dazu.«

»Ich sage Ihnen, er hat gemerkt, dass es dumm wäre, Erken auf der Zeichnung nicht zu erkennen. Sie haben schließlich sechs Wochen lang gemeinsam einen Kurs besucht, in dem man sich gegenübersteht und in die Augen schauen muss.«

Er sah Kälble direkt an. Sie wich seinem Blick aus und stierte auf die weißen Marmorfliesen.

»Scheiße, ich mache wohl so ziemlich alles verkehrt.«

»Überhaupt nicht«, sagte Belledin. »Für Ihre Verfassung machen Sie verdammt gute Arbeit. Der Fall ist komplex. Da verrennt man sich schon mal oder übersieht etwas.«

»Und wie gehen wir jetzt weiter vor?«

»An Bulli glaube ich nicht mehr. Aber es ist vermutlich sein Messer. Fragen Sie ihn, wem er es gegeben hat. Ich kümmere mich um Heribert Klein.«

»Rufen Sie gegen sieben mal an, bis dahin weiß ich mehr«, rief Bea und winkte Belledin zu. Dann verschwanden die Spurensicherer und ließen Belledin und Kälble allein zurück.

»Gehen wir wirklich logisch vor?«, fragte Kälble.

»Ich sagte Ihnen bereits, dass Logik nicht immer alles ist. Wahrheit kann manchmal ein Vexierbild sein. Sie kennen doch die Zeichnung, auf der man eine junge und eine alte Frau sehen kann?«

Kälble nickte.

»So ist es mit den meisten Menschen. Sie tragen mindestens zwei Vexierbilder in sich. Manchmal hilft da nur die Erfahrung und der glückliche Umstand, im rechten Augenblick auf die Intuition zu horchen.«

»Und wozu dann die ganze Polizeiarbeit, wenn ich am Ende den Mörder auspendeln kann?«

»Man kann den Mörder nicht auspendeln. Die Polizeiarbeit ist das notwendige Übel, um die Neugierde des Unbewussten zu erwecken.«

»Haben Sie einen Crashkurs bei Milton Reloaded absolviert?«

»Nein, das habe ich von einem Kriegsfotografen. Er schießt seine Fotos nach dem Prinzip Handwerk und Planung in der Vorbereitung. Auf dem Schlachtfeld lässt er alles fahren.«

»Und? Wie sind die Fotos?«

»Treffen fast immer ins Schwarze.«

»Ein Freund?«

Belledin dachte einen Moment nach. »Ja, vielleicht. Sagen wir, ein Freund in der Ferne. Je weiter er weg ist, umso mehr ist er mir ein Freund.«

Kälble lachte. Belledin grunzte.

»Und Sie haben heute also ein Rendezvous mit Bea? Werden Sie jetzt nicht schon wieder rot. Ich kann Sie verstehen. Sie ist süß.«

»Es ist dienstlich.« Belledin verzog das Gesicht und ging zur Wohnungstür. Er drehte sich noch mal zu Kälble um. »Oder treffen Sie Bulli etwa gleich privat?«

Er fand es witzig.

***

Anna stellte das Aufnahmegerät an, nannte Datum, Ort und Zeit und den Namen des Verdächtigen: »Bernd Ulmen.« Dann schwieg sie und sah ihm in sein dreistes Gesicht. Er grinste. Sie wusste, woran er dachte. »Bullenfotze.« Sie sprach es nicht aus. Das stand auf einem anderen Blatt.

Sie schob das Messer im Klarsichtbeutel über den Tisch. »Ist das Ihr Messer, Herr Ulmen?«

Bulli sah es nur kurz an und nickte.

»Das Aufnahmegerät zeichnet kein Nicken auf«, sagte Anna.

»Ja. Des isch mein Messer.«

»Wie kommt es in den Brustkorb von Franz Erken? Haben Sie es ihm dort hineingerammt?«

»Blödsinn. Jemand muss es mir g'stohle habe.«

»Wer? Haben Sie einen Verdacht?«

»Keine Ahnung.«

»Wo haben Sie es aufbewahrt?«

»In meim Schreibtisch.«

»Kommt da jeder dran?«

Bulli zuckte mit den Schultern.

»Wo waren Sie heute Morgen zwischen sieben und acht Uhr?«

»Wollet Sie mich verarsche? Sie habet mich doch hier schmoren lasse. Wege nix. Ich hab ein Alibi. Für alle drei Morde. Sie könnet mir gar nichts.«

»Meine Kollegen haben vermerkt, dass Sie um sieben Uhr fünfzehn aus der Untersuchungshaft entlassen wurden. Genug Zeit, um zu Erken zu fahren und ihn zu töten.«

»Und warum hätt ich des tun sollen?«

»Warum beschmieren Sie fremde Fahrzeuge mit Sprühfarbe?« Das hatte sie vermeiden wollen. Aber der Kerl provozierte sie in seinem selbstgefälligen Phlegma. Sie wollte ihn drankriegen, egal, wofür.

Bulli grinste breit. »Ich weiß nicht, wovon Sie redet. Scho wieder was, was Sie mir ohne Beweise unterschieben wollet.«

Anna ging durch den Raum und besann sich. Sie konnte hier keinen privaten Feldzug gegen diesen Arsch führen. So gerne sie die Rechnung mit ihm auch beglichen hätte.

»Für die ersten beiden Morde kann ich Sie nicht verhaften, aber Sie wissen etwas. Sie sind Mittäter, da bin ich mir sicher. Das Messer wurde Ihnen nicht gestohlen. Sie haben es in der Werkstatt geschliffen, so, wie Sie auch die Degenklinge geschärft haben, mit der Bluhm ermordet wurde. Für wen?«

Bulli verschränkte die Arme vor seinem schwarzen Iron-Maiden-T-Shirt und verdrehte die Augen. »Ich hab keinen Degen g'schärft.

Des Messer ja. A Messer muss scharf sein. Mit einem Messer muss man Papier schneiden können, hat mein Vater immer g'sagt. Und des hat sich eingeprägt.«

»Und sonst hat Ihnen Ihr Vater nichts gesagt?«

Bulli lachte. »Doch. Aber ich hab net immer z'gehört.«

»Wen decken Sie?«

Bulli schien auch ihr nicht zuzuhören, jedenfalls schwieg er beharrlich. Irgendwann stellte sie das Aufnahmegerät ab und verließ den Verhörraum.

***

Belledin hatte bereits dreimal angeläutet. Es regte sich nichts. Heribert Klein schien nicht zu Hause zu sein. Belledin ging durch den Garten um das Haus herum. An der Rückseite, die nach Stuttgart zeigte, führten Stufen auf eine Terrasse nach oben. Belledin nahm sie und fand Klein. Er lag reglos in einem Korbsessel, neben sich eine leere Flasche Oban. Klein schnarchte, setzte zwei Schnappatmer hintendrein und schlief selig weiter.

Belledin wollte die Fahrt nicht unnötig auf sich genommen haben. Die Terrassentür stand offen. Er schlüpfte ins Haus und sah sich um.

Edel. Sehr edel. Und geschmackvoll. Soweit er sich da auskannte. Jedenfalls war es hier ordentlich. Egal, wohin man sah. Eine afrikanische Skulptur hielt ihn gefangen. Der geschnitzte Kopf sah ihn an, als wolle er von ihm die Antworten auf die ungelösten Fragen des Weltenrätsels wissen.

Zwei Türen führten aus dem Raum. Belledin suchte nach einem Wasserhahn. Er fand ihn in der Gästetoilette. Unter dem Waschbecken stand ein Eimer. Geeignet für Belledins Zweck. Er füllte den Eimer mit Wasser und kehrte damit in den Raum mit der afrikanischen Skulptur zurück. Daneben stand jetzt ein Weißer, der wie ein Kolonialherr wirkte, der sich mit seiner Beute fotografieren lassen wollte. In der Hand hielt er einen afrikanischen Speer, mit dem er auf Belledin zielte.

»Wollen Sie jetzt auch mich umlegen? Dann mal vorwärts«, sagte Klein, aber seiner Zunge gelang es nicht, so scharf zu formulieren, wie er es sich wohl gewünscht hätte. Der Oban wirkte. Klein musste den Speer kurz als Krücke benutzen, damit er das Gleichgewicht behielt.

Belledin kam einen Schritt näher. Klein riss den Speer wieder nach oben, torkelte einen Schritt zur Seite und fing sich gerade noch rechtzeitig.

»Keinen Meter weiter. Sonst steche ich Sie ab. Ich kann das.«

»So, wie Sie auch Bluhm und Erken abgestochen haben?«, fragte Belledin. Seine Zunge schaffte die gewohnte Schärfe.

Klein kniff die Augen zusammen. »Wie, Erken? Aber der hat doch Britta umgebracht? Was soll das jetzt? Ist er auch tot? Wer sind Sie überhaupt? Schickt Erken Sie?«

»In gewisser Weise schon. Ja, er ist tot. Und ich will wissen, wer ihn umgebracht hat. Ich komme von der Polizei.«

Klein lachte. »So blöde bin ich nicht. Die Polizei war eben erst bei mir. Und die sah anders aus. Weiblich, jung, ehrgeizig und trinkfest. Sie sind kein Polizist. Sie sind ein Killer.« Wieder brauchte er den Speer, um nicht umzufallen. »Was wollen Sie mit dem Eimer? Blumen gießen? Oder mich darin ersäufen?« Er lachte laut und trunken. »Ich kann schwimmen. Da drin ersaufe ich nicht. Wenn Sie mich ertränken wollen, dann in einem See von gut gelagertem Oban. Das ist ein Tod, den ich verdient hätte. Und jetzt verschwinden Sie und sagen Sie Erken, dass ich ihn drankriege.«

Er riss den Speer hoch und stieß ihn in Richtung Belledin. Belledin sprang zur Seite. Die Speerspitze stach in die afrikanische Skulptur. Klein fluchte und wollte den Speer wieder herausziehen. Aber die Spitze klemmte im Holz. Belledin sah seine Gelegenheit und schüttete Klein das Wasser ins Gesicht.

Klein japste und ließ den Speer los. Belledin sprang zu ihm, drehte ihm den Arm auf den Rücken und zwang ihn zu Boden. Klein leistete keinen Widerstand.

Belledin zog ihn hoch, verfrachtete ihn auf ein Ledersofa, das übersät mit Design- und Architekturzeitschriften in der Mitte des Wohnzimmers stand, und setzte sich ihm gegenüber. Zwei Ohrfeigen sollten Klein zur kurzfristigen Konzentration zwingen. Es brauchte noch zwei weitere, ehe er Belledin halbwegs wach ansah.

»Sie wussten gestern Abend schon, dass Ihre Nichte ermordet wurde, habe ich recht?«

Klein schwieg.

»Von wem haben Sie es erfahren? Wer kam hierher und hat es Ihnen gesteckt?«

Klein lächelte mit schiefem Mund.

»Wer hat Ihnen gesagt, dass Erken mit Ihrer Nichte im Theater war?«

Kleins Lächeln wirkte wie eingefroren.

»Was wollte er dafür? Geld? Oder nur einen Whisky?«

Kleins Mundwinkel zogen sich langsam nach unten. Belledins Fragensalve schien ihn langsam mürbezumachen.

»Woher hatten Sie Bullis Messer?«

»Ich kenne keinen Bulli. Und will auch keinen kennen, der so heißt. Und ich weiß auch nichts von einem Messer, das diesem Bulli gehören soll!« Klein war mit jeder Silbe lauter geworden. Jetzt schrie er. »Ich weiß nur, dass meine Nichte tot ist und dass Erken, dieses Schwein, dafür büßen wird!« Er stemmte sich aus dem Sessel, sackte aber sofort wieder hinein.

»Erken hat schon gebüßt. Hören Sie nicht zu?«

»Richten Sie Erken aus, dass ich ihn an den Eiern packen werde. Und alle anderen auch, die in dieser Sache mit drinhängen.« Die Lautstärke nahm jetzt mit jeder Silbe ab. Bis zum Flüstern. Dann schlummerte Klein ein.

Belledin glaubte nicht mehr daran, dass Klein Erken mit Bullis Messer abgestochen hatte. Die Spur verlief im Sand. Es sei denn, die Kriminaltechniker kämen mit stichhaltigen Argumenten.

Belledin war in der Olgastraße angekommen. Es dämmerte. Bereits der dritte Tag in Stuttgart. Konnte man sich an die Stadt gewöhnen?

Er schloss die Tür auf und stieg die Treppen empor. Als er die Wohnung betrat, zögerte er. Er glaubte, ein Geräusch aus der Küche gehört zu haben. Leise schloss er die Tür hinter sich. Dann zog er seine Walther und entsicherte sie. Wieder ein Geräusch. Er hatte sich nicht geirrt. Es kam aus der Küche. Klappern von Geschirr. Der Klang von Glas und Keramik.

Er verharrte. Irgendwann musste der Eindringling aus der Küche kommen. Aber er kam nicht, sondern kramte munter weiter. Belledin wurde ungeduldig. Er näherte sich leise der Küchentür und sah Kälble in der Küche fuhrwerken.

»Was machen Sie denn hier?«

»Ich habe bei Bulli nichts erreicht. Deshalb bin ich noch mal in die Wohnung von Erken. Aber ich konnte nichts finden, was uns weiterbringen würde.«

»Keine Dokumente, Dateien, Adressen?«

»Nichts.«

»Und was war mit Bulli?«

»Er behauptet, jemand habe ihm das Messer aus seinem Schreibtisch im Büro gestohlen.«

»Glauben Sie ihm?«

»Er hat Alibis. Für jeden Mord. Sogar für Erken wäre es knapp, weil er da noch in U-Haft saß.«

»Haben Sie ihn rausgelassen?«

»Warum sollte ich ihn weiter festhalten? Wenn er doch etwas weiß, führt er uns vielleicht zum Mörder.«

»Wird er beschattet?«

»Ich habe zwei Leute auf ihn angesetzt.«

Belledin brummte in seinen Schnäuzer und zog die Brauen tief. »Und was machen Sie hier?«

»Ich räume auf.«

»Das kann ich selbst.«

»Tun Sie aber nicht.«

»Weil ich es nicht will.«

»Aber ich will es.«

»Das ist meine Wohnung.«

»Das ist Schirmers Wohnung.«

Sie stellte ein weiteres schmutziges Glas in die Spülmaschine und schloss das Gerät. Dann entschied sie sich für den Schnellwaschgang und drückte den entsprechenden Knopf. Die Maschine saugte Wasser und begann zu rumpeln.

»Wäscht die oder zerkleinert die?«, fragte Belledin und zog sich aus der Küche zurück. Er legte Hut und Mantel ab, verstaute die Walther und setzte sich auf einen zerschlissenen Cordsessel. »Hatten wir uns nicht für morgen früh verabredet?«

Kälble kam aus der Küche. »Ich verstehe da drin kein Wort.«

»Ich sagte: Hatten wir uns nicht für morgen früh verabredet?«

»Ich bin gar nicht da. Nicht dienstlich. Rein privat.«

»Was hätten wir privat zusammen zu schaffen?«

»Und dienstlich?«

»Kommen Sie. Spielen Sie nicht schon wieder die Beleidigte. Ich dachte, wir fangen endlich damit an, zusammenzuarbeiten.«

»Ich habe Ihnen alles gesagt. Sie aber mimen wieder den Verschwiegenen. Was ist mit Heribert Klein? Sie waren doch bei ihm? Hat er ein Alibi?«

»Nein.«

»Hat er gestanden?«

»Nein.«

»Sitzt er in U-Haft?«

»Er schläft auf seinem Ledersofa und träumt vom Panoramablick auf Stuttgart. Klein können Sie vergessen, der hat nichts mit den Morden zu tun.«

»Intuition?«

»Er hatte einen Speer auf mich gerichtet. Gut, er war besoffen. Aber wenn einer schon zweimal effektiv zugestochen hat, hält er selbst im Vollrausch eine Waffe anders. Außerdem hielt er den Speer so, dass er von rechts in meine Herzkammer gestoßen hätte. Ich glaube, das ist mehr als Intuition.«

»Hat er Ihnen etwas gesagt?«

»Was meinen Sie?«

»Irgendetwas, das Sie mir verheimlichen, um mir eine Nasenlänge voraus zu sein.«

Belledin sah sie fragend an und lächelte leicht.

»Ich traue Ihnen nicht. Je freundlicher Sie werden, umso mehr misstraue ich Ihnen.«

»Ich kann auch wieder anders. Das geht ganz schnell und kostet mich weniger Müh.« Er zog mit den Fußspitzen seine Schuhe aus und bewegte die Zehen. Dann gähnte er und wischte sich die Tränen aus den Augen.

»Tut mir leid«, sagte Kälble. »Ich möchte nur nicht verarscht werden. Wenn Sie es ernst meinen, freue ich mich darüber. Aber wenn Sie eine linke Tour fahren, kriegen Sie Ärger.«

»Bullenfotze.«

»Was?«

»Wer hat das auf Ihren schönen Wagen geschrieben?«

»So ein fettes Arschloch vom Theaterhaus.«

»Bulli? Und warum packen Sie ihn deswegen nicht an den Eiern?«

»Keine Beweise. Außerdem habe ich das bereits getan, bevor er meinen Wagen versaut hat.«

Belledin sah sie fragend an.

»Der Typ hat mich belästigt, als ich ihn vernommen habe. Direkt am ersten Abend, als Bluhm ermordet wurde.«

»Verstehe.« Belledin schloss die Augen. Etwas Entspannung täte jetzt gut. Aber bei der aufgezogenen Kälble war daran nicht zu denken. Er würde sie nicht loswerden, ehe er zu seinem Treffen mit Bea aufbrach.

Er hielt die Augen geschlossen. Vielleicht würde ihn Kälble so in Ruhe lassen. Aber sie plapperte weiter.

»Ich hasse solche Typen. Und es wimmelt davon. Gehen Sie mal durch die Königstraße. Jedem Zweiten könnte ich da in die Eier treten.«

Belledin grunzte.

»Was gibt es da zu lachen?«

»Ich stelle mir nur gerade vor, wie Ihr Wagen dann aussähe.«

»Witzig. Der war gut. Schönen Abend noch.«

Belledin presste die Augen fester zusammen. Gleich würde er die Wohnungstür knallen hören, und es wäre Ruhe.

Aber die Wohnungstür knallte nicht. Dafür brummte sein Handy. Er ging dran. Es war Bea. »Gut … Erklären Sie mir das gleich, ich hab einen Bärenhunger … Weinsteige … Das finde ich schon. So ein Dschungel ist Stuttgart nun auch nicht. Bis gleich.«

Er sah Kälble an.

»Soll ich Sie hinbringen?«, fragte sie. »Mache ich gerne.«

Er schwieg lauernd.

»Keine Sorge, ich lade Sie ab und fahre brav weiter. Will nicht stören.«

»Sie glauben doch nicht etwa, dass ich mich in ein Auto setze, auf dem ›Bullenfotze‹ steht.«

»Wäre ein Akt der Solidarität.«

Er zog sich die Schuhe an, nahm Hut und Mantel und ging zur Tür. »Wir sehen uns morgen. Wenn Sie aufgeräumt haben und noch nicht müde sind: Es gibt da einen Laptop von Bluhm, in den wir noch nicht reingeschaut haben.« Er zog die Tür hinter sich zu und war froh, keine tieferen seelischen Gespräche mehr mit Kälble führen zu müssen. Sie war ja nicht unsympathisch – aber anstrengend.

Solche Dialoge hatte er in fünfundzwanzig Jahren Ehe mit Biggi nicht geführt.

Hätte sie nicht gelächelt, er hätte Bea nicht erkannt. Ihre Grübchen verrieten sie. Der weiße Overall war einem schwarzen Kleid gewichen. Wo zuvor der hochgezogene Reißverschluss alles verdeckt hatte, zeigte sich jetzt ein einladender Ausblick auf einen langen Hals und ein verführerisches Dekolleté. Eine Korallenkette zog den Blick auf sich. Von dort sprangen Belledins Augen direkt zu dem farbgleich geschminkten Mund. Und schon war man bei dem Lächeln und den Grübchen. Ihr blondes Haar, von dem Belledin bislang nur die Strähne gesehen hatte, die am Nachmittag unter der Haube hervorgekrochen war, hatte Bea lässig mit zwei Haarklammern gebändigt. War sie schon dreißig? Belledin konnte es nicht schätzen. Sie sah jung aus, wirkte aber erfahren.

»Gefällt es Ihnen hier?«, fragte Bea.

Belledin sah sich erst jetzt in dem Lokal um. Rustikal, gutbürgerlich, traditionell. Er zuckte mit den Schultern.

»Ist sonst nicht mein Stil. Aber ich wusste nicht, was Ihnen zusagt«, sagte sie.

»Und da haben Sie den alten Schlappen gewählt. Warum nicht.« Belledin entledigte sich Huts und Mantels. Dann setzte er sich Bea gegenüber.

»Man isst hier gut, behauptet mein Vater«, sagte sie.

»Verstehe.« Belledin nahm die Speisekarte. »Und deswegen dachten Sie, es könnte mir hier gefallen.«

»Ich hoffe, ich habe Sie damit nicht beleidigt?«

»Solange Sie nicht zu lächeln aufhören, können Sie sagen, was Sie wollen.« Belledin sah sie forsch an. Diesmal war es Bea, die errötete.

»Was gibt es Neues aus der Abteilung Spuren?«, fragte er, um ins seriöse Fahrwasser zu rudern.

»Keine Fingerabdrücke an der Tatwaffe. Aber frische Schleifspuren wie an der Degenklinge. Von derselben Schleifmaschine.«

»Wir haben Bernd Ulmen, dem das Messer gehört, schon vernommen. Er behauptet, es sei ihm gestohlen worden.«

»Also hat er nicht gestanden?«

»Leider nein. Was ist mit den Zigaretten?«

»Ich hab mir bisher erst die weibliche vorgenommen, sie schien mir vielversprechender.«

»Britta Vogel?«

»Nein. Dazu waren die Zigaretten nicht lange genug aus, die Speichelreste noch nicht vollends getrocknet.«

»Aber wir müssen womöglich nach einer Täterin suchen.«

Bea zuckte die Schultern. »Sie könnte aber auch mit Erken eine geraucht haben, dann gegangen sein, und anschließend ist Erkens Mörder erst eingetroffen.«

»Oder es handelt sich um ein Pärchen. Zwei Täter.« Belledin sah zu dem Kellner auf, der die Bestellung entgegennahm. »Flädlesuppe, Spätzle mit Gulasch. Und einen kleinen gemischten Salat«, sagte er.

»Mir das Geschnetzelte.«

»Was darf's zum Trinken sein?«, fragte der Kellner.

»Einen Trollinger?« Bea sah Belledin mit ihren großen blauen Augen auffordernd an. Belledin hätte diesen Augen alles auf der Welt gegeben, sogar sein letztes Hemd. Aber einen schwäbischen Wein saufen? Nein. Das ging nicht. Auf keinen Fall.

»Merdinger Bühl? Oder irgendein Kaiserstühler?«

»Führe mir net«, sagte der Kellner, und in seiner Stimme lag jener Ton, der Badener und Schwaben zu Erzfeinden machte.

»Dann ein Bier.«

»Dinkelacker?«

»Rothaus.« Belledin zeigte auf den Nebentisch, an dem sich zwei Männer Tannenzäpfle ins Glas gossen.

Der Kellner notierte es teilnahmslos und lächelte Bea an. »A Viertele Trollinger?«

»Gern.« Bea zeigte Grübchen, der Kellner zog mit einem Teilsieg davon.

»Das Erwürgen eines Menschen kostet Kraft. Einen Degen durch den Brustkorb zu stechen auch. Ich tippe auf einen Mann«, sagte Belledin.

»Ein zielgerichteter Stoß und das richtige Material sind ausschlaggebend. Mit Kraft hat das wenig zu tun.«

»Also suchen wir jemanden, der sich mit dem Töten auskennt. Ein Profi?«

»Muss nicht sein. Ich habe zehn Jahre lang Sportfechten gemacht. Die Technik, die man dort mitbekommt, reicht völlig aus, um einen

Menschen abzustechen«, sagte Bea und machte dem Kellner Platz, der die Getränke servierte.

»Warum haben Sie damit aufgehört?«

»Beruf und Familie, da hat Leistungssport keinen Platz mehr.«

»Familie? Sie haben Kinder?«

»Zwei Jungs. Die haben jetzt auch mit dem Fechten begonnen.«

Belledin goss sich das Bier aus der Flasche ins Glas und schwieg.

»Was ist? Sind Sie geschockt, dass ich Familie habe?«

»Nein, nein, überhaupt nicht. Ich habe ja auch welche.«

»Eben.«

Er hob das Bierglas, Bea den Trollinger. Sie tranken. Belledin suchte nach den nächsten Worten. Bea nahm sie ihm aus dem Mund.

»Ich lebe getrennt. Aber seitdem verstehe ich mich ganz gut mit meinem Mann. Die Kinder sind heute bei ihm. Deswegen habe ich einen freien Abend.«

Belledin nickte. »Das geht mich nichts an. Sie können tun, was Sie wollen.« Ihm wurde heiß unterm Hemdkragen. Er versuchte, sich mit dem Zeigefinger Luft zu verschaffen. »Sie halten mich für spießig, was?«, fragte er. »Aber damit hatte ich nicht gerechnet.«

»Womit haben Sie gerechnet?«

»Ich weiß nicht. Mit gar nichts. Und allem.«

»Ich mag Sie«, sagte Bea. »Im Kopf sind Sie ein Schwerenöter, aber im Herzen eine treue Seele. Habe ich recht?«

»Kann sein.«

»Oder haben Sie Angst, dass ich einen neuen Vater für meine Kinder suche?«

Belledin fühlte sich ertappt und glühte.

»Ich kann Sie beruhigen. Mich interessieren lediglich Ihre ehrlichen dunklen Augen.«

Der Kellner servierte das Essen. Belledin lehnte sich zurück, um ihm Platz zu machen.

Bea griff ihr Messer und richtete es gegen Belledin. »En garde.«

Belledin nahm ebenfalls sein Messer und murmelte: »En garde.«

Bea schlug ihm mit einem Klingenschlag das Messer beiseite und setzte mit der abgerundeten Spitze einen Treffer gegen sein Herz.

»Touché.«

***

Noch ein Glas würde sich aus der Flasche holen lassen, dann war sie leer und Anna voll. Eigentlich hatte sie nicht lange bleiben wollen. Sie hatte in Schirmers Plattensammlung nur nach einer Scheibe gesucht, die sie ihm mal geschenkt hatte. »The River«, Bruce Springsteen. Schirmer hatte den »Boss« gemocht, vor allem die frühen Rockballaden. Anna hatte die Platte auf einem Flohmarkt gefunden. Sie hatten sie zusammen angehört, in Gesellschaft einer Flasche Jameson. Anschließend waren sie im Bett gelandet. Ein einziges Mal.

Sie versuchte vorsichtig, den Tonarm auf der Scheibe abzusetzen. Der Jameson zeigte Wirkung. Sie kicherte, als die Nadel abrutschte und über die Platte kratzte. Aus den Lautsprechern schimpften Monster. Sie kniff die Augen zusammen, um sich zu sammeln, dann setzte sie erneut an. Diesmal saß der Saphir in der Rille. Die Gitarre des Boss hämmerte den Rhythmus.

Anna nickte zum Beat und schnappte sich die Flasche. Sie goss ein und tanzte mit dem Glas in der Hand. Nur ein paar Takte. Noch ehe der Refrain ertönte, wurde ihr schwindlig, und sie ließ sich in den Cordsessel plumpsen. Überrascht, nichts verschüttet zu haben, stierte sie auf das Whiskeyglas in ihrer Hand.

»Auf dich, Schirmer, alter Freund.« Sie trank und schloss die Augen. Jetzt kam der Refrain, und sie summte mit. Von weit weg glaubte sie noch zu hören, wie das Glas auf den Holzboden fiel, dann träumte sie, wie man es nur in Whiskey-Räuschen tat: klare Bilder, harte Kontraste.

***

»Danke für den netten Abend«, sagte Bea und drückte Belledin einen Kuss auf die Wange.

»Wollen Sie nicht noch auf einen Kaffee mit nach oben kommen?« Belledin hatte es gefragt. Die Uraltformel, um Dinge zu beginnen, die man dann bereuen würde. Aber der Zauberspruch war gesagt, nur Bea konnte ihn noch entkräften. Belledin hing an ihren Lippen, nicht wissend, was er hoffen sollte.

»Aber nur ein Kaffee.« Sie sah ihn an, und er wusste, dass die Geschichte ihren Gang nehmen würde. Ihm wurde heiß, als er den Schlüssel in die Haustür steckte. Sollte er sie im Flur an die Wand drücken und küssen? Nein, das wäre zu früh. Vielleicht wollte sie tatsächlich nur einen Kaffee. Sosehr er wusste, wie es funktionierte, so ungeübt war er doch darin. In seiner Phantasie betrog er Biggi am Tag mindestens dreimal, umgesetzt hatte er es noch nie. Jetzt könnte es passieren. Bea war die Frau. Er roch ihr Parfum, als sie die Treppen hochstiegen. Kenner wüssten, welche Marke es war. Ihm genügte es, die Klasse der Frau zu würdigen. Und Klasse, die hatte sie.

Auch das zweite Schloss war geknackt. Vielleicht jetzt, im Rahmen der Wohnungstür? Aber er verpasste auch diese Gelegenheit und knipste das Licht an.

»Wollen Sie ihn stark?«, fragte er, um Zeit zu gewinnen. Womöglich wollte sie ja die Initiative ergreifen?

»Einfach reicht. Sonst kann ich nicht einschlafen«, sagte sie. Was sonst?

Er drehte sich zu ihr um. Der Spaziergang durch die kalte Nacht hatte ihr die Wangen gerötet. Belledin wollte hineinbeißen wie in einen knackigen Apfel. Sie lächelte, wartete ab. Gleich würde er den Entschluss fassen. Der Kaffee käme danach. Er sah ihr tief in die Augen, näherte sich ihr mit leicht geöffneten Lippen. Sie wich nicht zurück, kam ihm aber auch nicht entgegen. Sein Herz hämmerte. Er tat es. Jetzt. Gleich. Das war der Anfang eines Abenteuers, von dem er nicht wissen mochte, wie es enden würde.

Ein Schrei unterbrach den Zauber. Belledin und Bea schreckten auf.

»Das kam von da.« Bea zeigte in Richtung Wohnzimmer.

»So eine Scheiße«, fluchte jemand, dann stand sie im Türrahmen und blinzelte das verhinderte Liebespaar an. »Ich muss mal aufs Klo.«

Mehr als ein Lallen brachte Kälble nicht zustande. Sie schob Belledin zur Seite, steuerte das Bad an und verschwand darin.

»Ich glaube, sie hat einen Kaffee nötiger als ich. Und zwar einen ganz starken«, sagte Bea.

Belledin war überfordert. Der magische Moment war dahin und nicht mehr einzufangen. »Eine ordentliche Mütze Schlaf ist wohl dringlicher«, sagte er und konnte die Enttäuschung in seiner Stimme nicht verbergen.

»Für mich auch«, sagte Bea und gähnte. Das zog Belledin nun endgültig den Stöpsel. Gähnende Frauen mochte er gar nicht. Er musste es hinnehmen.

»Soll ich ein Taxi rufen?«, fragte er.

»Nein, nein. Ich hab es nicht weit. Wir sind fast Nachbarn.« Und da war es wieder. Belledin hatte es gehört. Im Unterton schwang es deutlich mit. Es bestand noch Hoffnung. Es war nur vertagt. Er lächelte. Und war sogar zufrieden. Er hatte Biggi noch nicht betrogen, aber die Möglichkeit, es mit einer Frau solchen Formats zu tun, stand ihm noch immer offen.

»Gute Nacht«, sagte er.

»Gute Nacht.« Bea sah ihn an und gab ihm erneut einen Kuss auf die Wange. Dann verließ sie die Wohnung. Belledin hörte ihren Schritten nach, bis sie im Treppenhaus verklangen.

»Tut mir leid. Jetzt habe ich Ihnen eine Nummer vergeigt.«

Belledin drehte sich um. Kälble stand schwankend im Türrahmen des Bads.

»Sie sind total besoffen. Legen Sie sich schlafen.«

»Es gibt hier nur ein Bett. Und kein Sofa.«

»Dann liegen wir eben zusammen in einem Bett.«

»Mit mir läuft aber nichts. Ich steh nicht auf Schnurrbärte.«

Belledin verschwieg, worauf er nicht stand, ging an ihr vorbei ins Badezimmer und putzte sich die Zähne.

»Sie werden sich doch wegen mir jetzt nicht rasieren?« Kälble hatte sich nach ihm umgedreht, verpasste mit der Hand den Türrahmen und schlug auf dem Boden auf. Sie lallte unverständliches Zeug. Belledin ließ sie liegen und trug sie erst ins Schlafzimmer, nachdem er seine Zähne auch mit Seide gereinigt hatte.

Er warf sie aufs Bett. Sie maulte. Er zog ihr die Jeans aus. Sie meckerte. Er legte sich neben sie. Sie schnarchte.

Belledin konnte nicht schlafen. Drei Nächte von Biggi fort und zweimal mit fremden Frauen im Bett. Und dennoch hatte er sich nichts vorzuwerfen. Noch nicht. Aber er würde Bea wieder begegnen, und dann würde es sich zeigen. Er ertappte sich dabei, dass es ihm allmählich in Stuttgart zu gefallen begann. Es war weniger die Stadt selbst als der Umstand, von zu Hause weg zu sein. Er hätte auch in Timbuktu sein können. Das Gefühl wäre dasselbe gewesen.

»Stuttgart oder Timbuktu.« Das wäre ein schöner Spruch. »Stuttgart oder Timbuktu.« Der würde am Stammtisch zu Hause gut ankommen. Aber er würde nicht eher zurückkommen, bis der Fall geklärt war. Und wenn er übers Wochenende hierbleiben musste.

Übers Wochenende. Warum nicht? Biggi würde das verstehen. Und er könnte vielleicht mit Bea einen Spaziergang durch den Herbstwald machen. Beas Kinder, zwei Buben, wären bei ihrem Vater. Belledin würde den Sonntag mit Bea im Bett verbringen, am Montag den Fall aufklären und am Dienstag als gefeierter Mann nach Hause fahren. Eine runde Sache.

Kälble fällte den nächsten Baum neben ihm. Er drehte sie zur Seite. Sie schlug ihm die Faust aufs Auge. Belledin jaulte auf.

NEUN

Belledin öffnete das rechte Auge und blinzelte gegen das Fenster, durch das der Tag schien. Das linke Auge hielt er geschlossen, weil es sich nicht öffnen ließ. Er erinnerte sich, dass Kälble ihm eine verpasst hatte, als er sie zur Seite rollen wollte. Er drehte den Kopf. Kälble lag nicht mehr dort, wo er sie abgelegt hatte. Dafür hörte er das Pfeifen von heißem Wasser aus der Küche. Und Musik. Don McLean: »Vincent«.

Er drehte sich nach links und sah auf seine Armbanduhr, die er über Nacht abgezogen und auf den Stuhl neben dem Bett gelegt hatte. Schon halb zehn. So spät stand er nie auf. Hatte er gestern Nacht noch so lange wach gelegen? Wie hätte er auch einschlafen können. Das schmerzende Auge, das Schnarchen von Kälble und die kleinen Flugzeuge im Bauch, die ihm die Gedanken an Bea bescherten. Von den drei Toten ganz abgesehen. Er würde sich heute nur den Toten und den weiteren Ermittlungen widmen. Die Flugzeuge mussten warten.

Kälble kam mit zwei Tassen herein. Sie stellte eine davon auf den Stuhl neben Belledins Armbanduhr, die andere behielt sie in der Hand und setzte sich zu Belledin auf die Bettkante.

»Was haben Sie denn angestellt?« Sie deutete auf Belledins geschwollenes Auge. »Hat Bea Ihnen eine übergezogen?«

Belledin setzte sich im Bett auf und griff nach der Tasse. Milchkaffee. »Ist da Zucker drin?«

»Nein. Schirmer trank nie mit Zucker.«

»Aber ich trinke mit Zucker. Ich bin nicht Schirmer.«

»Aber es ist Schirmers Wohnung. Und da ist kein Zucker.«

»Nur gebrannter.«

Kälble stand auf. »Honig. Ich könnte Ihnen einen Löffel Honig reintun.«

»Kaffee mit Honig?«

»Wenn Sie es süß wollen? Und Eis.«

»Mit Honig und Eis?«

»Für Ihr Auge.« Sie nahm Belledin die Tasse aus der Hand und verschwand, um gleich darauf wieder zu erscheinen. »Ich muss erst

Eiswürfel machen. Ich glaube, ich hab die gestern alle in den Jameson geworfen.« Sie setzte sich wieder auf die Bettkante. »Dafür ist der Kaffee jetzt süß.«

Belledin trank und verzog das Gesicht. »Was ist das für Honig?«

»Ahornsirup. Es gab doch keinen Honig.«

Belledin trank.

»Frieden?«, fragte Kälble.

»Was sonst?« Er nahm einen weiteren Schluck.

»Ich saufe sonst nicht. Jedenfalls nicht übermäßig.«

»Ist nicht mein Bier.«

»Aber Schirmers Tod geht mir verdammt an die Nieren.«

Belledin nickte.

»Haben Sie so etwas schon mal erlebt?«

»Dass ein Kollege sich umbringt?«

»Mit Ihrer Dienstwaffe?«

Belledin schüttelte den Kopf und trank. Unten wurde der Kaffee noch süßer. Sie hatte nicht umgerührt. »Sie können sich beurlauben lassen«, sagte er.

»Wollen Sie das?«

»Was würde mir das bringen?«

»Sie wären mich los und würden einen neuen Kollegen kriegen. Vermutlich Gentner. Der scharrt schon mit den Hufen. Würde dem gut in seine Vita passen, mit Ihnen einen Fall gelöst zu haben.«

»Erst einmal würde es gut in meine Vita passen, wenn ich diesen Fall lösen würde, und außerdem ist auch Gentner ein Schwabe. Was ändert es, wenn die eine geht und der andere kommt.«

»Er ist ein Mann.«

»Schnarcht der weniger?« Belledin trank den Rest und murmelte: »Ahornsirup mit Kaffee. Diese Schwaben.« Dann stellte er die Tasse auf dem Stuhl ab und sah Kälble mit dem rechten Auge scharf an.

»Ich möchte, dass wir beide den Fall gemeinsam zu Ende bringen, ist das klar? Hätte Böhnisch gewollt, dass Gentner die Kiste übernimmt, hätte er mich nicht von der Autobahn gepfiffen. Böhnisch setzt auf Sie, deswegen bin ich hier. Nicht nur um einen Mörder zu suchen, sondern auch um einer guten Polizistin in die Steigbügel zu helfen.«

»Halten Sie mich wirklich für eine gute Polizistin?«

»Jedenfalls haben Sie einen guten Punch.« Er schielte mit dem rechten Auge zum linken hinüber. Kälble erschrak.

»War ich das etwa? Heute Nacht? Oh Gott. Aber warum?«

»Denken Sie sich was aus.« Belledin zog eine Grimasse und zuckte zusammen. Die Bewegung der Gesichtsmuskeln drückte auf die Schwellung. »Und setzen Sie sich endlich an Bluhms Computer.«

Vom Plattenspieler ertönte »American Pie«.

Das Lied ging ihm nicht mehr aus dem Kopf. Er summte es während der Autofahrt, und er summte es auch noch, als er vor dem schmucken Einfamilienhaus und einem knurrenden Dobermann stand. »Bye, bye, Miss American Pie …«, sang er und drückte wiederholt den Klingelknopf.

»Wollen Sie zu uns?«, fragte ein Mann, der mit einer Einkaufstüte unter dem Arm neben ihm auftauchte. Belledin schätzte ihn auf Anfang vierzig und sehr sportlich. Der Trainingsanzug saß jedenfalls wie an einem Model aus dem Katalog. Und auch sonst erinnerte das perfekte Aussehen des Mannes an Katalogware. Es passte zu Haus und Hund.

»Herr Keller?«

»Ja.«

»Ich hatte angerufen. Belledin. Kripo.«

»Ja. Wegen Bluhm. Schreckliche Sache.«

»Und Britta Vogel und Franz Erken? Finden Sie das weniger schrecklich?«

»Oh nein. Ganz und gar nicht. Es ist furchtbar. Ruhig, Stella. Ganz ruhig. Der Herr beißt nicht.«

Der Dobermann, der eine Frau war, beruhigte sich. Keller öffnete das Gartentor und ging hinein. Belledin folgte. Frau Dobermann schnüffelte an seiner Hand und leckte dreimal mit der Zunge darüber. Belledin hatte gehört, dass man Hunde das tun lassen sollte, wollte man vor ihnen Ruhe haben. Er ließ es zu, mahnte sich aber sofort, sich später die Hände zu waschen.

»Ist Ihre Frau auch zu Hause?«

»Nein. Sie ist geschäftlich unterwegs. Wir teilen uns das auf. Wir sind Partner. In jeder Beziehung.«

Das klang höchst modern.

»Was tun Sie beruflich?«

»Wir beraten Unternehmen.«

»Großes Feld.«

»Wir bieten auch ein breites Spektrum an.«

»Für welche Klientel?«

»Mittelstand. Die großen Unternehmen sind meist in fester Hand. Da ist nur schwer reinzukommen.« Keller schloss die Haustür auf und ging durch einen kurzen Flur in eine große Wohnküche, die auf eine Terrasse führte. Belledin schlurfte ihm nach. Je mehr Keller den Sportlichen mimte, umso mehr glaubte Belledin, dagegenarbeiten zu müssen.

»Wollen Sie einen Orangensaft? Frisch gepresst. Und ungespritzt.«

»Danke. Ich hatte heute schon einen Kaffee mit Ahornsirup. Zu gesund sollte man auch nicht leben. Das macht die Krankheit eifersüchtig.«

»Wollen Sie Eis? Für Ihr Auge?«

»Das wäre nett. Danke.«

»Setzen Sie sich doch. Ich bin gleich zurück.«

Belledin ließ sich in einen dunkelblauen Korbsessel sinken, der dabei verdächtig knirschte. Er sah sich in dem Raum um. Kein Ikea. Da kannte er sich aus. Mindestens drei Ligen höher. Aber da war Belledin nicht firm. Er wusste nur, dass es dort nach mehr Geld roch.

Keller kam mit einem Eisbeutel zurück und reichte ihn Belledin.

»Danke. Schön haben Sie es hier. Leben Sie schon lange in Stuttgart? Ihrer Aussprache nach sind Sie nicht von hier.«

»Hannover. Das Studium hat mich hierher verschlagen.«

»Und Ihre Frau?«

»Stammt hier aus Sillenbuch.«

»Und das geht?« Belledin drückte sich den Eisbeutel aufs Auge. »Ich meine, knallt es da nicht? Kulturell?«

»Reibung kann etwas sehr Erfrischendes haben. Inzucht degeneriert.« Keller lachte.

»Haben Sie Kinder?«

»Nein. Mit Kindern könnten wir nicht so leben, wie wir es tun. Wir haben Stella. Auch ein Kind.«

»Natürlich.« Das Eis tat gut. »Nach dem Training mit Bluhm, was haben Sie da gemacht?«

»Wir sind nach Hause gefahren. Am nächsten Tag hatten wir einen wichtigen Kundentermin.«

»Beide?«

»Ja. Es ist ein großer Auftrag. Da gehen wir dann schon mal zusammen hin. Vor allem, wenn es ums Aushandeln der Konditionen geht. Bad Cop, Good Cop, das kennen Sie ja.« Keller grinste.

»Und wer ist bei Ihnen der Bad Cop?«

»Susanne.«

Belledin brummte. Stella spitzte die Ohren.

»Können Sie sich vorstellen, warum jemand Bluhm hatte töten wollen?«

»Eifersucht. Neid. Das sind Motive, die mir spontan einfallen. Der Kerl hat nichts anbrennen lassen.«

»Auch bei Ihrer Frau?«

»Klar. Hat er auch versucht. Sogar vor mir. So eine Chuzpe muss man erst einmal haben. Grandios.«

»Grandios?«

»Vom Selbstbewusstsein her. Das müssen Sie erst einmal bringen.«

»Haben Sie ihm auf die Finger geklopft?«

»Das musste ich nicht. Ich sagte ja schon, Susanne ist der Bad Cop.«

»Sie hat ihm also gesagt, dass da nichts läuft.«

»Sie braucht es nicht zu sagen. Da genügt ein Blick.«

»Verstehe.« Belledin wurde allmählich neugierig. Diese Susanne wollte er kennenlernen. »Und wie hat Bluhm darauf reagiert?«

»Er hat sich die Nächste gepflückt.«

»Wer war das?«

»Britta Vogel.«

»Woher wissen Sie das?«

Keller nahm ein Brötchen aus der Einkaufstüte und halbierte es mit einem Messer. Dann öffnete er ein frisches Paket Butter und schmierte sich eine Brötchenhälfte.

»Wollen Sie auch eine Hälfte? Ist Vollkorn.«

Belledin wehrte mit der Hand ab.

»In der zweiten Woche bin ich noch einmal in die Umkleide zurück, weil ich mein Shampoo in der Dusche vergessen hatte.« Keller biss in das Brötchen. »Tja, und da seifte Bluhm der Vogel von hinten die Brüste ein«, sagte er kauend.

»Einprägsames Bild.« Belledin nickte. »Wenngleich nicht neu. Wie haben die beiden auf Ihr Erscheinen reagiert?«

»Überhaupt nicht. Ich hab das Shampoo stehen lassen und bin gegangen. Es war mir unangenehm.«

»Wäre es den beiden auch unangenehm gewesen?«

»Ich glaube nicht.« Keller schob sich den Rest des Brötchens in den Mund.

»Wie hätten Sie reagiert, wenn es statt Britta Vogel Ihre Frau gewesen wäre?«

Keller schluckte den Bissen. »Dann hätte ich das Shampoo garantiert geholt.«

Belledin legte das Eispäckchen auf den Tisch. Sein lädiertes Auge schien ihm fast erfroren.

»Was wissen Sie über die anderen Teilnehmer? Kannten Sie Vogel oder Erken davor schon? Oder andere?«

»Ich kannte nur die Höpfner-Brüder.«

Belledin erinnerte sich, dass sie auf Kälbles Liste standen und von ihr noch nicht vernommen worden waren. Sie hinkten hinterher. Wenn sie sich jetzt tatsächlich an Bluhms Computer machte, verloren sie noch mehr an Boden. »Einen Moment bitte.« Belledin zog sein Handy und wählte Kälble an. »Geben Sie den Rechner an die Experten weiter und kümmern Sie sich um die Liste … Die beiden, richtig. Und fragen Sie bei denen auch, ob Brüderle tatsächlich einen mit ihnen getrunken hat … Ja, manchmal wiederhole ich mich. Bei Ihnen weiß ich mittlerweile auch, warum.« Er steckte das Handy ein und wandte sich wieder Keller zu. »Woher kannten Sie die Höpfner-Brüder? Was machen die?«

»Das sind klassische Trainingshopper. Ich glaube, es gibt kein Training, das die nicht belegt haben. Von Outdoor-Training im Klettergarten bis Stenografie. Die machen alles. Und leben gut davon.«

»Sind die beiden auch Trainer?«

»Train the Trainer, schon mal davon gehört? Das ist der Markt um das eigentliche Training herum. Trainer sind die beste Kundschaft. Und die Höpfner-Brüder stellen Ratgeber zusammen, wie man noch besser, noch kreativer, noch erfolgreicher wird. Das verkauft sich gut. Weil immer mehr Trainer werden wollen. Bald gibt es mehr Trainer als Klienten.«

»Harte Konkurrenz. Da sind erfolgreiche Leute wie Bluhm gewiss dem einen oder anderen ein Dorn im Auge.«

»Mir nicht, wenn Sie darauf anspielen.«

Belledin nahm den Eisbeutel vom Tisch und drückte ihn wieder gegen die Schwellung. »Wann kann ich mit Ihrer Frau sprechen?«

»Heute Abend gegen acht Uhr wird sie wieder hier sein.«

»Und was tun Sie die ganze Zeit über?«

»Papierkram. Ein paar Telefonate führen. Und ich gehe gleich mit Stella joggen.«

»Beneidenswert. Ich glaube, ich werde mir ein Buch der Höpfner-Brüder kaufen und dann umsatteln.«

Keller lachte. In Coaching-Büchern würde man wohl sagen, es sei inkongruent. Belledin spürte auch so, dass es gekünstelt war.

»Darf ich das Eis mitnehmen? Es tut gut.« Er stand auf und ging in Richtung Korridor. Sein Blick fiel auf einen Stapel Papier, der neben dem Haustelefon auf einer Biedermeierkommode lag. Auf dem obersten Blatt stand in dicken Lettern »Dialog Der Degen«. Darunter ein Name: »Roland Keller«.

Belledin nahm den Packen in die Hand. »Schreiben Sie ein Buch?«

Keller kam rasch auf ihn zu, als wollte er ihm das Papier aus den Händen reißen, besann sich dann aber eines Besseren und zwang sich zu Lässigkeit.

»Nur ein kleines Essay. Ich fasse gerne Kurse zusammen, an denen ich teilgenommen habe. Das steigert die Nachhaltigkeit des Lerneffekts.«

»Darf ich das lesen?«

»Es ist noch nicht ganz fertig.«

»Mir reicht auch das. Sie können es sich bestimmt noch einmal ausdrucken. Danke.«

Ehe Keller widersprechen konnte, hatte Belledin das Papier zusammengerollt und in die Seitentasche seines Mantels gestopft. Er zog seinen Stetson auf und verabschiedete sich. »Wir sehen uns heute Abend, wenn Ihre Frau da ist. Ich werde auch nicht lange stören.«

Auf dem Weg zum Gartentörchen ließ er sich von Stella noch einmal die Hand lecken und erinnerte sich daran, dass er den nächsten Wasserhahn nicht übersehen durfte.

***

In Annas Schädel hämmerte der Steinbruch. So einen Kater hatte sie lange nicht mehr gehabt. Nicht einmal als sie die Akademie mit der erstrebten Eins abgeschlossen hatte. Vor ihr und hinter ihr hupten Fanfaren. Sie stand in der Parlerstraße im Stau. Jeder stand im Stau; die Straße bekam einen neuen Belag, eine Fahrspur war gesperrt. Und irgendein Idiot hatte zu hupen begonnen, was die anderen daraufhin zum Anlass genommen hatten, es ihm gleichzutun.

Jetzt ging es wieder zwei Meter vorwärts. Anna konnte schon den Bauarbeiter sehen, der die Kelle wieder auf Rot drehte. Nicht einmal ihr Blaulicht hätte jetzt etwas genützt.

Sie mochte den Killesberg nicht. Zu reich, zu protzig, zu gutbürgerlich. Nur die Weißenhofsiedlung, die gefiel ihr. Nüchtern, sachlich, auf eine besondere Art für die Menschen entworfen, die darin leben sollten. Aber auch der Gedanke an die Bauhaus-Siedlung half ihr nicht. Sie war gewaltig genervt. Es ging nicht vor und nicht zurück. Und wer wollte schon zurück. Vor allem wenn man aus der ländlichen Vorstadt kam. Man hätte schon einen ordentlichen Satz machen müssen. Nach Brüssel oder nach Berlin. Statistiken besagten, dass es in Berlin mehr Schwaben gab als Türken.

Anna hupte jetzt auch. Es klang wie aus einem alten Film. Ein Lächeln zog sich über ihr Gesicht. Solange sie sich noch in alten Filmen verkriechen konnte, war das Leben keine Sackgasse. Sie hupte erneut. Noch mal und noch mal. Der Bauarbeiter drehte die Kelle auf Grün. Mit der Phase würde auch sie an den Trichterhütchen und dem Bagger vorbeifahren. Aber der Bauarbeiter hatte seine eigene Vorstellung. Ein Auto vor Anna schwenkte er wieder auf Rot, und der Idiot im fetten Mercedes vor Anna bremste tatsächlich. Das setzte fünfmal Hupen und zwei Scheibenwischer von Anna.

Die Fahrertür des Mercedes öffnete sich, ein bulliger Kerl stieg aus und kam auf Annas Bus zu. Er las die Sudelschrift auf dem Lack, grinste und stieg wieder in seinen Wagen.

Anna ahnte, womit der Kerl seinen Mercedes finanziert hatte. Während ihres Praktikums bei der Sitte war sie solchen Drecksäcken zuhauf begegnet. Am liebsten wäre sie ihm hinten in den Karren gefahren. Aber die neue Lackierung würde sie schon genug kosten, eine neue Stoßstange konnte sie sich nicht auch noch leisten.

Die Kelle schwenkte auf Grün. Der Mercedes gab Gummi. Es sollte ein Hohngelächter sein. Anna würgte den Bus ab. Sie fluchte.

Erst beim dritten Mal zündete der Motor. Sie kam durch. Aber im Rückspiegel erkannte sie, dass schon der Wagen hinter ihr wieder warten musste. Sie sah wütend die Lichthupe blinken, dann konzentrierte sie sich auf die Straße vor ihr. Die nächste rechts musste sie abbiegen.

Sie setzte den Blinker, fuhr in die Menzelstraße und suchte die richtige Hausnummer. Schließlich parkte sie vor einer herrschaftlichen Villa in weißer Tünche und mit einem goldenen Löwenkopf im Herzen der Vorderfront. Im Garten, der wie ein kleiner Park angelegt war, wuchsen Buchen und Fichten, die Anna auf über hundert Jahre schätzte.

Anna trat auf das geschmiedete Eisentor zu, an dem ein Messingschild mit der Aufschrift »Höpfner-Verlag« prangte. Dann drückte sie die Klingel und wartete, bis sich eine Stimme aus der Gegensprechanlage meldete. Es krächzte unverständlich.

»Kälble. Kripo Stuttgart«, sagte sie und hoffte, dass sie auf der Gegenseite deutlicher ankam als die bei ihr. Es musste wohl, denn lautes Summen öffnete das Tor. Anna trat ein und schritt den Kiesweg zur Villa entlang. Den Blick hatte sie nach oben auf den goldenen Löwenkopf gerichtet. Von einer Buche, die weit über das Dach der Villa ragte, schwebte ein braunes Blatt durch die Luft, schlug eine Kapriole vor dem Löwenkopf und segelte auf Anna zu. Sie fing es auf und roch daran. Vergänglichkeit kam ihr in den Sinn. Und reflexartig Durst auf einen Jameson. Sie steckte das Blatt in ihre Jackentasche und ging die Granittreppe zum Eingang hinauf.

Eine elegante Frau, die Anna auf Mitte sechzig schätzte, lächelte warm und souverän. »Maria Höpfner. Guten Tag, Frau Kommissarin. Kommen Sie doch herein. Wollen Sie Ihre Jacke ablegen? Hier drin ist gut geheizt. In meinem Alter kühle ich leicht aus, wenn ich länger sitze. Und das ist meine Haupttätigkeit.«

Anna behielt ihre Jacke an. Frau Höpfner ging voran. Sie trug dezentes Beige. Der Rock ging bis knapp übers Knie, ihr Jäckchen mochte aus Kaschmir sein. Bei den Schuhen wagte sie noch immer den halbhohen Absatz. Aufs Färben ihres Haares hatte sie verzichtet. Ein grauer Pagenkopf gab einen strengen Kontrast zur dick gerahmten schwarzen Designerbrille.

»Meine Söhne sind leider nicht da«, sagte sie, als sie in einem großen Arbeitszimmer angekommen waren, dessen Wände mit Bücherregalen bis unter die Decke bedeckt waren. Indirektes Licht erhellte den Raum auch bei Tag. Es gab nur ein Fenster, das in den Park nach hinten zeigte.

»Aber ich hatte mich angemeldet. Sie wollten beide hier sein.« Anna zeigte sich erstaunt und verärgert. Sie mochte es nicht, wenn man ihre Ansagen nicht ernst nahm.

»Ich hoffe, das macht sie nicht gleich hauptverdächtig.« Maria Höpfner lächelte charmant. Mit diesem Lächeln und dem eisernen Blick hatte sie wohl den Verlag aufgebaut. Alleinerziehend mit drei Kindern. Anna hatte es recherchiert. Zweimal war Maria Höpfner zur Unternehmerin des Jahres gekürt worden. Angefangen hatte sie mit dem Schreiben und Vertreiben von Groschenromanen, später hatte sie auf Bildungsmaterialien für Erwachsene gesetzt und damit ein mittleres Imperium aufgebaut.

»Termine sind Termine. Das müssten Sie doch wissen. Und wenn ich einen Termin vereinbare, gehe ich davon aus, dass er eingehalten wird«, sagte Anna.

»Natürlich, Sie haben recht. Aber wer sagt Ihnen, dass die Zeit mit mir verlorene ist? Vielleicht kann ich Ihnen ja helfen?«

Mit dieser Frau würde Anna gerne eine Nacht durchpokern. Sie wusste, dass sie gegen diese alte Löwin haushoch verlieren würde, egal, welches Blatt sie in den Händen hielte. Aber sie würde lernen. Aus dieser einen Nacht würde sie mehr herausziehen als aus zehn Fortbildungslehrgängen bei der Polizei.

»Kannten Sie Hans Bluhm?«, fragte Anna.

»Selbstverständlich. Er war ein vielversprechender Kopf. Leider stand ihm die Libido zu sehr im Weg, um aus seinem Potenzial das herauszuholen, was ihm gerecht geworden wäre.«

»Was heißt das? Hat er mit den falschen Frauen geschlafen?«

»Das wohl weniger. Dafür hatte er einen ganz guten Instinkt. Es war vielmehr hin und wieder die falsche Situation.«

Anna hob fragend die Brauen.

»Möchten Sie einen Tee? Mit Gebäck?« Maria Höpfner ging zu einem Tisch hinüber, auf dem bereits zwei Tassen samt Teekanne, Milch, Zitrone und Keksen angerichtet standen.

Anna wäre ein Jameson noch immer lieber gewesen. Sie brauchte etwas, das sie in der Kehle biss und wachsam hielt. Der Tee würde sie einlullen. »Nein, danke. Vielleicht eine Cola?«

»Tut mir leid, habe ich nicht. Wasser?«

»Dann nichts, danke.«

»Sie gestatten, wenn ich mir nehme.« Maria Höpfner goss sich eine Tasse voll und nippte. »Setzen wir uns.« Sie zeigte auf die Sessel, die um den Tisch standen, und wartete, bis Anna sich gesetzt hatte. Dann nahm auch sie Platz.

»Anstand. Etikette«, sagte sie. »Sagt Ihnen das etwas?«

»Freiherr von Knigge?«

»Richtig. Das war der Pionier. Momentan boomt der Markt geradezu, was Ratgeber anbelangt. Und Bluhm war der Autor eines der Bücher, die den meisten Umsatz in unserer Edition einbrachten.« Maria Höpfner trank und setzte die Tasse auf der passenden Untertasse ab. »Da Bluhm keiner dieser üblichen Autoren war, die sich nur hinter ihren Büchern verschanzen, konnte man mit ihm auch mehr verdienen. Und er selbstverständlich auch.«

»Mit Lesungen?«

»Nein. Mit Lesungen verdienen Sie nichts. Das ist ein wenig Werbung. Präsenz zeigen, mehr nicht. Aber mit Seminaren, da können Sie Geld einfahren. Das Buch ist eigentlich nur das Werbematerial für die anschließenden Seminare. Und das Seminar ist die Verkaufsveranstaltung für das nächste Seminar.«

»Also verkaufen Sie keine Bücher, sondern Seminare.«

»Richtig.«

»Und da sich diese Seminare nur die Besserverdienenden leisten können, erarbeiten Sie sich gleichzeitig ein Netzwerk der Upperclass.«

Maria Höpfner goss sich Tee nach und nickte.

»Aber Bluhm war ein Netzwerker, der manchmal zu weit ging und das Netz eher zerstörte, als es weiterzuknüpfen?«, fragte Anna.

»Wir hatten ihn aufgebaut. Er hätte der Superstar der Trainerszene werden können. Mit seinem Kommunikationstalent und unserem Vertrieb. Aber seine Eier waren ihm wichtiger.«

Anna war jetzt wach genug. Sie schenkte sich Tee ein und gab etwas Zitrone hinzu. Maria Höpfner sah über diesen kleinen Etikettebruch unbewegt hinweg. Ihr lag wohl nicht daran, Anna Manieren beizubringen.

»Bei einem Benimm-Seminar in höheren Kreisen trieb er es mit der Tochter des Kunden in der Hotellobby. Und anschließend nahm er eine andere Teilnehmerin mit auf sein Zimmer und besorgte es ihr hinter hell erleuchtetem Fenster.«

Anna prustete, der Tee kam ihr aus der Nase geschossen. »Entschuldigung. Das tut mir furchtbar leid. Habe ich Sie erwischt?«

Maria Höpfner wahrte die Contenance. »Nein, alles in Ordnung. Ich verstehe Ihre Reaktion. Für Außenstehende ein Brüller, für uns war es die Katastrophe. Prozesse. Vor allem mit Bluhm.«

»Wieso mit Bluhm?«

»Weil wir alle geschäftlichen Beziehungen abbrachen. Das mussten wir tun, wollten wir unseren Kunden nicht verprellen. Denn es war ein wichtiger Kunde. Bluhm war also schon tot, bevor er vom Degen durchbohrt wurde. Verzeihen Sie das Wortspiel.«

»Kommt wohl noch aus der Zeit, als Sie Groschenromane verlegt haben.«

Maria Höpfner lächelte aristokratisch. An ihrem Schild zerbrach jeder Pfeil.

»Verstehen Sie mich nicht falsch. Ich mochte Bluhm. Ich habe unzählige Gespräche mit unserem Kunden geführt, um Bluhms Tat zu relativieren. Sogar Geld habe ich ihm angeboten.«

»Und?«

»Nichts zu machen. Vor allem weil Bluhm nicht im Geringsten daran gedacht hatte, Reue zu zeigen. Er behielt seine große Klappe und provozierte. Es kam zu Prozessen, die wir nicht zahlen wollten.«

»Und Bluhm hat verloren?«

»Verloren und gezahlt. Er war pleite. Dann noch das abzuzahlende Haus in Bremen, die Scheidung, der Unterhalt für die beiden Kinder. Das frisst.«

»Von Milton wissen wir aber, dass er regelmäßig überwiesen hat. Auch Bluhms Bankkonto zeigt schwarze Zahlen.«

»Vermutlich gibt es zwei Konten. Das eine, auf das Milton überweisen darf, und das andere, womit ihn die Gläubiger jagten. Sie sollten sich das mal angucken.«

Anna gefiel der schulmeisterliche Ton der Lady überhaupt nicht. Am meisten ärgerte sie sich darüber, dass Maria Höpfner recht hatte.

Wenn sie sich den Rechner angesehen hätte, wäre sie bestimmt von selbst darauf gestoßen.

»Und Sie haben ihn obendrein fallen lassen? Eines Ihrer besten Pferde im Stall?« Anna griff wieder an.

»Er war nur noch ein abgehalfterter Hengst. Mit ihm war kein Rennen mehr zu gewinnen.«

»Und Milton Reloaded?«

Maria Höpfners Mundwinkel zuckte. Sie griff zur Tasse und trank. »Rauchen Sie?«, fragte sie.

»Ja.«

»Würden Sie mir eine anbieten?«

Anna griff in die Jacke und holte ihr Päckchen Zigaretten hervor. Dann gab sie Maria Höpfner Feuer.

»Milton Reloaded. An seinem Namen sollst du ihn erkennen. Ein Schaumschläger.«

»Aber ein Konkurrent.«

Maria Höpfner stieß den Rauch durch die Nase aus. »Der gerne mit unlauteren Mitteln arbeitet.«

»Inwiefern?«

»Er kupfert Seminare ab, gibt sie dann unter anderem Namen heraus und drückt die Preise.«

»Ist das nicht freier Wettbewerb?«

»Ich finde es schäbig, wenn man keine eigenen Ideen hat und nur vom Dumping lebt.«

»Ist er so billig?«

»Billiger als wir.«

»Und er hat Ihren abgehalfterten Hengst ins Programm genommen.«

»Mit seinem neusten Seminar: Degen-Dialoge. Bluhm war schon im Wort mit uns.«

»Aber da Sie ihn fallen ließen, konnte er damit machen, was er wollte?«

»Juristisch nicht eindeutig.«

»Ihre Söhne haben an dem Kurs teilgenommen. Warum?«

»Sie wollten sehen, was das Seminar wirklich kann. Wenn es tatsächlich so großartig gewesen wäre, hätten wir prozessiert.«

»Gegen Bluhm?«

»Gegen Milton Reloaded. Bei Bluhm war nichts mehr zu holen.« Maria Höpfner aschte auf der Untertasse ab. »Entschuldigung. Das stammt noch aus der Zeit, als ich Groschenromane geschrieben und keine Benimm-Seminare verkauft habe.« Sie hatte ihr souveränes Lächeln wiedergewonnen.

***

Belledin war nur kurz auf dem Revier gewesen. Er kannte die Leute dort nicht und wollte sie auch nicht kennenlernen. Was sollte es bringen, Bekanntschaften zu machen, wenn man sowieso bald wieder ging? Er kannte Kälble, das genügte ihm. Und Böhnisch, der ihn längst nicht mehr so hofierte wie noch vor ein paar Tagen. Drei Tote ohne Anzeichen auf einen greifbaren Mörder schafften nie Sympathien bei Vorgesetzten. Das war zu Hause in Freiburg nicht anders als hier. Und die Luft würde noch dünner werden, wenn er nicht bald etwas Sinniges fände. Er erhoffte sich etwas von der Lektüre, die er sich von Keller mitgenommen hatte: »Dialog Der Degen«. Eine dreifache Alliteration. So viel wusste er noch aus dem Deutschunterricht. Schön wäre es, wenn sich die drei Toten am Ende reimen würden. Keller hatte nervös reagiert, als Belledin das Essay entdeckt hatte. Sonst wäre er gar nicht auf die Idee gekommen, es mitzunehmen, geschweige denn, es zu lesen.

Er legte die Schrift auf dem Tisch ab, auf dem die leere Jameson-Flasche von Kälbles einsamem Suff stand, und ging zum Plattenspieler. Er sah, was auf dem Teller lag, und nahm die Platte runter. Springsteen wollte er jetzt nicht hören. Er schob die Scheibe zurück in ihre Hülle, suchte und fand »Quadrophenia« von The Who. Der Film war von 1979, die Platte war sechs Jahre zuvor erschienen.

»Rocker gegen Mods. Jimmy und Ace. Und Steph natürlich«, murmelte Belledin, als er sich das Cover ansah. Er hatte den Film geliebt, obwohl er ihn erst fünf Jahre nach seinem Erscheinen im Breisacher Kino gesehen hatte. Daraufhin war er einige Zeit selbst in Anzügen und Parka rumgerannt, allerdings hatte er keinen Roller besessen, sondern eine Zündapp mit achtzig Kubik. Und auf die Klippen von Dover war er auch nie zugerast, dafür auf einen Rain in den Weinbergen. Er war damals weich im Löss gelandet und hatte sich dabei lediglich den Knöchel verstaucht. Anschließend war der Konflikt mit Generation und Gesellschaft ausgestanden, seine Rebellion war kurz gewesen. Er hatte die Musik lange nicht mehr gehört. Ob er sie noch mochte?

Er legte die Scheibe auf und lauschte den Wellen von »I am the Sea«. Dann setzte er sich an den Tisch, stellte die leere Whiskeyflasche auf den Boden, griff nach dem Papier und begann, darin zu lesen.

***

»Kannten Sie auch Britta Vogel und Franz Erken?«, fragte Anna und zündete sich nun selbst eine Zigarette an, nachdem Maria Höpfner um eine zweite gebeten hatte.

»Britta Vogel? Natürlich. Irgendwann musste es so mit ihr enden. Dass sie überhaupt so alt geworden ist bei ihrem Lebenswandel. Eine Harakiri-Frau.«

»Woher kannten Sie sie?«

»Die Klein-Sippe. Wenn man hier oben mitspielen will, kommt man an ihr nicht vorbei. Die Kleins standen übrigens Vorbild für meine erste Groschenfamilie.« Maria Höpfner blies den Rauch zur Decke und lachte. Diesmal war es schallend und kam tief aus dem Bauch heraus. »Das gab mächtigen Wirbel damals, weil sich einige in meinen Geschichten wiedererkannten. Aber natürlich war alles nur frei erfunden, Personen und Handlungen rein zufällig.« Sie lachte wieder, beherrschter jetzt.

»Hatten Sie Kontakt mit Britta Vogel?«

»Nein.«

»Und mit ihrem Onkel?«

»Heribert? Gezwungenermaßen.«

Anna wartete auf eine nähere Erklärung.

»Heribert wäre eigentlich Architekt, wenn er arbeiten müsste. Aber er hat noch nie etwas entworfen, das dann auch gebaut wurde. Dafür reist er in der Welt herum und spürt Gebäude auf, die er architektonisch für außergewöhnlich hält. Er hat Tausende von Fotos geschossen und will einen Bildband herausgeben.«

»In Ihrem Verlag?«

»Leider. Es wird uns nur Arbeit machen. Verdienen werden wir damit keinen Cent.«

»Wieso tun Sie es dann?«

»Wir verkaufen viele Seminare an den Klein-Konzern. Meine Söhne verhandeln gerade in diesem Augenblick über einen Vertrag, der uns zwei Jahre als Haupttrainer für die gesamte Führungsetage garantieren soll.«

Anna pfiff den Rauch aus den Lippen. »Verstehe. Da guckt man sich auch mal schlechte Fotos von Heribert Klein an.«

Maria Höpfner sog an der Zigarette und verengte die Augen. »Über diesen Erken weiß ich nicht viel zu sagen. Meine Söhne erzählten mir nur, dass er ein unausstehlicher Kerl gewesen sein muss.«

»Inwiefern?«

»Offensiv und korrupt. Eine Spezies, die man in der Szene immer häufiger antrifft.«

»Was heißt das genau?«

»Solche Leute spionieren die Ideen der anderen aus, weil sie selbst keine haben, und verkaufen sie dann weit unter Wert. So ähnlich wie Milton Reloaded, allerdings als Einzelkämpfer. Sie sind Rucksack-Trainer, haben kein Büro, keine Angestellten, keine größeren monatlichen Verpflichtungen. Söldner, die sich dem Nächstbesten anbieten.«

»War Erken auch bei Ihnen?«

»Er hat sich mal vorgestellt, aber ich habe sofort gerochen, dass er ein Aal war. Meine Söhne haben es mir dann bestätigt.«

»Was wollte er von Ihnen?«

»Arbeit. Er sagte, er wäre ein Freund von Bluhm. Und im nächsten Atemzug behauptete er, er sei besser als Bluhm. Auf solche Typen kann ich verzichten. Mir hatte schon Bluhm gereicht. Und der war wenigstens charmant.«

»Und wie hat Erken auf Ihre Absage reagiert?«

»Gar nicht. Im Gegenteil. Er tat so, als hätte er sie nicht gehört. Dafür bot er mir an, für mich bei Milton zu spionieren.«

»Und?«

»Was und?«

»Haben Sie angebissen?«

»Natürlich nicht.« Maria Höpfner drückte die Zigarette in der Untertasse aus und stand auf. »Und jetzt muss ich Sie leider bitten, mich zu verlassen, Frau Kälble. Ich hoffe, ich konnte Ihnen behilflich sein.«

Anna drückte ihre Zigarette ebenfalls in der Untertasse aus. »Danke. Trotzdem werde ich noch einmal kommen müssen, um mit Ihren Söhnen zu sprechen. Und wenn sie dann nicht da sind, lasse ich sie aufs Revier vorladen. Vielleicht steht dann zufällig ein Pressefotograf vor dem Eingang. Ich glaube nicht, dass es werbewirksam wäre, wenn die Höpfner-Brüder in der Öffentlichkeit mit einem dreifachen Mordfall in Verbindung gebracht werden würden.«

Maria Höpfners Lächeln stammte wieder aus dem Repertoire kalte Geschäftsfrau. »Falls Sie Ihren Job als Beamtin mal an den Nagel hängen wollen, können Sie jederzeit bei mir anläuten. Wir suchen immer wieder hartnäckige Wadenbeißer zum Geldeintreiben.«

Anna versuchte erst gar nicht, falsch zu lächeln. Ihr Gemüt war zu hitzig und sie in Selbstbeherrschung zu ungeschult, als dass sie in diesem Spiel mit Maria Höpfner hätte mithalten können. Aber welche Spielart am Ende bei »Find den Mörder« siegte, würde sich zeigen.

ZEHN

Belledin war über dem Manuskript eingeschlafen. Die Blätter lagen auf seinem Bauch und auf dem Boden verteilt. Die Nadel des Plattenspielers kratzte in der Auslaufrille. Er schrak hoch, als er den Schlüssel in der Wohnungstür hörte. Es war Kälble.

»Wohnen Sie jetzt auch hier?« Seine Stimme knarzte. Er mochte sie gern, frisch nach dem Schlaf. Er glaubte dann, er klänge wie Clint Eastwood. Manchmal mochte er auch seinen Unmut, wenn er aus dem Traum gerissen worden war; vor allem nach unabsichtlichen Nickerchen um die Mittagszeit, die einem ungeplant den halben Tag stahlen.

»Ich war bei den Höpfners. Die Brüder waren aber nicht da.«

»Und trotzdem haben Sie so lange gebraucht?«

Kälble sah auf die losen Blätter am Boden. »Was lesen Sie da? Meinen Bericht?«

»Hilfe. Ist der auch so lang und unverständlich?«

»Er wird mindestens so lang. Über die Höpfners gibt es einiges festzuhalten.«

»Ich dachte, sie wären nicht da gewesen.«

»Dafür aber ihre Mutter. Maria Höpfner.«

»Verstehe. Ein vernachlässigtes Mütterchen, das einem die Ohren über ihre gelungenen Buben abkaut. Mein Mitleid ist Ihnen sicher.«

»Sie ist alles andere als das. Ich hatte den Eindruck, sie führt noch immer das Regiment im Haus und hat ihre Söhne fortgeschickt, damit sie die Sache mit mir in Angriff nehmen konnte. Aber ich werde mir ›die Buben‹ noch vorknöpfen. Solche verhätschelten Muttersöhnchen gehen mir seit jeher auf den Zeiger.«

»Höre ich da Sozialneid?«

Kälble ließ ihn stehen und ging in die Küche. »Kaffee?«, rief sie auf dem Weg dorthin.

»Fühlen Sie sich wie zu Hause. Ich bin hier nur auf der Durchreise.«

Sie erwiderte nichts, Belledin hörte nur, wie sie in der Küche lärmte. Er sammelte die verstreuten Blätter ein und ordnete sie nach Seitenzahlen.

»Was wusste die Höpfner?«

Keine Antwort, nur der Wasserhahn in der Küche rauschte. Er legte den Papierstapel auf den Tisch und stemmte sich aus dem Sessel. Der Versuch, sich durch Strecken und Recken den verknautschten Rücken zu richten, gelang nur mäßig. Irgendwo zwischen Kreuzbein und erstem Lendenwirbel zog es verdächtig. Er musste die nächste Bewegung vorsichtig angehen, sonst würde ihm eine Bandscheibe verrutschen. Zu Hause machte ihm Biggi immer eine Wärmflasche, wenn es im unteren Rücken zu ziehen begann. Er ging langsam in die Küche. Kälble maß gerade das Kaffeepulver ab.

»Gibt es hier irgendwo eine Wärmflasche?«

»Woher soll ich das wissen?«

»Sie wissen ja auch, wo der Kaffee ist.«

»Ist Ihnen kalt?«

»Ischias.«

»Bis in den Fuß?«

»Da merke ich nichts. Ich dachte, Ischias sei im Rücken.«

»Vielleicht unter der Spüle. Ich glaube mich zu erinnern, dass Schirmer mal einen Cocktail in einer Wärmflasche gemixt hat.«

»War wohl ein großer Improvisator, was?«

Belledin hätte es besser nicht gesagt. Er sah Kälble an, woran sie jetzt dachte. Auch sein Selbstmord mit ihrer Waffe war aus der Improvisation geboren worden. Sogar Belledin sah jetzt, wie Schirmer sich erschoss. Die Bilder rollten über die innere Leinwand Kälbles.

»Wo sagten Sie? Hier unten?«

»Ja. Kann sein.« Es klang apathisch.

Belledin bückte sich und öffnete die Tür unter dem Waschbecken. Es zog ihm wieder im Rücken. Er spürte den Schmerz den Oberschenkel entlang bis in die große Zehe.

»Sie haben recht. Bis in den Fuß.« Er stöhnte und kramte zwischen Putzmitteln und vollen Whiskeyflaschen herum. »Scheint mir eher die Hausbar zu sein.«

Kälble erwiderte nichts. Belledin stemmte sich am Waschbecken mühsam in die Senkrechte und merkte, dass Kälble nicht mehr in der Küche war. Er stellte die italienische Espressomaschine auf die Gasflamme, die Kälble bereits angezündet hatte, und verließ die Küche ebenfalls. Er entdeckte sie auf dem Balkon. Mit ihrem hängenden Kopf sah sie aus wie eine Schwester der verdorrten Sonnenblumen.

»Ich glaube, ich sollte eine Pause machen«, sagte sie. »Ich packe das nicht.« Sie hielt den Kopf gesenkt.

Belledin schwieg. Er hoffte, dass der Kaffee gleich pfeifen würde und er dann einen Grund hatte, sich aus der Situation zu stehlen. Was sollte er auch sagen? Eine große Hilfe war sie ihm bislang nicht gewesen. Aber er begann gerade, sich an sie zu gewöhnen. Und allein würden sie ihn hier nicht ermitteln lassen. Wenn nicht Kälble, dann Gentner. Er erinnerte sich nur schwach an sein Gesicht. Aber er war auch ein Schwabe. Gewöhnungsbedürftig. Warum wieder von vorn anfangen?

»Und wie soll ich dann den Fall lösen?«, sagte er.

Kälble sah zu ihm hoch und lächelte. »Das ist nett von Ihnen. Aber ich glaube Ihnen kein Wort.«

»Höre ich den Kaffee kochen?« Belledin verzog sich vom Balkon und ging stracks in die Küche. Der Kaffee gurgelte tatsächlich. Er nahm die Kanne vom Gas und drehte die Flamme ab. Dann suchte er in Hängeschränken nach zwei sauberen Tassen. Er fand sie in mokkabraun, daneben eine rote Wärmflasche. Triumphierend füllte er den Kessel, der neben der Spüle stand, mit Wasser und setzte ihn auf den Herd. »Wissen Sie, wie das Gas angeht?«, rief er.

Kälble erschien und zündete die Flamme mit ihrem Feuerzeug an. »Der Feuerstein vom Herd funktioniert nicht mehr. Hier ist alles ein wenig marode.« Sie goss den Kaffee in die Mokkatassen.

»Die hat keinen Verschluss. Scheiße.« Belledin schleuderte die Wärmflasche wütend auf den Küchenboden. Kälble platzte ein Lachen heraus. Er sah sie an und wollte meckern, ließ es aber sein.

»Improvisation«, sagte Kälble, und ihr Gesicht litt und duldete. Und Belledin fand sie schön dabei.

So mochte Jeanne d'Arc ausgesehen haben, als sie auf dem Scheiterhaufen stand und die ersten Flammen ihr Gewand erfassten. Das innere Feuer flackerte in Kälbles Augen, und Belledin ging auf sie zu und nahm sie in den Arm. Kälble ließ es geschehen. Dann schlang sie ihre Arme um seinen wuchtigen Körper und drückte sich gegen ihn. Sie begann zu beben, aus ihrer Kehle drang ein gepresstes Schluchzen. Es wurde heftiger, hielt zwei Minuten an und ebbte wieder ab. Dann standen sie noch weitere drei Minuten reglos da. Belledin spürte ihren Herzschlag an seiner Brust. Er roch ihr Haar. Nein, mit Kälble durfte er nichts anfangen. Und schon gar nicht in Schirmers Wohnung. Er war kein Stellvertreter. Für nichts. Das würde er nicht tragen können.

Er löste sich vorsichtig aus der Umklammerung. Kälble sah zu ihm auf. In ihren Augen las er, dass er in dem Moment jeden Schritt gehen konnte, der ihr Wärme versprach.

»Ich mag keinen kalten Kaffee«, sagte er und wandte sich zu den Mokkatassen. »Lauwarm lass ich gerade noch durchgehen.« Er reichte Kälble eine der Tassen und trank aus der anderen.

Hinter ihnen begann das Wasser zu brodeln. Er nahm den Kessel vom Gas. Kälble füllte die Wärmflasche mit dem heißen Wasser. Sie gab Belledin die Wärmflasche in die Hand und öffnete Schirmers Minibar unter der Spüle. Mit einer halb leeren Grappaflasche tauchte sie wieder auf. Sie nahm den Korken ab, drehte ihn mit Kraft in die Öffnung der Wärmflasche und drehte die Wärmflasche anschließend auf den Kopf. »Das müsste gehen.« Dann goss sie Belledin und sich einen Schuss Grappa in den Kaffee. »So wird er wieder heiß. Wenigstens im Bauch.«

Sie prostete ihm zu und trank auf ex. Belledin tat es ihr gleich. Kälble wollte nachgießen, aber Belledin wehrte ab, und sie schenkte nur sich selbst ein. Er nahm ihr die Tasse aus der Hand und schüttete den Grappa in den Ausguss. Kälble trank aus der Flasche. Zweimal schluckte sie, ehe er ihr auch die Flasche vom Hals riss und auf die Küchenzeile donnerte. Er blitzte sie zornig an.

»Lassen Sie das. Das hilft keinem.« Er wusste, wovon er sprach. Er hatte zu Hause den Kollegen Wagner auf diese Weise fast zugrunde gehen sehen. Er hatte keine Lust, auch hier eine Schnapsdrossel im Schlepptau mit sich zu ziehen. »Machen Sie Sport, das hilft.«

Kälble lachte. »Machen Sie Sport?«

»Früher. Ja. Viel. Sehr viel sogar. Zehnkampf.« Er tätschelte seinen Bauch. »Aber meine Frau kocht zu gut, und die Mörder lassen mir keine Zeit, dass ich in Trainingsklamotten komme.«

»Eigentlich müssten wir beide fit sein, wo wir doch den Mördern nur hinterherrennen.« Sie fand es wohl witzig.

Belledin stopfte sich die Wärmflasche hinten in den Hosenbund und spürte umgehend die angenehme Wärme am unteren Rücken.

»Wollen wir wieder an die Arbeit?« Er ging aus der Küche und steuerte den Cordsessel an. Kälble folgte ihm.

»Was haben Sie da gelesen?«

»›Dialog Der Degen‹.«

»Von Bluhm?«

»Keller. Einer der Teilnehmer. Ist selbst Coach und hat mit seiner Frau an Bluhms Kurs teilgenommen.« Belledin griff nach dem Packen und reichte ihn Kälble. »Hier steht drin, was das Seminar mit dem Degen alles kann. Wenn man das liest, glaubt man, man sei bei Harry Potter gelandet. Da ist der Degen keine Fechtwaffe mehr, sondern ein Zauberstab. Das Allheilmittel durch Energieübertragung. Absoluter Schwachsinn. Wer glaubt so was?«

»Anscheinend gibt es genügend Leute, die sogar bereit sind, einen Haufen Geld dafür zu bezahlen.«

»Aber begeht man dafür auch einen Mord?«

»Es bringt Geld. Und Geld ist noch immer eines der stärksten Motive in der Welt des Verbrechens.«

»Was bringt so etwas? Das ist doch kein Bestseller. Das verkauft sich doch nicht millionenfach.«

»Vielleicht kann es aber ausschlaggebend sein, um in der Wirtschaft einen großen Auftrag zu kriegen«, sagte Kälble und sah sich das Inhaltsverzeichnis des Manuskripts durch.

»Wie meinen Sie das?« Belledin kannte sich in der Coaching-Szene überhaupt nicht aus.

»Soweit ich das bei der alten Höpfner begriffen habe, ist der Seminarmarkt hart umkämpft. Jedes neue Kreativangebot, das dem Kunden auf irgendeine Weise Gewinn verspricht, kann im Kampf um den Auftrag ausschlaggebend sein. NLP war vor fünfzehn Jahren noch ein Kommunikationswerkzeug, dem man magische Wirkung zusprach und das man deshalb sogar altgedienten Vertriebsleuten aufschwatzen konnte, weil sie daran glaubten, damit mehr Umsatz zu reißen. Heute hat jede zweite Hausfrau einen sogenannten Practitioner in der Schublade und hofft, damit ihre Familie manipulieren zu können.«

»Hat die Höpfner Ihnen das so erklärt?«

»Nein. Ich habe es aus einem der Bücher, die wir bei Bluhm sichergestellt haben.«

»Sie meinen also, dass Bluhms Seminar im Paket eines Großanbieters den entscheidenden Ausschlag für ein Geschäft geben könnte?«

»Die Höpfners verhandeln gerade mit dem Klein-Konzern über einen Deal, der ihnen das Haupttraining aller Führungskräfte für die nächsten Jahre sichern soll. Deswegen waren die Buben auch nicht zum vereinbarten Termin zu Hause.«

»Und Keller schreibt das hier für den Höpfner-Verlag.«

»Hat er das gesagt?«

»Indirekt.« Belledin ging durchs Wohnzimmer und sah aus dem Balkonfenster. Eine Meise suchte in den leeren Köpfen der Sonnenblumen vergeblich nach einem letzten Kern.

»Wenn Keller das Seminar besucht hat, um es Bluhm abzufuggern, und Bluhm ihm auf die Schliche gekommen ist, könnte es zum Streit gekommen sein. Keller hat die Degen ausgetauscht und Bluhm erstochen.«

»Frau Höpfner sagte, dass Erken so ein Spion gewesen sei und ihr seine Dienste angeboten hatte.«

»Das würde auch den Mord an Erken erklären. Sie kamen sich ins Gehege.«

»Und wie erklären wir uns den Mord an Britta Vogel?«

»Die Vogel hatte was mit Bluhm, das hat mir Keller erzählt. Er hat die beiden unter der Dusche erwischt. Vielleicht hat sie nach dem Training auf Bluhm gewartet und Keller dabei beobachtet, wie er Bluhm tötete?«

»Und warum hat er sie dann nicht gleich erstochen?«

»Sie gehört zum Klein-Clan. Vielleicht wollte er mit ihr ins Geschäft kommen?«

»Und Keller hat sie erst erwürgt, als sie mit mir sprechen wollte? Und Erken? Stand dabei und hat nichts gemacht?«

Belledin zuckte mit den Schultern. »Unwahrscheinlich. Aber möglich.«

»Dann müsste Keller an dem Abend auch im Theater gewesen sein. Soll ich das überprüfen? Oder haben Sie schon danach gefragt?«

Belledin runzelte die Stirn. »Ich habe ihn nicht danach gefragt.« Er schüttelte missmutig den Kopf. »Eine Routinefrage, und ich stelle sie nicht.« Er sah Kälble an. »Zu Hause wäre mir das nicht passiert. Es soll keine Ausrede sein, aber in der Fremde ist man manchmal nicht mehr man selbst.« Er rückte sich die Wärmflasche zurecht, die durch das Gehen verrutscht war. »Ich fahre heute Abend sowieso noch mal zu ihm raus. Seine Frau war nämlich heute Morgen ebenfalls bei einem Kunden, um Verträge zu fixieren. Und sie hat auch bei Bluhm gefochten. Dann kann ich beide fragen, ob sie im Theater waren.«

»Und ich? Soll ich mir die Höpfner-Brüder heute noch vorknöpfen?«

»Bestellen Sie die beiden für morgen früh um neun Uhr aufs Revier. Mit solchen Typen, die denken, ihre Agenda steht über unseren Ermittlungen, fahre ich direkt Schlitten. Und wenn ihr Planer voll ist, rücken wir mit Blaulicht an.«

»Und heute? Der Tag ist noch lang. Soll ich schon Feierabend machen? Ich kann doch mitkommen zu den Kellers.«

»Ich komme mir schon vor, als sei ich mit Ihnen verheiratet. Wenn Sie wenigstens zu Hause schlafen würden. Haben Sie keinen mehr auf Ihrer Liste?«

»Nur noch die Höpfner-Brüder.«

»Dann fahren Sie zu Milton und klopfen da auf den Busch. Bluhm war sein Zugpferd. Wäre doch interessant zu erfahren, ob Milton auch so ein Büchlein in Planung hat.«

Er nahm Kälble das Manuskript aus der Hand und sah es abschätzig an. »Lächerlich. Wir tun gerade so, als handle es sich hierbei um die Pläne einer kalten Kernfusion. Aber jeder Kosmos hat anscheinend seine eigenen Werte, für die es sich lohnt, Kriege zu führen.«

***

»Milton Reloaded, Sandra Müller am Apparat«, säuselte die Rothaarige hinter der Theke ins Telefon und zog am Ende ihre Stimme elegant in ein Fragezeichen. Sie drehte sich mit dem Rücken zu Anna, sodass sie das Gespräch ungestört weiterführen konnte.

Anna wartete geduldig auf einem der teuren Bürostühle und sah sich in dem Raum um. An der Wand hingen ein paar Reproduktionen von Magritte. Am Mann mit der Melone ohne Kopf blieb sie länger hängen. Das Bild mit den vertauschten Köpfen von Mutter und Baby beunruhigte sie. Sie dachte an zu Hause. Sie sollte mal wieder ihre Mutter besuchen.

»Ein Meister des Perspektivwechsels«, sagte eine männliche Stimme.

Anna wandte den Blick von dem Magritte und sah in das gebräunte Gesicht eines grau melierten Mannes. Sein Lächeln erinnerte sie an Maria Höpfner. Er beherrschte es mindestens ebenso gut. Und er hatte die schöneren Zähne.

»Wie er es versteht, den Bezugsrahmen zu ändern und dadurch neue Sinnsuchen anzuregen, ist einzigartig. Finden Sie nicht?«

Anna wusste nicht recht, was er damit meinte. Aber sie hatte in dem Buch von Erickson von der Veränderung der Bezugsrahmen im Zusammenhang mit Trance-Induktion gelesen und reimte sich etwas darauf.

»Dr. Frank.« Er streckte seine Hand zum Gruß aus.

Anna stand auf und fasste sie kurz, aber bestimmt. »Kälble.«

»Sind Sie die Assistentin von Kommissar Belledin?«

»Seine Kollegin.«

»Natürlich. Entschuldigen Sie. Wie dumm von mir.«

»Konnten Sie ja nicht wissen.«

»Trotzdem. Frauen wird noch immer unterstellt, dass sie die Zulieferdienste für die Männer tätigen und die Männer die Führungsposten innehaben. Sogar mir unterlaufen solche Fauxpas, obwohl ich es ja besser wissen müsste.«

»Ist Frau Müller Ihre Kollegin?«

»Sandra? Sie ist meine Geliebte. Das ist noch chauvinistischer.« Er lachte. »Entschuldigung. Ein Scherz.«

»Nein. Der Versuch, einen kleinen Schock zu setzen, um eine Trance zu induzieren.« Anna war wachsam.

Frank zog die Brauen nach oben. »Sieh an. Da kennt sich jemand aus. Wollen Sie einen Kaffee? Tee? Wasser? Wein? Schnaps?«

»Ich möchte nur in Ruhe mit Ihnen reden.«

»Vor Sandra habe ich keine Geheimnisse.« Er hatte es laut genug gesagt, damit Sandra es hören konnte. Sie lächelte geschmeichelt hinter der Theke hervor. Ihr Telefonat hatte sie beendet.

Anna nahm die Kladde vom Tisch, die sie während der Wartezeit auf ein paar Hochglanzheften abgelegt hatte, streifte das Gummi vom Karton und zog Kellers Manuskript heraus.

»Kennen Sie das?« Sie streckte es Frank entgegen. Er nahm es und las die Überschrift. Seine beherrschten Gesichtszüge entglitten. Er blätterte die Seiten durch, überflog die Zeilen und knurrte: »Woher haben Sie das?«

Anna nahm ihm die Schrift aus der Hand. »Von Keller. Er schreibt es für den Höpfner-Verlag.« Sie bluffte. Und es zeigte Wirkung.

»Das ist Diebstahl. Dafür krieg ich sie dran. Alle beide. Sandra, mach mir bitte einen Termin mit Dr. Stricker.« Sandra hängte sich sofort ans Telefon und führte den Befehl aus.

»Haben Sie sonst noch etwas? Sie werden verstehen, dass ich es jetzt eilig habe.«

»Wieso?«

»Es geht um das Copyright. Wir haben die Degen-Dialoge lizenziert. Allerdings ist der Antrag noch nicht durch. Da muss man jetzt ein wenig aufs Pedal drücken.«

»Lizenziert? Was heißt das?«

»Das heißt, dass wir den Titel mit einem ›R‹ für eingetragenes Warenzeichen versehen und daran verdienen, wenn ihn jemand verwendet.«

»Verhindert das denn, dass ein anderer die Technik anwendet?«

»Nein. Aber ein guter Titel steht für das Original. Und wir verkaufen vor allem Originalität.«

»Und Bluhm war ein Original?«

»Ja. In allen Belangen.«

»Aber fällt mit seinem Tod nicht auch das Seminar?«

»Es kommt darauf an, wie man seinen Tod vermarktet. Milton Erickson war zwar auch zu seinen Lebzeiten schon ein bekannter Mann. Aber die Millionen haben erst die gemacht, die ihn danach zu verwerten wussten und ihn auf den kleinsten gemeinsamen Nenner heruntergebrochen haben.«

»Hausfrauen-NLP.«

»Meinetwegen. Nennen Sie es so.« Frank lächelte bitter und streckte Anna auffordernd die Hand zum Abschied hin.

»Hatte Bluhm etwas Ähnliches geschrieben?«, fragte sie und ignorierte die Hand.

»Bluhm? Wo denken Sie hin? Versprochen hatte er es schon lange. Aber er schaffte es nicht. Sogar einen Monat auf Mallorca habe ich ihm bezahlt, damit er sich konzentriert dem Schreiben widmen konnte. Aber er hat dort alles gemacht, nur nicht geschrieben. Er kam mit einem Sack voll neuer Ideen zurück, aber nur mit drei Seiten über die Degen-Dialoge. Typisch Bluhm. Ein steter Quell an Kreativität, aber wenig Sitzfleisch. Charmant. Aber nicht, wenn man ein Geschäft im Großen aufziehen wollte. Das machte ihn natürlich auch unabkömmlich. Man kaufte Bluhm als Gesamtpaket, nicht die Theorie irgendeiner Methode.«

»Könnte es sein, dass ihn ein Konkurrent ausgeschaltet hat? Einer, der ihm seinen Erfolg neidete?«

Frank atmete durch. »In unserer Branche ist der Konkurrenzkampf enorm. Kann schon sein, dass da mal einer durchdreht.«

»Sie sagten, dass nicht die Methode bei Bluhm der Verkaufsknaller war, sondern er selbst. Was bringt es Ihnen dann, wenn Sie seine Degen-Dialoge lizenzieren?«

»Einen kleinen Punktesieg gegen die Höpfner-Mafia. Wenn die das Manuskript verwerten, pauken sie irgendwelchen Fechtlehrern ein paar Floskeln ein und ziehen damit über die Lande. Denen ist Qualität egal. Uns nicht. Wir müssen Qualität bieten, sonst sind wir rasch weg vom Markt.«

»Läuft Ihr Geschäft nicht gut?«

»Umsatz ist nicht gleich Gewinn. Aber das sind Interna.«

Das Telefon vor Sandra klingelte. Sie nahm ab, sang ihre Begrüßungsformel und hielt dann die lackierten Finger über die Sprechmuschel. »Dr. Stricker.«

Frank nickte ihr zu, drehte sich nochmals zu Anna und sagte: »Entschuldigen Sie bitte.« Diesmal reichte er ihr nicht die Hand. »Stellen Sie durch.« Er ließ Anna stehen und verschwand in dem Raum, aus dem er gekommen war.

***

Belledin hatte eine Weile in seinem Wagen gesessen, das Haus beobachtet und Mozart gehört: Symphonie 38 in D-Dur, Köchelverzeichnis 504. Eine Prager Aufnahme von Alberto Lizzio. So stand es zumindest auf der Hülle. Die CD hatte ihm Annette geschenkt. Gleich einen ganzen Karton mit Mozart. Er solle mal etwas Klassisches hören, das würde gegen sein cholerisches Temperament helfen. Belledin fand sich überhaupt nicht cholerisch. Temperamentvoll, ja. Eine gewisse Hitze mochte er haben. Er wertete einen Gefühlsausbruch als gesundes Anzeichen von Lebendigkeit. Diese modische Harmoniesucht war ihm zuwider. Man sah ja, was dabei herauskam. Überall heuchelte man Friede und Selbstbeherrschung, übte sich in der Persönlichkeitsentwicklung – und was brachte es? Nichts. Jedenfalls gab es nicht weniger Tote, nur weil man sein Temperament zügelte. Im Gegenteil. Unter dem Mozart brodelte es weiter, bis dann irgendwann die Fassade explodierte und die idyllischen Eigenheime mit Leichen gepflastert waren.

Auch das Eigenheim der Kellers strahlte Idylle aus. Passend zum Adagio des Herrn Mozart.

Belledin drehte ihm den Ton ab und stieg aus dem Wagen. Erst als er die Tür zugeschlagen hatte, merkte er, dass er hinten im Hosenbund noch immer die Wärmflasche eingeklemmt hatte. Sie war mittlerweile lauwarm. Er zog den roten Beutel vom Rücken ab und spürte sofort wieder ein schmerzhaftes Ziehen. Wenn es sich nicht bis morgen besserte, würde er zu härteren Mitteln greifen müssen.

Er goss das Wasser in den Rinnstein, rollte die Wärmflasche so klein, dass er sie in seine Manteltasche stopfen konnte, und ging auf das Haus zu. Er wartete darauf, dass ihn der Dobermann wieder anbellte. Aber die Hündin kam nicht. Belledin klingelte und wartete.

Eine adrette Frau um die dreißig erschien im beleuchteten Hauseingang und rief von dort aus über den kleinen Weg bis zum Gartentor herüber: »Ja?«

»Kommissar Belledin.«

Der Summer öffnete das Gartentor. Belledin trat ein, noch immer wachsam, ob ihn nicht gleich der Hund anspringen würde. Er fühlte sich so einem Vieh jetzt nicht gewachsen. Mit Rückenschmerzen nervte jede überflüssige Bewegung.

»Ist der Hund nicht da?«

»Stella? Die ist mit meinem Mann noch mal unterwegs.«

Stella. Den Namen des Hundes nannte sie, ihren Gatten bezeichnete sie nur als ihren Mann. Belledin setzte seine Füße vorsichtig über den Waschbeton.

»Ist Ihnen nicht gut?«, fragte Frau Keller, als er bei ihr angelangt war.

»Rückenschmerzen. Ischias. Dumme Sache.«

Frau Keller verzog mitleidend das Gesicht. »Das kenne ich. Ich hatte mal einen Bandscheibenvorfall. Da bin ich auf allen vieren durch die Wohnung gekrochen.«

Belledin wollte an so etwas nicht denken. Er kramte seine Wärmflasche aus der Manteltasche. »Könnte ich ein wenig heißes Wasser haben?«

»Aber natürlich. Und ich weiß noch etwas Besseres. Altes Hausmittel meiner Großmutter.« Sie sah Belledin fragend an, als ob er ihre Großmutter gekannt haben müsste. »Vielleicht kennen Sie es sogar?« Belledin hasste es, wenn Frauen Spannung um solche Kleinigkeiten aufbauten. Auch bei Biggi nervte es ihn, wenn sie anfing mit: »Du weisch nit, wen ich troffe hab. Verrotsch es nit.« Dann ging ein zeitraubendes Spiel los, das in keinem Verhältnis zum Ergebnis stand.

»Kohl. Ein gebügeltes Kohlblatt«, sagte Frau Keller.

»Tatsächlich?«

»Sie glauben mir nicht. Aber ich werde es Ihnen beweisen. Ich habe welchen im Garten. Gehen Sie ruhig schon mal rein. Sie kennen sich ja bereits bei uns aus.«

Sie huschte über die Platten und verschwand im Dunkel des Gartens. Belledin ging in die Wohnung und hockte sich in den Sessel, in dem er schon am Morgen gesessen hatte, als er mit Keller gesprochen hatte. Die Schmerzen wurden stärker, der Rücken verschloss sich von Minute zu Minuten mehr. Wie sollte er da klare Gedanken fassen können? Was wollte er Frau Keller eigentlich fragen? Die üblichen Ermittlungsfragen? Oder sollten sie über Naturheilkunde plaudern? Vielleicht wusste die Gute ja auch ein Rezept, wie man Mörder über Nacht zum Geständnis lockte?

Sie kam vom Garten herein und schlüpfte aus ihren lehmigen Schuhen. In Nylon, einen Kohlkopf unterm Arm, hüpfte sie an Belledin vorbei und verschwand in der Küche. Er hörte, wie sie Wasser aufsetzte und den Kohl rupfte. Dann erschien sie wieder und öffnete hinter ihm eine Schranktür, aus dem sie ein Bügelbrett klappte. Sie stellte das Eisen an und hüpfte wieder in die Küche. Belledin fragte sich, ob sie auch normal gehen konnte.

»Wen haben Sie denn heute beraten?«, rief er in die Küche. Keine Antwort. Dafür hörte er das Blubbern von heißem Wasser. Dann das Umfüllen vom Wasserkocher in die Wärmflasche. Frau Keller kam aus der Küche. Diesmal hüpfte sie nicht. Die Wärmflasche, die sie in Händen hielt, hatte ihr Aussehen geändert. Zuvor war sie rot und abgewetzt gewesen, jetzt strahlte sie gelb und roch sehr neu. Außerdem besaß sie einen Schraubverschluss.

»Die Sache mit dem Korken schien mir zu riskant.« Sie reichte Belledin die Wärmflasche. »Schließlich rennen Sie auch nicht ständig mit entsicherter Waffe in der Gegend herum, oder?«

»Wer weiß«, sagte Belledin und spielte den Verwegenen. Dann stopfte er sich die gesicherte Flasche in den Rücken und unterdrückte ein Ächzen.

Frau Keller ging ans Bügelbrett, prüfte mit angelecktem Finger, ob das Eisen heiß genug war, und begann dann ein Kohlblatt zu plätten. Es roch nach Krautwickel. Belledin bekam Appetit.

»Wen haben Sie heute beraten?«, fragte er noch einmal.

»Eine Gemeinschaftspraxis. Drei Ärzte, die seit zwei Jahren zusammenarbeiten. Während des Studiums passten sie wohl recht gut zusammen, jetzt kommen die ersten Spannungen auf.«

»Und was tun Sie dabei?«

»Mediation. Ich suche gemeinsam mit den dreien nach Lösungen.«

»Und was für Lösungen sind das?«

»Kommt ganz darauf an. Manchmal sind es Kleinigkeiten. Da hilft es dann schon, wenn man räumlich etwas verändert, sodass jeder seine Rückzugsmöglichkeit hat und dennoch eine fließende Kommunikation stattfinden kann.«

»Und wenn es keine Kleinigkeiten sind?«

»Dann müssen die Lebenspartner mit an den Tisch. Häufig liegen die Keimherde dort. Meistens sind es die unzufriedenen Partner, die im Hintergrund stänkern. Wenn man die alle zusammenbringt, können Vorurteile oder Spekulationen offen aus dem Weg geräumt werden.«

»Und das klappt?«

»Mindestens so gut wie das Kohlblatt.« Sie pickte es mit ihren langen Fingernägeln auf und hielt es Belledin vor die Nase. Er hätte am liebsten hineingebissen.

»Stehen Sie bitte auf und nehmen Sie die Wärmflasche raus«, sagte sie.

Belledin gehorchte.

»Nach vorne beugen.«

Das schmerzte. Sie zog ihm das Unterhemd nach oben und tastete mit der Hand über seine starken Rückenstrecker.

»Wo tut es am meisten weh?«

»Weiter unten.«

Sie glitt mit der Hand hinunter. »Hier?«

»Mehr auf der linken Seite.«

Sie fand die Stelle. Ihre Hand tat gut. Was würde ihr Mann denken, wenn er jetzt mit dem Hund zurückkam? Würde er Stella auf ihn hetzen? In flagranti beim Auflegen eines Kohlblattes. Das Kohlblatt fand sein Ziel. Frau Keller zog das Unterhemd darüber.

»Jetzt die Wärmflasche drauf und mit der Hose fixieren«, sagte sie und half ihm dabei. Jetzt wäre es tatsächlich verfänglich, wenn ihr Mann nach Hause käme. Zumal sie so nahe gekommen war, dass er ihre Haut roch und glaubte, ihre Brüste für einen Moment an seinem Rücken gespürt zu haben. Er sah auf ein abstraktes Bild an der Wand gegenüber, um sich abzulenken.

»So. Geschafft«, sagte sie und ging um ihn herum. Sie strich sich eine Strähne aus dem Gesicht und lächelte ihn an. »Ich habe tatsächlich mal mit dem Gedanken gespielt, eine Ausbildung zur Heilpraktikerin zu machen. Als es noch nicht so gut lief mit der Unternehmensberatung.« Sie zuckte mit den Schultern. »Vielleicht später. Oder man macht beides gemeinsam. Im Grunde mache ich ja jetzt sowieso schon das Gleiche. Irgendwie ähnelt es sich. Es geht in beiden Fällen um Genesung von Organismen. Finden Sie nicht? Richtiges Lenken der Energie. Das ist alles. Von daher sind Sie als Polizist auch ein Therapeut.«

»Das glaube ich nicht. Ich jage krimineller Energie hinterher. Heilen kann ich sie nicht.«

»Was tun Sie dann damit?«

»Ich übergebe sie an Experten.«

»Und was tun die damit? Heilen durch Einsperren? Meinen Sie, das funktioniert?«

»Vermutlich nicht. Aber ich sehe meine Aufgabe auch nicht im Heilen von Verbrechern.«

»Sondern?«

In der Haustür drehte sich der Schlüssel. Keller samt Hündin trat ein. Stella rannte auf ihr Frauchen zu und sprang an ihr hoch. Frau Keller lachte und spielte, dann redete sie in einem Ton mit dem Tier, wie es Belledin von Tanten kannte, die Neugeborene begrüßten. Er war froh darum, so war die Gretchenfrage vertagt.

»Es riecht nach Schnee«, sagte Keller. »Der Wind pfeift verdächtig.«

»Meinst du? Es ist doch viel zu warm.«

»Zwei Grad kälter, und es wird weiß.«

»Letzten November konnten wir noch draußen grillen. Erinnerst du dich?«

»Weiß einer, was das Wetter macht. Das Klima ist im Eimer. Da können die mir erzählen, was sie wollen. Hallo, Herr Kommissar. Konnten Sie mit meinem Manuskript etwas anfangen? Oder sind Sie darüber eingeschlafen? Ist viel Fachchinesisch, oder?«

»Nein, nein. Sehr interessant. Vor allem interessiert mich, wieso nicht Bluhm darüber geschrieben hat, wo es doch seine Erfindung ist.«

»Seine Erfindung?« Frau Keller lachte schrill. »Da überschätzen Sie Bluhm aber. Er wurde in der Hinsicht übrigens immer überschätzt. Auch von der alten Höpfner. Bluhm war ein Straßenräuber. Aber er besaß die begnadete Fähigkeit, alles, was er hörte, in sich aufzusaugen und wahllos miteinander zu verflechten. Ein Zufallsgenerator an Kreativität.«

Keller warf seiner Frau einen verstohlenen Blick zu, hängte die Hundeleine an einen Garderobenhaken und zog seinen Anorak aus.

»Die Idee mit den Degen war unausgegoren. Der Transfer fand nur bedingt statt. Um das zu überprüfen, haben mich die Höpfners gebeten, an dem Kurs teilzunehmen, ihn zu dokumentieren und, falls er etwas taugt, zu empfehlen.«

»Und? Taugt er was?«

»Ich dachte, Sie hätten mein Essay gelesen?«

»Es taugt nur bedingt«, sagte Frau Keller. »Es war ein bunter Mix, ich empfand es als Blendwerk. Zusammengeklautes Zeug in neuem Gewand.«

»Haben Sie mit Bluhm darüber gesprochen? Ihn vielleicht darum gebeten, dass er Ihnen beim Verfassen des Manuskripts hilft? Nachdem Sie ihn unter der Dusche mit Frau Vogel erwischt hatten?«

Die Kellers sahen sich an.

»Damit hätte man ihn zu nichts zwingen können. Was Weibergeschichten anging, hatte er seinen Ruf ohnehin schon weg«, sagte Frau Klein.

»Aber der Klein-Clan könnte vielleicht etwas dagegen gehabt haben. Und der ist doch ein großer Arbeitgeber, oder liege ich da falsch?«

Die Kellers schwiegen.

»Der Kurs ging gerade mal in die dritte Einheit. Es ist also erst die Hälfte der Inhalte vermittelt worden. In Ihrem Manuskript steht aber viel mehr, als ich aus Bluhms Kursplan erlesen konnte.«

Belledin bluffte. Er hatte nirgendwo Notizen über die Kursinhalte von Bluhms Methodik gelesen. Aber die Kellers schienen dadurch unter Druck zu geraten. Sie sahen einander an und kamen schweigend überein, wer das Wort übernehmen sollte. Frau Keller streckte sich und bekam dadurch eine Strenge, die Belledin zuvor entgangen war. Bad Cop.

»Ich hatte den Kurs schon einmal belegt. Im vergangenen Jahr. Da kam mir die Idee, aus Bluhms Seminar ein Buch zu machen. Da ich nicht das Talent meines Mannes habe, Gedanken und Inhalte so sauber zu strukturieren, wie es für ein Buch nötig wäre, habe ich ihn gebeten, das Training ebenfalls zu absolvieren.«

»Und warum haben Sie auch noch mal teilgenommen?«

»Vier Augen sehen mehr als zwei. Außerdem konnte ich meine Idee kritisch überprüfen. Der erste Eindruck kann täuschen.«

»Und? Hat er getäuscht?«

»Was Bluhm anbelangt, schon. Die Grundidee seines Seminars hingegen hat Substanz. Aber das ist auch schon alles. Er schoss immer aus dem Bauch. Aus dem Moment heraus. Er erfand Dinge, während er mit uns arbeitete. Das erste Seminar hatte nur wenig mit dem zweiten zu tun. Er improvisierte.«

»Ist das ungewöhnlich? Immerhin handelte es sich um andere Kursteilnehmer? Oder waren sie nicht die Einzige, die sein Training zum zweiten Mal belegte?«

»Ich kannte sonst niemanden.«

Belledin glaubte ihr nicht. Ein kurzes Blinzeln ihrer Lider ließ ihn an ihrer Aussage zweifeln.

»Britta Vogel und Erken kannten Sie also nicht bereits?«, fragte er.

»Nein.« Sie presste ihre Lippen zusammen, wie Frauen es gerne taten, wenn sie frisch Lippenstift aufgelegt hatten.

»Wie waren die beiden?«

»Wir kannten sie doch nicht.« Herr Keller mischte sich wieder ein.

»Ich dachte, Kommunikationsseminare sind dazu da, dass man miteinander spricht?«

»Britta Vogel hat das so genommen, als wäre sie auf einem Club-Urlaub. Allein schon wie sie sich angezogen hat. Hauptsache sexy. Enges Top mit tiefem Ausschnitt. Da konnte man beim Fechten nur schwer in die Augen des Partners gucken.«

»Ficht man denn nicht im Fechtanzug und mit Maske?«

»Beim Theaterfechten ficht man ohne Masken und ohne Schutzanzug. Nur wenn Bluhm den Fokus auf Reaktionsschnelligkeit und echten Kontakt gelegt hat, trugen wir Masken.«

»Da ist es ja ein Wunder, dass erst jetzt jemand erstochen wurde.«

»Überhaupt nicht. Auf dem Theater sticht man daneben. Der Hamlet muss ja die nächste Vorstellung auch wieder spielen können. Wichtig ist der Augenkontakt. Durch die Augen fließt der Gedanke. Das Argument muss treffen, nicht der Degen. Die Choreografie unterstützt durch die Körperlichkeit den Gedanken.«

»Aha.« Belledin verstand es nicht wirklich. »Und Britta Vogel unterstützte ihre Gedanken mit ihrem Kostüm?«

»Die hat einfach was fürs Bett gesucht. Egal, wen. Und Bluhm fackelte da nicht lang. Er nahm die Einladung dankend an.«

»Und Erken?«

»Hat sich auf niemanden eingelassen«, sagte Frau Keller. »Der focht nicht, sondern drosch. Ich hatte manchmal richtig Angst, dass er mich absticht. Als ich von Bluhms Tod gehört habe, hab ich sofort an Erken gedacht.«

»Wieso? Nur weil er drosch?«

»Er war unkontrolliert. Emotional völlig überfordert. Er sah einen gar nicht, sondern schien in irgendeinem Piratenfilm zu sein. Ich habe Bluhm mehrmals gesagt, dass ich mit so einem nicht fechten will.«

»Und? Wie hat er reagiert?«

»Er hat gelacht. Sagte, das sei eine gute Schule für den Alltag. Da würde man auch nicht täglich den idealen Kommunikationspartnern gegenüberstehen. Für solche Erkenntnisse sei sein Seminar schließlich gemacht.«

»Und wie haben Sie darauf reagiert?«

Frau Keller schwieg. Belledin wartete auf Antwort. Keller sprang ein.

»Sie hat ihm eins mit dem Degen verpasst.«

»Was?«

»Ich war wütend. Es überkam mich. Ich habe manchmal ein explosives Temperament«, sagte Frau Keller mit der Stimme einer reuigen Sünderin.

»Er hatte eine Platzwunde über dem Auge. Nichts Großes, aber Bluhm machte eine Show daraus«, sagte Keller.

»Er hat mich vor allen zurechtgewiesen wie ein Schulmädchen. Hat ein Pseudoprofil von mir erstellt. Mich als Kommunikationstrottel ausgewiesen, der nicht auf sein Gegenüber achtet. Das lebende Beispiel von jemandem, der anderen nur seine Meinung aufzwingen will, ohne selbst zuzuhören. Und so weiter.« Frau Keller schien in der Erinnerung gefangen und stierte auf den Boden. Dann atmete sie tief durch, wie sie es wohl in einem anderen Seminar gelernt hatte, und sah Belledin gefasst an. »Ich weiß, dass ich guten Grund gehabt hätte, dieses Arschloch abzustechen. Aber ich war es nicht.«

Belledin nickte. »Sie haben bestimmt auch ein Alibi für den Zeitpunkt der Tat?«

»Wir saßen im Auto auf dem Weg nach Hause.«

»Natürlich. Und vorgestern? Wo waren Sie da? Vielleicht zufällig im Theaterhaus? Und haben sich dort ein Fußballstück angeschaut, um mit Britta Vogel und Franz Erken ins Geschäft zu kommen?«

»In welches Geschäft?«

»Vielleicht hatten Vogel und Erken gesehen, dass Sie nicht direkt nach Hause gefahren sind, sondern sich an Bluhm gerächt haben, weil er sie vor versammelter Mannschaft bloßgestellt hat? Sie wussten, dass die beiden auf die Vermarktung des Seminars scharf waren, und wollten ihnen Ihr Manuskript anbieten. Erken ging drauf ein, Vogel nicht. Sie wollte zur Polizei, weil Bluhm mehr für sie gewesen ist als ein flüchtiges Abenteuer. Da haben Sie sie erwürgt.«

»Blödsinn.« Frau Keller malmte wütend ihre Kiefer aufeinander.

»Und am nächsten Morgen waren Sie beide bei Erken, um mit ihm das Geschäft zu besiegeln. Was kam dazwischen? Warum haben Sie auch ihn umgebracht? Wollte er zu viel Geld?«

»Sie sind ja verrückt!«, schrie Frau Keller und griff nach dem Bügeleisen.

Ihr Mann war mit einem Satz bei ihr und hielt sie am Handgelenk fest. »Ganz ruhig. Das überlassen wir unserem Anwalt. Wir haben nichts getan. Deshalb haben wir auch nichts zu befürchten«, sagte er. Sie ließ das Bügeleisen zurück aufs Brett sinken.

»Waren Sie gestern Morgen bei Erken?«, fragte Belledin ruhig.

»Nein. Wir waren zu Hause.«

»Zeugen?«

Stella knurrte. Sie war zu mehr bereit. Belledin auch. »Würden Sie mir bitte Ihre beiden Zahnbürsten mitgeben?«

»Warum?«, fragte Herr Keller.

»In Erkens Wohnung wurden zwei Zigarettenstummel gefunden, die kurz vor dessen Tod geraucht worden waren. Eine trug männliche und die andere weibliche DNA.«

»Wir rauchen gar nicht«, sagte Frau Keller. »Höchstens mal auf einem Fest, ausnahmsweise.«

»Die meisten Menschen töten auch nicht regelmäßig. Sondern ausnahmsweise.«

»Ich hole die Zahnbürsten. Wir haben nichts zu verbergen.« Keller verschwand die Stufen nach oben.

Frau Keller sah an Belledin vorbei und sagte kein Wort, bis ihr Mann mit den Zahnbürsten erschien.

»Hier.« Er reichte Belledin eine kleine Plastiktüte.

»Verreisen Sie bitte in den nächsten Tagen nicht.«

Die beiden nickten.

»Wenn ich schon in Stuttgart bleiben muss, sollen es auch die anderen.« Die Kellers mochten darüber nicht lachen.

***

Belledin fuhr durch die Nacht. Er passierte den Bahnhof. Einige Demonstranten hatten sich versammelt und schmissen ihre Parolen gegen die neue Bahnhofsvision in den Himmel. Vielleicht hörten ihnen die Außerirdischen noch zu. Hier wollten nur noch wenige etwas mit dem Thema zu tun haben. Der Volksentscheid war deutlich gewesen. Vor allem war er zum richtigen Zeitpunkt gekommen. Hätte man gleich abgestimmt, wäre das Urteil vermutlich anders ausgefallen. Aber die Deutschen hatten noch nie Mut zu echter Revolution bewiesen. Das hatte Belledin aus der Geschichte gelernt. Der Alte Fritz hatte damals schon seinen Absolutismus gerettet, während in Frankreich die Köpfe rollten. Die Schwaben hingegen hatten ihr Thema zu Tode geritten und einen Volksentscheid durchführen lassen, während die Menschen bereits an ihre Weihnachtseinkäufe oder an die kommende Steuererklärung dachten. Die Guerilla des Alltags stahl den Leuten den Fokus und weichte den Willen auf. Auch eine Art von Hypnose? So, wie man den Fokus bewusst auf etwas richten konnte, vermochte man ihn auch bewusst von etwas abzulenken. Das war nicht neu, und trotzdem verdienten manche Leute einen Batzen mit ihren Kursen zu dem Thema.

Belledins Blick fiel auf die Tüte mit den Zahnbürsten der Kellers. Sie hatten sie ihm ohne Umstände gegeben. Anscheinend hatten sie nichts zu verbergen. Oder blufften sie? Frau Keller hatte emotional reagiert, als Belledin groß aufgefahren hatte, aber ihr Mann war ruhig geblieben. Sollte er jemanden abstellen, der vor ihrem Haus Wache stand, damit sie nicht über Nacht flohen? Nein, so ein schmuckes Eigenheim würden sie nicht so einfach verlassen. Und dann Stella. Wer würde sich um Frau Dobermann kümmern? Trotzdem. Die Kellers hatten zwei Gesichter. Er tat auf Gutmensch und stibitzte Ideen, um sie zu versilbern. Sie bügelte Kohlblätter und half dem Nächsten, um im nächsten Augenblick cholerisch jemanden mit dem Degen zu attackieren. Waren sie deswegen gleich Mörder?

Belledin öffnete die Wohnungstür und lauschte. Es war nichts zu hören. Kälble hatte sich offenbar entschieden, mal wieder in ihren eigenen vier Wänden zu schlafen. Er hätte also Zeit, um in Ruhe mit Biggi zu telefonieren.

Er warf Mantel und Hut ab, zog sich die Schuhe aus und setzte einen Kaffee auf. Dann wählte er aus der Plattensammlung Schirmers »The Best of Morricone« und lauschte dem Pfiff aus »The Good, the Bad and the Ugly.« Er sollte mal wieder ins Kino gehen. Aber er wusste gar nicht, was überhaupt lief. Die neuen Filme waren ihm oft zu schnell geschnitten, da sah er sich zu Hause lieber die alten Western an. Schirmer hatte keinen Fernseher. Der hatte sich seine Filme wohl über die Ohren geholt. Auch das ging. Belledin erlebte es gerade. Er sah deutlich vor sich, wie der Blonde den Ganoven Tuco vom Galgen schoss und anschließend das Kopfgeld mit ihm teilte. Partnerschaft unter Banditen. Ob die Höpfners und Milton Reloaded am Ende auch gemeinsame Sache machten und nur oberflächlich miteinander konkurrierten? Er musste rauskriegen, wie die Firmenstrukturen der Unternehmen beschaffen waren.

Der Kaffee meldete sich aus der Küche. Belledin goss ein und nippte. Der Trunk gelang ihm von Mal zu Mal besser.

Er setzte sich in den Sessel, den er bereits zu seinem Stammplatz erkoren hatte, und wählte Biggi an. Auf dem Display erschien: »Sweet Home«. Er unterbrach den Anruf. Er wusste nicht, was er mit Biggi reden sollte. Sie würde ihm erzählen, was sie gekocht hatte, was sie Neues gekauft hatte, im Angebot natürlich, und er müsste raten, wen sie getroffen hatte und von wem sie ihn grüßen sollte. Und dass keiner glaubte, dass er in Stuttgart arbeiten würde. Vielleicht würden sie auch kurz über Annette reden, wenn sie sich denn mal wieder gemeldet hatte. Belledin würde schweigen und so tun, als ob er zuhörte, dann würde er sagen, dass er sich aufs Wochenende freue, und vielleicht noch eine Schlüpfrigkeit loslassen, über die sich Biggi scheinheilig empören würde. Und dann? Dann hätte er eine halbe Stunde mit nichts verplempert. Und obendrein der Telekom Geld in den Rachen geworfen.

Nein, er wollte Biggi nicht sprechen. Früher hatten die Leute auch nicht die Möglichkeit, sich zu jeder Zeit jeden Müll zu erzählen. Da setzte man sich hin und schrieb einen Brief. Und dann wartete man geduldig darauf, dass vielleicht auch einer zurückkam. Würde er Biggi einen Brief schreiben, wenn es keine Handys gäbe? Worüber sollte er ihr schreiben? Was hätte er ihr mitzuteilen, das ihn auch noch beschäftigte, wenn der Brief bei ihr angekommen war? War er dann nicht schon wieder ein anderer? Trieben ihn da nicht bereits ganz andere Launen? Was lag unter den Launen? Wo war er? Wo lag die eigene Beständigkeit?

Und Bea? Was machte die? Hatte die ihre Kinder heute Abend bei sich? Wann wäre sie wieder frei? Oder war die Chance vertan? Sollte er sie anrufen? Er besaß keine private Nummer. Er konnte sie über das Büro herausfinden. Immerhin hatte er die Keller'schen Zahnbürsten. Das wäre Grund genug.

Gheorghe Zamfirs Panflöte aus dem Leone-Film »Once Upon a Time in America« erklang. Belledin schloss die Augen und pfiff mit. Filmmusik war Hypnose pur. Das Unbewusste sprang sofort an und ging auf Bildersuche. Jetzt war er mit Biggi im Kino. Und es war der erste Film, in dem er davon abgehalten worden war zu knutschen. Er hatte nur auf die Leinwand gestarrt und mit den vier Freunden gebangt. Biggi hatte an dem Abend kein einziges Wort mehr mit ihm gesprochen. Aber auch er hatte geschwiegen, weil er in Gedanken bis in die tiefe Nacht hinein noch im New York der Prohibition gewesen war.

Er hatte nicht gehört, wie jemand die Wohnung betreten hatte.

»Kill Bill«, sagte Kälble. »Wusste gar nicht, dass Sie Tarantino mögen. Hätte eher auf ›Derrick‹ getippt.«

Belledin schrak hoch. »Tarantino? Das ist Leone.«

»Ich leihe Ihnen die DVD, dann sehen Sie, dass es Tarantino ist.«

»Dann hat er es geklaut.«

»Zitiert.« Kälble lächelte. »So wie Bluhm von Erickson, Keller von Bluhm, Guttenberg von Wikipedia.«

»Meinetwegen. Was machen Sie hier? Kommen Sie, um mir endlich Ihren Schlüssel zu dieser Wohnung zu geben? Ich mag es nicht, wenn hier jeder rein- und rausgehen kann wie an der Tankstelle. Privatsphäre. Schon mal was davon gehört?«

»Tut mir leid. Ich dachte, Sie wären vielleicht noch unterwegs.«

»Dafür gibt es Klingeln.«

»Die hier funktioniert nicht. Schirmer hat sie außer Gefecht gesetzt. Er mochte keine falschen Töne.«

»Keine was?«

»Falschen Töne. So hat er es genannt. Töne beeinflussen das Gemüt des Menschen. Und ein falscher Klingelton kann einem den Tag vermiesen. Das war seine Theorie darüber.«

»Und das gibt Ihnen die Berechtigung, hier zu kommen und zu gehen, wie es Ihnen beliebt? Her mit dem Schlüssel.«

Belledin streckte fordernd die Hand aus. Kälble legte ihm den Schlüssel hinein.

»Haben Sie gekocht? Es riecht hier verdächtig nach Kohlroulade.«

Belledin erinnerte sich an seine Rückenschmerzen. Sie waren verflogen. Er beugte sich nach vorne, zog die Wärmflasche samt Kohlblatt unter Hemd und Hose hervor und legte beides auf den kleinen Tisch. »Falls Sie Appetit haben, bedienen Sie sich.«

»Hausmittelchen aus Baden? Placebo-Effekt. Spätestens morgen spüren Sie den Nerv wieder.«

»Sie müssen es ja wissen. Sie sind schließlich Expertin auf dem Gebiet, wie man einem auf die Nerven geht.« Er reckte und streckte sich vorsichtig und fühlte sich freier in der Bewegung.

»Badisches Tai-Chi?«, fragte Kälble und fand es wohl lustig, wie sich Belledin in seinen Körper einfühlte.

»Sagen Sie mal, können Sie noch etwas anderes außer Sprüchen? Habe ich Ihnen gegenüber ein einziges Mal etwas gegen die Schwaben erwähnt?«

»Erwähnt nicht, aber gedacht genug.«

»Können Sie Gedanken lesen?«

»Ihre Gedanken liest ein Blinder auf fünf Kilometer gegen den Wind.«

Belledin nuschelte etwas in sich hinein, was Kälble nicht zu wissen brauchte, und sah sie dann mit vorwitzigem Blick an. »Und? Was habe ich jetzt gerade gedacht?«

»Dass Sie mich gerne auf den Balkon zwischen die beiden toten Sonnenblumen stellen würden. Und dann würden Sie warten, bis die Meisen kämen und mir mein Resthirn aus den Augen picken.«

»Mein Gott, was haben Sie für Phantasien. Wollen Sie nicht doch besser in Behandlung?«

»Erst wenn der Fall gelöst ist.«

Belledin schüttelte den Kopf und nahm den Saphir vom Plattenteller. »Nach dem Fall ist vor dem Fall. Es wird immer einen Fall geben. Nehmen Sie sich die Zeit. Es geht um Sie. Wenn Sie dabei draufgehen, hat keiner etwas davon.«

»Wollen Sie mich loswerden?«

Belledin sah Kälble ernst an. »Einen Versuch war es wert.« Dann löste er die Spannung mit einem Grinsen und fragte: »Wollen wir irgendwo etwas essen gehen?«

»Ich könnte Sie zu mir einladen. Damit Sie sehen, dass ich auch eine Wohnung habe.«

Er schnappte sich Hut und Mantel und griff die Wärmflasche vom Tisch. »Haben Sie Kohl zu Hause?«

»Nein. Aber Finalgon.«

Er ließ die Wärmflasche zurück.

Belledin saß neben Kälble im VW-Bus und wurde um Jahrzehnte zurückgeworfen.

Als er in der Jugend Fußball gespielt hatte, waren sie samstags immer in einem VW-Bus ins nächste Dorf gezuckelt. Die Fensterscheiben waren beschlagen gewesen, wenn sie verschwitzt auf der Rückfahrt die letzte Hitze ausdünsteten. Belledin hatte dann mit dem Finger das Ergebnis auf die Scheibe geschrieben. Einmal hatten sie eins zu sieben verloren. Die höchste Niederlage, die er je kassiert hatte. Er hatte sich lange überlegt, ob er sie ans Fenster schreiben sollte. Die Demütigung war groß gewesen. Aber er hatte sich durchgerungen. Er wollte auch zu Niederlagen stehen.

Auch jetzt war die Scheibe auf seiner Seite beschlagen. Er schrieb mit dem Finger »3:0«.

»Gab es heute Fußball?«, fragte Kälble, als sie sah, was an der Scheibe stand.

»Gibt es mittlerweile nicht jeden Tag Fußball?«

»Welche Mannschaft?«

»Nur wir beide. Die Drei steht für die Toten. Die Null für unsere Ergebnisse.«

Kälble fingerte eine Zigarette aus ihrem Päckchen. »Stört es Sie, wenn ich rauche?«

»Machen Sie nur. Unser Trainer Wiedemann hat früher auch immer im Bus geraucht.«

»Wollen Sie auch eine?«

»Nein. Jetzt nicht. Nach dem Essen. Was gibt's denn?«

Kälble steckte sich die Zigarette an, paffte zwei Züge und setzte den Blinker. »Spaghetti mit Tomatensauce.«

»Die hätten wir auch bei mir haben können. Wollen wir nicht doch besser irgendwo einkehren?«

»Fürchten Sie sich vor mir? Ich gehe Ihnen schon nicht an die Wäsche. Bin ja nicht Bea.«

»Was soll das denn nun wieder? Ich hatte nichts mit Bea.«

»Weil ich da war. Schickt sich nicht. Könnte Reviergespräch werden. Aber keine Angst, ich plappere nicht.«

»Halten Sie an. Sofort.« Belledin war laut geworden. Und energisch.

Kälble hielt den Wagen an. Belledin stieg aus, knallte die Tür zu und ging die spärlich beleuchtete steile Straße hinunter. Er sah sich nicht um, wusste auch nicht, ob Kälble weiterfuhr. Es war ihm egal. Kälble war und blieb eine schwäbische Beißzange, sie konnte ihm gestohlen bleiben. Was glaubte sie, wen sie vor sich hatte?

Er bog in eine Straße ab, an deren Ende eine Wirtschaft mit Rothausbier warb. Zwei Pärchen jüngeren Alters kamen lachend heraus. Von drinnen heulte Popmusik. Belledin trat ein.

***

Anna wartete eine Zigarettenlänge. Er kam nicht zurück. Sie hatte es nicht anders erwartet. Der Kerl hatte Prinzipien. Es war blöd von ihr gewesen, ihn mit Bea aufzuziehen. Selbst wenn er etwas mit ihr anfangen würde, was ginge sie das an? War sie eifersüchtig? Beileibe nicht. Belledin war überhaupt nicht ihr Geschmack. Es war nicht das Alter. Auch nicht, weil Belledin dachte, er wäre der schmutzigste Sheriff im Canyon. Diesen rüden Charme hatte Schirmer auch besessen. Selbst dass Belledin mindestens fünfzehn Kilo zu viel mit sich herumschleppte, störte sie nicht. Aber dass er sie noch kein einziges Mal als Frau wahrgenommen hatte, nervte sie gewaltig.

Er war so korrekt, als sei sie ein Stück Arbeitswelt. Locher oder Ordner, aber keine Frau. Ausgerechnet dieser Typ, dem man ansah, dass er die Weiber bereits beim ersten Anblick bis auf die Innereien scannte.

Sie bog in die Schlosserstraße ein und stellte den Wagen ab. Auf dem Weg in die Wohnung hoffte sie, dass Martin vielleicht zurückgekommen war. Wie erschrocken war sie, als sie ihn tatsächlich in der Küche stehen sah.

»Martin, was machst du hier?«

»Ich hole die Küchensachen.«

»Verstehe.«

Anna ging an ihm vorbei. Sein Parfum, Boss Selection, kroch ihr in die Nase. Sie hatte es ihm zum Geburtstag geschenkt. Am 30. Mai. Zwilling. Sie machte sich nichts aus Sternzeichen, aber manchmal hoffte man doch, dass man wenigstens darüber Auskunft bekam, ob eine Sache länger andauern konnte. Anscheinend passten Zwillinge nicht zu Skorpion. Aber was passte dazu schon?

»Was machen wir mit der Kaffeemaschine?«, fragte Martin. »Ich meine, die war nicht billig.« Er hatte den Stecker der Kolbenmaschine bereits aus der Dose gezogen. Es war also schon abgemacht, dass er das Gerät mitnehmen würde.

»Hattest du mir die nicht geschenkt?«, fragte Anna und gab sich bewusst irritiert.

»Es war ein Geschenk für unseren gemeinsamen Haushalt. Du kannst dafür die Orangenpresse behalten. Ich mag keine Zitrusfrüchte.«

»Die Kaffeemaschine bleibt hier.«

»Wieso? Du trinkst doch kaum Kaffee.«

»Ab jetzt schon. Bin auf den Geschmack gekommen.«

Martin machte sich daran, die verchromte Maschine in den Originalkarton zu packen.

»Hast du etwas an den Ohren? Ich sagte, die Maschine bleibt hier.«

»Ich habe die Maschine gekauft. Sie gehört mir.«

»Du hast sie mir geschenkt.«

»Dafür hast du keine Beweise und keine Zeugen.« Martin grinste selbstgefällig. »Als Polizistin müsstest du so etwas doch wissen. Ohne Beweise und Zeugen kein Tatbestand.«

Er hatte es kaum ausgesprochen, da knickte er von einem Tritt in die Hoden vornüber. Nur mit Mühe gelang es ihm, die Kaffeemaschine nicht fallen zu lassen. Er kniff die Augen zusammen und stöhnte.

Anna hatte ihre Walther gezogen und entsicherte sie mit einem zackigen Geräusch des Schlittens.

Martin riss die Augen auf und starrte in Annas Pokerface. Die Mündung der Walther zeigte auf seine Stirn.

»Du bist wahnsinnig. Das werde ich anzeigen.« Er stammelte und stotterte. Anna widerte seine Angst an. Sie konnte sie nicht genießen. Trotzdem spannte sie den Hahn. Das Klickgeräusch sollte ihn in die Hosen scheißen lassen.

»Lass bloß die Maschine nicht fallen«, sagte sie und beobachtete sich dabei selbst, als wäre sie die Rächerin in einem Film noir.

Martin rappelte sich auf, Anna trat einen Schritt zurück, die Waffe noch immer auf seinen Kopf gerichtet. Sollte sie abdrücken? So, wie Schirmer einfach abgedrückt hatte? Es war dieselbe Waffe. Zwei Männer, die mit ihr eine Beziehung gehabt hatten, würden durch dieselbe Waffe zu Tode kommen. Hätte das eine Logik? Die Psychiater könnten sich daraus vielleicht eine Entschuldigung für ihr Handeln zusammenreimen; sie selbst wäre aber keinen Schritt weiter. Nein, es hatte keinen Sinn abzudrücken. Er würde die Kaffeemaschine fallen lassen. Und dann wäre sie im Eimer.

Anna sah, wie Martin die Maschine auf der Küchenzeile absetzte. Sie hörte sich sagen: »Mach, dass du verschwindest, und lass dich hier nie wieder blicken.« Die Walther hielt sie noch immer auf ihn gerichtet. Noch konnte sie sich entscheiden. Die Maschine würde jetzt nicht mehr auf den Boden fallen. »Die Schlüssel. Leg sie auf den Tisch.«

Martin gehorchte. Als Anna die Schlüssel sah, erinnerte sie sich an Belledin. Kurz zuvor hatte er von ihr die Schlüssel zu Schirmers Wohnung gefordert. Ohne Waffe, aber mit der ihm eigenen Art männlicher Gewalt. Belledin.

»Bist du noch immer hier?« Sie senkte die Waffe nicht.

»Das Teeservice«, sagte Martin, bedacht, keinen falschen Ton zu treffen. »Das Teeservice. Das ist ein Geschenk meiner Mutter. Kann ich das wenigstens …?«

Anna nahm die Waffe runter, behielt sie aber in der Hand. Sie öffnete die Tür des Geschirrschranks und zeigte auf die Tassen. »Meinst du das?«

»Ja. Es ist handgemacht. Sie hat es mir zum Diplom geschenkt.«

»Wir haben nie daraus getrunken.«

»Es war mir zu kostbar.«

»Verstehe.« Anna fuhr mit der Walther hinter die Tassen und fegte sie aus dem Schrank. Das Porzellan zerschellte auf den Kacheln der Küche.

Martin schrie auf und starrte Anna entsetzt an.

»Oh. Entschuldige. Da habe ich wohl nicht richtig aufgepasst.«

Sie schaufelte ein zweites Mal in den Schrank und räumte eine weitere Ladung aus. Wieder krachte und klirrte es.

Martin hielt sich die Ohren zu. Stand nur da und sah zu, wie sich die Scherben um seine Füße sammelten. Dann raffte er seine Jacke und den Karton, den er bereits mit Besteck und Töpfen gefüllt hatte, und setzte zur Flucht an. Der Karton riss. Martins erhoffte Beute polterte zu den Scherben des Teeservices.

Er tat ihr nicht leid. Sie lachte laut. Es war ein gehässiges Lachen, das so lange andauerte, bis Martin aus der Wohnung verschwunden war. Dann schlug das Lachen in ein leises Weinen um, und Anna suchte nach einem Getränk, das hochprozentig genug war. Eine angebrochene Flasche Grappa erfüllte ihr den Wunsch.

***

Eine üble Schenke. Kein Vergleich zu dem Lokal, in dem Belledin am Abend zuvor mit Bea gespeist hatte. Die Musik war unerträglich laut, die Gäste durchweg abgerissen oder betont schlampig, Mode und Konsum trotzend.

Um den Poolbillardtisch, dessen Filz mehrfach geflickt war, lungerten langhaarige Typen in Lederjacken und bearbeiteten ihre Queues nach jedem Stoß so verbissen mit Kreide, als läge darin das Geheimnis des Treffens. Zwei Männer und eine Frau in Belledins Alter belagerten drei Spielautomaten. Die Musik der Apparate klimperte gegen den Mainstream-Pop, der aus den Boxen schepperte.

Die Bedienung in schwarzem Top und mit hochgestecktem rotem Haar brachte Belledin die Bestellung: eine große Pommes. Zu etwas anderem konnte er sich hier nicht durchringen. Dem angepriesenen Camembert traute er nicht, und Kartoffelsalat würde er hier noch nicht einmal angucken.

Er stierte auf die vergilbte Blümchentapete des Lokals und dachte an Kälble. Sie hatte mächtig eine abbekommen. Der Selbstmord Schirmers mit ihrer Waffe saß tief. Er überlegte, ob er selbst sich wohl eine Auszeit nehmen würde, wenn ihm so etwas mit Wagner passiert wäre.

Wagner, der Süffel. Was er wohl machte ohne seinen Chef? Vermutlich spielte er jetzt selbst den Boss und hoffte darauf, dass nichts Nennenswertes in Freiburg und Umgebung passierte. Auch Belledin hoffte darauf. Die badischen Mörder sollten Ruhe halten, solange er hier ermittelte. Er hoffte auch, dass der schwäbische Mörder, von dem er noch immer keine Spur hatte, ebenfalls ruhighalten würde. Böhnisch fiel ihm ein. Er hatte ihn auf der Mailbox gehabt, aber noch nicht zurückgerufen. Jetzt hatte er keine Lust dazu. Morgen wäre auch noch Zeit, sich den Rüffel abzuholen.

Die Bedienung brachte die Pommes. Belledin schob sich eine in den Mund und überlegte, wie er in dem Fall fortfahren sollte. Am besten wäre es, mit Kälble alle bisher gesammelten Daten zusammenzufassen und sich so einen Überblick über die möglichen Motive der möglichen Täter zu verschaffen. *Möglich.* Er hasste dieses Wort. Es ließ ihn zappeln. Sowohl in seinen Ermittlungen als auch bei Frauen. Möglich. Ja oder Nein. Aber nicht möglich. Er haute mit der Faust auf den Tisch. Der Teller tanzte auf dem mit Filzstift beschmierten Holz. Niemanden schien es zu stören. Jeder war mit sich beschäftigt. Nur die Bedienung hatte es bemerkt und setzte gekonnt das frische Bier vor Belledin ab. Sie gab dem Deckel einen zweiten Strich mit ihrem Kuli, nahm das leere Glas in die Hand und sagte: »Mach dir nichts draus. Lohnt sich nicht. Nie.« Dann ging sie.

Er trank und aß, bis alles geputzt war. Zum dritten Bier mochte er sich nicht verführen lassen. Er zahlte, gab großzügig Trinkgeld und verließ das Lokal.

Wo war er? In Stuttgart. So viel wusste er. Aber mehr auch nicht. Irgendwo in der Nähe musste Kälble wohnen. Schlosserstraße, das hatte er sich gemerkt. Dort vorne an der Ecke war er ausgestiegen. Er sah sich um. Weder eine Bushaltestelle noch ein Taxistand waren zu finden. Eine innerstädtische Wohngegend.

Ein älterer Herr, der seinen Dackel Gassi führte, stand unter einer Laterne und wartete, bis der Hund das Bein wieder runternahm. Belledin steuerte auf ihn zu.

»Entschuldigung. Ich suche die Schlosserstraße. Die müsste hier irgendwo sein.«

»Glei dahanne. Die zwoite links.«

»Danke.«

»Gern g'scheh. Auf, Lumpi, 's goht weiter. Guts Nächtle.«

Belledin tippte mit dem Finger an seine Hutkrempe und schlug die Richtung ein, die ihm der Mann gewiesen hatte.

***

Sie konnte sich nicht schon wieder besaufen. Anna stellte die Flasche Grappa in den Schrank, in dem zuvor noch Martins Teeservice Platz gefunden hatte, und setzte heißes Wasser für Nudeln auf. Die Tomatensauce bereitete sie mit dem Öl aus der Thunfischdose zu. Sie schwitzte eine klein geschnittene Zwiebel an, bis sie glasig wurde, und goss den Inhalt einer Dose Tomaten darüber. Ein trockenes Lorbeerblatt, das noch vom letzten Toskanaurlaub stammte, tauchte sie ebenfalls in das Gemisch.

Es klingelte an der Tür. Anna ignorierte es. Vermutlich hatte Martin Verstärkung geholt. Der Lappen. Seine Mutter? Anna schnitt eine Zehe Knoblauch in die Sauce. Sie begann zu blubbern.

Ein zweites Klingeln.

Anna kratzte mit einer Gabel den Thunfisch aus der Dose und verteilte ihn im roten Tomatenbrei. Der Duft von Lorbeer und Knoblauch zog ihr in die Nase. Sie wartete auf das dritte Klingeln. Es kam.

Sie legte die Gabel zur Seite und zog ihre Walther. Allmählich hatte sie die Faxen satt. Sie ging zur Wohnungstür, riss sie auf und hielt die Pistole in die Höhe, in der sie Martins Kopf vermutete.

Sie sah in ein rundes Gesicht mit einem schwarzen Schnäuzer und fragenden dunklen Schweinsäuglein. Es wirkte etwas überrascht, aber nicht beunruhigt.

»Nehmen Sie das Ding runter. So schlimm war ich jetzt auch wieder nicht«, sagte Belledin.

Anna kam sich furchtbar lächerlich vor. Sie ließ die Waffe sinken. »Kommen Sie rein. Das Nudelwasser kocht gleich.«

Sie ging vor. Belledin folgte ihr und schloss die Tür hinter sich. Sie wusste, dass er sich in der Wohnung unauffällig umsehen würde, um sich ein Bild von ihr zu machen. Sollte er. Mal sehen, wie lange er brauchen würde, um die Lage zu erfassen.

Anna stieg über die Scherben des Teeservices und gab Salz ins Nudelwasser, dann ließ sie die Spaghetti hineingleiten und drückte sie mit der Hand in den Topf.

»Jetzt wird mir klar, warum sie nicht gerne zu Hause schlafen«, sagte Belledin. »Das sieht hier ja aus wie nach einem Überfall.«

Anna schmeckte die Tomatensauce ab und rührte um.

»Ziehen Sie ein oder aus?«

Sie antwortete nicht.

»Ich meine wegen der Kartons.«

»Mein Freund ist ausgezogen.«

»Ich dachte, Schirmer wäre Ihr Freund gewesen.«

Sie drehte sich zu Belledin, der seinen Hut auf den Küchentisch gelegt hatte.

»Haben Sie neben Ihrer Frau noch nie eine andere gehabt?«

»Sind wir wieder beim Thema?«

»Sie haben damit angefangen.«

»'tschuldigung.«

»Hinter Ihnen sind Teller. Im zweiten Fach.«

Belledin öffnete den Schrank. »Da ist nichts. Nur zwei Holzbrettchen.«

Sie fuhr herum. »Dieses Arschloch. Er hat doch tatsächlich die Teller mitgenommen.« Sie drückte Belledin beiseite, um sich selbst davon zu überzeugen. »Ich fass es nicht. Ausgerechnet die Teller.« Sie ließ sich auf einen der beiden Küchenstühle sinken und starrte auf die Scherben. »Die haben wir aus einer Osteria. Hinter Carrara. Ganz schlicht, mit einem hellgrünen Rand. Die Pasta roch darin schon nach Basilikum, ohne dass man sie überhaupt würzen musste.« Sie schob mit der Fußspitze einige Scherben im Kreis.

»Soll ich die Nudeln rausnehmen?«, fragte Belledin und tat einen großen Schritt über die Scherben hinweg zum Herd. Er goss das heiße Wasser in das Sieb, das schon im Ausguss stand, und schöpfte mit Gabel und Löffel ein großes Bündel Spaghetti heraus. Dann drehte er sich rasch über die Pfanne mit der Sauce und tauchte die Nudeln darin ein. Nachdem er alles umgerührt hatte, stellte er die Pfanne auf den Küchentisch.

»Gibt es noch Besteck? Oder hat er das auch mitgenommen?«

Anna antwortete nicht.

»Ich meine, wir haben schon im selben Bett geschlafen, da können wir auch aus derselben Pfanne essen, oder?«

Er konnte richtig süß sein, der dicke Badenser. »In der Schublade, rechts neben dem Herd«, sagte Anna.

Belledin öffnete die Schublade. Das Besteck war noch da. »Kein Silber. Sonst wäre es schon weg.«

»Gut kombiniert. Man merkt sofort, Sie sind ein Profi.«

»Parmesan?«

»Im Kühlschrank.«

»Basilikum?«

»Fehlanzeige.«

Belledin nahm den Parmesan aus dem Kühlschrank und fragte pantomimisch nach einer Reibe.

»Bestimmt bei den Tellern im Karton.«

Belledin schnitt ein großes Stück Parmesan ab und zerhackte es mit dem Messer. Dann bröselte er die Stückchen in die Pfanne.

»Ist mit Thunfisch. Passt eigentlich nicht zu Parmesan«, sagte Anna.

Belledin rührte um. »Ein Badener passt eigentlich auch nicht zu einer Schwäbin.«

Sie lächelte. Er konnte sogar sehr süß sein.

Anna nahm sich eine Gabel und begann, mit Belledin aus der Pfanne zu essen.

So saßen sie eine Weile stumm kauend. Anna war froh, dass Belledin nichts über Martin wissen wollte. Und trotzdem wollte sie etwas davon loswerden. Mit jemandem musste sie sprechen. Früher war das Schirmer gewesen. Der konnte zuhören. Ihm hatte es nichts ausgemacht, wenn auf seinen eigenen Müllberg noch zwei weitere Schippen draufgeladen wurden. Aber Schirmer war tot. Sie konnte es noch immer nicht fassen. Dass Martin gegangen war und die Teller aus der Toskana mitgenommen hatte, ging in ihren Kopf mit Leichtigkeit hinein. Das war logisch. In sich konsequent. Aber der Selbstmord von Schirmer? War der auch logisch und in sich konsequent?

»Ich hatte gehofft, mit Martin einmal Familie zu haben«, sagte sie. »Und eben stand ich kurz davor, ihn abzuknallen. Ich hatte es für einen Moment tatsächlich im Sinn. Verrückt.«

»Wie lange waren Sie zusammen?«

»Zweieinhalb Jahre, was ist das schon.«

Belledin kaute.

»Wie lange sind Sie schon verheiratet?«

»Fünfundzwanzig Jahre.«

»Silberhochzeit? Donnerwetter. Groß gefeiert?«

»Keine Zeit gehabt.«

»Wird doch bestimmt nachgeholt?«

»Meine Frau plant es zumindest.«

»Klingt nicht begeistert.«

»Ich mag solche Feste nicht.« Er stand auf, suchte nach einem Glas im geplünderten Küchenregal und fand eines. Ein Bierglas mit dem Wappen der Stuttgarter Kickers. »Kein VfB?«, fragte er.

»Mein Vater war Kickers-Fan. Er hat mich als Kind oft mit ins Waldau-Stadion genommen.«

»Spielten sie da noch erste Liga?« Belledin goss das Glas mit Wasser aus dem Hahn voll. »Wollen Sie auch?«

»Ich trinke aus Ihrem. Kann sein, dass die restlichen Gläser auch weg sind.«

Er nahm einen großen Schluck.

»Im Waldau-Stadion nicht. Erste Liga spielten sie 88/89 und 91/92. Allerdings im Neckar-Stadion. Beim ersten Mal habe ich nicht viel davon mitgekriegt. Aber beim zweiten Abstieg habe ich Rotz und Wasser geheult.«

»Wie alt waren Sie da?«

»Acht.«

»Wenn Sie mich fragen, war es ein Fehler, das Waldau-Stadion zu verlassen. Wären sie dortgeblieben, hätten sie größere Chancen gehabt, die Klasse zu halten. In der Heimat ist man am stärksten.« Er meinte es ernst.

»Also. Warum mögen sie keine Familienfeste?«

»Man muss dann so tun, als ob die Jahre ein Zuckerschlecken gewesen wären. Alle erzählen irgendeinen Blödsinn. Man selbst den größten. Und dann kommt die eigene Tochter und meint, sie müsste sagen, wie es wirklich gewesen ist, und das große Fest wird zur riesigen Peinlichkeit.«

»Was malen Sie denn da für ein Szenario? Waren Sie so ein schlechter Ehemann und Vater?«

»Dem Idealbild, das einem die Medien vorgaukeln, entspreche ich wohl nicht. Bei dem Beruf? Da kann man froh sein, wenn abends jemand im Bett liegt, wenn man nach Hause kommt.«

Anna kämpfte mit einer Nudel, die ihr am Kinn hing. »Und? Lag sie immer im Bett?«

»Ja.«

»Allein?«

Belledin kniff die Augen zusammen und sah sie scharf an. »Ja.«

»Das ist doch ein Grund zum Feiern.«

»Ich kann nicht mehr. Essen Sie den Rest. Ich hatte schon Pommes.« Er atmete tief durch. »Jetzt wäre ein Schnaps nicht schlecht. Haben Sie so etwas hier?«

»Im Schrank. Ein angebrochener Grappa.«

Belledin holte die Flasche heraus. »Aus demselben Glas?«

»Aus der Flasche.«

Er setzte an und genehmigte sich einen kräftigen Schluck, dann gab er die Flasche an Anna weiter. Die putzte den Hals mit dem Ärmel ab und trank dann ebenfalls. Belledin nahm ihr die Flasche aus der Hand und setzte erneut an. Aber ohne mit dem Ärmel zu wischen. Nachdem er getrunken hatte, reichte er Anna die Flasche wieder. Diesmal wischte auch sie nicht ab.

»›The Wild Bunch‹. Kennen Sie den Film von Peckinpah?«

Anna verneinte.

»Müssen Sie sehen. Das Richtige für Sie. Wird Ihnen gefallen.«

»Männerfilm?«

»Klar.«

»Ich bin eine Frau.«

»Ich weiß. Aber ich will es nicht wissen. Und ich darf es nicht wissen. Ansonsten müsste ich jetzt gehen.«

»Und stattdessen?«

»Bleibe ich die Nacht hier. Wir haben es schon mal geschafft, wie zwei Banditen nebeneinander einzuschlafen.«

Sie nahm einen weiteren Schluck und schüttelte den Kopf. Sie wusste, dass er sie nicht allein lassen wollte. Ein feiner Kerl. Ihr Kopf begann sich zu drehen. Sie hatte zu schnell und zu viel getrunken.

»Wie hieß der Film? Ein Krimi?«

»Ein Western.«

»Nur mit Männern?«

»Auch mit Weibern. Und was für welchen.«

»Macho-Scheiße.«

Er grinste breit.

ELF

Belledin saß hinter Kälbles Schreibtisch. Er brauchte den Mac nur aufzuklappen, schon landete er in ihrem Bericht. Er las aufmerksam, was sie über Maria Höpfner und Milton Reloaded geschrieben hatte, und versuchte, sich daraus ein Motiv für den Mord an Bluhm zu basteln: Höpfner und Milton standen in heftigem Wettbewerb. Von außen mochte es so aussehen, als ob Höpfner die Nase weit vorn hätte. Belledin wusste aber, dass es nie ein gutes Zeichen war, wenn die Alten in einem Unternehmen noch die Feder führten. Es barg immer die Gefahr der Verkrustung.

Er ahnte, dass Maria Höpfner eine Generalin war, unter der die beiden Söhne wenig zu lachen hatten. Sie würde es sich nicht bieten lassen, dass man ihr Bluhm aus dem Regal stahl. Auf der anderen Seite war Bluhm aber auch durch seine Sexeskapaden verbrannt. Höpfner hatte ihn fallen lassen, Milton hatte ihn gerne aufgenommen.

Und die Spekulation war aufgegangen: Bluhm zog wieder an, brachte Geld, aller Etikette zum Trotz. Hatte ihn die Höpfner zurückhaben wollen? War Bluhm sogar bereit gewesen, gegen entsprechende Konditionen zu Höpfner zurückzukehren? Hatte Milton daraufhin überreagiert? Oder Höpfner? Und was war mit den anderen beiden Toten, Vogel und Erken? Wie standen die in Zusammenhang mit Bluhms Tod?

Eine Hand legte sich auf seine Schulter. Sie war zart und warm. Er drehte sich nach Kälble um. Ihre Augen waren Sehschlitze, ihr sonst so streng gebändigtes schwarzes Haar glich einem Vogelnest. Sie zog eine Schnute und brummte.

»Sie sind ein Streber, Belledin.« Dann nahm sie die Hand von seiner Schulter und klatschte sie auf seine Halbglatze. Belledin ließ es sich gefallen. Er fühlte sich wie ein Bär, mit dem man sich erste Spielchen erlaubte. Für den Moment genoss er die Vertraulichkeit.

»Kaffee?«, fragte Kälble, und Triumph lag in ihrer Stimme. »Aus der Kolbenmaschine. Die habe ich nämlich gestern gerettet.« Sie zog die Hand von Belledins Kopf und reckte sie als Faust in die Höhe. »Sieg!«, schrie sie und hustete sich die Lunge frei.

»Wo haben Sie die Teilnehmerliste? Ich würde sie gerne gleich mit Ihnen gemeinsam durchgehen.«

Kälble beugte sich an ihm vorbei und bediente den Rechner. Sie roch gut, so verschlafen.

Sie klickte auf »Drucken«. Irgendwo summte gehorchend eine Maschine. Belledin ortete sie unter dem Tisch.

»Bin gleich so weit.« Kälble zog ab, und Belledin kroch unter den Tisch, um den Ausdruck zu empfangen.

Er hätte es nicht tun sollen. So ein Blödsinn. Wie sollte er jetzt wieder hochkommen? Er traute sich nicht vor und nicht zurück. Eine falsche Bewegung hatte er bereits getan; noch eine weitere, und der Bandscheibenvorfall war perfekt.

Der Drucker spuckte die Blätter aus. Belledin wagte nicht, danach zu greifen. Er würde in seiner Position verharren, bis Kälble zurückkam. Aber das konnte dauern.

»Hureseich!«, fluchte er.

Unter dem Tisch war lange nicht mehr gesaugt worden. Der Staub lag dick auf dem Drucker. Durch den Auswurf der Blätter wirbelten ein paar Partikel durch die Luft. Belledin bekam sie in die Nase und konnte das Niesen nicht verhindern. Dreimal explodierte er. Und jedes Mal schoss es ihm dabei tief in den Rücken. Hier unten konnte er nicht bleiben.

»Kälble!«, schrie er. Sie reagierte nicht. Womöglich stand sie unter der Dusche. Was Weiber immer so lange unter der Dusche zu suchen hatten?

Er glaubte eine Tür schlagen zu hören. Sie kam wohl gerade aus dem Bad.

»Kälble!«, rief er wieder, während sich eine neue Packung Staub in seiner Nase zu sammeln begann. Sie kam noch immer nicht. Dafür zwei weitere kräftige Nasen Hatschi, die den Drucker besprenkelten und Belledins Rücken in ein Schmerzmeer verwandelten.

So musste es sein, wenn einem bei Bewusstsein eine Kugel aus dem Leib geschnitten wurde. Im Western bissen sie dabei auf einen Korken oder auf ein Stück Stoff. Belledin hatte seine Unterlippe genommen und merkte nun, dass sie blutete.

»Kälble!« Zum dritten Mal krähte er nach ihr. Wie der Hahn vor der Kreuzigung des Heilands. Warum ihm immer diese biblischen Vergleiche kommen mussten? Prägung, was sollte man tun. Die nächsten Generationen würden es leichter haben. Ihnen würden die biblischen Vergleiche erspart werden. Dafür würden sich aus ihrem Unterbewusstsein ständig Werbeslogans und Netzslang nach oben drängen. Ob das besser war?

»Ist was mit dem Drucker nicht in Ordnung?«, fragte Kälble, die auf einmal hinter ihm stand. Er hatte sie nicht kommen hören. Die Schmerzen und das Summen des Druckers ließen keine Außenwelt zu. Warum diese Drucker immer noch lärmen mussten, wenn sie längst nichts mehr ausspuckten? Als würden in der Kiste ein paar Jungs die getane Arbeit feiern.

»Ich komm nicht hoch«, sagte er. »Der Rücken.«

»Soll ich Ihnen helfen? Oder einen Arzt rufen?«

»Spinnen Sie? Meine Großmutter hatte es am Rücken, seit sie zum ersten Mal auf dem Feld Kartoffeln gesetzt hat. Und die war nie beim Arzt. Packen Sie mich an der Hüfte und ziehen Sie vorsichtig.«

Kälble gehorchte und fasste ihn am Hosenbund. Belledin rutschte vorsichtig rückwärts, bis er mit dem Kopf unter dem Tisch heraus war.

»Lachen Sie etwa?«, fragte er, als er angestrengt zu Kälble nach oben sah.

»Niemals.« Sie machte große, unschuldige Augen. Belledin knurrte. Dann fluchte er wieder.

»Bringt nichts«, sagte Kälble. »Ich habe etwas Besseres. Allerdings kein Kohlblatt.«

»Ja, spotten Sie nur. Darauf haben Sie doch bloß gewartet. Genießen Sie es. Ich bin Ihnen ausgeliefert.«

»Ich könnte ein Foto von Ihnen machen und es bei mir auf Facebook stellen.«

»Erschießen Sie mich lieber. Dann habe ich es hinter mir.« Belledin war es fast ernst. Schmerz und Demütigung gingen Hand in Hand.

Kälble ließ das Scherzen. Erschießen fand sie wohl nicht lustig, erinnerte sie vermutlich an Schirmer. Sie verließ das Zimmer.

Belledin sah ihr nach. »Wo gehen Sie jetzt schon wieder hin?« Sie antwortete nicht. Belledin versuchte vorsichtig, sich aufzurichten. Da ging nichts. Das konnte er vergessen.

»Hier. Das ist zum Einreiben, und das sind Zäpfchen.«

»Zäpfchen? Bin ich schwul?«

»Soll ich Ihnen helfen, die Hose auszuziehen?«

Belledin biss auf die Zähne und formte mit den Lippen eine Schnute. Dann rang er sich durch und nickte.

Kälble kniete sich neben ihn und nestelte an seinem Gürtel. Dann öffnete sie ihm den Knopf der Hose und den Reißverschluss, zog ihm Hose und Unterhose über den Hintern und schmierte ihm das Kreuzbein und die untere Lendenwirbelsäule mit Salbe ein.

»Finalgon?«, fragte er.

»So etwas Ähnliches. Etwas heißer.«

Es wurde schon warm, während sie das Gel einmassierte. Sie hätte ihre Hände ruhig weiter auf seinem Rücken lassen können. Aber sie nahm sie weg und zog ihm das Unterhemd glatt. »Hier. Die Zäpfchen machen Sie selbst. Ich würde gleich zwei davon nehmen.«

Sie legte ihm die chemischen Freunde auf den Holzboden. »Ich erwarte Sie in zehn Minuten in der Küche zum Frühstück.«

Damit ließ sie ihn allein.

***

Anna drückte gerade den zweiten Espresso aus dem Kolben, da stand Belledin in der Küchentür.

»Geht doch«, sagte sie und stellte die beiden Tassen auf den Küchentisch. Sie drehte sich zur Kaffeemaschine und schäumte Milch auf. Belledin hatte wohl etwas erwidert, aber der Dampfstrahl der Maschine war so laut, dass sie es nicht verstanden hatte.

Sie stellte den Zucker auf den Tisch, warf zwei Löffel aus dem Besteckkasten neben die Tassen und setzte sich. Sie war noch immer in ihrem langen Schlaf-T-Shirt.

»Ich trinke im Stehen. Ich habe Angst, dass ich nicht wieder hochkomme.« Belledin ging einen Schritt auf den Tisch zu und gab viel Zucker in den Kaffee. Dann rührte er um und nahm die Tasse vom Tisch.

»In einer halben Stunde spätestens springen Sie herum wie ein junger Hirsch. Das Zeug wirkt Wunder. Man kann sich daran gewöhnen.«

»Heilt es auch?«

»Es nimmt den Schmerz. Das ist viel.«

»Würden Sie die ausgedruckte Liste gleich unter dem Tisch hervorholen? Ich kriech da nicht mehr drunter.«

Sie tat Belledin den Gefallen, brachte die Ausdrucke und reichte sie ihm.

Belledin stand noch immer. »Der ist richtig gut.« Er hob die Tasse in seiner Hand.

»Hat sich gelohnt, die mit der Waffe zu verteidigen.« Sie trank selbst einen Schluck und spürte, dass an ihrer Oberlippe ein Milchbart hängen geblieben war. Sie wischte ihn mit der Unterlippe weg.

»Setzen Sie sich endlich. Das macht mich nervös.«

»Sie haben etwas von Frühstück gesagt. Ich sehe nur Kaffee.«

»Italienisches Frühstück.«

»Da gibt es aber wenigstens eine Brioche.«

»Bei mir gibt es Zäpfchen. Oder Grappa. Was ziehen Sie vor?«

»Ein Stehcafé um die Ecke.«

***

Er war schon einmal vorgegangen. Bis Kälble mit ihrer Morgenwäsche durch war, wollte er nicht in der Wohnung herumstehen. Bewegung tat seinem Rücken gut. Und die zweite Butterbrezel, in die er biss, beruhigte seinen knurrenden Magen. Nur der Kaffee war eine Zumutung. Kein Vergleich mit dem Zaubertrank aus Kälbles Kolben.

Er hatte sich die Liste bereits auf den Stehtisch gelegt. Jetzt wischte er einige Salzkörner, die von der Brezel gefallen waren, mit dem kleinen Finger beiseite und ging die Namen durch.

Die Tür der Bäckerei öffnete sich mit einem Klingelton. Kälble trat ein. Nun nicht mehr in dem langen T-Shirt, dafür taufrisch in Lederjacke, enger Jeans und Cowboystiefeln. Ihre Haare waren wieder in einen strengen Zopf gebunden, die Lippen mit dezentem Rot nachgemalt, ein rostbrauner Rollkragenpullover machte sie runder, als sie war.

»Ein Croissant bitte«, rief sie der untersetzten Frau hinter der Theke zu und nahm es gleich entgegen. »Der Kollege zahlt.«

Die Verkäuferin nickte und drehte sich zu dem Ofen, der piepste, um frische Brezeln anzukündigen.

»Fangen wir mit Britta Vogel an«, sagte Belledin.

»Wollen wir wirklich hier? Nicht im Büro?«

»Ich mag Ihr Büro nicht. Ich mag schon meins nicht, aber Ihres ist furchtbar. Da erstickt jede Kreativität.«

»Sie sollen auch keinen Krimi schreiben, sondern einen lösen.«

»Den Streit hatten wir schon mal. Ich gehe da nur hin, weil die Höpfner-Brüder dort auf uns warten.«

»Die kommen nicht.«

»Was? Ich hatte Ihnen doch gesagt –«

»Ich habe Sie auch bestellt.«

»Aber?«

»Sie hatten gebeten, dass wir sie erst heute Abend befragen. Und zwar bei sich zu Hause. Aus geschäftlichen Gründen. Wichtige Termine.«

»Und Sie lassen sich das gefallen?«

Anna kniff die Lippen zusammen.

»Kommen Sie schon. Sie sind nicht der Typ, der sich von denen Termine diktieren lässt. Was steckt dahinter?«

»Böhnisch hat gebeten, dass wir die Höpfners mit Samthandschuhen anfassen.«

Belledin malmte mit den Backenzähnen. »Verstehe«, sagte er, ohne dabei mit dem Malmen aufzuhören. »Das kann spaßig werden.«

Anna biss in das Croissant. »Also gut. Britta Vogel. Sie ist tot und damit raus.«

»Dass sie tot ist, bedeutet nicht, dass sie davor nicht auch eine Mörderin gewesen sein könnte.«

»Stimmt«, nuschelte Kälble. Ihr Mund war mit Plunderteig gefüllt.

»Sie hatte eine Affäre mit Bluhm.«

»Eifersucht? Und wer bringt sie um, nachdem sie mit mir telefoniert hat? Erken?«

»Das wäre der Nächste auf der Liste. Er hatte behauptet, er sei in London, als Sie ihn angerufen haben. Dabei war er mit Britta Vogel im Theater. Am nächsten Morgen liegt er selbst tot in seiner Wohnung.«

Belledin knabberte an einem knusprigen Arm der Brezel. »Nehmen wir an, jemand, der Britta Vogel nahesteht, merkt, dass der Windhund Bluhm sie benutzen will, um in den Klein-Clan vorzudringen. Er ersticht Bluhm. Britta Vogel kriegt es mit, weil sie nach dem Kurs noch mal zurückkommt. So, wie sie es mindestens schon einmal getan hat.«

Die Brezel war geschluckt, Belledin stibitzte sich ein Stück von Kälbles Croissant.

»Aber sie trifft nicht Bluhm, sondern einen anderen aus dem Kurs in der Garderobe. Sie erkennt ihn, weiß jedoch nicht, dass er Bluhms Mörder ist, weil sie selbst noch nicht wissen kann, dass er tot ist.«

»Erken?«

»Nein. Warum sollte sie mit Bluhms Mörder ins Theater gehen? Vielleicht wollte sie Erken dort treffen, um ihm zu sagen, was sie gesehen hat?«

»Und weil der Mörder dachte, Britta Vogel hätte es ihm gesagt, hat er anschließend Erken umgelegt?«

»Wäre logisch.« Belledin sah sie an. Kälble klebte ein Krümel im Mundwinkel. Belledin wischte ihn mit dem Daumen weg. Sie sah ihn verwundert an.

»Entschuldigung.« Er versteckte beide Hände in den Manteltaschen, kam mit der Rechten sofort wieder raus. Zwischen den Fingern den Plastikbeutel mit Kellers Zahnbürsten.

»Gleich zwei?«, fragte Kälble.

»Die sind nicht von mir. Die gehören den Kellers. Ich wollte die DNA abgleichen lassen.«

»Wegen der Zigaretten in Erkens Aschenbecher?«

Belledin nickte und steckte die Zahnbürsten wieder ein.

»Dann husch, husch zu Bea«, sagte Kälble.

Der Unterton gefiel Belledin gar nicht. »Werden Sie nicht privat. Konzentrieren Sie sich. Herrgott!« Er schlug mit der Faust auf den Stehtisch. Die Verkäuferin lugte misstrauisch durch die Glasvitrine, garnierte die Auslage dann aber weiter mit Streuselkuchen und süßen Stückchen.

»Entschuldigung.« Kälble fasste Belledin vertraulich am Arm. Er zog ihn murrend weg.

»Wer hätte noch ein Motiv, Erken umzubringen? Brittas Onkel?«

Belledin zuckte mit den Schultern. »Ich sagte doch bereits. Heribert Klein bringt es nicht fertig, jemandem ein Messer ins Herz zu jagen. Ein Giftmörder wäre er vielleicht, der seine Opfer abfüllt und seinen teuren Oban mit Arsen panscht.« Er war noch immer beleidigt.

»Er hatte Britta wieder in den Schoß der Familie zurückgebracht. Vielleicht sein architektonisch größtes Werk. Und dann wird sie einfach erwürgt.« Kälble ließ nicht locker.

Belledin schüttelte den Kopf und stierte auf die Liste. »Und was ist mit den Höpfners und den Kellers? Kriegen wir da ein paar Fäden zusammen, die uns einen Mörder für alle drei Opfer liefern?«

»Milton Reloaded gehört eigentlich auch auf die Liste.«

»Außerdem dürfen wir Frau Klein nicht vergessen.«

»Welche Frau Klein?«

»Sie ist mir in der ersten Nacht im Hotelzimmer von Bluhm über den Weg gelaufen, als ich es durchsucht habe. Weil ich mich kurz im Dunkeln ausgeruht hatte, dachte sie, ich sei Bluhm.« Belledin dachte nicht daran, Kälble die wahre Geschichte zu erzählen. Vielmehr ärgerte er sich, dass er bisher nicht darauf gekommen war, dass Eva Klein ein Mitglied des Klein-Clans sein könnte.

»Aha. Und? Wie lange haben Sie die Tarnung durchgezogen?«

Belledin schob den Unterkiefer vor. »Sie haben Glück, dass ich angeschlagen bin. Sonst würde ich Sie zum Duell fordern.«

»Können Sie etwa fechten?«

»Bidenhänder.«

»Klar. Und Morgenstern. Wie der Schreckliche Sven. Also, was ist mit dieser Frau Klein? Hat die was mit dem Clan zu tun?«

»Kann sein, müsste man recherchieren.«

»Übernehme ich.«

»Mittelstandsunternehmen. Messtechnik. Bluhm hat auch dort Kurse für Führungskräfte abgehalten.«

»Und gleich die Chefin mit abgegriffen. Sauber. Wenn sie von Britta Vogel wusste, hätte sie auch ein Motiv.«

»Aber warum kommt sie dann in Bluhms Hotelzimmer und fällt in Ohnmacht, wenn sie ihn küssen will und mich erwischt?«

Kälble lachte laut los.

»Was lachen Sie so blöd?«

»Das ist wie beim Froschkönig, nur umgekehrt.«

»Sie sind albern. Aber so gefallen Sie mir besser als mit der Flasche in der Hand.«

»Was ist, wenn Frau Klein gesehen hat, dass Sie in Bluhms Hotelzimmer sind? Vielleicht wollte sie nach der Tat selbst rein, um irgendwelche Dinge zu beseitigen, die für sie unangenehm sein könnten? Und um Sie auszutricksen, hat sie diese Strategie angewendet. Wäre der geniale Zug einer Mörderin. Der Kommissar gibt ihr ein indirektes Alibi.«

Belledin knurrte. Da war etwas dran. Und wenn dem so war, konnte ihn die charmante Frau Klein kennenlernen. Aber richtig.

»Ich knöpfe sie mir vor«, sagte er und glitt mit dem Finger die Liste hinunter.

»Johanna Haller«, sagte er. »Was ist mit ihr? In Ihrem Bericht habe ich nichts davon gelesen.«

»Wie auch. Sie waren doch bei ihr.«

Belledin erinnerte sich. »Richtig. Ich war allerdings nicht lang bei ihr. Sie hatte Erken auf dem Phantombild erkannt, da bin ich gleich wieder los.«

»Also sollten wir sie noch mal abklopfen?«

»Auf jeden Fall. Sie hat zwar ein Alibi, aber das wurde noch nicht überprüft. Unter all den anderen Wichtigtuern geht so eine unter. Das übernehmen Sie. Ich knöpfe mir Frau Klein vor.«

Belledin drückte sich hinter dem Stehtisch vor, ging an die Theke und nahm zwei Käsebrötchen mit auf die Reise. Eines davon gab er Kälble. Sie war mit ihrem Blick noch bei der Liste.

»Was ist mit Heinz Brüderle?«

»Für Bluhms Tod hatte er ein Alibi. Es ist allerdings auch noch nicht überprüft, das sollten Sie doch übernehmen. Er will mit den Höpfner-Brüdern was getrunken haben.«

»Und für die anderen beiden Morde?«

»Zum Zeitpunkt des Mordes an Britta Vogel war er angeblich mit Dr. Frank von Milton essen.« Belledin schürzte die Lippen. »Wenn ich mit Frau Klein fertig bin, werde ich mich um ihn kümmern.«

»Soll ich die Zahnbürsten bei Bea abgeben?« In Kälbles Augen blitzte der Schalk. Belledin übersah es betont.

»Das mache ich en passant. Sie fragen bei den IT-Leuten nach, wie weit sie mit Bluhms Laptop sind.«

Sie schwieg.

»Er ist doch bei den IT-Leuten?«

»En passant«, sagte sie und klimperte mit den Wimpern. Sie konnte entwaffnend sein. »Soll ich Sie mitnehmen? Wenigstens bis zum Labor?«

»Danke. Ich gehe zu Fuß bis zur Olgastraße, dann nehme ich den eigenen Wagen.«

***

Anna parkte ihren Bus vor dem Romeo-Hochhaus in Zuffenhausen. Drei Jungs, von denen einer einen Fußball unterm Arm hatte, lachten sich über die Schmierschrift auf dem Bus schlapp. Einer fotografierte den Bus mit seinem Handy.

Anna stieg aus und ging ungerührt an den Pubertierenden vorbei. Einer rief ihr hinterher: »Bullenfotze!« Sie drehte sich nicht nach ihm um. Sie wusste, dass die Jungs so eine Vorlage gerne annahmen. Zoffenhausen nannte man den Stadtteil mittlerweile, weil die Jugendkriminalität hier bei fünf Komma vier Prozent lag. Stadtrekord. Vor Wangen und Bad Cannstatt.

Sie ging auf den Eingang zu. Auf den Stufen palaverten zwei türkische Frauen mit Kopftüchern, zwei Männer schleppten ächzend einen schweren Kühlschrank heraus und stellten das Gerät mitten im Eingang ab. Der eine wischte sich die nasse Stirn, der andere bog den Rücken durch. Sie dachte an Belledin.

Dann drängte sie sich an den schwatzenden Frauen vorbei und überflog die Klingelleiste: »Haller«.

Sie läutete und wartete auf eine Stimme aus der Sprechanlage.

»Isch kaputt. Nix geht«, sagte eine der Frauen.

»Die Klingel? Oder der Lautsprecher?«

»Kaputt. Alles. Hausmeischter nix mache.«

»Kennen Sie Frau Haller?«

Die Frau schüttelte den Kopf. »Haus groß. Nicht alle kennen. Viele Türken. Wie Dorf.« Sie lachte. »Du suchen Wohnung?«

»Nein. Ich suche Frau Haller.«

Die Türkin zuckte mit den Schultern und entdeckte dann einen Jungen. *»Mehmet! Buraya gel bakayim!«*

Der Junge stand zwischen zwei anderen und hatte einen Fußball in der Hand. Es war der, der »Bullenfotze« gerufen hatte.

»Neden anne?«, rief er zurück.

Anna konnte kein Türkisch, aber sie wusste, dass »Anne« Mutter hieß. Die Türken in ihrer Schulklasse hatten sie früher mit ihrem Namen aufgezogen. Und vielleicht hatte sie sich auch wie die Klassenmutter benommen. Jedenfalls hatte sie schon immer einen Drang gehabt, andere zu erziehen.

»Cabukcak! Gel!«, rief die Türkin, jetzt deutlich energischer. Mehmet kam widerwillig.

»Hanim yardim et«, sagte sie.

Mehmet drehte sich zu Anna. »Was gibt's?«

»Ich suche Frau Haller. Kennst du sie?«

»Deutsche?«

»Hört sich so an.«

»Es gibt nicht viele Deutsche hier.«

»Deswegen könnte es ja auch leicht für dich sein, sie zu kennen. So eine Frau fällt doch auf. Vor allem jemandem, der gerne rumlungert.«

»Ich lungere nicht rum. Ich spiele Fußball.«

»Und pöbelst Frauen an.« Sie sah ihn scharf an. »Oder was war das eben?«

Er spielte den Unschuldigen. Und das recht charmant. »Ich habe nur laut gelesen.«

»Es gibt Bullen, die das anders auslegen würden. Die weniger Verständnis für laute Leseübungen haben. Und es gibt sogar welche, die dafür hier eine Drogenrazzia ansetzen und ein ganzes Haus auseinandernehmen. Und irgendetwas finden die immer.«

»Wollen Sie mir Angst einjagen? Ich kenne meine Rechte. Wir haben auch Anwälte.«

»Ich weiß. Aber denk an deine Mutter. Du willst ihr doch keine Sorgen machen, oder?«

Sie sah zu Mehmets Mutter hinüber, die bereits wieder mit ihrer Nachbarin schwatzte.

»Warum machen Sie so ein Fass auf? Nur weil ich die Frau nicht kenne?« Mehmet drehte sich nervös nach seinen Kumpels um, die aus der Ferne Witze rissen. Der eine filmte oder fotografierte wieder. Anna würde sich vermutlich auf YouTube oder Facebook wiederfinden.

»Dahinten.« Mehmet zeigte hinter seine Jungs. »Das ist sie. Ich schwöre. Kann ich jetzt gehen?«

Anna nickte, aber als Mehmet gehen wollte, hielt sie ihn am Arm zurück. »Du bist verantwortlich für mein Auto. Wenn da auch nur ein Kratzer drankommt, habt ihr hier keine Ruhe mehr. Und alle werden wissen, wem sie das zu verdanken haben.«

Mehmet nickte und trottete davon. Nach ein paar Metern drehte er sich um. »Man kriegt die Farbe mit Terpentinersatz runter«, sagte er.

»Und der Lack drunter?«

»Man muss vorsichtig sein. Kenn mich aus mit Spraydosen und umlackieren.« Er grinste breit. Schöne Zähne. Fast quadratisch.

»Gut. Versuch's. Was kostet das Zeug?« Sie kramte nach ihrem Portemonnaie.

»Lassen Sie. Das setze ich später auf die Gesamtrechnung.« Er lauerte.

»Okay. Mach mir aber einen fairen Preis.«

»Versteht sich.« Mehmet ging zu den anderen Jungs. Anna hörte noch, wie sie lachten, dann zogen sie ab.

Sie hatte etwas zu dick aufgetragen. Aber manchmal musste man mit den Jungs reden, als wäre man einem amerikanischen Cop-Film entstiegen. Sonst nahmen sie einen nicht für voll. So fett, wie sie selbst prahlten, so breit musste auch der Gegenwind blasen, damit sie kapierten.

Bei der Frau, die gerade mit Einkaufstaschen auf den Hauseingang zukam, würde sie wohl mit schwächeren Geschützen auskommen. Sie sah aus, als würde sie vom zartesten Lufthauch vom Feld gefegt.

»Mehmet geholfen?«, fragte die Türkin.

»Ja. Danke.«

»Mehmet guter Junge.« Sie lächelte und tratschte weiter.

Anna ging der Frau entgegen, die schwer an ihren Einkaufstaschen schleppte.

»Soll ich Ihnen eine Tasche abnehmen, Frau Haller?«

Die Frau blieb stehen und sah Anna fragend an.

»Sie sind doch Frau Haller?«

Die Frau nickte.

Anna streckte die Hand aus, um ihr eine Tasche abzunehmen, aber sie zog ihre Hand zurück. »Geht schon. Danke.«

»Ich will Sie nicht beklauen. Ich bin von der Polizei.«

Frau Haller nickte wieder und ging weiter. Anna schritt neben ihr her.

»Mein Kollege war neulich schon bei Ihnen.«

»Ja. Kommissar Belledin. Hieß er nicht so?«

»Richtig.«

»Er war nur sehr kurz da. Hat mir bloß gesagt, dass Hans tot ist. Dann hat er mir die Zeichnung gezeigt, und ich habe gesagt, dass es Erken ist. Dann ist er sofort gegangen. Er hat nur gesagt, dass ich in der Stadt bleiben soll. Und er wollte mein Alibi überprüfen. Hat er es getan?«

»Erken ist auch tot. Wo waren Sie gestern zwischen sieben und acht Uhr morgens?«

Johanna Haller nahm die Stufen zum Eingang und ging an den Türkinnen vorbei. Die Männer mit dem Kühlschrank waren verschwunden, Mehmets Mutter schwätzte noch immer. Sie unterbrach sich wieder, als sie Anna mit Frau Haller vorbeigehen sah, und lächelte Anna breit zu. Das sollte wohl so viel wie »Kredit für Mehmet« bedeuten.

Frau Haller ging am Aufzug vorbei zu den Treppen. »Der ist kaputt. Seit heute früh. Alles ist kaputt in diesem Haus. Aber die Miete ist relativ günstig.« Sie stieg die Stufen hoch, ohne ihr gleichmäßiges Tempo zu verringern. »Und ich habe gern einen weiten Blick.«

Anna schwieg und überlegte, wie sich Johanna Haller den Kurs von Hans Bluhm überhaupt hatte leisten können. Sie passte so gar nicht zu der Truppe an Selbstdarstellern, aus denen der Kurs sonst bestanden hatte. Und in Bluhms Beuteschema passte sie auch nicht. Oder konnte sie sich verwandeln wie Aschenputtel zur Prinzessin? Dazu brauchte es viel Phantasie.

»In welchem Stock wohnen Sie?«

»Im achten. Aber mir macht es nichts aus, wenn der Aufzug kaputt ist. Man muss das Leben nehmen, wie es kommt.«

Es klang nicht wie eine Floskel.

»Soll ich Ihnen nicht eine Tasche abnehmen?«

»Nein. Man darf sich nicht an Erleichterungen gewöhnen, sondern muss sich immer das Äußerste abverlangen.«

Auch das schien verinnerlicht und ein Glaubensbekenntnis zu sein.

Anna merkte bereits im vierten Stock, dass die letzten Saufnächte und das vernachlässigte Training sie geschwächt hatten. Sie stützte ihre Hände auf die Schenkel und rang nach Atem. Frau Haller ging wie ein aufgezogenes Uhrwerk weiter. Anna musste nach ihrer kurzen Pause beschleunigen, um wieder auf gleiche Höhe zu gelangen.

»In was für einem Verhältnis standen Sie zu Bluhm?«, fragte sie.

»Sparen Sie Ihre Luft. Sonst kommen Sie nie an.«

War das ein Ratschlag fürs Leben?

»Ausatmen. Das Ausatmen ist wichtiger als das Einatmen«, sagte Johanna Haller. »Das habe ich von Hans Bluhm. Wenn Sie einatmen, geraten Sie für einen Moment aus dem Zentrum, weil die Luft Ihren Brustkorb bläht. Beim Ausatmen zentrieren Sie sich. Dann sind Sie im Gleichgewicht, und der Gegner kann Sie nicht so leicht umwerfen.«

Anna schnappte nach Luft.

***

Belledin hatte gehofft, dass der badische Portier Dienst hatte. Aber er hatte heute eine andere Schicht. Dafür löste ein munterer Gesell namens Körbel pfeifend Kreuzworträtsel, während Belledin auf Frau Klein wartete.

Belledin studierte in der Zwischenzeit die Verflechtungen des mittelständischen Unternehmens mit dem Klein-Konzern. Da konnte man über Kälble nicht meckern. Was Recherchen anging, war sie schnell. Sie hatte nach dem Frühstück in der Bäckerei über ihr Handy Daten zusammengetragen und sie ihm dann auf sein Smartphone geschickt. Technische Zaubereien, die Belledin nur dann nutzte, wenn es sich gar nicht vermeiden ließ. Schließlich starben die Menschen, deren Mörder er zu jagen hatte, auch nicht virtuell, sondern real.

Er scrollte sich durch die Seiten und war überrascht, was alles zum Klein-Konzern gehörte. Angefangen hatte die Firma nach dem Krieg mit Waschpulver. Böse Zungen behaupteten, dass sie sich damit von der Nazi-Vergangenheit hatten reinwaschen wollen. Der alte Klein war wohl Parteimitglied der NSDAP und SS-Offizier gewesen, hauptamtlich hatte er dem deutschen Reich aber als promovierter Chemiker gedient. Peniblere Kläger hätten untersucht, für welche Zwecke Klein an unterschiedlichen Giftgasen experimentiert hatte. Aber der rasche Wiederaufbau war nicht nur den Deutschen, sondern auch den Alliierten dringlicher erschienen, als einen Schergen dritten Grades in den Bau zu schicken. Jedenfalls hatten amerikanische Banken dem Unternehmen anfangs mit großzügigen Krediten unter die Arme gegriffen.

Und Klein hatte sich nicht lumpen lassen. Er war straff organisiert, hatte fleißige Schwaben in seinen Fabriken und konnte bald als Vorzeigeunternehmen des deutschen Wirtschaftswunders bestaunt werden. In den siebziger Jahren hatte es eine Krise gegeben, als der alte Klein starb und sich das Unternehmen Orientierungslosigkeit ausgesetzt fand. Der Sohn, Heribert Klein, verschrieb sich lieber der Architektur, und so mussten sich die beiden Töchter zusammenraufen und gemeinsam das Imperium regieren. Eine der Töchter, Martina Klein, heiratete Bernd Vogel, der in den achtziger Jahren den Wechsel vermehrt ins Bankengeschäft und in den Buchhandel suchte, außerdem setzte man auf Parfumketten. Mittlerweile war das Sortiment des Klein-Konzerns dermaßen diversifiziert, dass man sich in dem Dschungel kaum zurechtfand. Anscheinend forderte der Markt solche Verzweigungen.

Belledin rauchte der Kopf. Auch innerhalb des Clans könnte ein Motiv liegen. Britta war rechtmäßige Erbin. Was war mit der Schwester ihrer Mutter? Er scrollte zurück. Sie war kinderlos. Ledig. Also kein Erbfolgestreit. Er scrollte wieder vor. Endlich kam die kleine Notiz, die eine Verflechtung von Klein-Messtechnik mit dem Konzern erkennen ließ. Sie fand sich auf einem Zweig, der in die Waffenindustrie bog. Messtechnik für intelligente Waffen und Drohnen. Bingo. Da hatte sich der Kreis zum Weltkrieg wieder geschlossen. Kein Waschpulver der Welt konnte da helfen. Der Schmutz kam immer wieder durch.

Das Handy in seiner Hand begann zu vibrieren. Bea. Er nahm den Anruf entgegen.

»Hallo.« Seine Stimme sank automatisch noch sonorer in den Keller. »Ja … Ach? Das ist ja … Gut, schicken Sie zwei Leute vorbei. Danke.« Er legte auf und atmete tief durch.

»Herr Kommissar, was kann ich für Sie tun?«

Es war die Stimme von Frau Klein. Belledin sah auf und roch ihr zartes Parfum. Der Duft erinnerte ihn an die Nacht, als sie ihn fälschlicherweise geküsst hatte. Ob es aus Eigenproduktion des Klein-Konzerns stammte?

»Fragen. Immer wieder Fragen«, sagte er.

»Ich beantworte sie gerne. Wenn ich kann. Gehen wir in mein Büro?«

Sie ging vor.

»Ich hatte eigentlich erwartet, dass Sie früher kämen, um mit meinem Mann zu sprechen. Jetzt ist er wieder fort. Im Iran. Stellen Sie sich das vor. Ich würde da freiwillig niemals hin. Aber Geschäft ist Geschäft. Machen Sie es sich doch bitte bequem.«

Sie zeigte auf einen Designerstuhl, dem Belledin nicht recht traute. Er setzte sich dennoch und war angenehm überrascht, dass das Ding ihn hielt und sogar den Rücken stützte.

»Also. Fragen Sie. Aber schnell. Es gibt heute sehr viel zu tun.« Sie lachte. »Ich hoffe, ich bin nicht unhöflich?« Sie zwinkerte ihm zu und lachte wieder.

»Wieso lachen Sie?«, fragte Belledin.

»Wenn ich Ihren Schnäuzer sehe, muss ich lachen, weil es mich daran erinnert, dass ich Sie aus Versehen geküsst habe. Wie in einer Verwechslungskomödie.«

»Ich finde es nicht komisch, sondern tragisch. Sie mögen mit Liebhabern spielen, ich nehme tote Menschen sehr ernst.«

»Entschuldigen Sie. An mir geht der Tod von Hans Bluhm auch nicht spurlos vorüber, das kann ich Ihnen versichern. Aber was wäre das Leben ohne Humor? Gerade in den schwärzesten Situationen?«

Belledin knabberte an seinem Schnäuzer und dachte an die rasche Vergangenheitsbewältigung, die den Klein-Clan auszeichnete.

»Wie ist Ihr Mann mit dem Klein-Konzern verwandt?«

»Er ist ein Enkel des alten Karl. Bruder von Weiße-Weste-Genie Hermann. Jüngster Sohn der jüngeren Tochter Regina. Kurz: Hermanns Großneffe.«

»Und Sie? Aus welchem Industrie-Spross kommen Sie?«

»Arbeiterkind, das immer hoch hinauswollte und die nötigen Talente dafür besaß.« Sie klimperte mit den Wimpern.

»Was wissen Sie über Britta Vogel?«

»Britta?« Sie senkte ihre Lider und seufzte. Das musste sie in einer Schmonzette gesehen haben. Dann der Augenaufschlag falscher Betroffenheit. »Sie hatte auch Talente. Sehr klug und offensiv. Ich mochte sie. Sie war nicht so spießig wie der Rest der Sippe.«

»Wie haben Sie von Ihrem Tod erfahren?« Belledin hatte nicht daran gedacht, jemanden damit zu beauftragen, dem Clan Bescheid zu sagen. Hoffentlich hatte Böhnisch das Entsprechende in die Wege geleitet. Schließlich war Stuttgart sein Revier.

»Nach dem Besuch Ihrer Kollegin hat Heribert die Familie informiert.«

Belledin schluckte. Das warf natürlich kein gutes Licht auf die Gepflogenheiten der Polizei. Aber damit musste er jetzt leben. »Wie haben die Eltern reagiert?«

»Mit Haltung, nehme ich an. Wir haben kaum Kontakt. Wir sehen uns allenfalls bei einem runden Geburtstag oder bei der Jahresversammlung der Hauptaktionäre. Wenn mein Mann auf Reisen ist, muss ich dahin. Sehr knöchrige Angelegenheit. Britta lockerte das Ganze immer etwas auf.«

»Und Erken ebenfalls.«

»Erken? Kenne ich nicht.«

»Sie mögen viele Talente besitzen, aber Sie sind eine schlechte Schauspielerin. Sie kannten Franz Erken. Sie haben sogar noch eine Zigarette mit ihm geraucht, ehe Sie ihn erstochen haben.«

»Was? Was reden Sie da?«

»Wir haben eine Zigarette in seinem Aschenbecher gefunden und mit Ihrer DNA abgeglichen.«

»Meine DNA? Wie kommen Sie an meine DNA?«

»Sie vergessen, dass wir zusammen gefrühstückt haben. Ich habe die Tasse, aus der Sie getrunken haben, ins Labor gegeben.«

Eva Klein wurde blass.

»Warum haben Sie Erken umgebracht? Weil er gesehen hatte, wie Sie Britta Vogel erwürgt haben?«

»Ich habe weder Britta noch ihn umgebracht.«

»Und warum waren Sie bei ihm?« Belledin hoffte, dass sein energischer Bass zwingend genug war, um sie widerstandslos zu machen.

»Weil er mich angerufen hatte. Es sei dringend. Er war völlig aufgelöst.«

»Wegen Britta Vogel?«

»Ja. Er war kurz vor dem Ende der Vorstellung zur Toilette gegangen. Danach hatte er vor der Halle auf Britta gewartet. Und als sie nicht herauskam, ist er reingegangen, um nachzusehen. Und da sah er sie tot auf dem Boden liegen.«

»Und ist dann abgehauen?«

»Er bekam Panik. Stellen Sie sich vor, Sie beugen sich über eine Leiche und jemand kommt dazu.«

»Wenn ich nichts zu verbergen habe, rufe ich den Notarzt und die Polizei.«

»Leute wie Erken können sich aber keine Polizei erlauben. Jeder Schmutz auf ihrer Weste verbrennt ihre Karriere. Sie leben vom Ruf ihrer Sauberkeit. Ein Schatten, und es ist vorbei.«

»Und da hat er Sie angerufen? Warum ausgerechnet Sie?«

»Wir kennen uns von früher. Haben zusammen Abitur gemacht. So etwas verbindet.«

»Nur das Abitur?«

»Die ein oder andere schöne Nacht war auch dabei.«

»Verjährt?«

»Mehrfach. Manchmal bleibt Freundschaft übrig. Kennen Sie das nicht?«

Sie steckte sich eine Zigarette an. Belledin wehrte ab.

»Was hat Erken Ihnen gesagt? Hat er jemanden gesehen, nachdem er Britta Vogel gefunden hatte? Jemanden, der flüchtete?«

Sie schüttelte den Kopf und blies den Rauch durch ihre schmalen Nasenlöcher. »Nein. Erken hat bloß gehört, wie jemand hereinkam, und ist über die Bühne abgehauen.«

Sie war mit einem Mal sehr ernst geworden, nahm einen tiefen Zug und hauchte den Rauch gegen ihre Finger.

»Am Anfang dachte ich, Bluhm wäre nur ein Abenteuer. Aber er fehlt mir. Er hatte diese Leichtigkeit, die dem Ernst des Lebens den Nährboden nimmt. Manchmal versuche ich, das Gefühl selbst herzustellen, das er in mir auslöste. Aber mit jedem Tag, den ich ihn nicht habe, schwindet der Glaube daran. Es war nicht das, was Bluhm unterrichtete. Er selbst war es, verstehen Sie? Es ist egal, was einer erzählt, entscheidend ist es, wer es erzählt.« Sie sah die beiden Uniformierten, die hinter Belledin im Türrahmen erschienen, und drückte die Zigarette im Aschenbecher aus. »Ich habe Erken nicht getötet. Und auch mit den beiden anderen Morden habe ich nichts zu schaffen.«

***

Die Wohnung bestand aus zwei Zimmern, Küche und Bad, die Einrichtung war spartanisch. Keine Bilder an den Wänden, keine Fotos von Freunden oder Verwandten. Nur ein Holzkreuz hing über dem Küchentisch.

Anna wartete in dem zentralen Zimmer, während Johanna Haller den Inhalt der Einkaufstüten in der Küche verstaute.

»Was arbeiten Sie?«

Frau Haller erschien im Türrahmen. In der Hand hielt sie eine leere Plastiktüte, die sie zerknüllt hatte. »Ich bin freie Lektorin.«

»Seltsam.«

»Was?«

»Sie lektorieren, und hier ist kein einziges Buch zu sehen.«

»Das ist der Wohnraum. Der Arbeitsraum ist nebenan. Dort schlafe ich auch.«

»Darf ich ihn mir ansehen?«

»Bitte. Ich habe nichts zu verbergen.« Frau Haller öffnete die Tür in den Arbeitsraum.

Anna staunte. Hier sah es aus wie in einem Antiquariat, in dem seit Jahrzehnten nicht mehr Ordnung gemacht worden war. Bücher stapelten sich über Büchern. Ordner türmten sich auf Kladden und Papierstapeln. Regale klemmten sich an allen Wänden bis unter die Decke. Die beiden Zimmer hätten unterschiedlicher nicht sein können.

»Dr. Jekyll und Mr. Hyde.« Johanna Haller war hinter Anna stehen geblieben. »Das sagt mein Bruder immer, wenn er meine Wohnung sieht. Er sagt, ich würde zwei Extreme in mir tragen. Chaos und Ordnung. Aber tut das nicht jeder? Auf seine Art?«

»Erzählen Sie mir mehr von sich. Von Ihren Extremen.« Anna sah Johanna Haller wachsam an.

»Da gibt es nichts Spannendes. Aufgewachsen in Bremen, vier Semester Literaturwissenschaft in Stuttgart studiert, dann abgebrochen und als freie Lektorin durchgeschlagen. Die letzten Jahre habe ich für einen Krimiverlag gearbeitet, der Hardboiled-Storys verlegt hatte. Ein schräger Laden, ging leider vor vier Monaten pleite.«

»Wie hieß der Verlag?«

»Black Mask.«

Annas Blick fiel auf ein reißerisches Cover. Eine bleiche Blondine kreischte mit weit aufgerissenem Mund einen stummen Schrei.

Um sie herum finstre Nacht, die lediglich von zwei Scheinwerfern durchschnitten wurde und am hinteren Bildrand einen männlichen Schatten entstehen ließ. In blutroten Lettern prangte der Titel: »Rache ohne Gnade«. Anna nahm es in die Hand.

»Das war die letzte Story, die ich lektoriert habe. Sprachlich eine Katastrophe. Aber der Plot gefiel mir.«

»Worum geht es?«

»Steht drauf. Mehr dürfen Sie nicht erwarten.«

»Kann ich mir das Buch ausleihen? Ich liebe Krimis.«

»Wenn Sie sich das antun wollen.« Johanna Haller wirkte nervös. Ob sie sich für ihre Arbeit schämte?

»Wovon leben Sie jetzt?«

»Arbeitslosengeld und Ersparnisse. Aber ich habe gerade wieder einen Auftrag als Lektorin reinbekommen.«

Johanna Haller ging in die Küche zurück. Anna folgte ihr und sah sich um.

Hier setzte sich der spartanische Teil fort: Zwei Stühle standen um einen kleinen Tisch, eine schmucklose Küchenzeile mit Herd und Kühlschrank, weder Spülmaschine noch Kolbenespresso. Auch keine elektronische Orangenpresse.

»Wieso haben Sie an Bluhms Kurs teilgenommen?«

»Wieso nicht?«

»Er ist nicht billig, oder?«

»Nein, das ist er nicht. Aber er ist sein Geld wert.«

»Wie viel kostet er genau?«

»Zweitausendvierhundert Euro.«

»Woher haben Sie so viel Geld? Ich meine, Sie leben nicht gerade in üppigen Verhältnissen.«

»Vielleicht kann ich mir gerade deswegen so einen Kurs erlauben? Wieso sollte ich dekadent leben, wenn ich mir dafür die für mich wichtigen Dinge nicht leisten kann?«

»Auch eine Philosophie.« Anna sah Frau Haller eindringlich an und versuchte sich vorzustellen, wie die graue Maus aussah, wenn sie sich rausgeputzt hatte. »Wie gut kannten Sie Bluhm?«, fragte sie dann.

»Wie man einen guten Kursleiter eben kennt. Intensiv in der Arbeit, privat gar nicht.«

»Wie sind Sie auf den Kurs gekommen?«

»Er wurde mir von meinem Bruder empfohlen. Er hat auch die Hälfte des Kurses gezahlt.«

»Ihr Bruder?«

»Markus Haller.« Sie sagte den Namen so, als müsste er Anna geläufig sein.

»Kennen Sie ihn nicht? Er ist Schauspieler im Theaterhaus. Spielt dort fast alle größeren Rollen. Manchmal dreht er auch im Fernsehen. Wegen ihm habe ich mir überhaupt nur einen Fernseher gekauft. Schwesternstolz. Haben Sie Geschwister?«

»Nein.«

»Dann können Sie das vermutlich nicht verstehen. Wir haben eine sehr enge Beziehung. Wenn ich ein Buch gelesen habe, das mir wichtig erscheint, gebe ich es sofort Markus. Er muss es dann innerhalb von drei Tagen lesen, sonst bin ich böse mit ihm. Dafür schaue ich mir jedes seiner Stücke im Theater an. Mindestens dreimal. Es genügt nicht, wenn man eine Aufführung nur einmal sieht, man muss sie dreimal sehen, um sich ein Urteil bilden zu können. Es ist wie bei einem guten Text. Er muss mindestens dreimal lektoriert werden.«

»Und Ihr Bruder hat Ihnen Hans Bluhm empfohlen? Hat er auch einen Kurs bei ihm gemacht?«

»Nein. Sie kannten sich, weil Hans dort unterrichtet hat. Und dienstags haben sie in der Halle Fußball gespielt. Das hat Tradition im Theaterhaus. Der Chef selbst kickt auch mit. Daher kannten sie sich.«

»Und wieso meinte Ihr Bruder, dass Bluhms Degen-Dialoge für Sie von Interesse sein könnten? Ich meine, wenn man seiner Schwester einen Kurs von zweitausendvierhundert Euro empfiehlt, muss das schon seinen Grund haben.«

»Markus sagte, dass Bluhm an einem Buch über seine Arbeit schreiben würde. Dafür brauche er Hilfe. Er war nicht der große Strukturmensch. Eher ein kreativer Vulkan.«

»Sie erhofften sich also einen Auftrag.«

»Richtig.«

»Und? Kamen Sie zusammen?«

»Leider nein. Bluhm hatte bereits einen Vertrag mit den Höpfners. Die haben dann auch ein eigenes Lektorat. Die geben selten etwas heraus. Und wenn, dann sehr schlecht bezahlt.«

»Also war der Kurs eine Fehlinvestition.«

»Ich habe viel dabei gelernt.«

»Zum Beispiel?«

»Wie man mit Polizistinnen kommuniziert, ohne dabei aus dem Gleichgewicht zu geraten.« Johanna Haller lächelte zum ersten Mal. »War es das? Ich muss gleich in meinen Blätterwald.«

»Woran arbeiten Sie gerade?«

»Ein Sachbuch. ›In fünf Schritten zum persönlichen Erfolg‹. Wäre vielleicht etwas für Sie?«

»Ich lese erst mal diesen Krimi.« Anna klopfte mit den Fingern auf den Einband.

»Sie leben doch Krimis. Weshalb lesen Sie sie dann auch noch? Wenn schon keine Sachbücher, dann sollten Sie wenigstens Schnulzen lesen. Der Mensch braucht die Polarität.«

»Jekyll and Hyde?«

»Genau das.«

Der Aufzug war noch immer defekt. Natürlich, wie hätte er auch in so kurzer Zeit repariert werden können? Manche Hoffnungen und Handlungen waren einfach absurd und unlogisch. Und trotzdem tat man sie. So, wie man einen Schlüssel suchte. Man sah immer wieder am gleichen Ort nach, weil man glaubte, dass man ihn dort abgelegt hatte. Und selbst wenn er wieder nicht dort lag. Nach einer erfolglosen Runde durch die Räume kehrte man wieder an den Ort zurück und hoffte, dass der Schlüssel nun dort lag.

»Vorsicht«, rief jemand. Zu spät. Sie hatte ihn umgerannt, weil sie auf die schreiende bleiche Blondine geschaut hatte. So hätte Johanna Haller aussehen können, wenn sie sich etwas rausgeputzt hätte.

Der junge Mann, gegen den Anna gerannt war, hockte mit dem Rücken zur Wand und rieb sich den Hinterkopf.

»Entschuldigung. Das war keine Absicht«, sagte Anna. »Ist alles in Ordnung mit Ihnen? Brauchen Sie einen Arzt?«

»Nein, nein. Geht schon.« Sein Blick fiel auf das Buch, das Anna durch den Aufprall aus der Hand gefallen war. Er nahm es, stand auf und sah auf das Cover. Es schien ihn zu beeindrucken.

Anna betrachtete ihn genauer. Er kam ihr vage bekannt vor. »Sind wir uns schon mal irgendwo begegnet?«, fragte sie.

Der Mann grinste und gab ihr das Buch zurück. »Ist das Ihre Art von Anmache? Erst einen umrennen und dann auf alte Bekanntschaft mimen?«

Anna musste selbst grinsen. »Wäre doch gar nicht so schlecht, oder?« Der Typ gefiel ihr. Charmant. Er behielt sein Lachen im Gesicht.

»Vielleicht sind Sie zufällig Ärztin und können auch gleich meine Beule untersuchen?«

Anna seufzte gespielt. »Leider nein. Ich bin Polizistin und könnte höchstens untersuchen, ob sie Leichen im Keller versteckt haben.«

Er streckte beide Arme nach vorne. »Nehmen Sie mich fest. Ich habe diese Frau dort umgebracht.« Er nickte mit dem Kinn auf das Cover von »Rache ohne Gnade«.

Anna lachte. »Ich weiß gar nicht, ob sie tot ist. Ich hab es noch nicht gelesen. Vielleicht ist sie auch die Mörderin?«

»Man weiß nie so genau, wer Opfer und wer Täter ist, oder?« Damit ließ er Anna stehen.

Am Eingang wartete bereits Mehmet. Sein Gesicht strahlte. In den Händen hielt er ein Putzmittel, zwei verschmierte Lappen und einen Eimer mit Wasser.

»Wie neu«, sagte er.

»Das will ich sehen.« Anna folgte ihm. Am Parkplatz standen die beiden anderen Jungs. Stolz wie Oskar.

Sie besah sich den Lack. Die Schmiererei war weg, das Grün glänzte frisch.

»Wir haben dem ganzen Wagen eine Politur verpasst«, sagte Mehmet.

»Ich bin platt, Jungs. Großartig. Danke.« Sie holte ihren Geldbeutel aus der Tasche und wollte einen Schein herausziehen. Eine strenge Frauenstimme hinderte sie daran.

»Hayir, Mehmet. Hicbir para.« Es war Mehmets Mutter. »Das Mehmet hat gern gemacht.«

»Danke«, sagte Anna.

***

Belledin reichte Bea den Plastikbeutel mit den Zahnbürsten der Kellers. »Zwar wissen wir jetzt, dass Eva Klein bei Erken war, aber vielleicht passt die männliche DNA auf einer der beiden Zahnbürsten ja zu der an der anderen Zigarette?«

Bea nahm den Beutel entgegen. Belledin vermisste ein Lächeln. Die Grübchen, die ihn so faszinierten und von mehr träumen ließen.

»Geht es Ihnen nicht gut?«, fragte er mit ehrlichem Interesse.

»Alles klar. Ist heute nur nicht mein Tag.«

»Unglücklich verliebt?« Belledin wollte einen Scherz machen. Aber er hatte wohl ins Schwarze getroffen.

Bea sah ihn an, ihre blauen Augen füllten sich mit Wasser. »Ich suche einfach Wärme. Ich kann nicht ohne Mann sein. Das konnte ich noch nie.«

Belledin hätte nicht gedacht, dass er sie so beeindruckt hatte. Er zog sie zu sich ran und drückte sie sanft an seine Schulter. Er stellte sich vor, wie er es Biggi sagen würde. Dann, wie er mit zwei kleinen Jungs Fußball spielte und den Rest seines Lebens in Stuttgart verbrachte. Er war froh, als Bea sich von ihm löste. Sie würden reden müssen. Ernsthaft. Er war auf ein Abenteuer aus gewesen, das noch nicht einmal stattgefunden hatte. Und jetzt sollte er plötzlich eine zweite Familie gründen?

»Du nimmst es mir hoffentlich nicht übel. Ich wollte nicht mit dir spielen. Ich finde dich wirklich sehr charmant.« Sie wischte sich die Augen trocken. »Aber ich habe jemanden kennengelernt, der mich ernsthaft erwischt hat. Wie noch nie zuvor.«

Belledin begriff. Er kam sich vor wie ein Trottel. Was hatte er sich überhaupt eingebildet. Bea war jung und attraktiv. Was wollte sie da mit so einem alten, behäbigen Sack wie ihm. Er schwankte zwischen Eifersucht und wiedergewonnener Freiheit. Letztere siegte für den Moment.

»Und er?«, fragte er wie ein schwuler Frauenversteher.

»Verheiratet.« Sie begann wieder mit den Tränen zu kämpfen.

Belledin drückte sie noch einmal an sich und strich ihr mit der Hand übers Haar, so wie er es bei seiner Tochter nie gekonnt hatte.

»Störe ich?« Kälble hatte das Labor betreten.

Bea löste sich rasch von seiner Schulter und wischte sich die letzten Tränen weg. Sie standen da wie zwei Ertappte. Bea musste darüber lachen. Ihre Grübchen waren wieder da. Belledin war froh darum.

»Überhaupt nicht«, sagte er. Sollte Kälble doch denken, was sie wollte. »Sie melden sich, wenn Sie die Zahnbürsten analysiert haben, Bea«, sagte Belledin.

»Natürlich.«

»Danke.« Er lächelte ihr linkisch zu. Dann drehte er sich zu Kälble. »Haben Sie noch etwas?«

»Ja. Die Sauberkeit, mit der die Stiche durchgeführt worden sind. Darüber stolpere ich immer wieder. Ich frage mich, ob man das innerhalb eines Kurses lernen kann. Oder ob man nicht bereits fechten können muss, um jemanden auf diese Art zu töten.«

»Wir werden Eva Klein gleich mal danach fragen, wo sie das Stechen gelernt hat«, sagte Belledin.

»Eva Klein? Von Klein-Messtechnik? Warum ausgerechnet sie?«, fragte Kälble.

»Die Zigarette mit dem Lippenstift aus Erkens Aschenbecher stammte von ihr.«

»Sie haben sie also bereits festgenommen? Und ich erfahre es erst jetzt?«

»Früh genug. Noch haben wir kein Geständnis. Solange ermitteln wir weiter.«

»Soll ich versuchen, ob ich es aus ihr herauskriege?«

Belledin überlegte einen Moment. »Ja, tun Sie das. Ich könnte befangen sein. Immerhin hat sie mich geküsst.«

»Wen haben Sie hier eigentlich noch nicht geküsst?« Kälble gab sich die Antwort selbst. »Mich. Muss auch nicht sein.«

Belledin verzog das Gesicht und zwang sich wieder zur Konzentration.

»Wer von den Teilnehmern kann fechten und ist stresserprobt? Eva Klein traue ich das zu. Kälble, quetschen Sie sie aus. Ich erwarte Sie in drei Stunden mit Ergebnissen bei mir in der Wohnung.« Er kramte in seiner Hosentasche. »Und falls ich später kommen sollte: Hier sind die Schlüssel.« Er wollte gehen, drehte sich dann an der Tür noch mal zu Kälble um. »Und funken Sie mir bitte recht bald den Bericht über Frau Haller zu.« Damit ließ er die beiden stehen.

***

Anna merkte es am schlappen Usambaraveilchen: Sie hatte ihr Büro vernachlässigt.

Sie goss so viel Wasser in den Topf, dass die Untertasse überlief, auf der die genügsame Zimmerpflanze stand. Die Wasserlinie zog sich über die Fensterbank und löste sich dann in Tropfen, um auf den Linoleumboden zu klatschen.

Sie stellte die Kanne auf das Sims und ließ es tropfen. Irgendwann würde es schon aufhören. So wie alles.

Es gelang ihr nicht, nicht auf Schirmers Schreibtisch zu schauen. Wie auch. Er stand ihrem ja direkt gegenüber. Nichts hatte man verändert, seit er tot war. Niemand, der irgendwelche Erinnerungen von ihm haben wollte, niemand, der ihm so bald nachfolgen würde. Vorerst war der Posten ja mit Belledin besetzt. Er war erst ein Mal hier gewesen. Seine Intuition, auf die er so stolz war, hatte ihm geraten, sich von Schirmers Schreibtisch fernzuhalten. Er hatte vermutlich recht.

Wenn Anna die Augen zusammenkniff, bildete sie sich ein, düstere Grautöne über Schirmers Platz schweben zu sehen. Wolken, die erst vertrieben werden wollten. Von jemandem, der frischen Wind hereinbrachte. Belledin hätte durchaus das Zeug dazu. Aber er war nur auf der Durchreise. Er hatte überhaupt keine Lust, hier seine Duftmarke zu setzen. Er ermittelte wie ein obdachloser Detektiv, nach seinen Regeln. Und er kommandierte. Das mochte Anna gar nicht. Mit Schirmer hatte sie den Ton der Zusammenarbeit gepflegt. Belledin ordnete an. Und er selbst behielt seine Informationen meist für sich. Oder sie musste sie ihm aus der Nase ziehen. Anna kotzte das an. Immerhin überließ er es ihr, Eva Klein zu vernehmen. Tatsächlich, weil er befangen war, so wie er behauptete? Oder glaubte er nicht an Eva Klein als Täterin und kochte schon wieder heimlich sein eigenes Süppchen?

Jemand klopfte an die offen stehende Tür. Böhnisch.

»Hallo, Frau Kälble. Und? Wie ist der Stand der Dinge?« Die Frage war mit scheinheiliger Freundlichkeit gestellt. Eine Floskel, hinter der Unheil lauerte.

»Wir sind dran.«

Böhnisch nickte. »Sie sind dran. Gut. Sehr gut. Der Oberstaatsanwalt ebenfalls. Er wartet. Und der Theaterhaus-Chef Schretzmeier nervt ebenfalls. Angeblich käme seit den beiden Morden im Theaterhaus weniger Publikum. Er fragt, ob die Polizei nur ehrbare Stuttgart21-Gegner prügeln kann oder ob sie auch zu Ermittlungen fähig wäre.«

»Ich sagte doch: Wir sind dran.«

»Hatten Sie eigentlich schon einmal jemanden auf dem Revier? Wenigstens irgendeinen Verdächtigen zum Anfassen?«

»Den ersten Verdächtigen, den wir festnehmen wollten, hat man erstochen. Aber das haben Sie bestimmt schon mitgekriegt.«

Der Satz war Anna patzig geraten. Böhnisch holte Luft. Sie ließ ihm keine Zeit zu antworten und schoss weiter.

»Bernd Ulmen war zweimal hier vorgeladen, er hat aber Alibis, und gerade sitzt Eva Klein im Verhörraum und wartet auf mich. Wenn Sie wollen, können Sie gerne mitkommen und aufpassen, ob ich auch die richtigen Fragen stelle.«

»Nicht in dem Ton, Kälble. Das hat mir bei Schirmer schon nicht gepasst. Treten Sie bitte nicht darin sein Erbe an. Wenn Sie ihm schon nacheifern wollen, dann in guter Polizeiarbeit und mit handfesten Ergebnissen.«

Anna sah auf das Usambaraveilchen und schwieg. Die Wasserstraße war ins Stocken geraten. Es tropfte nicht mehr.

»Wo ist Belledin?«

Anna blickte zu Böhnisch. »Ich weiß es nicht.«

»Wie, Sie wissen es nicht?«

»Er hat nicht gesagt, wohin er ist. Er hat mir nur gesagt, dass ich Eva Klein vernehmen und ihm meinen Bericht über die Vernehmung von Frau Haller funken soll.«

»Frau Haller? Wer ist Frau Haller?«

»Eine Kursteilnehmerin von Bluhm. Die Liste habe ich auch Ihnen geschickt.«

»Ja, ja. Die Liste habe ich. Und wie gesagt: Halten Sie sich bitte bei den Höpfners etwas zurück.«

»Aber warum? Sie hätten womöglich ein Motiv gehabt, Bluhm zu töten.«

»Sie ermitteln ja auch weiter. Aber mit Bedacht.«

Anna zupfte die einzige Blüte des Veilchens ab und drehte sie zwischen den Fingern. »Das heißt, ermitteln ja, aber nicht bei den Reichen und Mächtigen?«

»Das heißt, ermitteln und nach Fakten und Beweislage den Täter in Handschellen herbeischaffen. Und nicht spekulieren und Blumen züchten.« Böhnisch drehte sich um und ging zur Tür.

Anna goss eine Tasse mit Wasser voll und legte die Veilchenblüte hinein. Sie sah ihr einen Moment beim Schwimmen zu.

»Worauf warten Sie? Gehen wir.«

Sie sah zu Böhnisch auf und folgte ihm.

Eva Klein schien nicht besonders nervös zu sein. Sie blickte in einen Handspiegel und strich ihr Haar glatt, als Anna und Böhnisch eintraten. Neben ihr saß ein Mann im grauen Boss-Anzug, der sich sofort erhob und auf Böhnisch zuging.

»Sind Sie Kommissar Belledin? Ich bin Dr. Mertz, Anwalt von Frau Klein. Ich bin mir sicher, dass Sie meiner Mandantin nichts vorzuwerfen haben.«

»Das werden wir ja sehen«, antwortete Böhnisch, ohne das Missverständnis aufzuklären. »Frau Kälble, beginn-.« Er wurde vom Klingeln seines Handys unterbrochen. »Ja? … Oh, Herr Oberstaatsanwalt … Ja. Wir sind dran … Verstehe. Ich komme.« Er sah zu Dr. Mertz, dann zu Eva Klein und schließlich zu Anna. »Ich muss los.«

Dr. Mertz lächelte selbstgefällig. »Darf meine Mandantin auch gehen?«

»Das müssen Sie die verantwortliche Kommissarin fragen.«

»Erst werde ich Frau Klein verhören«, sagte Anna.

Böhnisch nickte Anna zu und verließ den Verhörraum.

»Wir fangen jetzt an. Wenn Sie sich bitte setzen würden.«

Eva Klein legte den Spiegel zur Seite und lächelte, als hätte sie eine Kundin vor sich. Anna stellte das Aufnahmegerät an, sprach Ort, Zeit und Datum darauf und setzte sich Eva Klein gegenüber.

»Frau Klein, haben Sie Franz Erken getötet, nachdem Sie mit ihm eine Zigarette geraucht hatten?«, begann sie dann.

»Nein.«

»Wann und warum haben Sie ihn aufgesucht?«

»Das habe ich doch alles schon Belledin erzählt.«

»Mir und dem Aufnahmegerät aber noch nicht.«

Eva Klein sah zu Mertz hinüber. Er nickte.

»Gegen Mitternacht. Er hatte mich angerufen, nachdem er Britta Vogel tot im Theaterhaus entdeckt hatte.«

»Hat er Ihnen gesagt, warum er nicht die Polizei gerufen hat?«
»Er hatte Angst, dass man ihm etwas anhängen wollte.«
»Hatte er Grund dazu?«
Eva Klein schielte wieder zu Mertz. Er nickte erneut.
»Erken wollte unbedingt im Klein-Konzern Fuß fassen.«
»Als Coach?«
»Als Berater. Er war kein guter Trainer, aber er konnte Menschen zusammenbringen. Und ich habe ihm den Kontakt zu Britta verschafft.«
»Indem Sie ihn in den Kurs von Bluhm schickten?«
»Ich habe beide in den Kurs von Bluhm geschickt.« Eva Klein lachte schrill. »Wie eine Kupplerin.« Sie blickte in den Handspiegel. »Eine Kupplerin, die beiden den Tod gebracht hat.« Sie sah zu Anna auf. »Ich hätte wissen müssen, dass sich Bluhm und Britta finden würden.«
»Sah Erken dadurch seine Felle davonschwimmen? Hat er Bluhm deswegen umgebracht? Und anschließend auch Britta Vogel? Und Sie hat er am Ende angerufen, um Sie ebenfalls zu erledigen? Da mussten Sie sich wehren, sahen das Messer irgendwo liegen und haben zugestoßen?«
»Darauf müssen Sie nicht antworten«, sagte Dr. Mertz. »Das ist suggestiv und bar jeglicher Fakten.«
»Oder waren Sie eifersüchtig auf Britta und haben Bluhm deswegen erstochen?«, machte Anna unbeirrt weiter. »Und weil Britta ahnte, dass Sie es waren, haben Sie auch sie zum Schweigen gebracht?«
»Sagen Sie darauf nichts«, sagte Mertz wieder, genauso emotionslos wie eben.
»Haben Sie vorher schon mal gefochten, bevor Sie bei Bluhm den Kurs belegt haben?«
»Nein.«
»Warum haben Sie uns nicht angerufen, nachdem Sie Erken verlassen haben? Er könnte jetzt womöglich noch am Leben sein. Wollten Sie, dass ihn jemand tötet?«
»Das reicht. Meine Mandantin wird hier überhaupt nichts sagen. Ihre Anwürfe sind vollkommen haltlos.«
Eva Klein drehte gedankenverloren den Handspiegel zwischen ihren Fingern. »Erken sagte, er müsste mit ihr reden, dann könnte er alles noch hinbiegen.«

»Frau Klein, sagen Sie bitte nichts. Hier kann alles gegen Sie verwendet werden.« Mertz klang jetzt fast flehend.

»Wen hat Erken gemeint?«, fragte Anna.

»Ich weiß es nicht. Aber er wollte sie noch an dem Abend treffen, um alles aus der Welt zu schaffen.«

»Was? Was wollte er aus der Welt schaffen?« Anna war auf ihrem Stuhl ganz nach vorne gerückt.

»Ich weiß es nicht. Das wollte er mir nicht sagen. Er sagte nur, dass selbst ich noch von ihr lernen könnte, wie man sich verstellt. Sie sei besser als jede Schauspielerin.«

***

Belledin ließ sich alles ganz genau zeigen. Lewandowski hatte Geduld. Und wohl auch Zeit.

»Dass man sich hier nicht verirrt. Diese Brandschutztüren würden mich wahnsinnig machen«, sagte Belledin.

»Ohne Schlüssel sind Sie hier aufgeschmissen. Aber das ist Vorschrift.«

»Macht für mich keinen Sinn. Als ob das Feuer eine Klinke runterdrücken könnte. Und wer sagt denn, dass es nur in eine Richtung brennen kann? Was mache ich, wenn ich gerade in die Richtung abhauen will, die verschlossen ist?«

Lewandowski zuckte mit den Schultern. Er konnte wohl auch nicht erklären, warum man die Stahltüren in die eine Richtung per Klinke aufdrücken konnte, während man in die andere einen Schlüssel brauchte.

»Hat denn jeder hier einen Schlüssel?«, fragte Belledin.

»Generalschlüssel haben nur die Werkstattleiter und einige Leute aus den Büroetagen. Wenn einer der Künstler einen braucht, weil er außerhalb der Zeit proben will, muss er zu mir kommen. Dann kriegt er einen gegen Unterschrift.«

»Kommt das häufig vor?«

»Bei Gastproduktionen. Hin und wieder.«

»Haben Sie gerade eine Gastproduktion?«

»Bruno probt hier sein Stück. In zwei Wochen hat er in der T3 Premiere.«

»Der Kerl, der Mäuse mit dem Schuh fängt?«

»Richtig.«

»Lustig?«

»Ich hab noch nichts gesehen. Aber ich glaube schon. Die letzte Sache von ihm war sehr witzig. Und poetisch. Ich mag das. Manche finden das kitschig.«

Sie verließen die verwirrenden Katakomben und landeten auf wundersame Weise wieder im Foyer.

»Wo ist die Halle vier noch mal?«, fragte Belledin.

»Direkt vor dem Kassenhaus links, gegenüber der Sporthalle.«

»Haben Sie einen Spielplan hier?«

Lewandowski griff in einen Ständer, in dem Veranstaltungspostkarten und Spielpläne steckten.

»Hier, das ist das Novemberheft. Da steht alles drin.«

Belledin nahm es und blätterte durch. »Die zwölf Geschworenen« hatte man in Halle drei gegeben, in der Zwei hatten die Komiker »Ulan und Bator« unterhalten, und in der Eins hatte das SWR-Sinfonieorchester zum Tanz aufgespielt. Er interessierte sich aber vor allem für Halle vier: »Fußball ist unser Leben«, Soloabend mit Stan Libuda.

»Stan Libuda? Die Pott-Legende? Der ist doch schon lange tot.«

»Legenden leben ewig.«

Belledin blätterte weiter. Am Samstag wurden sie wieder gegeben. Sowohl »Die zwölf Geschworenen« als auch »Fußball ist unser Leben.« Beide gleichzeitig. Er würde sich nur ein Stück ansehen können. Das andere müsste Kälble übernehmen. Er wusste noch nicht, für welches er sich entscheiden würde.

»Kann ich zwei Karten für Samstag kriegen? Einmal Halle drei und einmal Halle vier.«

»Ich lasse sie zurücklegen. Wollen Sie die Wohnung noch sehen?«

»Gern.«

Lewandowski stieg die Wendeltreppe vom Foyer nach oben. Wieder musste er einen Schlüssel zücken, um die Stahltür, die in das Büro der Technik führte, zu öffnen. Er nickte einigen Männern zu, die Bühnenpläne und Arbeitsschichten checkten. Belledin konzentrierte sich darauf, sich den Weg zu merken.

»Hier ist mein Büro.«

»Bruno erzählte etwas von einem Markus. Der Schauspieler, der oben in der Wohnung wohnt. Er war das letzte Mal nicht da.«

»Jetzt ist er es auch nicht. Er hat Platz gemacht für Freddy und Bolle. Was bin ich froh, wenn die Chaoten wieder weg sind.«

»Und wo ist er jetzt? Sagte Bruno nicht, dass er bei seiner Schwester wohnen könnte?«

»Ja. Leider. Mir wäre es lieber, sie hätte keinen Platz für ihn.«

»Wie heißt er mit Nachnamen?«

»Haller.«

»Haller? Wie Helmut Haller?«

»Nein. Wie Stan Libuda.« Lewandowski lachte. »Markus spielt den Stan Libuda im Fußball-Stück. Feiner Kerl. Über zehn Jahre war der hier, sogar noch im alten Theaterhaus. Aber dann wollte er sich weiterentwickeln. Kann man ja verstehen. Und er ist nach Berlin. Er spielt nur noch das Stück, als Gast.«

»Denken Sie an die Karten?«

»Klar.«

Lewandowski führte Belledin über die Holztreppe nach unten. Dort bogen sie nach rechts ab und landeten in einem weiteren Treppenhaus, wiederum mit Brandschutztüren gespickt. »Das ist der direkte Aufgang in die Wohnung. Hier kommen wir in den Hof des Restaurants.«

Lewandowski öffnete unten die letzte Tür, und Belledin atmete die frische Herbstluft. Er war froh, wieder Himmel zu sehen.

***

Die Pizza war kalt geworden. Anna hatte nicht mit Belledins Verspätung gerechnet. Pizza in der Mikrowelle aufzuwärmen, war eklig. Also heizte sie den Backofen auf hundert Grad, um die Pizza schnell reinzuschieben, wenn Belledin kam. Ein wenig komisch kam sie sich schon vor. Hier, in Schirmers Wohnung, mit kalter Pizza auf Belledin wartend. Das Leben war nur nun mal so. Sie musste es nehmen, wie es kam. Für drei Menschen war der Tod gekommen. Zu einem Zeitpunkt, da sie nicht damit gerechnet hatten. Aber wann rechnete man schon damit. Wenn man Krebs hatte. Ja. Ihr Vater hatte es gewusst. Und trotzdem: Um jeden Tag hatte er gekämpft. Bis zuletzt. Würde sie auch kämpfen? Bestimmt. Sie war wie er. Das behauptete jedenfalls ihre Mutter. Sie würde sie am Wochenende besuchen. Sie war lange nicht mehr bei ihr gewesen. Ein Tag auf dem Land täte ihr vielleicht ganz gut. Sie erschrak. Morgen war schon Samstag. Also morgen würde sie schon fahren – wenn sie es ernst meinte.

Sie öffnete die Balkontür und trat zu den Sonnenblumen. Der Himmel war strahlend blau. Der erste klare Herbsttag seit Langem.

»Kälble?«, rief es aus der Wohnung. Es war Belledin. Er schien gut gelaunt. »Entschuldigen Sie die Verspätung. Ich bin zu Fuß durch den Schlossgarten gegangen. Das Wetter ist einfach zu schön. Waren Sie auch mal draußen?«

»Nein. Erst im Verhörraum mit Eva Klein. Dann vor dem Rechner.«

»Und? Was sagt Frau Klein?«

»Dass sie es nicht war.«

»Das hat sie mir auch gesagt. Sonst noch etwas?«

»Ja. Erken hat ihr gegenüber etwas von einer Frau gesagt, mit der er dringend etwas klären müsste.«

Belledin horchte auf.

»Eine, die sich gut verstellen könnte.«

»Welche Frau kann das nicht? Das liegt in der weiblichen Natur. Was ist mit dem Bericht über Frau Haller? Sie haben mir nichts geschickt. Nicht fertig geworden?«

»Doch. Aber erst gerade eben. Die Recherche nach den Kursteilnehmern mit Fechterfahrung hat Zeit gekostet.«

»Und?«

»Erzähle ich Ihnen gleich. Bei der Pizza. Sie haben bestimmt noch nichts gegessen, oder?«

Sie schloss die Balkontür hinter sich, ging in die Küche, nahm die beiden Pizzas aus den Kartons und schob sie in den vorgeheizten Ofen. »Einmal Margherita und einmal mit Thunfisch. Ist das in Ordnung?«

»Ich esse alles. Außer Schnecken und Senfeier.«

»Bier oder Wein?«

»Erst mal kein Alkohol. Ich brauche noch einen klaren Kopf. Und wenn ich nichts gegessen habe, schlägt es sofort bei mir an. Trinken und ermitteln können nur Philip Marlowe und Harry Hole.«

Belledin ging zur Plattensammlung und suchte nach etwas Passendem. »Irgendetwas muss in unserem Mörder etwas angetriggert haben, dass er den ersten Mord beging. Und die beiden anderen waren dann Konsequenzen des ersten, um nicht hochzugehen.«

Er zog eine Platte aus dem Regal und legte sie auf. Wenige Umdrehungen später erklangen Simon & Garfunkel live aus dem Central Park. »Hello darkness my old friend …«

»Also: Wer konnte schon fechten, bevor er den Kurs bei Bluhm antrat?«

Anna tat so, als lausche sie der Musik und überhöre Belledins Frage. Dann ging sie zum Ofen, zog die beiden Pizzen heraus, verteilte sie auf Teller, griff Besteck und kam in den Wohnraum zurück. Belledin hatte es sich bereits in seinem auserwählten Sessel bequem gemacht. Sie selbst setzte sich auf einen Hocker, den sie aus der Küche holte.

»Guten Appetit«, sagte sie und begann ein Stück Margherita abzusäbeln.

»Ich habe Sie etwas gefragt«, sagte Belledin und sah sie dabei ernst an.

»Die schmeckt gut. Probieren Sie mal.«

»Was ist mit Ihnen? Spielen Sie gerade in einem anderen Film?«

Anna kaute langsam und schluckte. Dann knöpfte sie sich ein Stück Pizza mit Thunfisch vor. Belledin packte sie hart am Gelenk der Hand, in der sie das Messer hielt. Instinktiv stach sie ihm mit der freien Hand die Gabel in den Unterarm. Er ließ sofort los und jaulte auf.

»Sagen Sie mal, spinnen Sie? Was ist auf einmal los mit Ihnen?«

»Sie fassen mich nicht an, ist das klar?« Anna schob sich das Stück Thunfischpizza in den Mund und kaute ruhig weiter.

»Sie haben sie echt nicht mehr alle! Sie sind der Sache nicht gewachsen. Steigen Sie aus, gehen Sie in Therapie. Dann kann vielleicht noch etwas aus Ihnen werden.«

Anna hatte geschluckt. »Haben Sie keinen Hunger? Ich würde mich an Ihrer Stelle ranhalten, sonst esse ich Ihnen alles weg.«

Belledin stand auf und ging zum Plattenspieler. Das »Leilalei« erstarb jäh. Er drehte sich wieder zu Anna.

»Sie sind sauer, stimmt's?«, fragte er.

»Ich? Wieso? Wie kommen Sie darauf?«

»Sie sind sauer, weil ich Ihnen nicht gesagt habe, wohin ich wollte.«

»Sie haben mir bis jetzt noch nie gesagt, wo sie waren. Von Ihren Ermittlungen erfahre ich gar nichts. Ich muss es mir aus Ihren Anweisungen zusammenreimen. Im Gegenzug verlangen Sie von mir, dass ich Ihnen Berichte schreibe und direkt aufs Handy schicke. Das hinkt, finden Sie nicht?«

Belledin sah auf den Fußboden.

»Außerdem ärgere ich mich über mich selbst. Wie komme ich dazu, hier für Sie Essen vorzubereiten und auf Sie zu warten, als wäre ich Ihre Frau? Ich presse mich ja selbst in diese Rolle.«

Sie schob den Teller von sich. »Ich brauche jetzt ein Bier. Außer Marlowe und Hole kann auch Kälble mit Alkohol ermitteln.«

Sie stand auf und ging auf den Balkon. Dort nahm sie sich eine Flasche Bier aus dem Sixpack, das sie zuvor an der Tankstelle gekauft hatte. Sie schlug den Kronkorken am Geländer auf, trank viel zu schnell und musste laut rülpsen.

Belledin näherte sich von hinten. »Tut mir leid. Ich bin es gewohnt, so zu arbeiten.«

»Haben Sie keine Kollegen in Freiburg?«

»Doch. Einen. Der denkt auch, er könnte mit Alkohol ermitteln. Kann er aber nicht.«

Anna zog ihr iPhone aus der Hosentasche, tippte ein paarmal darauf und sagte: »So, jetzt haben Sie den Bericht über Frau Haller. Sie können lesen gehen.« Sie nahm einen weiteren Schluck und drehte sich zum Geländer. Der Sonnenuntergang war fehl am Platz. Es könnte wenigstens regnen.

»Ich war im Theaterhaus«, sagte Belledin und öffnete eine Flasche Bier am Fensterbrett.

»Was wollten Sie dort?« Anna sah noch immer auf den Sonnenuntergang.

»Vielleicht waren wir da nicht gründlich genug. Zwei Morde sind dort geschehen. Ein dritter wurde mit einem Messer begangen, das aus dem Theaterhaus gestohlen wurde.«

»Wenn es gestohlen wurde.«

»Zumindest wurde es dort geschärft. Ebenso wie der Degen. Der Mörder ist ein Kursteilnehmer, oder er kommt aus dem Theaterhaus.«

»Bulli? Oder Lewandowski?«

Belledin nickte.

»Glauben Sie, dass der Hausmeister etwas mit der Sache zu tun hat?«

»Er hat zwei Leichen gefunden. War der Erste nach dem Mörder am Tatort. Er könnte zumindest etwas gesehen haben.«

»Hat er aber nicht. Jedenfalls steht das in meinem Bericht. Haben Sie ihn nicht gelesen?«

»Vielleicht hat er gelogen.«

»Dann wäre er doch schon tot.«

»Wenn er nicht der Mörder ist.«

»Er hat aber ein Alibi, das von zwei Kollegen bestätigt wird.« Anna trank einen Schluck.

»Ich weiß. Ich wollte mich auch vorwiegend noch mal im Theaterhaus umsehen. Vor allen Dingen wollte ich wissen, von welcher Theaterhalle man wie schnell in die Turnhalle und wieder zurück kommt.« Belledin trank ebenfalls, dann sagte er: »Und jetzt sind Sie dran. Was ist mit der Fechterfahrung unserer Kursteilnehmer?«

»Von den Teilnehmern hat nur Erken Fechterfahrung. Er trainierte bis zuletzt sogar beim TUS Stuttgart.«

»Das ist nicht viel. Ich hatte mir mehr erhofft.«

»Und er war Rechtshänder.«

»Woher wissen Sie das?«

»Ich habe bei seinem Verein angerufen. Die wissen so etwas. Die Griffe werden danach eingerichtet.«

Belledin nahm noch einen kräftigen Schluck, kniff die Augen zusammen und sah sie eindringlich an. »Da ist doch noch was. Sie haben noch ein Ass im Ärmel. Raus damit.«

Anna schüttelte den Kopf. »Sie haben mir nicht alles erzählt. Sie waren doch wegen Lewandowski noch mal vor Ort. Um ihn ins Scheinwerferlicht zu stellen. Der Mörder, falls er sich im Theaterhaus befindet, soll dadurch nervös werden und glauben, Lewandowski könnte doch etwas gesehen haben, was ihn verrät.«

»Sehr gut.«

»Das ist fahrlässig. Sie bringen Lewandowski dadurch in Gefahr.«

»Kann sein. Aber wenn er was weiß, ist er auch ohne meinen Scheinwerfer in Gefahr.«

Beide tranken gleichzeitig.

»Und was ist mit Ihrem Ass? Ich habe Ihnen meine Strategie verraten.«

»Gar nichts haben Sie. Ich bin selbst darauf gekommen.« Anna genoss es, Belledin zappeln zu sehen.

»Ich kann auch Böhnisch anrufen«, sagte Belledin trocken.

Anna glaubte sich verhört zu haben. »Sind Sie so ein schlechter Verlierer?«

»Es geht hier um Dreifachmord und nicht um Statusspiele.« Er war laut geworden. Ausgerechnet er. Ein schlechter Verlierer.

»Die alte Höpfner war früher eine erfolgreiche Moderne Fünfkämpferin.«

»Moderner Fünfkampf? Ich dachte, das sei nur für Männer?«

»Das verwechseln Sie mit der Kripo«, sagte Anna. »Seit den Siebzigern üben auch Frauen den modernen Fünfkampf aus. 1976 war Maria Höpfner Zweite bei den deutschen Meisterschaften, 1978 Dritte beim ersten Weltcup und Vizeweltmeister 1981 bei den ersten Weltmeisterschaften.«

»Respekt. Und bei Olympia hat sie nicht teilgenommen?«

»War sie zu alt. Fünfkampf gibt es erst seit 2000 bei Olympischen Spielen. Hätte von Ihnen als alter Zehnkämpfer erwartet, dass Sie das wissen. Und 2008 gewann Lena Schönborn als erste Deutsche eine Goldmedaille.«

Anna prostete Belledin zu und leerte die Flasche.

»Und wollen Sie auch wissen, wann die erste Polizistin einen Mordfall löste?«, fragte sie und schnappte sich eine weitere Flasche aus dem Karton.

Belledin nahm sie ihr aus der Hand und hielt Anna am Gelenk fest.

»Vermutlich Miss Marple. Mich interessiert aber vielmehr, wann eine junge Kommissarin ihren laufenden Fall lösen wird. Und besoffen wird sie es nicht schaffen. Garantiert.«

Anna erschrak. Belledin war nicht nur in seiner Tapsigkeit ein Bär. Er konnte mit einem Schlag genauso gefährlich sein.

»Los. Wir fahren zu Frau Höpfner. Ich will die kämpferische Dame kennenlernen. Vielleicht liege ich mit meiner Intuition doch falsch.«

***

Vor der Villa Höpfner herrschte Hochbetrieb. Ein Rettungswagen mit Blaulicht, Schaulustige und zwei Reporter, die Anna von einem Stuttgarter Käseblatt kannte, versperrten den Eingang. Der Fotograf knipste zwei Männer, die eine Bahre trugen. Auf der Bahre lag Maria Höpfner.

Die Sanitäter verschafften sich Platz, schoben die Bahre in den Krankenwagen, die Notärztin zog die Tür zu. Der Wagen raste mit Blaulicht und Sirenengeheul davon.

»Herr Höpfner. Wie geht es Ihrer Mutter? Kommt sie durch?«

Einer der Reporter hatte sich dreist zu einem Mann gedrängt, der dem Krankenwagen fassungslos hinterhersah.

»Herr Höpfner, meinen Sie, dass der Vorfall Auswirkungen auf den Verlag hat?«

Der Mann schien durch den Reporter hindurchzusehen. Ein anderer Mann kam hinzu. Er wirkte etwas älter, jedenfalls hatte er lichteres Haar; ansonsten sahen sie sich sehr ähnlich. Ebenso wie ihrer Mutter. Die Höpfner-Brüder.

»Machen Sie, dass Sie verschwinden.« Die Stimme schnitt scharf wie ein Rasiermesser.

Der Reporter duckte sich darunter hinweg, tauchte dann wieder auf und gab trotzig zurück: »Der Bürger hat ein Recht auf Informationen. Wir sind hier nicht in Nordkorea.«

Der Höpfner-Bruder mit der Rasierklingenstimme holte aus und hämmerte dem Reporter einen so mächtigen Kinnhaken, dass er rückwärts in einen kegelförmig gestutzten Buchs stolperte. Der Schläger setzte nach, packte den Reporter am Kragen und schlug ihn in die Magengrube.

Anna wollte zu den beiden eilen. Belledin hielt sie am Arm zurück und schüttelte leicht den Kopf.

Der Reporter rappelte sich auf, aber der Höpfner-Bruder holte zu einem mächtigen Tritt gegen dessen Rippen aus. Dieses Foto würde man morgen früh an allen Kiosken zu sehen bekommen – falls der Fotograf mit seiner Beute entkommen konnte. Denn jetzt mischte sich auch der andere Bruder, der bislang abwesend danebengestanden hatte, in das Geschehen ein. Mit einem Satz war er bei dem Fotografen und riss ihm die Kamera aus der Hand. Aber noch war sie an dem Gurt befestigt, den der Fotograf um die Schulter gehalftert hatte.

Höpfner und der Fotograf sahen sich einen Moment in der Patt-Situation an. Dann zog der Höpfner-Bruder die Kamera so heftig zu sich, dass der Fotograf mit dem Kopf voran auf ihn zuraste. Höpfner zog das Kinn zur Brust, und seine runde Stirn krachte auf das Nasenbein des Fotografen. Es knackte. Der Fotograf jaulte auf und sank in die Knie. Der Schultergurt rutschte ihm über den Kopf. Der Höpfner-Bruder schmetterte die Kamera gegen einen Granitbrunnen, von dessen Säule ein Engel ins Wasser pinkelte.

»Ende der Vorstellung«, sagte der andere Höpfner-Bruder, der den Reporter verdroschen hatte, und rieb sich die Knöchel. Die Schaulustigen raunten; ein weißhaariger Pudelbesitzer wagte es, irgendetwas von »Polizei rufen« zu murmeln. Ein anderer meinte, den Schmierfinken müsste man öfters aufs Maul geben. Sie trotteten davon und hatten Gesprächsstoff.

Der Kameramann hatte sich aufgerappelt und half seinem Kollegen, den es schwerer erwischt hatte, auf die Füße. Sie mieden es, den beiden Brüdern ins Gesicht zu gucken, und schleppten sich zu ihrem Toyota, der auf der anderen Straßenseite parkte.

Nur Anna und Belledin standen noch in der Einfahrt. Der ältere der Höpfner-Brüder legte sich das rotblonde Haar über die schüttere Stirn und ging zwei Schritte auf Anna zu.

»Wollt ihr euch auch ein paar abholen? Nur zu. Ich bin in Geberlaune.«

Anna sah zu Belledin. Der kam einen Schritt nach vorne. Sie glaubte in seiner Körperspannung zu lesen, dass es ihn juckte, den beiden eine Abreibung zu verpassen. Aber er hatte sich im Griff und zückte stattdessen seinen Dienstausweis.

»Hauptkommissar Belledin, Kripo. Meine Kollegin, Kommissarin Kälble. Wir haben Sie heute auf dem Revier vermisst. Wir hätten auch ein paar Fragen. Und wir hoffen, dass Sie uns anders antworten werden als der Presse.«

Die beiden Brüder sahen sich an. Während der Ältere mit dem Kiefer malmte, fand der Jüngere ein Lächeln.

»Entschuldigen Sie den Vorfall. Aber das war aus dem Affekt heraus. Unsere Mutter wird ins Krankenhaus gebracht, keiner kann sagen, ob sie durchkommt. Und dieses Pack weiß nichts anderes, als uns mit Fragen zu belästigen.«

»Was ist mit Ihrer Mutter?«

Der Ältere übernahm das Wort. »Vermutlich ein Herzinfarkt. Sie bringen sie ins Marienhospital. Hoffentlich sind die Ärzte dort gut genug.« Er atmete tief durch. »Entschuldigung. Ich bin Harald Höpfner, und das ist mein Bruder Horst.«

Die Höpfners schüttelten Belledin und Anna die Hände und sahen ihnen dabei freundlich in die Augen. So wie sie es im Knigge-Seminar und unter der Knute ihrer Mutter gelernt hatten.

»Wollen wir reingehen? Hier draußen wird es doch recht kühl«, sagte Harald und öffnete den Weg zum Villeneingang. Er schritt voran, Anna und Belledin folgten, Horst kam zuletzt.

»Sie waren doch schon einmal hier, oder?«, fragte Harald, während er sie in das Büro führte, in dem Anna mit Maria Höpfner gesprochen hatte.

»Ja. Nur Sie waren nicht da. Trotz Termin.« Anna mochte den Schnösel nicht. »Aber Ihre Mutter hat Sie sehr würdig vertreten. Wie sie das vermutlich immer tut. Vielleicht kommt Ihnen ihre kleine Herzattacke ja gerade recht, damit Sie auch mal zum Zug kommen?«

Harald spannte die Muskeln, bereit, seinem hitzigen Gemüt freien Lauf zu lassen.

»Lassen Sie sich immer so schnell provozieren?«, fragte Belledin.

»Mein Bruder ist ein sehr emotionaler Mensch. Das hat Nachteile, aber auch Vorteile.« Horst mischte sich nun ein.

»Welche Vorteile?«

»Wenn man Emotionen in die richtige Bahn lenkt, sind es unerschöpfliche Kraftquellen.«

»Aha.« Belledin tat so, als würde er darüber nachdenken. »Und wenn ich meine Emotionen fehlleite? Dann schlage ich Reporter? Oder bringe Menschen um?«

»Worauf wollen Sie hinaus?« Haralds Gesicht zeigte rote Flecken.

»Wo waren Sie am Dienstagabend nach dem Kurs von Hans Bluhm?«, fragte Belledin.

»Wir waren ein Bier trinken.«

»Ihr Bruder und Sie? Oder auch andere?«

»Wir beide und Heinz Brüderle. Ein anderer Kursteilnehmer. In der Theaterhauskneipe. Sie können die Wirtin fragen.«

»Und am Abend darauf?«

Harald sah Horst an, als würde er sich nicht mehr erinnern.

»Da waren wir im Kino.«

»Wo?«

»Im Atelier am Bollwerk.«

»Was haben Sie gesehen?«

»›The Night of the Hunter‹.«

»Robert Mitchum? Ist das nicht etwas lange her für Sie?«

»Ich habe nichts gegen Klassiker.«

»Und Sie waren auch dabei?« Belledin wandte sich Harald zu. Der nickte. »Und? Hat er Ihnen gefallen?«

»Ja.«

»Kann ich gut verstehen. Love and hate.« Belledin holte tief Luft und nahm einen Füllfederhalter, der auf Maria Höpfners Schreibtisch lag. Anna registrierte, dass Harald das überhaupt nicht passte, er sich aber auf einen Blick von Horst zwang, Belledin den Füller zu lassen.

»Machen Sie eigentlich alles zusammen? Ich meine, Sie sind bestimmt auch schon über dreißig. Haben Sie keine Familien?«

»Ich bin geschieden. Kinderlos«, sagte Horst.

»Und ich bin eingefleischter Junggeselle.«

Belledin zog den Deckel vom Füller und besah sich die Feder. Harald wurde unruhiger.

»Ihre Mutter war Moderne Fünfkämpferin, nicht wahr?« Belledin hob die Brauen, erwartete aber nicht wirklich eine Antwort. »Da wird auch gefochten.«

Er benutzte den Füller als Degen und fuchtelte damit Hiebe und Stiche in die Luft. »Sie hätte den Kurs von Bluhm bestimmt spielend selbst leiten können. Oder es Ihnen beibringen. Wieso sind Sie dann zu Bluhm gegangen? Hatten Sie nicht genügend *éducation* von Ihrer Mutter?«

Harald malmte mit dem Kiefer, dass Anna glaubte, es würde ihm gleich die Backenzähne sprengen. Horst übernahm das Wort.

»Finden Sie Ihren Auftritt hier nicht allmählich etwas pietätlos? Wir sind in Sorge um unsere Mutter, und Sie stellen derart geschmacklose Fragen.«

»Drei Menschen sind tot. Entspricht das der Etikette?« Belledin war laut und scharf geworden.

»Was haben wir damit zu tun?«

»Vermutlich mehr, als Sie mir sagen wollen.«

»Sie hören von unserem Anwalt«, zischte Harald.

»Gern.« Belledin schoss mit dem Füller in Richtung Harald und besprenkelte dessen weißes Hemd mit Tintenklecksen. Das war dem nun doch zu viel. Er trat einen Schritt auf Belledin zu und holte zum Faustschlag aus. Noch ehe er den Arm in der Höhe hatte, traf ihn die Rechte von Belledin am Kinn. Anna glaubte, das Knacken des Kiefergelenks zu hören. Harald jaulte auf und knickte zu Boden.

»Das wird Sie teuer zu stehen kommen.« Horst kniete sich zu seinem jammernden Bruder.

»Notwehr. Meine Kollegin kann das bezeugen. Und der Reporter, dem Ihr beherrschungsloser Bruder die Nase gebrochen hat, wird dessen Angriffslust bestimmt schriftlich und öffentlich bestätigen können.«

Belledin drückte die Goldfeder des Füllers auf einen Papierblock und kratzte damit druckvoll zwei Linien, dass sich die Feder zum Spagat spreizte und in der Position verharrte. Dann ließ er den Füller auf den Schreibtisch fallen und ging einen Schritt auf Horst zu. »Love and hate«, sagte er, dann sah er zu Anna hinüber. »Frau Kälble, haben Sie noch Fragen?«

»Wie gut kannten Sie Britta Vogel?«

Das Gesicht entglitt Horst für einen Moment. Er hatte sich aber sofort wieder im Griff, erhob sich und strich seine Hose glatt. »Wir sind uns in einigen Kursen ein paarmal über den Weg gelaufen. Ich fand sie sympathisch. Aber näher kannte ich sie nicht.«

»Und Ihr Bruder?«

»Da fragen Sie ihn wohl besser selbst. Aber dank Ihres Kollegen kann er ja jetzt nicht mehr antworten.«

Auf der Straße schrie Belledin. Brüllte laut wie ein Löwe. Dann hämmerte er mit der Faust auf einen Stromkasten. Anna sah ihn entgeistert an.

»Wie ich sie hasse, diese calvinistische Doppelmoral. Beide könnte ich zu Brei schlagen.«

»Beruhigen Sie sich«, sagte Anna.

»Geht es Ihnen nicht genauso?« Belledin sah sie an. »Wie können Sie das ertragen?«

»Ich bin damit aufgewachsen.« Sie ging zum Wagen. »Fahren Sie mit? Oder steigen Sie durch ein Fenster in die Villa ein und erledigen die beiden?«

»Allein schaffe ich das nicht. Und Sie haben zu viel Verständnis.« Belledin öffnete die Tür des Busses und setzte sich auf den Beifahrersitz. Anna drückte sich hinters Steuer und fuhr los.

»Wohin?«, fragte sie.

»Ins Krankenhaus.«

»Wozu? Die Ärzte werden uns kaum mit Maria Höpfner reden lassen.«

Belledin maulte wie ein trotziges Kind, das ins Bett musste. Anna verstand ihn. Er witterte, dass bei den Höpfners einiges unterm teuren Teppich schimmelte. Den hätte er nur zu gerne gelüftet. Wenn die Morde an Bluhm, Vogel und Erken dazugehörten, umso besser.

»Fahren Sie mich nach Hause«, sagte er und kramte in den Musikkassetten, die zwischen seinen Füßen in einem Karton lagen. »Die Pinke von Elvis. Ich fasse es nicht. Sie sind doch eine völlig andere Generation.«

»Erzählen Sie mir nichts. Die große Zeit von Elvis haben Sie doch auch längst nicht mehr mitgekriegt.«

»Stimmt. Zu meiner Zeit war er schon fett. ›Aloha from Hawaii‹. Das Konzert habe ich gesehen.«

»Live?«

»Witzig.« Er schob die Kassette in den Rekorder. »My Baby Left Me« ertönte.

»Wir könnten ins Kino und uns den Film mit Robert Mitchum angucken«, sagte Anna, während sie in den nächtlichen Talkessel fuhren.

Belledin hatte die Augen geschlossen und klopfte mit den Fingern den Takt zum Basslauf. »Ich muss noch Ihren Bericht über Frau Haller lesen. Außerdem gehen wir morgen ins Theater.«

»Was? Ich wollte morgen meine Mutter besuchen.«

»Lebt die in Afrika?«

»Nein, im Schönbuch.«

Anna parkte den Wagen in der Olgastraße und stellte den Motor ab.

»Den können Sie wieder anmachen. Sie schlafen diesmal zu Hause.« Belledin wippte mit dem Kopf zu »Good Luck Charm« und stieg aus.

»Was sehen wir uns eigentlich an?«

»Ich ein Stück über Fußball und Sie ›Die zwölf Geschworenen‹. Gute Nacht.« Es gelang ihm, mit dem Schlussakkord die Tür zuzuschlagen. Er öffnete die Tür wieder und streckte seine Hand aus. »Hausschlüssel.«

Anna legte sie ihm in die Hand. Ihre Finger berührten sich länger, als nötig gewesen wäre. Belledin knallte die Wagentür zu, wartete, bis der VW-Bus davongeknattert war, und ging ins Haus.

Anna wechselte die Kassette. Sie hatte keine Lust auf Elvis. Wenn sie schon allein sein musste, dann ohne Gute-Laune-Clown. Sie kramte blind in dem Karton und griff auf gut Glück zu. Bob Marley and the Wailers. Auch nicht gerade besinnlich. Wenn sie als Nächstes Steve Wonder zwischen die Finger bekam, würde sie nur mit dem Viertaktgeräusch des Motors durch die Nacht fahren. Aber sie hatte Glück. Sie erwischte eine Kassette, die ihr Schirmer mal zum Geburtstag geschenkt hatte. Ein Special-Mix, den er selbst aus seinen Platten zusammengestellt hatte. Traurig, ehrlich, voller Kraft, sich für andere verzehrend. So wie Schirmer. Sie legte die Kassette ein. Das erste Lied war »Almost Blue« von Chet Baker. Wenn es nicht zu Ende war, ehe sie in der Schlosserstraße angekommen war, würde sie noch einmal um den Block fahren. So einen Song durfte man nicht einfach abwürgen.

Chet Baker blies noch immer. Anna fuhr an ihrer Wohnung vorbei. Aber sie gondelte nicht um den Block, sondern südwärts aus der Stadt; über die B 27 in Richtung Schönbuch. Die zarten Trompetenklänge passten zu den vorüberziehenden Lichtern der nächtlichen Stadt. Herbstmelancholie und Chet Baker. Was brauchte man mehr? Vielleicht etwas Luft. Als sie über die Aichtalbrücke fuhr, kurbelte sie das Fenster runter. Hier begann es grün zu werden. Hier roch sie bereits ihre alte Heimat.

Sie zog ihr Handy und tippte eine eingespeicherte Nummer. Am anderen Ende meldete sich die Stimme ihrer Mutter. Sie klang hell und warm. Wie immer.

»Hallo, Mama. Ich bin's. Ich würde heute gerne heimkommen. Geht das? In einer halben Stunde bin ich da. Bis gleich.«

Sie hatte tatsächlich »heimkommen« gesagt. Als ob sie noch immer kein eigenes Zuhause gefunden hätte. Hatte sie auch nicht.

Martin war eine Chance gewesen, die sie verspielt hatte. Und weil sie es wusste, hatte sie das Ende fast im Melodram gipfeln lassen. Sie schämte sich jetzt dafür, dass sie ihn mit der Pistole bedroht hatte. Aber sie würde ihn deswegen nicht anrufen und sich bei ihm entschuldigen. Vielleicht später. Jetzt noch nicht. Jetzt brauchte sie Abstand.

Der Nebel hatte sich auf die Felder gelegt und zog heimtückisch über die Landstraße. Anna hatte es nicht eilig. Hinter ihr kam ein Wagen herangeschossen, der unbedingt ins Wochenende wollte. Sie wusste, dass die nächste Kurve gefährlich war, und hoffte, dass der Rennfahrer hinter ihr die Strecke ebenfalls gut kannte. Er setzte den Blinker, um zu überholen. Anna hupte in der Hoffnung, ihn damit warnen zu können. Der schnelle Mercedes hupte ebenfalls, lauter und dominanter als sie. Er wusste wohl, was er tat. Dann zog er an ihr vorbei. Silbermetallen stach er in den Nebel und verschwand darin. Aus dem Dunkel ertönte ein anderes, noch dominanteres Hupen. Ein Lkw? Quietschen von Reifen. Krachen von Blech.

Anna bremste und fuhr ihren Bus an den Rand. Sie stellte das Blaulicht an und zündete zwei Fackeln, um nachfolgende Fahrzeuge zu warnen. Dann rannte sie in die Kurve und fand sich bestätigt. Ein Lkw stand quer auf der Fahrbahn, der Mercedes lag unten am Abhang, mit den Rädern zum Himmel.

***

Belledin war überrascht. Mit dieser Reaktion hatte er nicht gerechnet. Er hatte gedacht, sogar gehofft, Biggi würde jammern, wenn er ihr sagte, dass er am Wochenende nicht nach Hause käme. Aber sie hatte es hingenommen. Ohne Lamento. Sie hatte noch nicht einmal gesagt, dass sie ihn vermisste. Vielleicht hätte er fragen sollen. Er hatte ihr ja auch nicht gesagt, dass er sie vermisste. Tat er das überhaupt?

Er sah sich in der Wohnung um. Sie gefiel ihm. Sein Vorgänger hatte Geschmack gehabt. Männergeschmack. Gute Platten, einfach, bequem. Nirgendwo Firlefanz. Es gab einen Herd und einen Kühlschrank. Und eine Badewanne. In die würde sich Belledin jetzt legen.

Sein Vorgänger hatte kein Schaumbad. Biggi verfügte über ein unüberschaubares Sortiment an Schaumbädern. Mit allerlei Fruchtduft. Belledin mochte das nicht. Das war ihm alles zu weichgespült. Klares Wasser und Seife. Oder Melisse. Melisse mochte er. Das erinnerte ihn an den Garten seiner Kindheit. Vor allem in Tante Linas Garten hatte es von Zitronenmelisse gewimmelt. Das zöge die Bienen an, hatte sie gesagt. Und wo Bienen summten, wuchs die Frucht eher. Machte Sinn. Hier gab es kein Melissenbad. Dafür Seife. Das genügte.

Belledin überlegte, ob er die Wanne putzen sollte, ehe er hineinstieg. Biggi würde sie wienern, bis man sich darin spiegeln könnte. Er fuhr mit dem Finger über den Wannenboden. Etwas schmierig war es schon. Er suchte nach einem Putzmittel und fand ein Pulver. Er kannte die Marke nicht, aber es roch wie Ata. Das hatte seine Mutter immer benutzt. Was Biggi verwendete, wusste er nicht. Haushalt war ihr Revier. Da hielt er sich raus. Aber ihr Mittel roch nicht nach Ata. Mehr nach Lavendel. Belledin war froh, dass das Pulver, das er jetzt verwendete, nach Ata und nicht nach Lavendel roch. Es war kernig und versprach Freiheit.

Er spülte die Wanne aus und ließ heißes Wasser einlaufen. Dann ging er in den Wohnraum zurück, suchte nach einer Scheibe, zu der er gut entspannen konnte, und entschied sich für das Album »Wheels of Fire« von Cream. Er war noch nicht ins Wasser gestiegen, da erklang schon »White Room«. Ja, das war gut. Er wollte sich zwar entspannen, aber nicht einschlafen. Er hatte noch zu tun.

***

Anna löffelte ein Klößchen aus der Brühe und pustete. Es war dampfend heiß. So musste es sein. Jedenfalls behauptete das ihre Mutter.

»Die Frau war zweiunddreißig, Mama. Zweiunddreißig«, sagte sie.

Ihre Mutter wischte sich die Hände an der Schürze ab und seufzte. Das tat sie immer. Ob ein Tsunami über Thailand fegte, ein Kernkraftwerk in Fukushima schmolz oder sie bei der Ziehung der Lottozahlen wieder knapp an einem Sechser vorbeigerutscht war. Hände abputzen und seufzen. Früher hatte sich Anna darüber aufgeregt. Aber da lebte ihr Vater auch noch. Er hatte ihr Gegenwind gegeben, wenn sie deswegen mit ihrer Mutter gemeckert hatte. An ihm hatte sie sich reiben können. Ihre Mutter schluckte jede Aggression durch Händereiben.

Ihr Vater war ein einfacher Postbeamter gewesen, der seine Briefe selbst ausgetragen hatte. Er hatte behauptet, er wüsste mehr über die Menschen im Dorf als jeder andere. Nur anhand der Post, die jemand zugestellt bekam, hatte er erkennen wollen, wes Geistes Kind derjenige war. Ein Profiler, noch lange vor den neumodischen amerikanischen Krimiserien.

Sie sah auf das Regal über der Eckbank. Dort standen seine Figuren. Kleine Giacomettis. Er hatte sie nachgeschnitzt. Ein Schnitzfälscher, das war er. Warum hatte er nicht seine eigenen Ideen geschnitzt? Warum kopierten die meisten Leute und blieben in der Kopie hängen?

Und sie selbst? Kopierte sie auch? Wen? Schirmer? Trat sie Schirmers Erbe an? Musste sie ihren Hang zur Depression jetzt ausleben, um Schirmer nicht zu verraten?

»Und er war einundvierzig. Das ist noch jung, findest du nicht?«, sagte sie. Sie sah nicht zu ihrer Mutter auf, weil sie bereits hörte, wie sie sich die Hände an der Schürze abwischte. Dafür aß sie jetzt das Klößchen, das abgekühlt war.

»Die Kurve war schon immer gefährlich«, sagte ihre Mutter. »Da müsste die Polizei mal etwas machen.«

Anna sah auf. »Was, bitte schön, soll die Polizei da machen?«

»Ich weiß es auch nicht. Aber irgendwas. Ein Schild aufstellen vielleicht.«

»Hast du die Schilder schon mal gezählt, die vor der Kurve stehen? Mindestens zehn. Nirgendwo stehen so viele Schilder auf der Straße wie in Deutschland. Und trotzdem rasen alle wie die Vollidioten.«

Sie blies den nächsten Grießkloß kühl. »Vielleicht sollten wir demnächst auch Schilder aufstellen, auf denen steht: ›Bitte nicht morden!‹«

»Magst du Eis mit heißen Himbeeren?«, fragte ihre Mutter. Sie fragte immer, ob Anna einen Nachtisch wollte, wenn sie sich aufregte. Ihr ganzes Leben lang hatte ihre Mutter jeglichen Konflikt mit Nachtisch erstickt. Eine Taktik, die wunderbar funktionierte. Anna wollte laut »Nein« schreien. Aber sie sagte:

»Mit Himbeeren aus dem Garten?« Und sie wusste, dass es ihre Mutter freute. Jetzt war sie auf sicherem Terrain.

»Ja, freilich. So viel wie in diesem Sommer hatte ich lange nicht mehr. Nur im Sommer, als der Helmut gestorben ist, gab es mehr. Ich hab jetzt noch ein paar Gläser davon.«

Die reiche Himbeerernte und das Todesjahr ihres Vaters – alles war eins. Ob man Himbeeren pflückte oder seinen Mann beerdigte. Es ging eben weiter. Auch eine Strategie. Vielleicht eine gesunde.

»Und das Eis? Auch selbst gemacht?«

»Nein. Das ist vom Spar. Die Eismaschine ist kaputt. Und es lohnt sich wohl nicht mehr, sie reparieren zu lassen.«

»Soll ich sie mir mal ansehen?«

Ihre Mutter strahlte. »Würdest du das tun? Ich hol sie gleich. Aber erst nach dem Essen.«

Anna griff nach der Tasse und trank die köstliche Brühe. Ihre Mutter schaufelte Eis in eine Schale und erhitzte die Himbeeren. »Ist gleich so weit.«

»Was mich wundert«, sagte Anna, »ist, dass der Fahrer die Strecke seit Jahren jedes Wochenende fährt. Er hat um die Gefahr gewusst. Warum ist er trotzdem so gerast?«

»Man kann nicht in die Leute reinschauen.« Ihre Mutter stellte das Eis auf den Tisch.

»Papa konnte das. Er konnte Briefe lesen, ohne sie zu öffnen, erinnerst du dich? Er addierte das, was er sah, und ergänzte es mit dem, was er vermutete.«

»Er war ein Schlitzohr. Das meiste war erfunden. Und du wolltest es glauben. Oder er hatte es schon auf anderem Wege erfahren und hat dann so getan, als würde er es erst jetzt erraten. Ein Show-Detektiv, das war er. Aber charmant.«

Anna fuhr mit dem Löffel durch das Eis und achtete darauf, dass sie zu gleichen Teilen Eis und Himbeeren erwischte. Dann schob sie sich die Ladung in den Mund und schloss die Augen. Ein Wahnsinn. Süßsauer an Gaumen und Zunge. Was Besseres gab es nicht.

»Vielleicht wollte der Fahrer aus der Kurve fliegen?«

»Wieso sollte er das?«

»Die Frau, die neben ihm saß, war nicht seine Ehefrau.«

»Und?«

»Ein Liebesdrama. Könnte doch sein?«

»Du bist wie dein Vater. Nichts kann einfach nur sein. Hinter allem vermutest du ein Drama.«

»Weil hinter allem ein Drama liegt, Mama.«

Sie sah ihre Mutter an. Die setzte das übertünchende Lächeln auf, das sie aus den Fotos der Regenbogenpresse kannte.

»Welches Drama liegt hinter dir?«, fragte Anna.

Ihre Mutter stand auf, wischte sich die Hände an der Schürze ab und seufzte. »Ich geh in den Keller und hole die Eismaschine.«

***

Belledin schwitzte nach. Das Bad hatte ihm gutgetan. Er fühlte sich hellwach und konnte noch eine Schicht einlegen. Auf Musik verzichtete er. Er wollte sich auf den Bericht über Johanna Haller konzentrieren, den ihm Kälble auf sein iPhone geschickt hatte. Kälble arbeitete genau, das musste er ihr lassen. Vor allem gefiel ihm, dass sie nicht nur die Begegnung und das Gespräch zusammengefasst, sondern auch gleich noch Hallers Lebenslauf mit angehängt hatte.

Ihr Geburtsort fiel ihm ins Auge. Bremen. Ob sie Bluhm schon vor dem Kurs gekannt hatte?

Belledin streckte sich vorsichtig. Der Rücken war so weit wieder in Ordnung. Die Chemie und das heiße Bad hatten Wunder gewirkt.

Bremen, ging es ihm durch den Kopf. Die Ursache lag vielleicht nicht in Stuttgart, sondern in Bremen.

Er wählte Kälble an und wartete. Die Mobilbox sprang an. »Kälble, hier ist Belledin. Ich brauche Bluhms Laptop. Wem haben Sie ihn gegeben? Rufen Sie zurück.« Er legte auf und wählte gleich eine andere Nummer. Er würde Bea um Hilfe bitten. Sie würde wissen, wer bei ihnen für das Hacken von Computern zuständig war.

Er ließ es nicht ein einziges Mal durchläuten. Es war schon spät. Sie hatte zwei Kinder, da konnte er nicht einfach stören. Er tippte noch einmal Kälbles Nummer im Register an. Wieder nur Mailbox. Ja, es war spät. Aber Mörder fragten auch nicht nach der Uhrzeit. Er würde direkt zu Frau Haller fahren und sie fragen, ob sie Bluhm aus Bremen kannte.

Er schnappte seinen Mantel, zog sich den Hut auf und verließ die Wohnung.

***

Anna saß eingehüllt in Decken auf der Holzbank vor dem Haus. Hier hatte sie mit ihrem Vater oft gesessen und in den Birnbaum geschaut. In jeder Jahreszeit hatten sie ihn studiert. Der einfache und doch so spannende Zyklus vom ersten Erwachen der Knospen bis zum Schnee, der sich manchmal so schwer auf die Äste gelegt hatte, dass sie unter dem Gewicht zerbrochen waren. Am Birnbaum hatte sie gelernt, dass das Leben unaufhörlich weiterschritt. Jetzt stand dort nur noch ein rötlicher kurzer Stumpf, auf den die Mutter ein paar Blumentöpfe gestellt hatte. Anna hatte Lust, ihre Walther zu ziehen und die Blumentöpfe vom Stumpf zu ballern. Aber sie tat es nicht. Sie war hier nicht im Wilden Westen. Leider. Wie hatte der Film noch mal geheißen, den sie sich ansehen sollte? »The Wild Bunch«. Richtig. Von Peckinpah.

Sie nahm den Laptop, der neben ihr stand, und klickte sich auf die Seite, wo sie den Streifen kostenlos herunterladen konnte. Dann stellte sie den Rechner wieder neben sich und wartete. Drei Stunden, kündigte der Balken an. Dann hätte sie den Film auf ihrer Festplatte. Solange konnte sie noch hier sitzen, rauchen und auf den Stumpf des Birnbaums starren, den das Licht aus dem Küchenfenster schwach erhellte.

Sie dachte an Belledin. Warum wollte er morgen ins Theater? Glaubte er tatsächlich, dass einer der Schauspieler Bluhm umgebracht hatte? Sie waren bislang nicht dazu gekommen, die Schauspieler ordentlich zu vernehmen. Vielleicht wollte Belledin sich vorher absichern, wer davon zeitlich überhaupt in Frage käme. Sie selbst sah den Mörder in den Reihen der Höpfners. Da lagen die meisten Motive. Geld und Gewaltbereitschaft.

Sie drückte die Zigarette auf der Bank aus, nahm ihr Handy aus der Jackentasche und sah, dass Belledin angerufen hatte. Sie hatte das Telefon leise gestellt, um hier draußen nicht gestört zu werden. Wenigstens für ein paar Stunden. Sie hörte die Mobilbox ab und war froh, dass sie nicht ans Telefon gegangen war. Der Laptop stand noch immer bei ihr zu Hause. Adrenalin schoss ihr ins Blut. Sie kam sich vor wie früher in der Schule, wenn sie ihre Hausaufgaben nicht gemacht hatte und dabei erwischt worden war. Sie würde sich noch heute Nacht an den Laptop machen und ihn knacken. Jetzt wählte sie die Nummer des Marienhospitals, wohin man Maria Höpfner gebracht hatte.

»Hallo, hier Kälble, Kripo Stuttgart. Ich rufe an wegen Frau Maria Höpfner. Sie wurde vor etwa drei Stunden bei Ihnen eingeliefert. Wie geht es ihr? … Ist sie ansprechbar? … Danke.«

Anna legte auf. Obwohl die Ärztin gemahnt hatte, Maria Höpfner erst morgen früh zu besuchen, wollte Anna nicht warten. Sie würde es nicht aushalten, hier drei Stunden auf den abgesägten Birnbaum zu starren, bis »The Wild Bunch« auf die Festplatte geladen war. Sie konnte es auch nicht ertragen, ihre Mutter zu sehen, wie sie die Hände an der Schürze abwischte und seufzte. Es war ein Fehler gewesen, hierherzukommen. Vielleicht im Frühjahr. Aber nicht im Herbst. Im Frühling, da würde sie wieder herkommen und einen neuen Baum pflanzen. Direkt neben den Stumpf des alten. Sie wusste noch nicht, ob es auch eine Birne sein würde. Aber Obst bestimmt. Damit ihre Mutter etwas zum Einmachen hatte.

»Du gehst?«, fragte ihre Mutter, die gerade aus der Tür gekommen war. »Ich hab dir gerade das Bett bezogen.«

»Ich muss leider los.«

»Und die Eismaschine?«

»Das nächste Mal.« Anna ahnte, was nun folgte, und ihre Mutter enttäuschte sie nicht. Sie wischte sich die Hände an der Schürze ab und seufzte.

***

Belledin hoffte, dass sie ihm in dieser Gegend nicht die Reifen zerstechen würden. Aber sie waren nicht in Marseille oder Paris. Das hier war immer noch Stuttgart. Selbst wenn manch gutbürgerlicher Schwabe diese Gegend schon Ghetto schimpfte.

Belledin fand einen Parkplatz und stieg aus dem Wagen. Er hatte sich bei Frau Haller nicht angekündigt. Überraschungsbesuche waren oft aufschlussreicher.

Kälble hatte in ihrem Bericht geschrieben, dass der Aufzug defekt sei. Jetzt funktionierte er. Belledin versuchte, so wenig wie möglich darin zu atmen. Die abgestandene Luft in dem Kasten brachte ihn fast zum Würgen. Er versuchte sich mit stummem Zählen abzulenken. Endlich hielt die Kabine an. Belledin stieg aus, ging den dunklen Gang entlang und klingelte. Es dauerte eine Weile, aber damit hatte er gerechnet. Es war schon nach elf Uhr. Da konnte man im Bett sein.

Er hörte, wie sich jemand in der Wohnung bewegte. Es raschelte hinter der Tür. Johanna Haller sah vermutlich durch den Sucher. Belledin kannte die Einstellung aus Filmen. Die Kommissare wirkten dann immer verzerrt. Und sehr groß und rund. Ein billiger Effekt, aber Belledin mochte das. Die Tür öffnete sich, Frau Haller sah hinter einer Vorhängekette durch den Schlitz.

»Guten Abend. Entschuldigen Sie bitte die späte Störung, Frau Haller. Aber ich habe noch ein paar Fragen im Fall Bluhm. Könnte ich reinkommen?«

Die Tür schloss, die Kette wurde entfernt. Dann öffnete sich die Tür. Die Wohnung war spärlich beleuchtet. Nur am Ende des Flurs erhellte eine kleine Lampe den Raum.

»Ich hoffe, Sie haben noch nicht geschlafen.« Belledin trat ein. Dann spürte er einen dumpfen Schlag auf dem Kopf, und die kleine Lampe am Ende des Korridors erlosch.

***

Es kostete sie Überwindung, durch die Gänge des Krankenhauses zu gehen. Das letzte Mal, dass sie den Geruch der typischen Putzmittel gerochen hatte, war kurz darauf Schirmer tot am Boden gelegen. Die Bilder stiegen wieder in ihr auf. Sein Blick. Der Griff nach ihrer Dienstwaffe. Der Schuss. Das Blut am Fenster. Die Kohlmeise.

»Hier entlang«, sagte der Pfleger und öffnete eine Schwingtür aus Glas. Anna folgte ihm. Er ging rechts, dann wieder links und klopfte an eine Tür, die er dann öffnete.

Eine Ärztin stand am Bett von Maria Höpfner und wandte sich Anna zu.

»Nur zehn Minuten.« Sie blickte streng über den schwarzen Rahmen ihrer Brille. Anna nickte und wartete, bis die Ärztin und der Pfleger das Zimmer verlassen hatten, dann trat sie ans Bett.

Maria Höpfner hatte die Augen geschlossen, ihr silbergraues Haar lag über das Kissen ausgebreitet. Eine schöne Frau, aber kaum ein weicher Zug im Gesicht. Sie öffnete die Augen. Ihr Blick war klar, und sie spielte auch nicht, dass sie von weit her käme. Ein dünnes Lächeln glitt über ihren Mund. Diese Frau würde nie die Fassung verlieren. Sie würde selbst dem Tod noch einen Tee anbieten.

»Wie geht es Ihnen?«

»Wir haben schon vieles überlebt. Da sind wir nicht so zimperlich.«

Das »Wir« der harten Generation, der schwäbischen Wirtschaftswunderkinder, die gelernt hatten, im richtigen Augenblick zu verzichten, um dann so zu tun, als würde man das Geschaffene genießen können. Dabei hatten sie nur Angst, dass sie es jederzeit wieder verlieren konnten. Besitz wurde zu Ballast. Und doch definierten sie sich darüber. Die Zahl entschied über den Selbstwert. Eine Null auf dem Konto glich einer Null im Leben.

»Wie kam es denn dazu? Leiden Sie schon länger an einer Herzschwäche?«, fragte Anna.

»Nein. Ich hatte immer ein starkes Herz. Es ist das erste Mal, dass es holpert. Aber das werden wir wieder in den Griff kriegen. Wenn man sein Herz nicht im Griff hat, ist man verloren.«

»Ein Panzerherz, was?«

Maria Höpfner lachte. Es klang stählern. »Ja, ein Panzerherz. Das trifft es.« Dann wurde sie ernst. »Was wollen Sie? Sie kommen doch nicht extra zu mir, weil es Sie interessiert, wie es mir geht, oder? Trödeln Sie nicht, sonst sind Ihre zehn Minuten um.«

Zeitmanagement. Die Geschäftsfrau hatte alles im Griff.

»Sie waren erfolgreiche Fünfkämpferin.«

»Ja. Das ist aber schon ein Weilchen her. Eine schöne Zeit. Der Fünfkampf hat mir viel fürs Leben gebracht.«

»Vor allem das Fechten?«

Maria Höpfner spitzte die Lippen, fixierte Anna und sagte leise: »Ach, dahin läuft der Hase. Sie denken, ich habe Bluhm getötet? Wieso sollte ich das tun?«

Anna zog ihr Handy heraus und klinkte sich ins Internet. Ein paar Wischer über den Touchscreen, und das Foto der fechtenden Maria Höpfner erschien auf dem Display. Anna hielt ihr das Handy vor die Nase.

»Sie sind Linkshänderin. Bluhm wurde von einem Linkshänder, der besser fechten konnte als er, ermordet.«

»Bluhm focht nicht besonders gut. Was er unterrichtete, war kein richtiges Fechten, sondern Theaterfechten. Da sticht man gewohnheitsmäßig daneben.« Maria Höpfner hob in ihrer eleganten Arroganz die schmalen Brauen und lächelte wie nach einem gesetzten Treffer. »Von daher kann jeder halbwegs gute Fechter Bluhm den Garaus gemacht haben.«

»Wo waren Sie an dem Abend, als Bluhm erstochen wurde?«

»Ich habe einen Empfang gegeben.«

»Ohne Ihre Söhne? Die sagten, sie wären gemeinsam noch einen trinken gewesen.«

»Stimmt. Die kamen später, weil sie erst den Kurs besucht hatten.«

»Und Sie haben natürlich Zeugen.«

»Zwölf. Aus besten Stuttgarter Kreisen.«

Anna musste an die ›Zwölf Geschworenen‹ denken. Vermutlich hatte Belledin doch recht. Bluhms Täter war wohl in Theaterkreisen zu suchen.

»Noch Fragen?«

Anna schüttelte den Kopf.

»Ich habe aber ernsthaft daran gedacht, ihn zu töten. Und ich bin froh, dass es ein anderer getan hat. Bluhm war ein Dreckschwein. Er ging mit Menschen um, wie er es brauchte. Er beherrschte seine Mittel der Kommunikation meisterlich. Aber er missbrauchte sie. Er spielte mit Menschen. Und irgendeiner hat sich das wohl nicht mehr gefallen lassen.«

»Einer Ihrer Söhne vielleicht, der es nicht ertragen hatte, wie Bluhm mit Ihnen gespielt hat? Oder hatten Ihre Söhne vielleicht Angst davor, dass Sie Bluhm heiraten könnten und dann neue Besitzverhältnisse herrschten?«

»Ich und Bluhm heiraten? Sie phantasieren, Kindchen.«

»Hatten Sie etwa nichts mit ihm? Vielleicht nicht gerade am hell erleuchteten Fenster und auch nicht in einer Hotellobby.«

»Sie sind geschmacklos.«

»Ich suche die Wahrheit.«

»Die Wahrheit. Was ist die Wahrheit? Wessen Wahrheit?«

»Ich spreche von Fakten.«

Maria Höpfner atmete schwer. »Ich glaube, mein Herz beginnt zu stechen«, sagte sie, und sie spielte schlecht.

»Man merkt, dass sie keine Übung mit dem Herzschmerz haben. Und Bluhm hat es Ihnen deshalb mit Leichtigkeit gebrochen. Ihr cholerischer Sohn hat es mitgekriegt, und dann haben sich Ihre beiden Buben Bluhm vorgeknöpft und sich anschließend gegenseitig ein Alibi gegeben. Ist Harald vielleicht auch Linkshänder? So etwas vererbt sich.«

Maria Höpfner wirkte jetzt angeschlagen. »Überprüfen Sie es doch. Dann werden Sie merken, dass Sie sich verrennen.«

»Ich werde es überprüfen.«

»Gut. Und dann erzählen Sie mir bitte auch noch, wer Britta und Erken getötet hat. Meine Söhne jedenfalls nicht. Die haben für die Tatzeiten nämlich wasserdichte Alibis.«

»Sie kämpfen bis zum Letzten, was?«

Maria Höpfners Kinn streckte sich energisch vor. Die alte Unantastbarkeit nahm wieder Gestalt an. »Sie etwa nicht?«

***

Belledin schlug die Augen auf. Ein dumpfer Schmerz kroch über seinen Hinterkopf bis in die Schläfen. Er befühlte die Stelle, von der er ausstrahlte. Eine dicke Beule hob sich aus seiner Halbglatze, knapp über dem spärlichen schwarz-grauen Haarkranz. Er lag auf Beton und sah in ein grünes Licht, das einen Notausgang anzeigte. Den würde er jetzt gerne nehmen. Aber schon bei der ersten Bewegung spürte er, dass er mit dem linken Arm an einem Wasserrohr angebunden war. Er tastete mit der freien Hand über das Gelenk: Kabelbinder.

Wo war er? Er versuchte, das Halbdunkel zu ergründen. Es war stickig in dem Raum, ein Heizungskeller vielleicht. Man hatte ihn in den Heizkeller des Hochhauses geschafft. Aber wer? Frau Haller? Hatte sie ihm eins übergezogen und ihn hier runtergebracht? Woher nahm sie die Kraft? Jemand musste ihr dabei geholfen haben. Wer? Und warum hatten sie ihn am Leben gelassen? Sie hätten ihn doch ebenso wie die anderen drei direkt umlegen können. Oder lag sie selbst tot in ihrer Wohnung?

Er ruckelte mit dem angebundenen Arm am Rohr. Es bewegte

sich nicht. Dafür rieb sich der Kabelbinder in sein Fleisch. Mit der anderen Hand griff er nach seinem Handy. Man hatte es ihm gelassen. Kein Profi. Wohl unter Zeitdruck. Er versuchte, Kälble anzurufen, aber bekam keinen Empfang. Doch ein Profi. Der Täter wusste, dass er ihm das Handy hier unten lassen konnte.

Allmählich gewöhnten sich seine Augen an den Grünstich des schummrigen Lichts. Er hielt nach etwas Ausschau, das ihn von dem Rohr befreien konnte. Er fand ein abgesägtes L-Stück aus Stahl, das vergessen neben einem dicken Rohr lehnte. Mit der Hand kam er nicht dran. Er musste es mit dem Fuß versuchen.

Belledin streckte sich, so weit es ging. Es fehlten wenige Zentimeter. Er zog sich noch mehr in die Länge. Der Kabelbinder schnitt sich tiefer ins Fleisch. Belledin biss die Zähne zusammen und schaffte es, das L-Stück mit der Fußspitze zu berühren. Noch ein Stück weiter, und er könnte mit dem Fuß hinter das Eisen gelangen und es zu sich kicken. Er erinnerte sich, dass man sich länger machen konnte, wenn man ausatmete. Er holte tief Luft, atmete dann so weit aus, wie er konnte, und streckte sich, als läge er auf einer Folterbank. Im Handgelenk biss es. Aber er war mit der Schuhspitze hinter dem Eisen. Er kickte es vor. Es kam zwanzig Zentimeter näher an ihn herangeschlittert. Bald würde er es in der Hand halten.

***

Sie hatte Licht in ihrer Wohnung gesehen und vermutet, Martin wäre mit Verstärkung angerückt, um sich die Kaffeemaschine zu holen. Darauf hatte sie keinen Nerv. Am Ende würde sie tatsächlich noch auf ihn ballern. Sie würde noch eine Runde drehen und den Laptop später holen, wenn Martin wieder weg wäre.

Sie fuhr über die Hauptstätter- auf die Konrad-Adenauer-Straße, zog hinter dem Landtag vorbei und bog vor der Willy-Brandt-Straße in Richtung Hauptbahnhof ab, dann wieder links auf die Friedrichstraße. Vor dem Rocker 33 bremste sie ab. Sie könnte tanzen gehen. Früher hatte sie das oft getan. Augen zu und gerockt, bis die Klamotten vom Schweiß durchnässt waren. Aber sie fuhr an dem Club vorbei. Das Publikum, das rauchend davorstand, erinnerte sie zu sehr an Martins Freunde.

Sollte sie ins Besitos am Rothebühlplatz? Die Cocktails dort waren ganz ordentlich. Sie fuhr auch daran vorbei. Sie wusste, dass es nicht bei einem Cocktail bleiben würde. Sie bog links auf die Paulinenbrücke und stand plötzlich wieder in der Schlosserstraße. Jetzt leuchtete kein Licht mehr in ihrer Wohnung. Die Luft war rein.

Als sie das Licht in der Küche anknipste, fand sie sich bestätigt. Die Kaffeemaschine war weg. So ein kleinkariertes Arschloch. Sollte er doch seine neuen Bräute mit frisch gepresstem Kolbenkaffee beeindrucken, wenn er das nötig hatte.

Sie ging in ihr Zimmer und sah nach Bluhms Laptop. Sie erschrak. Er stand nicht mehr dort, wo sie ihn abgestellt hatte. Martin? Hat dieser Idiot etwa auch den Laptop mitgenommen? Sie wählte ihn sofort an. Natürlich sah er, dass sie ihn anrief. Und natürlich sprang die Mailbox an.

»Martin. Die Kaffeemaschine ist mir egal, aber der Laptop, der gehört nicht mir. Das ist Beweismaterial in einem wichtigen Fall. Bring ihn sofort zurück. Oder ruf mich an und wir treffen uns irgendwo.«

Sie legte auf und lief ziellos durch die Wohnung. Dann rief sie ihn wieder an. Wieder nur die Mailbox.

»Herrgott! Hör deine beschissene Mailbox ab und ruf mich zurück!«

Sie überlegte, wo sie Martin finden konnte. Wo wohnte er jetzt? Er musste seinen Kram doch irgendwohin bringen? Vielleicht war er kurz bei seiner Mutter untergekommen. Anna hatte die Nummer nicht gespeichert, weil sie Martins Mutter immer furchtbar gefunden hatte. Sie hätte wissen müssen, dass er nach ihr kam. Irgendwo an der Pinnwand in der Küche hing ein Zettel. Dort war die Nummer notiert.

Anna sah nach. Die Pinnwand war noch da. Auch die gemeinsamen Fotos vom Toskanaurlaub. Die wollte jetzt keiner von beiden mehr haben.

Anna wählte die Nummer. Martins Mutter meldete sich.

»Hallo, hier ist Anna. Ist Martin bei Ihnen? Es ist dringend, er hat einen Laptop mitgenommen, der weder ihm noch mir gehört … Hallo?«

Die Ziege hatte einfach aufgelegt. Sollte sie hinfahren? Auf Verdacht? Sie wusste gar nichts mehr. Sie rannte nur aus der Wohnung und sprang in den VW-Bus. Wieder fuhr sie ihr Rechteck, wieder stieg sie nirgendwo aus. Obwohl die Cocktail-Bar diesmal verlockender war als zuvor.

Wieder parkte sie den Wagen und merkte erst jetzt, dass sie vor Schirmers Wohnung gelandet war. Oder sollte sie Belledins Wohnung sagen? Nein. Es war noch immer Schirmers Wohnung. Es waren seine Sachen. Aber Belledin wohnte jetzt darin. Und wenn Anna ehrlich war, wohnte er nicht nur darin, sondern er belebte sie. Auch wenn er nur im Sessel hockte und nachdachte.

Sie stieg aus und klingelte. Niemand öffnete. Sie klingelte Sturm. Belledin hatte gefälligst zu öffnen. Sie brauchte ihn jetzt. Er war ihr Kollege, und Kollegen hatten zusammenzuhalten. Aber Belledin machte nicht auf. Anna klingelte bei den Nachbarn. Der Öffner summte, sie drückte die Haustür auf und ging rein. Vom ersten Stock sah jemand die Stiegen hinab.

»Entschuldigen Sie die späte Störung, Frau Werner. Ich habe den Schlüssel für unten in der Wohnung liegen lassen.«

»Kei Problem. Für obe habet Sie einen?«

Anna lief die Treppen nach oben. »Ja.«

»Des isch furchtbar mit dem Schirmer. I han's gar net glaube wolle. Erschosse, im Krankehaus. Wie isch denn der an die Pischtol komme? Die müsset die doch scho abnemme, wenn der eig'liefert wird?«

Anna zuckte mit den Schultern und ging weiter nach oben.

Frau Werner rief ihr nach: »Der Neue, wohnt der jetzt für immer do oder nur vorübergehend?«

»Vorübergehend«, rief Anna hinunter.

Und als sie es gesagt hatte, versetzte es ihr einen Stich. Sie hörte, wie Frau Werner in ihrer Wohnung verschwand, und starrte auf die verschlossene Tür. Dann erlosch das Licht im Treppenhaus. Anna glitt mit dem Rücken an der Tür hinab und hockte sich auf den Fußabtreter.

»Vorübergehend«, wiederholte sie. Sie gestand sich ein, dass sie den brummigen Badenser mochte. Alles war vorübergehend, so schlau war sie auch. Aber manchmal wollte man eben einen Zipfel festhalten. War das verkehrt? Warum durfte man etwas Schönes nicht einrahmen und aufbewahren? Warum mussten Birnbäume gefällt werden, Lieben zerbrechen, Freundschaften auseinandergerissen werden?

Nicht der Mensch war dem Menschen ein Wolf. Die Zeit war das große Ungeheuer. Sie nagte gnadenlos an allem, was einem teuer sein mochte. Was blieb einem da? Sollte man die Zeit an den Rand drängen, indem man sich einfach besoff? Oder sollte man jeden Augenblick so kostbar leben, als sei es der letzte?

Anna wartete. Das Warten war das Schwierigste. Es verführte dazu, zu glauben, das ganze Leben sei nur ein langes Warten. Ein Warten worauf? Auf den Tod?

Sie wartete auf Belledin.

***

Endlich hatte Belledin das Eisenstück in der Hand. Er überprüfte es auf scharfe Kanten. Aber der Stahl war rundgeschliffen. Den Kabelbinder konnte er damit nicht aufschneiden. Aber er konnte damit gegen das Rohr klopfen. Es würde Lärm machen, und vielleicht käme jemand hinunter, um ihn zu befreien.

Belledin begann zu hämmern. Dann hielt er inne und lauschte. Es tat sich nichts. Er hämmerte wieder und wieder. Lauschte. Und hämmerte. Schließlich gab er es auf.

Sein Blick fiel auf einen Zigarettenstummel, der auf dem Boden lag. Jetzt hätte er gerne eine geraucht. Aber er hatte keine Zigaretten. Kälble hatte welche. Die letzte hatte er mit Kälble im VW-Bus geraucht. Sie war eine, mit der man die Letzte rauchen konnte. So, wie es William Holden in »The Wild Bunch« tat, bevor sie ins letzte Gefecht stürmten. Ob sie sich den Film wohl ansehen würde? Es lag ihm etwas daran. Sie würde ihn dann verstehen. Er wollte, dass sie ihn verstand. Mit Worten konnte er sich nicht erklären. Das hatte er noch nie gekonnt. Der Film würde ihr sagen, dass er sie schätzte. Vielleicht sogar mehr. Er schämte sich nicht, dass er die letzte Zigarette nicht mit Biggi rauchen wollte. Das eine war das Weib am Herd und das andere die Freundin im Sattel. Und am Ende starb so einer wie Belledin nicht zu Hause, sondern im Sattel. Altmodisch und romantisch. Die letzte Zigarette mit einem Freund, die allerletzte für sich allein.

Er pickte den Zigarettenstummel vom Boden. Es war noch ein wenig Tabak an dem Filter. Für drei Züge würde es reichen. Er steckte sich die Kippe in den Mund und suchte nach seinem Feuerzeug. Er fand es in der Innentasche seines Mantels und steckte die Kippe an. Er zog einmal daran, dann warf er die Kippe wieder auf den Boden. Er hatte eine Idee: Der Kabelbinder war aus Plastik; er konnte ihn mit der Flamme des Feuerzeugs schmelzen. Dass er sich dabei auch die Haut verbrannte, musste er in Kauf nehmen. War er nun einer von William Holdens wildem Haufen oder nicht? Er war. Also biss er noch einmal die Zähne zusammen und schmorte Plastik und Haut an. Zuerst roch er seine verbrannten Haare. Dann spürte er die Hitze am Handgelenk. Er stöhnte. Dann nahm er die Flamme weg und leuchtete mit ihr, um zu sehen, wie weit er das Plastik schon geschmolzen hatte. Er riss. Die Fessel hielt. Er musste noch mal ran. Wieder presste er die Kiefer aufeinander und brannte Haut und Plastik. Jetzt schrie er. Ihm wurde schwarz vor Augen, er hörte, wie das Plastik des Kabelbinders riss, dann sackte er ohnmächtig zusammen.

***

Anna hatte Belledin schon dreimal anzurufen versucht. Immer erklärte ihr die Frauenstimme, dass der Teilnehmer vorübergehend nicht zu erreichen war. Wo war Belledin? Anscheinend tatsächlich nicht in der Wohnung. Die Uhr auf dem Display ihres Handys zeigte 23:56 Uhr. Spät. Jetzt konnte sie kaum mehr zu Martins Mutter fahren. Zumal auf Verdacht. Vielleicht hatte er seine Sachen samt Bluhms Laptop tatsächlich in seine neue Wohnung gebracht. Martin war keiner, der nicht vorsorgte. Sie wählte ihn an. Schon nach dem vierten Klingeln hörte sie das Knacken der Mailbox. Gleich Mitternacht. Sie konnte doch nicht zusehen, wie die Zeit verrann. Irgendetwas musste sie tun. Steiner fiel ihr ein. Sie wusste, dass der Leichenfledderer gerne nachts arbeitete.

Er nahm ab. Im Hintergrund lief Iron Maiden. Steiner dachte gar nicht daran, die Musik leiser zu stellen. Er schrie ins Telefon, dass er noch länger in der Pathologie sei, und legte auf. Anna lief die Treppen hinunter, sprang in ihren Bus und fuhr los. Diesmal nicht im Rechteck, sondern direkt ins Robert-Bosch-Krankenhaus.

Anna hörte das Hämmern der Bässe schon im Gang. Sie konnte sich das Anklopfen sparen, Steiner würde nichts hören. Sie trat ein. Der

Mediziner hing headbangend über einem Seziertisch. Anna ging von hinten auf ihn zu und tippte ihm auf die Schulter. Er erschrak nicht. Den Kerl schreckte wohl gar nichts mehr. Er nickte ihr im Beat des tiefen Basses zu und griff nach einer Fernbedienung, die zwischen dem Sezierbesteck lag. Ein Knopfdruck, und die Musik war aus.

»Hatte Sie schon früher erwartet«, sagte er und ging an eines der Kühlregale. »Immerhin gibt es seit Bluhm zwei neue tote Zeugen.« Er öffnete das Kühlregal und zog eine Flasche Weißwein heraus. »Auch einen Schluck?«

Anna sah in das Kühlfach. Dort lagen zwei weitere Flaschen. Daneben lugten zwei blasse, nackte Füße unter einem Laken hervor.

»Platzmangel«, sagte Steiner. »Normalerweise bringe ich in dem Fach keine Leichen unter.« Er goss den Wein in ein Glas und reichte es Anna. »Aber es kamen ungefragte Gäste heute Nacht. Ein Autounfall. Das Pärchen hat es so umeinandergewickelt, da weiß man nicht mehr, was zu wem gehört. Ein richtiges Puzzle.« Er goss auch sich ein, nahm einen Schluck und schmeckte ihn ab. »Sehr fruchtig. Was sagen Sie?«

Anna nahm ebenfalls einen Schluck. Sie hielt ihn nicht lange am Gaumen, spülte ihn sofort hinab. »Kann man trinken.«

Steiner schüttelte enttäuscht den Kopf. »Perlen vor die Säue. Das ist Stuttgarter Wein, Kälble. Ein Riesling von 2011. Drei Sterne. Da, riechen Sie.« Er drückte ihr sein Glas unter die Nase. »Und?«

Anna sog die Blume ein. Sie kannte den Duft. Zu gut. Es roch nach dem Garten ihrer Eltern.

»Birne«, sagte sie.

Steiner lachte heiser auf. »Sehr gut, Kälble. Sehr gut.« Seine Augen funkelten vor Freude. »Und jetzt schmecken Sie noch mal.«

Anna nahm erneut einen Schluck. Diesmal spülte sie den Wein im Mund, ehe sie ihn schluckte. Steiner lauerte. »Fruchtig. Sie haben recht.«

Steiner verzog unzufrieden sein Gesicht. »Aprikose.« Er buchstabierte es fast. »A-pri-ko-se. Umwerfend.« Er goss ihr und sich nach. »Mönchhalde Riesling ist auch sehr gut. Wenn man Zitrusnoten mag.« Er schien sich den Geschmack des Rieslings in Erinnerung zu rufen. »Man muss seine Sinne schulen, Kälble. Nicht einfach nur saufen. Auch schmecken. Die Nuancen. Wie bei der Musik. Alle denken, Heavy Metal wäre nur laut. Blödsinn. Zwischen einem Gitarrensolo von Jeff Beck und einem von Joe Satriani liegen Welten. So wie zwischen einem Badener und einem Schwaben.« Er kicherte. »Wobei wir beim Thema wären. Wo ist ihr Gast-Kollege? Traut er sich nicht hierher? Hat er Angst, dass wir ihn hier unten missionieren? Wenn er diesen Wein trinken würde, das garantiere ich, würde er vom Kaiserstühler Glauben abfallen.« Er stieß sein Glas erneut an Annas und forderte sie zum Trinken auf. Sie gehorchte und genoss die fruchtige Erfrischung.

»Über Britta Vogel gibt es nicht viel Neues zu sagen. Sie wurde erwürgt. Tod durch Ersticken. Die Würgemale lassen auf große, kräftige Hände schließen. Ich tippe daher auf einen Mann. Wir haben auch männliche DNA-Spuren an ihrem Hals gefunden, aber euer anderer Toter war es nicht, das hat euch Kollegin Meier wohl schon gesagt.«

»Ist die DNA identisch mit der an Bluhms Hals?«

»Bingo. Und mit der an der Zigarette, die wir in Erkens Aschenbecher gefunden haben.«

»Also deutet alles auf denselben Täter hin.«

»Fast.« Steiner trank und genoss die Pause. »Wenn Erken nicht auch erstochen worden wäre. Es sei denn, er hätte Selbstmord verübt. Und danach sieht es nicht aus. Jedenfalls wäre der Einstichwinkel zu kompliziert, um sich selbst zu richten.«

»Moment. Ich komme gerade nicht mit. Heißt das, die DNA bei Bluhm und die DNA am Hals von Britta Vogel stimmt mit Erkens überein?«

»Richtig. Und die Zigarette in seinem Aschenbecher hat er selbst geraucht. Aber er ist nicht sein eigener Mörder.«

»Also zwei Täter.«

»Es kann auch ein Täter sein. Bevor Bluhm erstochen wurde, hat er im Kurs bestimmt mit vielen gefochten. Der Schweißtropfen von Erken hätte ihn auch da treffen können. Und wenn Erken und Britta Vogel intimer waren, kann auch ein Kuss die DNA am Hals hinterlassen haben.«

»Sie sagten, der Einstichwinkel war kompliziert. Was heißt das?«

»Wenn sich jemand mit einem Messer erstechen will, so wie es die Samurai tun, dann ist es leichter, man stößt die Klinge unterhalb des Brustkorbes nach oben in Richtung Herzen. Erken wurde aber durch den Brustkorb hindurch erstochen. Fast im selben Winkel wie Bluhm.«

»Also wieder ein Linkshänder.«

»Ich tippe auf denselben.«

Anna plusterte die Wangen auf. Viel weiter brachte sie das alles nicht. Ein Selbstmord Erkens dagegen wäre eine feine Sache gewesen.

»Hier.« Steiner streckte ihr eine Flasche entgegen. »Die ist für Belledin. Er soll sie mit Ihnen trinken, wenn Sie den Fall gelöst haben.«

Anna nahm die Flasche entgegen. Steiner war ein feiner Kerl. Etwas drüber, aber in Ordnung. Sie wollte sich bedanken, aber er hörte sie schon nicht mehr. Er hatte bereits die Fernbedienung in der Hand und bewegte die Finger wild zu einem Gitarrensolo von Eddie van Halen. Dann nahm er sein Sezierbesteck und beugte sich über sein Puzzle.

***

Belledin zuckte zusammen. Er lag mit dem Ohr am Boden und hörte ein lautes Knarzen. Dann quietschte die Stahltür. Licht fiel in den Raum. Belledin öffnete vorsichtig die Augen und erkannte ein schwarzes Paar Sicherheitsschuhe. Sie kamen näher. Als sie dicht vor ihm hielten, zögerte er nicht. Er packte die Füße und zog sie an sich heran. Jemand schrie auf und stürzte zu Boden. Belledin warf sich auf ihn und riss ihm den Kopf herum. Dabei holte er zum Schlag aus. Ehe seine Faust das Gesicht des Mannes traf, hielt er inne.

Lewandowski starrte ihn entsetzt an.

»Was machen Sie denn hier?«, fragte Belledin.

»Das wollte ich Sie gerade fragen.«

Belledin dämmerte es. »Sind wir etwa im Theaterhaus?«

Lewandowski nickte. Ihm fehlte die Luft, um mehr zu sagen. Belledin hockte ihm auf dem Brustkorb. Jetzt rappelte er sich auf und ging aus dem Raum. Lewandowski kam hinterher.

»Sie können von Glück reden, dass ich hier runtergekommen bin. Normalerweise gehört das nicht zu meinem Rundgang.«

Belledin sah ihn abwesend an. In seinem Kopf suchten Fakten nach logischen Zusammenhängen.

»Wie sind Sie denn hier heruntergekommen? Den Raum hatte ich Ihnen doch gar nicht gezeigt.«

Belledin nahm ihn jetzt wieder wahr. »Keine Ahnung. Man hat mir in Zuffenhausen eine über den Kopf gehauen, und hier bin ich aufgewacht. Wer hat den Schlüssel zu diesem Raum?«

»Mit dem Generalschlüssel kommen Sie überall rein.«

»Also Werkstattchef, leitende Büroangestellte, der Clown, die Tänzerin und dieser Markus Haller. Und wer ihn sich ausleiht, muss bei Ihnen gegenzeichnen. Richtig?«

»Im Normalfall schon. Aber es kommt vor, dass sich einer den Schlüssel vom anderen kurz ausleiht und ich davon gar nichts mitkriege.«

Belledin brummte. Das machte ein Ausschlussverfahren wieder schwieriger. »Was wollten Sie eigentlich hier unten?«

»Ich habe hier unten Kartoffeln eingelagert. Es ist schön dunkel und kühl. Da halten die gut bis ins Frühjahr. Wollen Sie welche? Ich kann Ihnen ein paar mitgeben, zum Probieren. Sie werden den Unterschied ...«

Belledin winkte gereizt ab, dabei bemerkte Lewandowski sein geschundenes Handgelenk und verstummte. Belledin selbst hatte es für einen Moment vergessen. Jetzt spürte er den Schmerz wieder.

»Ich habe oben einen Verbandskasten. Kommen Sie.«

Belledin folgte Lewandowski durch Gänge, die er auf seinem Rundgang mit ihm nicht gesehen hatte.

»Wo sind wir hier?«, fragte er.

»Das ist der alte Trakt. Wir befinden uns unter dem Klinkergebäude. Eigentlich unter der Halle vier. Wenn wir hier abbiegen, kommen wir zur Umkleide. Von dort geht es nach oben in den Hof des Restaurants.«

»Und wo geht es hier lang?« Belledin zeigte auf eine Tür.

»Da kommen wir durch einen langen Gang auf die andere Seite. Zu den Werkstätten und zum Parkplatz.«

Belledin schüttelte den Kopf und spürte seine Beule. »Wie soll man sich da auskennen.«

Lewandowski öffnete eine Tür und ging die Treppe hoch. Belledin folgte. Jetzt kannte er sich wieder aus. Sie waren im Treppenhaus, das zur Theaterwohnung führte. Bruno, der Clown, kam ihnen entgegen.

»Was bist du noch wach?«, fragte Lewandowski.

»Diese Mäuse. Ich kann nicht schlafen. Hat die Bar noch auf?«

»Am T1-Tisch sitzen vielleicht noch welche.«

»Gut. Hallo, Herr Kommissar. Noch so spät auf den Beinen?« Bruno ging die Treppen hinunter. Belledin sah ihm nach. Ob der Clown was mit der Sache zu tun hatte? Einen Schlüssel besaß er jedenfalls.

»Bruno«, rief er. Der Clown drehte sich um. »Ich hoffe, ich darf Sie so nennen. Ich kenne Ihren richtigen Namen nicht.«

»Das ist mein richtiger Name. Bruno Bosco. Was gibt's?«

»Sie haben doch den Generalschlüssel fürs Haus, oder?«

»Ja. Warum?«

»Können Sie ihn mir geben?«

Bruno sah zu Lewandowski. »Er hat doch auch einen. Was brauchen Sie da meinen?«

»Geben Sie ihn mir.«

Bruno kramte in seiner linken Jackentasche. Dann in der rechten. Linke Hosentasche, rechte Hosentasche, Innentasche. Nichts. Wieder linke Jackentasche. »Er ist weg. Ich dachte, ich hätte ihn hier. Komisch.«

»Wenn der nicht wieder auftaucht, müssen wir alle Schlösser wechseln«, sagte Lewandowski, und es klang, als würde die Prophezeiung des endenden Maya-Kalenders eintreffen.

»Ich sehe oben nach. Bestimmt liegt er im Zimmer.« Bruno eilte die Treppe hoch.

»Geben Sie mir Bescheid, falls er den Schlüssel oben findet«, sagte Belledin und stieg die Treppen hinab.

Am Stammtisch des Theaterhauses saß noch eine Gruppe von fünf Leuten und unterhielt sich mit Rotwein und Bier lautstark über Fußball. Es ging um den VfB und den ewigen Erzfeind aus Bayern. Direktor Schretzmeier hatte gerade sein Urteil gesprochen und sein Flucht-Achtele geleert. Jetzt stand er auf und ging zu einem Mann, der am Tresen auf ihn wartete. Belledin setzte sich an einen einsamen Tisch und beobachtete die Szene. Der junge Mann, auf den Schretzmeier dringlich einredete, schüttelte immer wieder den Kopf und hob abwehrend die Hände gegen Schretzmeiers Zeigefinger, der unaufhörlich in seine Richtung stach. Die Stoßrichtung des Fingers erinnerte Belledin an einen Degen. Jetzt winkte Schretzmeier ab, ließ den jungen Mann am Tresen stehen und winkte der Bedienung.

»Susi, noch a Achtele.« Der junge Mann verließ eilig das Lokal, Schretzmeier kehrte an den T1-Tisch zurück.

»Letschte Bestellung«, sagte die Bedienung, die an Belledins Tisch getreten war.

»Apfelsaftschorle.«

»Klein oder groß?«

»Groß«, sagte Belledin und merkte zu spät, dass er hereingefallen war. Ob die Bedienung den Trick bei einem Seminar gelernt hatte oder ob sie einfach ein Naturtalent war? Jedenfalls hatte sie Belledin durch geschickte Betonung eine große Apfelsaftschorle angedreht. Milton wäre stolz auf sie.

Sie stellte die große Schorle bei ihm ab und wanderte mit dem Achtele Rotwein an den Stammtisch. Dort zahlten die anderen bereits und verabschiedeten sich. Schretzmeier blieb allein sitzen und nippte verloren an seinem Roten.

Belledin setzte sich dazu.

»Ah, der Herr Kommissar. Au noch da? Waret Sie im Theater? Was hen Sie sich angeguckt?«

»Den alten Heizungsraum. War recht dunkel dort. Habe wenig gesehen.«

Schretzmeier hob fragend die Augenbrauen. »Isch da die Mörderhöhle?«

»Mir hat jemand eins über den Schädel gezogen und mich dann dorthin verschleppt.«

»Wer war des?«

»Das wüsste ich auch gern.«

»Gucket Sie mich net so an. Ich war's bestimmt net.«

»Aber jemand vom Haus. Jemand, der einen Generalschlüssel hat.«

Schretzmeier trank. »Des rauszukriege isch Ihr Job. Ich hab en anderen. Und der isch au net so eifach zu löse.«

Belledin nahm einen großen Schluck Apfelschorle. Das tat gut. Erst jetzt merkte er, wie durstig er nach seinem staubigen Kelleraufenthalt war. Es würde der Bedienung ein Leichtes sein, ihm noch eine zweite große Schorle zu verkaufen. Er rülpste leise und sah Schretzmeier forschend an.

»Wer war der junge Mann, mit dem Sie sich so angeregt unterhalten haben?«

Schretzmeier winkte ab. »Den könne Sie vergesse. Des isch an richtiger Waschlappe. Mit dem g'winnsch kein Krieg.«

»Und wer ist er?«

»Des woiß der selber nette. Wenn der des nämlich wüsst, denn tät er sich in den Arsch trete un hier ebbes reiße. Aber nein, der Herr will wieder nach Berlin. Was will der in Berlin? Da gibt's Tausende von arbeitslose Schauspieler, da wartet se bestimmt net auf de Markus Haller.«

»Haller?«

»Dabei war er ja scho dort und hat nix g'risse. Ich hab ihm die Tür wieder aufg'macht. A neues Stück mit ihm inszeniert, und jetzt sagt der Lumpeseckel, er will doch wieder nach Berlin. Er hätte dort bessere Entwicklungsmöglichkeite. Im Lebtag net.« Schretzmeier war laut geworden. Jetzt richtete er den Zeigefinger, mit dem er bereits den jungen Schauspieler erstochen hatte, gegen Belledin. »Und soll ich Ihne sage, was mich am meischte trifft? Dass ich ihn ausgebildet hab. Elf Jahr lang hat der bei mir alles g'schpielt. Und des isch der Dank dafür. Aber so isch's Läbe.« Schretzmeier leerte das Glas und stellte es mit einem Ausrufezeichen auf den Tisch.

»Was spielt er denn bei Ihnen? Ist er bei den ›Zwölf Geschworenen‹?«

Schretzmeier lachte heiser. »Noi. Im Fußballstück. ›Fußball isch unser Leben‹. Ein Super-Stück, solltet Sie sich angucke. Au wenn Sie sich net für Fußball interessieret. Fußball isch nur eine Metapher fürs Läbe, da steckt alles drin.«

»Und warum steht nicht der Name des Schauspielers im Programm und auf dem Plakat?«

Schretzmeier lachte laut. »Oh Vadder. Des isch doch Absicht. Libuda. Kenne Sie de Stan Libuda nimmer? ›An Gott kommt niemand vorbei. Außer Libuda.‹« Er lachte noch mal.

Belledin hatte kapiert. Natürlich kannte er Libuda, Emmerich und Ente Lippens. Die alten Helden des Ruhrpotts. Aber dass er den Namen Markus Haller mit dem Stück nicht früher in Zusammenhang bringen konnte, ärgerte ihn.

»En kleiner Gag. Im Stück erklärt es sich dann.«

Die Bedienung kam an den Tisch. »Dein Taxi isch da.«

»Alles klar. Herr Kommissar, ich empfehle mich. Susi, des Schorle geht auf mich.« Schretzmeier stand auf und wankte leicht angeschlagen aus dem Lokal.

Susi sah Belledin auffordernd an. Er leerte die Schorle und ging ebenfalls.

Belledin schnaufte tief durch, als er Kälble auf der Fußmatte liegen sah. Er schloss die Tür auf, knipste das Licht an und hob sie auf. Sie brabbelte etwas im Schlaf, erwachte aber nicht. Belledin trug sie ins Schlafzimmer und legte sie aufs Bett. Als er sie abgelegt hatte, spürte er seinen Schädel. Und das Handgelenk. Aber der Rücken hielt. Immerhin. Kälble war ein Fliegengewicht. Und vielleicht zu zartbesaitet für diesen Beruf.

Er sah sie an. Und er musste gestehen, dass sie eine Schönheit war. Auf ihre Art. Nicht sein Typ, ganz bestimmt nicht. Aber musste man immer nur auf dieselben Reize anspringen? Er war versucht, sie zu küssen. Aber er strich ihr nur eine Strähne aus dem Gesicht. Sie schnappte nach seiner Hand, bekam sie zu fassen, schlief aber weiter. Belledin zischte zwischen den Zähnen. Es war das Handgelenk, das er sich verbrannt hatte. Aber er zog die Hand nicht weg. Er ließ sie auf Kälbles Wange und setzte sich neben sie aufs Bett. Morgen würde er den Fall gelöst haben. Es fehlte ihm nur noch ein Puzzlestück, dann wäre er hier fertig. Und dann würde er wieder nach Hause fahren. Der Gedanke machte ihn nicht so glücklich, wie er gehofft hatte.

ZWÖLF

Belledin erwachte und merkte erst allmählich, dass er Kälble im Arm hatte. Er erschrak. Dann sah er, dass sie beide angezogen waren, und war beruhigt. Behutsam löste er sich von ihr und richtete sich auf. Es stach im Kopf. Er stemmte sich langsam aus dem Bett und ging in die Küche. Hier würde er heute zum letzten Mal Kaffee aufsetzen. Er war noch nicht einmal eine ganze Woche hier gewesen, aber jetzt, da er an die Abreise denken konnte, war es ihm, als hätte er hier ein Jahr verbracht.

Er setzte den Kaffeekocher auf die Gasflamme und ging ins Bad. Im Spiegel fand er sich besser, als er sich fühlte. Trotz des Veilchens rund um sein Auge, das sich von violett zu grün verfärbt hatte. Mit kaltem Wasser ins Gesicht wäre es heute nicht getan. Er brauchte eine Dusche. Und eine anständige Rasur. Vielleicht noch eine Frauencreme. Schließlich sollte es heute Abend ins Theater gehen. Da wollte er frisch sein. Wenn Kälble eine richtige Frau wäre, hätte sie eine Handtasche. Biggi hatte immer eine dabei. Gespickt mit Cremes, Deos und Taschentüchern. Aber Kälble war anders.

Er stellte die Dusche an und wartete, bis sie auf angenehmer Temperatur sprudelte. Er war kein Warmduscher, aber er wollte seinen Körper keinem Kälteschock aussetzen. Er fürchtete, dass der Rücken sich dann wieder verspannte. Und heute Abend wollte er fit sein, auch wenn er angezählt wirkte. Er stieg unter den warmen Strahl und wurde munter. Er schloss die Augen und seifte sich mit dem Shampoo ein, das sein Vorgänger benutzt hatte. Es roch sportlich und kernig. Das gefiel ihm. Das passte zum Tagesziel.

Er spürte zwei Hände auf seinem Rücken. Fingernägel, die ihm durch den Nacken kraulten. Er wagte es nicht, sich umzudrehen. Die Hände wanderten weiter. Sie nahmen Schaum von seiner Glatze und begannen ihm dem Rücken einzuseifen. Dann glitten sie unter seinen Armen hindurch zu seiner Brust und seiften dort ein. Belledin schloss die Augen. Er spürte zwei Brustwarzen, die sich an seinen Rücken drückten. Eine Hand verließ seine Brust und wanderte nach unten, fand seinen harten Penis und packte ihn energisch. Belledin stöhnte auf, drehte sich mit einem Ruck um und suchte blind ihren Mund. Der Kuss war heißer als die Dusche. Sie kletterte auf ihn und schlang ihre Beine um seine Hüfte. Er hielt sie fest, ließ sich gegen die Kacheln fallen und hatte Beule und Rücken vergessen.

Belledin wachte auf und merkte sofort, dass er Kälble im Arm hatte. Sie waren beide nackt. Er erschrak nicht. Er wusste, was geschehen war. Auch sie war wach.

»Siehst du mich schon lange so an?«, fragte er.

»Eine Ewigkeit.«

»Und wie lange willst du es noch tun?«

»Mindestens noch einmal so lange.«

»Dann müssen wir uns blöder stellen, als die Polizei erlaubt, und den Täter erst in hundert Jahren finden.«

Sie lächelte und fuhr ihm mit dem Zeigefinger über seine rechte Braue. »Gestern warst du dir noch nicht ganz sicher. Aber heute weißt du bestimmt, wer es ist, habe ich recht?«

Er sah sie verblüfft an.

»Auch ich bin Polizistin. Du hättest nie mit mir geschlafen, wenn du nicht wüsstest, dass du dich spätestens morgen vom Acker machen darfst.«

Er schluckte.

»Ist schon in Ordnung. Gehören ja immer zwei dazu. Kaffee?«

Belledin fuhr hoch. »Scheiße, den habe ich vergessen.« Er sprang auf. Es stach im Kopf und zog im Rücken. Er ächzte und fluchte, rannte aber dennoch in die Küche. Er hatte vergessen, das Feuer unter der Espressokanne anzumachen. Belledin stellte das Gas an und öffnete die Balkontür. Draußen lag wieder Nebel. Bis zum frühen Nachmittag wäre er gestiegen. Dann wäre alles klar.

Er atmete tief ein. Der Schmerz im Rücken war wieder verschwunden. Er spürte seine Oberschenkel und seine Pobacken. Er grunzte. Darin lag Stolz gepaart mit schlechtem Gewissen. Er hatte Biggi betrogen. Das erste Mal. Seit fünfundzwanzig Jahren waren sie verheiratet. Davor hatte es ein paar andere gegeben. Der Rest war immer nur Phantasie gewesen. Oder halbe Sachen. Angefangenes, Angedachtes. Aber das hier mit Kälble, das hatte er durchgezogen. Und es war großartig gewesen. Nein, er brauchte kein schlechtes Gewissen zu haben. Er war ein Mann in der Fremde. Da hatte er ein

Recht auf ein Weib am Wegesrand. Auch Odysseus war nicht treu geblieben auf seiner Reise. Kein Mann konnte auf der Reise treu bleiben. In der Heimat schon. Da würde er sich nichts zuschulden kommen lassen. Er grunzte noch mal und bestätigte sich damit. Ja, es war in Ordnung. Thema durch.

***

Belledin hatte gesagt, er müsse noch seine eigenen Berichte in Ordnung bringen, sie selbst war mit zwei Streifenwagen im Schlepptau auf dem Weg nach Zuffenhausen. Belledin vermutete zwar, dass Johanna Haller bestimmt nicht mehr in ihrer Wohnung war; was aber, wenn er sich geirrt hatte und sie ebenfalls niedergeschlagen worden war? Vielleicht gab es auch Spuren sicherzustellen, die der Beweisführung dienen konnten. Deswegen hatte Anna auch gleich Bea mitgenommen.

»Stört es dich, wenn ich rauche?«, fragte Anna und steckte sich eine Zigarette zwischen die Lippen.

»Mich nicht. Aber meine neue Flamme mag es überhaupt nicht, wenn meine Klamotten nach Rauch stinken.«

Anna rollte die Kippe unangezündet von einem Mundwinkel in den anderen. »Okay. Hauptsache, ich hab etwas im Mund.«

»Du solltest mehr küssen, das hilft gegen Rauchen.« Bea grinste.

Anna hatte für heute genug geküsst. Ihre Lippen kribbelten noch immer, als wäre sie mit dem Gesicht in einen Ameisenhaufen gefallen. Aber das ging Bea nichts an.

»Da hast du wohl recht«, sagte sie und zündete die Zigarette an.

»Hey, willst du, dass mein neuer Lover mich gleich wieder verlässt?« Bea stibitzte Anna die Kippe und zog daran. »Wenn, dann will ich wenigstens selbst dafür verantwortlich sein.« Sie lachte keck und paffte. Anna lachte mit und fühlte sich zum ersten Mal seit Langem beschwingt und leicht.

Die Polizeiautos parkten vor dem Hochhaus. Neugierige und verschreckte Gesichter starrten Anna, Bea und den Trupp Uniformierter an. Darunter auch Mehmets Mutter, die wohl um ihren Sohn fürchtete. Anna nickte ihr im Vorübergehen freundlich zu, dann verschwand sie mit den anderen im Block. Sie stieg mit Bea und zwei

Beamten in den Fahrstuhl, zwei andere Polizisten nahmen die Treppen.

Anna klingelte und klopfte. »Frau Haller, hier ist die Polizei. Öffnen Sie bitte die Tür.« Es tat sich nichts. »Frau Haller. Wenn Sie nicht öffnen, müssen wir die Tür eintreten.« Noch immer nichts. Sie nickte dem Beamten, der mit einem Brecheisen bewaffnet war, zu. Er sprengte das Schloss mit einer einzigen Hebelbewegung. Die Beamten sicherten die Wohnung, Anna in vorderster Front. Bea wartete draußen.

Die Anspannung war rasch verflogen; die Wohnung war sicher. Johanna Haller hatte sich weder verschanzt noch lag sie erschlagen am Boden. Sie war weg. Anna ging zu Bea, die sich bereits um Spuren kümmerte.

»Du sagtest, direkt beim Eintreten hat man Belledin niedergeschlagen?«

»Ja.«

Bea knipste das Licht im Flur an und kniete sich nieder. »Hier ist Blut auf dem Teppich«, sagte sie.

»Und das hier ist wohl die Tatwaffe.« Anna hielt ein Stuhlbein in der Hand und reichte es ihr.

»Meinst du, Johanna Haller hat Bluhm, Vogel und Erken umgebracht?«

»Steiner sagte, dass es ein Mann war. Jedenfalls taucht immer wieder dieselbe männliche DNA bei den Opfern auf.«

»Und was sagt Belledin?«

»Mimt den Geheimnisvollen. Will seinen Verdacht noch nicht rauslassen ohne letzten Beweis.«

Bea packte Pulver, Pinsel und Klebestreifen aus und untersuchte das Stuhlbein nach Fingerabdrücken. »Wer Belledin niedergeschlagen hat, kriegen wir jedenfalls raus«, sagte sie und zeigte Anna ihre Beute.

»Frau Kälble.« Ein Beamter kam mit einer Sporttasche zu ihr. »Das könnte vielleicht interessant sein. Haben wir unter dem Bett gefunden.«

Anna nahm ihm die Tasche ab und öffnete den Reißverschluss. Die Sportklamotten gehörten einem Mann. Anna wühlte darin und wurde fündig: Glocke und Linkshändergriff eines Degens. Unter einem verschwitzten Handtuch fand sie auch eine Fechtmaske.

»Bingo.« Sie übergab die Sporttasche Bea. Heute war ihr Tag. Belledin war nicht der einzige Kriminalist. Er mochte seine Wege haben, sie hatte ihre. Und sie führten beide ans Ziel. Sie genoss es, nun nicht mehr hinterherzuhinken. Zwar war auch sie noch nicht sicher, aber der Theaterabend würde es ans Licht bringen. In jedem Fall ließ sie eine Fahndung nach Johanna Haller rausgehen. Sie musste unter Druck gesetzt werden, damit ihr Komplize Fehler beging.

Anna setzte Bea vor dem Polizeipräsidium ab und fuhr dann weiter in die Innenstadt. Die Ameisen waren von den Lippen in den Bauch gewandert. Den VW-Bus stellte sie im Parkhaus am Schillerplatz ab. Dann begann sie den Bummel.

Von einem Geschäft ins nächste. Etwas Besonderes sollte es sein. Etwas, das Belledin an Stuttgart erinnerte. Aber kein Touristen-Gag: Fernsehturm, Schillerbüste, VfB-Trikot. Vielleicht eine Spätzlepresse? Nein. Etwas zum Essen? Vielleicht vom Böhm? Oder sollte sie zum Stuttgarter Weingut fahren und einen Karton Riesling kaufen? Der Tropfen, den Steiner ihr gestern eingeschenkt hatte, war gut gewesen. Aber Kulinarisches passte nicht zu ihr. Das fand sie spießig. Es erinnerte sie an Martin.

Sie entschloss sich, bei Wittwer nach etwas Passendem zu suchen.

Film interessierte ihn. Vielleicht ein Filmbuch? Oder eine DVD? Ein Western? Aber die kannte er bestimmt schon alle.

»Kann ich Ihnen behilflich sein?«, fragte eine junge Verkäuferin, die Anna wohl ansah, dass sie sich hier verloren vorkam.

»Danke. Ich schaue mich mal um.«

Die Verkäuferin lächelte und sortierte weiter ihre frisch eingetroffene Ware in die Regale. Annas Blick fiel auf Biografien. Die üblichen Verdächtigen prangten auf den Einbänden. Nein. Kein Buch. Nicht für Belledin.

Draußen atmete sie tief durch, ging ein paar Schritte und kaufte sich beim Brezelkörble eine Butterbrezel. Vielleicht sollte sie doch noch mal raus aus der Stadt, ehe sie am Abend wieder auf Belledin traf? Vielleicht hätte ihre Mutter einen Rat? Sie verschluckte sich an einem Stück Brezel und hustete. Ausgerechnet ihre Mutter. Am Ende würde sie vor Belledin stehen, sich an der Schürze die Hände abwischen und seufzen. Und Belledin würde auf seinen Gaul steigen und in den Sonnenuntergang reiten. Das würde ihm so passen. Anna würde ihn reiten lassen, aber bevor er den letzten Kaktus streifte, würde sie ihm den Hut vom Kopf schießen. Und er würde nie vergessen, wen er hätte haben können. Jetzt wusste sie, was sie ihm schenken wollte.

***

Belledin war nervös. Er hatte sich Zeit genommen und alle Fakten, die für seine Conclusio wichtig waren, schriftlich zusammengefasst. Böhnisch würde die Schlussfolgerungen, die zum Täter führten, Schritt für Schritt nachvollziehen können. Aber erst mussten sich die letzten Teile des Puzzles als passend erweisen.

Er hatte die Karten abgeholt und rieb sie zwischen den Fingern. Kälble verspätete sich. Er hoffte, dass sie pünktlich zum Vorstellungsbeginn kommen würde. Das war wichtig. Und sie hatte seine Instruktionen genau zu befolgen. Mit ihrem Nichterscheinen missachtete sie bereits seine erste Anweisung.

Das Foyer war gut besucht, Schretzmeier schlängelte sich durch die Menge, um in das Kassenhäuschen zu gelangen, aus dem er seine Ansagen zu machen pflegte.

»Guten Abend, meine sehr verehrten Theatergäschte. In fünf Minuten beginnt in Halle drei die Vorstellung der ›Zwölf Geschworenen‹. Sie können jetzt gerne schon Ihre Plätze einnehmen.«

Belledin reckte den Hals und hielt Ausschau nach Kälble. Er sah sie nirgendwo. Dafür glaubte er Frau Haller entdeckt zu haben. Sie wäre ihm vielleicht gar nicht so sehr aufgefallen, die graue Maus. Aber sie stand tuschelnd zusammen mit einem blonden Mann in kurzen dunkelblauen Hosen und einem Schalke-04-Trikot mit der Rückennummer 7. Stan Libuda. Oder besser: Markus Haller. Ihr Bruder. Sie hatte wohl auch Belledin gesehen, denn sie verschanzte sich hinter einem Kartenständer am Eingang. Sie würde nicht fliehen. Jedenfalls nicht allein. Da war sich Belledin sicher.

»Entschuldige«, sagte eine Stimme direkt neben ihm. Sie rang nach Atem. »Aber ich hatte noch etwas zu erledigen.«

Wie konnte sie plötzlich neben ihm stehen, wo er den Eingang doch im Blick hatte?

»Hier ist deine Karte. Es ist bereits Einlass. Du weißt, was du zu tun hast.«

Sie nahm die Karte aus seiner Hand, dabei berührten sich ihre Finger. Belledin durchfuhr es wie Strom. Verdammt, das würde hart werden.

Sie sah ihn an, und alles an ihr war schön. Er hatte sie entdeckt. Ihre Schönheit. Wieso hatte er sie zu Beginn nicht gesehen? Wo sie doch so offensichtlich war? Aber vieles, was offensichtlich vor einem lag, übersah man. Da unterschied sich eine Frau nicht von einem Mordfall.

Er spürte den Drang, sie zu küssen. Hier? Vor allen Leuten? Warum nicht? Es kannte ihn hier doch keiner. Er zog sie an sich und tat es. Kälble ließ es geschehen und sah ihm dann in die Augen, als würden sie gleich eine Bank überfallen.

»In Halle drei beginnt die Vorstellung der ›Zwölf Geschworenen‹. Letzter Aufruf. In Halle drei beginnt die Vorstellung der ›Zwölf Geschworenen‹.«

Sie lief an dem Kartenhäuschen vorbei, die Treppen hoch zu Halle drei. Belledin sah ihr nach, bis ihre langen Beine aus dem Bild verschwanden.

***

Anna saß am Rand, um jederzeit handeln zu können. Die Reihen waren nicht ganz voll. Sie hatte Notizblock und Stift bereitgelegt und die Zahlen eins bis dreizehn darauf geschrieben. Für jeden Darsteller eine Zahl. Zunächst hatte sie sich gefragt, warum bei den »Zwölf Geschworenen« dreizehn mitspielten, dann begriff sie, dass die Dreizehn für den Gerichtsdiener stand. Der kam gerade hinzu, erzählte etwas und ging wieder. Sonst waren alle zwölf Geschworenen anwesend. Sie saßen an einem langen Tisch in U-Form, das Bühnenbild und die Kostüme waren in Schwarz und Weiß gehalten. Das sollte bestimmt an den Film mit Henry Fonda erinnern. Anna hatte ihn als Kind mit ihrem Vater gesehen. Sie war fasziniert gewesen von der Courage des Geschworenen Nummer 8, der sich allein gegen die vorgefällte Meinung der Übrigen stellte und nach und nach alle anderen von der Unschuld des vermeintlichen Täters überzeugte.

Sie notierte sich den Abgang des Gerichtsdieners und stoppte die Zeit, wie lange er fort war. Belledin hatte ihr aufgetragen, die Uhrzeiten zu nehmen, um zu sehen, ob der Gerichtsdiener die Möglichkeit hatte, während der Vorstellung in die Turnhalle zu gehen und Bluhm zu töten. Außerdem war die Frage wichtig, wer nicht auf der Bühne war, wenn das parallel gespielte Fußballstück zu Ende war. Wenn sich bei einem der Spieler beide Zeiten deckten, konnten sie ihn in die Mangel nehmen. Und wenn er dann auch noch Linkshänder wäre, fechten konnte und ein brauchbares Motiv hatte, um die Morde zu begehen, hatten sie ausreichend Fakten in der Hand, um ihn zum Geständnis zu bringen.

Der Gerichtsdiener trat wieder auf und brachte die Tatwaffe: ein Messer. Anna notierte es.

***

»›Fußball ist unser Leben‹ beginnt in fünf Minuten. Sie können Ihre Plätze bereits einnehmen«, tönte es aus den Lautsprechern.

Belledin hörte es von fern, da er bereits im Zuschauerraum saß und sich das Bühnenbild ansah. Eine große Torwand, wie man sie aus dem Aktuellen Sportstudio kannte. Fußbälle hingen an Schnüren von der Decke. Sonst gab es nichts. Alles in knalligen Farben der siebziger Jahre gehalten. Er saß mittig in der ersten Reihe wie ein Ehrengast. Links neben ihm war frei. Er drehte sich nach hinten um, auch dort waren kaum mehr als zehn Zuschauer zu finden. Selbst nach dem letzten Aufruf, der aus dem Foyer in den Saal drang, blieben die Ränge karg besetzt. Kein Kassenrenner.

Belledin hatte keinen Notizblock. Bei einem Solostück genügte ein Blick auf die Uhr. Jetzt war es fünf nach neun. Es sollte bereits begonnen haben. Aber man wartete und hoffte auf ein paar Zuschauer mehr. Die Tür öffnete sich, und eine Frau kam noch herein. Belledin drehte sich schnell wieder nach vorne, als er sie erkannte: Johanna Haller. Er spürte, wie sie die Stufen hinabgestiegen kam und sich in der Reihe hinter ihm an den Rand setzte.

»Ha. Ho. Heja-heja he«, donnerte es aus den Boxen. »Fußball ist unser Leben, denn König Fußball regiert die Welt«, sangen die Weltmeister von 74. Dann strahlte ein Beamer das Bild eines Dorfkickplatzes an die Wand, und Libuda trat auf. Er dribbelte einen Fußball, nahm ihn hoch und jonglierte ein paar Tricks. Er machte das ganz gut. Mal mit Knie, Hacke, Spitze. Dann sogar mit den Schultern. Am Ende ließ er den Ball auf dem Kopf tippen, bis er auf der Stirn liegen blieb. Wie ein Seelöwe balancierte er das Leder und drehte sich dabei einmal im Kreis. Dann ließ er den Ball auf den Boden springen, nahm ihn per Drop-Kick mit dem Vollspann und donnerte ihn in Richtung Torwand. Er verschwand im oberen linken Loch. Die Zuschauer waren baff, Belledin eingeschlossen. Sie zollten Libuda Applaus, aber er klang mager. Belledin stellte sich vor, was für eine Stimmung nach so einer Aktion im Dreisamstadion wäre.

Libuda pflückte sich einen der baumelnden Bälle vom Seil und begann ihn wie ein Basketballer auf dem linken Zeigefinger zu drehen. Linkshänder. Belledin war zufrieden. Libuda erzählte von 1974. Politische Begebenheiten in Deutschland und der Welt, Ereignisse aus Film und Kunst. Und eben Fußball. Beckenbauer. Immer wieder Beckenbauer. Cruyff und die Holländer. Der frühe Rückstand durch Neeskens und Hölzenbeins Schwalbe. Der dreiste Breitner, der sich den Ball selbstbewusst geschnappt hatte und den Ausgleich vom Elfmeterpunkt erzielte. Dann die kurze Drehung und der platzierte Schuss ins lange Eck von Gerd Müller in der dreiundvierzigsten Minute, nach Pass von Bonhof. Und eine zweite Halbzeit des Zitterns gegen brillante, aber glücklose Oranjes.

Belledin erinnerte sich gut. Er war elf Jahre alt gewesen und Weltmeister geworden.

Auf der Bühne wurde es dunkel. Filmprojektionen liefen über die Leinwand. Das Bild des Dorfkickplatzes war verschwunden. Es flackerten Schnipsel aus dem Gruppenspiel der BRD gegen die DDR. Unterschnitten mit Dokumenten des Mauerbaus, Händeschütteln zwischen Honecker und Brandt, Breschnew und Ford. Dann langhaarige Studenten in Parkas, ein Plakat der RAF, dazu Sprechchöre und Maschinengewehrsalven aus den Lautsprechern. Jubel vor dem Reichstag bei der Machtergreifung Hitlers, Jubel beim Gewinn der Weltmeisterschaft in Bern 1954 und Jubel bei einem Mega-Rockkonzert.

Belledin verstand nicht, was diese Filmmontage erzählen wollte. Er wusste nur, dass er Libuda auf der Bühne nirgendwo mehr sah. Die Projektion bot dem Darsteller eine hervorragende Möglichkeit, um von der Bühne zu verschwinden. Wenn Filmbilder flackerten, wanderte der Blick des Zuschauers wie vom Magneten angezogen dorthin und blendete alles andere aus. Belledin hatte auf die Uhr geguckt, der Film dauerte bereits fünf Minuten. Jetzt hörte man Libudas Stimme. Aber Belledin erkannte, dass sie vom Band kam. Libuda imitierte einen Sportreporter, der das Spiel zweier Kreisliga-Mannschaften kommentierte.

Belledins Uhr zeigte Viertel nach neun. Die Todeszeit von Bluhm lag zwischen neun und zehn. Das passte. Belledin hatte gestern von der Hinterbühne bis in die Sporthalle knapp zwei Minuten gebraucht. Wenn das Gefecht zwischen Bluhm und seinem Mörder nur eine Minute gedauert hatte, würden Libuda fünf Minuten genügen. Dann konnte er jetzt gleich wieder auftreten, und alle würden denken, er sei nie weg gewesen. Aber Libuda kam nicht. Noch immer flackerten Filmbilder: Dettmar Cramer am Fußballpendel, Rudi Gutendorf mit afrikanischen Spielern auf einem Sandplatz, Obdachlose, die mit einer Bierdose kickten. Und immer wieder die Stimme Libudas vom Band.

Belledin wurde unruhig. Er drehte sich vorsichtig um. Johanna Haller saß nicht mehr an ihrem Platz. Jetzt endete der Film. Das Bühnenlicht wurde hochgezogen. Stille. Libuda trat noch immer nicht auf. Der Techniker, der in der obersten Reihe hinter seinem Schaltpult saß, schien nervös. Belledin merkte, dass auch er auf Libuda wartete. Die anderen Zuschauer hockten geduldig und glaubten, die Verzögerung gehöre zur Inszenierung. Der Techniker reagierte, um das Loch nicht allzu groß werden zu lassen. Er spielte »Fußball ist unser Leben« ein, fuhr das Bühnenlicht wieder runter und ließ die nächste Projektion laufen.

Belledin wartete nicht länger. Er stand auf, lief über die Bühne und landete in der Garderobe. Libuda war nicht da. Dafür sein Fußballtrikot. Mit der Nummer 7. Fußballschuhe und Trainingsjacke lagen achtlos auf dem Boden. Libuda war getürmt. Seine Schwester hatte ihn gewarnt. Sie hatte sich mit Absicht hinter Belledin gesetzt, um ihn im Blick zu haben und sicherzuwiegen. Sie wusste, dass er wusste: Ihr Bruder würde nicht ohne sie abhauen. Also hatten sie ihn mit ihrer Präsenz abgelenkt, es gehörte zum Fluchtplan. Sie hätten natürlich schon gestern fliehen können, nachdem sie ihm eins übergebraten hatten. Aber sie hatten noch etwas vor. Das wusste

Belledin auch. Er hatte sie auf frischer Tat stellen wollen. Wenn ihm das jetzt noch gelingen wollte, musste er sich beeilen.

Er eilte die Stufen des Theatersaals hoch und rannte durchs Foyer. Es waren nur wenige Leute auf den Gängen. Die anderen Vorstellungen liefen noch. Belledin hielt Ausschau nach den Flüchtigen. Er sah zur Wendeltreppe, die in den Technikraum führte. Die Tür fiel gerade zu. Er nahm die ebenerdige Tür, die zur Direktion führte, und eilte durch den Gang, dann links in den Flur und die Treppe hoch. Kam er zu spät? Er würde sich Vorwürfe machen. Lewandowski war nicht in seinem Büro. Aus der Theaterwohnung hörte er Hämmern. Er hastete die Holzstufen empor und schnaufte. Das Hämmern wurde lauter. Belledin rannte auf die Tür zu.

»Wer ist dort?«, fragte er.

»Ich bin's, Bruno. Jemand hat mich eingesperrt.«

»Ist Lewandowski bei Ihnen?«

»Nein. Lassen Sie mich raus.«

»Keine Zeit.« Belledin sah sich um. Bruno hämmerte und zeterte. Sollte er. Lewandowski war wichtiger. Belledin öffnete zwei andere Zimmer. Lewandowski war auch nicht hier. Etwas hinter seinem Rücken raschelte. Belledin drehte sich rasch um. Eine Maus huschte durch den Flur und verschwand unter dem Türschlitz eines anderen Zimmers. Chiara, die Tänzerin, erinnerte sich Belledin. Er drückte die Klinke. Sie war verschlossen.

»Chiara? Sind Sie da?« Keine Antwort. Es polterte hinter der Tür. Als ob eine Vase vom Tisch gefallen wäre. Zu schwer für eine Maus. Da war jemand.

Belledin entsicherte seine Waffe und nahm Anlauf. Er warf sich gegen die Tür, der Rahmen splitterte, Belledin zielte auf einen ängstlichen Lewandowski, der sich in die Ecke gedrückt hatte.

»Wo ist Haller?«

»Ich weiß es nicht.«

Belledin verließ das Zimmer und eilte die Treppen hinunter.

***

Der Gerichtsdiener war mittlerweile weitere zwei Mal auf- und abgetreten. Einmal in der Zeit, in der Bluhm getötet worden war. Zwölf Minuten war er fort gewesen. Nach der Zeit, die Belledin für den

Weg aus Halle drei bis zur Turnhalle bemessen hatte, würde er drei Minuten brauchen, bis er in der Halle war. Das hätte für den Mord locker gereicht. Jetzt trat er wieder auf, um die Geschworenen rauszulassen. Der Angeklagte war von schuldig auf unschuldig befunden worden. Anna notierte sich diesmal achtzehn Minuten. Das passte ebenfalls. Das Fußballstück war vor acht Minuten zu Ende gegangen. Der Gerichtsdiener hätte also auch die Zeit gehabt, in Halle vier zu gehen, Britta Vogel zu erwürgen und hier wieder aufzutreten.

***

Belledin rüttelte an der Brandschutztür. Er hatte sich verirrt und wollte wieder zurück. Er fluchte. Hinter ihm öffnete sich eine andere Tür, und eine Frau, die einen Garderobenständer voller Kostüme vor sich herschob, steuerte auf ihn zu. Sie erschrak, als sie ihn sah.

»Was mache Sie hier unte?«, fragte sie.

Belledin zeigte seinen Dienstausweis. »Öffnen Sie die Tür. Schnell. Ich muss hier raus.«

Die Frau zog ihren Schlüssel und schloss die Tür auf. Belledin wusste nicht mehr, ob er jetzt nach rechts oder nach links laufen sollte. Er drehte sich nach der Frau um.

»Wo geht's zum Parkplatz?«, fragte er.

»Es kommt drauf an, welchen Sie meinet.«

»Den mit Kies. Auf dem die Lkws stehen.«

»Der isch links. Aber wenn Sie hier langlaufet, dann müsset Sie vorne rechts. Des isch kürzer.« Sie zeigte mit dem Daumen hinter sich. In die Richtung, aus der sie selbst gekommen war. »Allerdings sind Sie dann auf der Höhe von der Halle eins. Es kommt halt drauf an, wohin Sie wollet.«

»Raus. Einfach nur raus hier.« Die Frau verwirrte ihn noch mehr als das Labyrinth.

»Aber scho auf de Parkplatz. Weil raus geht's am schnellschte dort vorne rechts.«

»Parkplatz!«, schrie Belledin.

»Hab ich Ihne doch scho g'sagt! Links.«

Belledin ließ sie stehen. Er nahm den Gang nach links, stand aber wieder vor einer verschlossenen Brandschutztür. Hinter sich hörte er die quietschenden Räder des Garderobenwagens.

»Warum haben Sie nicht gleich gesagt, dass Sie auch hier langmüssen?« Er war sehr gereizt.

»Ich will ja net auf de Parkplatz, sondern in Halle zwei. Und da muss ich au durch die Tür. Aber danach wieder rechts zum Aufzug.«

»Schließen Sie einfach auf und seien Sie still.«

»Sie habet mich doch g'fragt.« Sie öffnete beleidigt die Tür, und Belledin rannte los.

Der Gang führte auf eine Glastür, die zum Parkplatz zeigte. Er drückte dagegen, und sie ließ sich öffnen. Belledin rannte auf den Parkplatz und hielt nach den flüchtenden Geschwistern Ausschau. Sie waren nirgendwo zu sehen. Belledin fluchte. Er hatte gehofft, dass Haller den Wagen nehmen würde, den ihm Lewandowski zuvor als dessen Auto gezeigt hatte. Aber Lewandowski hatte ihn wohl belogen. Wie genau er mit drinhing, würde er später klären.

Wo waren sie? Belledin hatte die Kollegen bereits instruiert, die an der Ausfahrt auf ihn warteten. Aber anscheinend hatten sich die Geschwister Haller zu Fuß aus dem Staub gemacht.

»Verdächtige Personen fliehen zu Fuß«, rief er durch das Funkgerät, das ihn mit den Kollegen verband, und sah sich auf dem Parkplatz um. Niemand schlich, niemand rannte. Dafür startete der Motor eines Transporters und blendete ihn. Auf dem weißen Mercedes prangte der Schriftzug des Theaterhauses. Er tuckerte langsam an ihm vorbei. Belledin sah ihm nach und begriff erst, als sich die Schranke zur Siemensstraße hob, dass die Hallers in dem Wagen flohen. Er rannte zu seinem Wagen, stieg ein und startete. Nach wenigen Metern merkte er, dass sie ihm die Reifen zerstochen hatten. Fluchend sprang er aus dem Audi und gab über Funk die Flucht der Tatverdächtigen durch. Dann rief er Kälble an.

***

Anna hatte ihr Handy auf Vibrieren gestellt. Der Gerichtsdiener verbeugte sich. Auch er bekam seinen Applaus. Anna hatte keine Zeit zu klatschen. Sie sprach in ihr Funkgerät: »Zugriff.« Gentner und die Kollegen würden sich um den Gerichtsdiener kümmern. Sie stand auf und verließ den Saal.

Belledin empfing sie außer Atem auf der Treppe zum Foyer. »Los. Schnell. Wir müssen ihnen nach.«

»Den Gerichtsdiener haben wir bereits festgenommen.«

»Der war nur zur Absicherung.«

»Was? Aber er könnte der Komplize von Haller sein! Haller war in Berlin, als Erken umgebracht wurde. Deswegen bin ich später gekommen. Ich war noch bei Schretzmeier im Büro. Er hat mir gesagt, dass Haller immer noch Vorstellungen in Berlin spielt und das Fußballstück deshalb nicht so oft geben kann. Am Abend bevor Erken erstochen wurde, spielte er in ›Charleys Tante‹ am Ku'damm. Deshalb dachte ich, dass du in Brombacher den Mittäter vermutest.«

»Wie kamst du auf Haller?«

»Hast du meinen Bericht nicht gelesen? Ich hatte ihn dir übers Handy geschickt.«

»Welchen Bericht?«

»Wir haben Glocke und Griff des Degens gefunden.«

»Erzähl's mir im Wagen. Schnell, wir müssen hinterher.«

Anna folgte Belledin, der schnaufend zum VW-Bus rannte. Sie stiegen ein, Anna startete den Wagen.

»Wohin?«

»Weiß ich noch nicht.« Belledin nahm das Funkgerät und sprach hinein. »Keine Spur? Verdammt, das kann doch nicht so schwer sein. Es steht fett und rot ›Theaterhaus‹ drauf.«

Er legte das Funkgerät zur Seite. »Wie ist der schnellste Weg zur Autobahn?«, fragte er.

Anna setzte den Blinker nach rechts und fuhr vom Gelände.

»Flüchtiges Fahrzeug auf B 259 in Feuerbach gesichtet. Fährt in Richtung Westen über Föhrichstraße«, knarzte es aus dem Funkgerät.

Anna bremste scharf und wendete. »Vermutlich wollen sie auf die A 81 und dann auf die A 8.« Sie drückte das Pedal bis zum Anschlag. Sie nahm das Funkgerät: »B 259 auf Höhe Solitudestraße absperren.«

»Wo habt ihr den restlichen Degen gefunden? Oben in der Theaterwohnung? Kamst du deshalb vorhin später?«, fragte Belledin.

Sie tauchte in den Feuerbach-Tunnel ab.

»Hoffentlich ist hier kein Stau.«

»Dann stecken die anderen auch drin.«

»Also?«

»Ich war mit Bea in Johanna Hallers Wohnung. Hätte ja sein können, dass man auch sie niedergeschlagen hatte.«

Belledin biss sich auf die Unterlippe. Dann schlug er mit beiden Handflächen auf die Armaturen. »So ein Scheißdreck. Ich hätte sie gleich festnehmen sollen. Aber ich wollte es ganz genau machen. Wie Maigret. Ich könnte mich ohrfeigen. Und nur wegen dir.«

»Wegen mir?«

»Ja, weil ich nicht meiner Intuition folgen wollte, sondern Fakten. Um dir zu beweisen, dass ich nicht nur Glück habe, sondern auch ermitteln kann.«

Anna wusste nicht, was sie darauf sagen sollte. Sie fand es lustig und gleichzeitig rührend. Er musste sie tatsächlich mögen. Dann war sie aber auch wieder wütend. »Ich wusste also, dass du hinter Haller her bist. Du hättest es mir ruhig sagen können.«

»Verdammt, ja. Ich wollte angeben. Wollte dir zeigen, dass ich nicht umsonst hierhergeholt wurde. Dass ich kein Lückenfüller für Schirmer bin. Auf keiner Ebene.«

Anna schwieg. Das war eine Ansage. Wollte Belledin etwa mehr? Aber er war doch verheiratet. Er würde nicht seine Frau wegen ihr verlassen. Und schon zweimal nicht seine Heimat.

Das Funkgerät rauschte, aber niemand sprach. Anna schnappte es sich und rief hinein: »Seid ihr an dem Transporter dran? Warum schnappt ihr sie nicht?«

»Ein Lkw hat uns geschnitten. Jetzt haben sie wieder Vorsprung. Im Moment kein Sichtkontakt.«

Anna kannte die Stimme. Es war Gentner. Er klang zerknirscht. Zu Recht. »Was ist mit Brombacher?«, fragte Anna.

»Fehlanzeige. Er ist Rechtshänder.« Sie schaltete das Blaulicht ein und gab Gas.

»Tut mir leid«, sagte Belledin. »Ich hätte dich einweihen müssen.«

»Hauptsache, ich bin jetzt dabei. Sie sind bestimmt hier hinten rum.«

»Hoffen wir es. Können wir da absperren?« Er gab ihr das Funkgerät. »Alte Absperrung beibehalten. Wir brauchen zwei weitere Wagen am Schloss Solitude.«

»Was ist, wenn sie den Wagen wechseln? Die Gegend hier eignet sich optimal dafür.«

»Dann helfen nur Verkehrskontrollen.«

»Ich bin so ein Idiot.«

»Wie bist du auf Libuda gekommen?«, fragte sie.

»Ich bin überhaupt nicht darauf gekommen. Schretzmeier hat mich darauf gestoßen. Und als ich wusste, dass Libuda tatsächlich Haller heißt, habe ich in der Vita von Johanna Haller recherchiert.«

»Und herausgefunden, dass sie Geschwister sind. Mir hat sie auch von ihrem Bruder erzählt, aber er stand nicht auf meiner Liste.«

»Es gab einfach zu viele andere Spuren.«

»Das entschuldigt es nicht. Ich hätte dem nachgehen müssen. Vor allem bin ich ihm im Treppenhaus begegnet und habe ihn nicht erkannt. Obwohl er im gesamten Theaterhaus plakatiert hängt.«

Sie fuhren auf einem einspurigen Feldweg. Von vorne kam ihnen ein Traktor entgegen, der gar nicht daran dachte, auszuweichen.

Anna kurbelte das Fenster runter und schrie: »Sehen Sie das Blaulicht nicht? Wir sind im Einsatz! Machen Sie den Weg frei.«

Der Traktor setzte gemächlich in den Acker. Anna gab Gas.

»Was weißt du noch über die Hallers?«, fragte sie.

»Johanna Haller hatte als Siebzehnjährige in Bremen eine Anzeige wegen Vergewaltigung verloren. Ein Lehrer soll sich an ihr vergriffen haben. Es gab aber keine Beweise. Markus Haller hat den Lehrer dann eines Abends auf dem Weg nach Hause abgepasst und krankenhausreif geschlagen. Der Kerl konnte von Glück reden, dass er überlebte.«

»Saß Haller dafür?«

»Er war erst sechzehn.«

»Und wie hängt das mit Bluhm zusammen?«

»Bluhm hat tatsächlich an einem eigenen Buch über Kommunikation und Fechten gearbeitet. Und Johanna Haller war seine Lektorin. Ihr Bruder hatte ihr den Job vermittelt. Er kannte Bluhm vom Theaterhaus. Deswegen hat sie auch am Seminar teilnehmen können. Sonst hätte sie sich das finanziell gar nicht leisten können. Bei einem Typen wie Bluhm blieb es nicht lange beim Lektorat. Sie hat sich mehr erhofft, er hat sie ausgelacht, und sie hat ihrem Bruder gesagt, dass Bluhm sie vergewaltigt hätte. So oder so ähnlich wird es gewesen sein.«

»Und daraufhin hat er Bluhm erstochen.«

»Ja. Britta Vogel kam hinzu, weil sie noch ein Stelldichein mit Bluhm hatte.«

»Warum ist sie nicht zur Polizei?«

»Weil sie das Manuskript wollte, das Johanna Haller mit Bluhm erarbeitet hatte.«

»Erpressung?«

»Ich würde sagen: gängiges Geschäft.«

»Deswegen ist sie in die Vorstellung, um anschließend mit Haller zu reden.«

»Richtig.«

»Haller hat Panik bekommen und sie erwürgt.«

»Ja.«

»Und Erken? Wusste er von dem Manuskript?«

»Ich denke schon.«

»Und deswegen hat er sich mit Haller in seiner Wohnung getroffen und ihn auch umgebracht?«

»Jedenfalls sagt Steiner, dass es auch ein Linkshänder war. Aber Haller hat ein Alibi.«

»Hast du mit Steiner telefoniert?«

»Ja. Und er fragte mich, ob mir der Wein geschmeckt hätte.«

»Liegt auf der Rückbank.«

»Dort kann er bleiben.«

Er konnte es nicht lassen.

»Ich tippe, die Tat ist in der Familie geblieben.«

»Also Johanna?«, fragte Kälble.

»Erken hat sie angerufen, als Haller in Berlin Vorstellung hatte. Haller konnte nicht so schnell aus Berlin kommen, wie Erken handeln wollte. Also musste Johanna die Angelegenheit bereinigen. Das war sie ihrem Bruder schuldig.«

Anna schwieg. Dann drehte sie sich zu Belledin. »Passt alles. Beweise haben wir auch genügend, oder?«

»Wir haben ein Motiv, Haller ist Linkshänder, hatte während der Vorstellung Gelegenheit, Bluhm abzustechen, wir haben Teile des Degens bei seiner Schwester in der Wohnung gefunden, in der ein Hauptkommissar niedergeschlagen wurde. Er hatte über den Clown Zugang zum Generalschlüssel und Gelegenheit, Bulli das Messer zu stehlen. Und jetzt ist er auf der Flucht. Und wenn wir die beiden fangen, werden sie auch gestehen.«

»Warum hat Haller dich nicht getötet?«

»Ich weiß es nicht. Vielleicht wollte er es später tun. Vielleicht hätte er es aber auch nicht als gerecht empfunden. Täter brauchen oft das Gefühl, dass sie töten, um Gerechtigkeit zu üben. Bluhm, Vogel und Erken wollten sich alle auf ihre Art bereichern. Keinem der Ermordeten ging es um die ehrliche Sache, sondern nur um den eigenen Vorteil. Deswegen war auch Lewandowski in Gefahr. Er hatte kapiert, dass Haller der Täter ist, und wollte ihn damit erpressen. Damit habe ich gepokert. Ich wollte Haller auf frischer Tat stellen. Ich Idiot. Das hätte ins Auge gehen können. Lewandowski hatte Glück, dass Haller unter Zeitdruck steht.«

Anna verließ den Feldweg und bog links auf die Bergheimer Steige in Richtung Schloss.

Ein Funkspruch knarzte: »Gesuchtes Fahrzeug fährt auf uns zu. Von Bergheimer Steige auf K 9503.«

»Wir haben sie«, sagte Anna.

»Transporter bremst und wendet«, kam es durchs Funkgerät.

»Er kommt uns entgegen.« Anna sah zu Belledin hinüber. »Hier gibt es keine Abzweigung. Er sitzt in der Falle.« Ins Funkgerät sagte sie: »Nachrücken.«

Zwei Scheinwerfer mit Aufblendlicht kamen ihnen entgegen.

»Die rammen uns«, sagte Belledin. »Die haben nichts mehr zu verlieren. Und dann ist mehr ab als nur der Lack.«

»Ich lass die nicht vorbei.« Anna blieb auf dem Gaspedal. Die Lichter des Transporters kamen näher. Noch zwanzig Meter. Noch zehn. Fünf.

Belledin griff ihr ins Lenkrad und zog nach rechts. Der VW-Bus holperte in den Acker. Der Transporter war vorbei. Es rumpelte und krachte hinter ihnen. Der Transporter war vom Weg abgekommen, hatte sich überschlagen und war gegen einen Baum geprallt.

Der Wagen lag auf der Beifahrerseite wie ein angeschossener Elefant. Die beiden Beamten, die von vorne den Weg zugestellt hatten, waren bereits da und sicherten das Gelände. Jemand kletterte aus dem Transporter und flüchtete über den Acker in den Wald. Haller.

»Ruft Verstärkung und den Notarzt!«, rief Anna den Kollegen zu, dann drehte sie sich zu Belledin. »Los, hinterher!«

***

Nach zwanzig Metern Unterholz lichtete sich der Wald, und sie traten auf einen Schotterweg. Kälble leuchtete mit ihrer Taschenlampe den Weg. Der Lichtkegel fiel auf einen Findling, an dem frisches Blut klebte.

»Wir haben ihn«, sagte sie. »Er wird auf dem Weg bleiben, verletzt, wie er ist.«

Sie gingen weiter, immer das Licht auf den Boden gerichtet, nach weiteren Spuren suchend. Es knackte im Unterholz. Kälble zielte mit der Lampe in die Richtung und traf das Gesicht eines verschreckten Mannes: Markus Haller. Er zog eine Pistole und schoss in ihre Richtung.

Kälble sackte zu Boden, die Taschenlampe fiel auf einen Stein und erlosch.

Belledin kniete sich zu ihr. Sie blutete aus dem Bauch und atmete schwer. »Schnell, den Notarzt hierher!«, schrie er ins Funkgerät. »Kälble wurde angeschossen. Der Flüchtige ist bewaffnet. Wir sind zweihundert Meter im Wald, kurz hinter dem Unfallort.«

Ihm schlug das Herz wie ein Hammer. Sie durfte nicht sterben. »Halt durch. Es kommt gleich Hilfe.«

»Du musst ihm hinterher. Sonst entkommt er.« Ihre Stimme war schwach.

»Ich bleib bei dir.«

»Nein. Ich will, dass du ihn dir schnappst. Oder ich mach es.«

Die Zeit verging qualvoll. Endlich blendeten Taschenlampen.

»Wir sind hier!« Belledin winkte mit dem freien Arm. Zwei Sanitäter und eine Ärztin tauchten auf, dahinter der Beamte, mit dem Belledin bereits gesprochen hatte. »Wo bleibt die Verstärkung?«

»Kommt.«

Belledin nahm ihm die Taschenlampe aus der Hand und hastete allein in die Richtung, aus der Haller geschossen hatte. Er fühlte sich unverwundbar. Und wenn Kälble sterben sollte, wollte auch er nicht mehr leben. Biggi und der Kaiserstuhl waren jetzt weit weg. Es gab nur Kälble, Haller und ihn. Und er wusste, was er zu tun hatte.

Das tote Geäst knackte unter seinem Schritt. Er hielt inne und lauschte. Hinter sich vernahm er die Stimmen der Ärzte und Kollegen. Vor ihm lauerte ein in die Enge getriebenes Tier. Er ging tiefer in den Wald hinein. Alle paar Meter hielt er an und ließ das Licht der Lampe schweifen. Nichts. Er ging weiter und durchbrach das Unterholz. Eine Lichtung. Belledin knipste die Lampe aus und sah zum Himmel. Weit oben trieb der Wind Wolken vor sich her. Jetzt legten sie den abnehmenden Mond frei. Auf der Lichtung wurde es heller.

Belledin glaubte eine Gestalt gesehen zu haben. Die Wolken schoben sich wieder vor den Mond. Die Gestalt verschwand. Belledin schaltete die Lampe ein und hielt drauf. Ja. Da war er. Haller. Er schleppte sich über die Lichtung, um am anderen Ende wieder im Wald verschwinden zu können. Humpelnd.

Belledin löschte die Lampe und begann zu rennen. Der Wolf witterte Beute. Und er würde sie reißen.

Die Wolken öffneten wieder einen Schlitz. Belledin sah, dass er näher herangekommen war. Auch Haller musste es bemerkt haben. Ein Schuss krachte.

Belledin warf sich ins kniehohe Gras und zog seine Walther, entsicherte sie und rappelte sich wieder auf. Jetzt legten die Wolken eine Sichel frei, die auf die beiden Duellisten zielte. Haller hatte wieder angelegt. Belledin feuerte drei schnelle Schüsse und tauchte unter Hallers Kugeln ab. Er glaubte noch gesehen zu haben, dass Haller ins Gras gefallen war. Vielleicht war er aber auch nur in Deckung gegangen.

Es wurde wieder düster am Himmel. Belledin schob sich durch hohes Gras. Plötzlich stach es im Rücken. Nein. Nicht jetzt. Er flehte. Nicht die Bandscheibe. Das wäre ein Treppenwitz. Vorsichtig richtete er sich auf. Der Rücken hielt. Belledin lauschte. Von Haller war nichts zu hören. Belledin wagte es, die Taschenlampe wieder anzuknipsen und auf die Stelle zu leuchten, an dem er seinen Gegner zuletzt gesehen hatte.

Haller lag regungslos im Gras. Belledin näherte sich langsam, die Walther auf Haller gerichtet. Jetzt sah er, dass einer seiner Schüsse ihn mitten in die Stirn getroffen hatte.

DREIZEHN

Kälble war noch nicht ansprechbar. Lieber hätte er jetzt an ihrem Krankenbett gesessen und ihre Hand gehalten. Stattdessen stand er am Fußende des Bettes, in dem Johanna Haller lag. Sie hatte gestanden, Erken getötet zu haben, um ihren Bruder zu schützen.

Sie hatte Bluhm geliebt, für ihn war sie aber nur ein schnell zu habender Zeitvertreib gewesen, mit dem man ins Bett stieg, wenn gerade nichts Besseres bei der Hand war.

»Sei doch froh, dass ich dich wenigstens einmal gevögelt habe, hat er gesagt. So eine wie du kriegt doch sonst keinen aus meiner Liga.«

Ihre Stimme war brüchig. Sie hielt sich mit der Hand den verbundenen Kopf.

»Das war schlimmer als Vergewaltigung. Das konnte ich mir nicht bieten lassen.« Also hatte sie ihrem Bruder erzählt, dass Bluhm sie vergewaltigt habe. Der konnte eine solche Tat kein zweites Mal ungesühnt lassen. Britta Vogel war zur Tatzeugin geworden und hatte deshalb ebenfalls sterben müssen.

»Ging es Ihnen nach dem Tod von Bluhm besser?«, fragte Belledin.

»Nein. Aber ich konnte es ja nicht mehr rückgängig machen. Trotzdem wollte ich einmal wissen, wie es sich anfühlt, wenn jemand für das sühnen muss, was er einem anderen angetan hat. Das Schwein, das mich damals vergewaltigt hat, ist jetzt Großvater und Ehrenbürger der Stadt Bremen. Stellen Sie sich das vor.« Sie hielt inne. Aber es musste wohl raus, trotz der Anstrengung, die es bereitete.

»Es tut mir nur leid um Markus. Ich hätte ihn da nicht mit reinziehen dürfen. Aber ich hatte sonst niemanden. Er war der Einzige, der mich verstand. Und jetzt ist er auch tot.«

Sie sah Belledin mit ihren grauen Augen an. Ihm fiel auf, dass kein einziger Kontrast in der Iris zu sehen war.

»Sie haben ihn getötet, nicht?«

Belledin schwieg.

»Wie fühlt es sich an? Fühlen Sie sich jetzt gut? Oder geht es Ihnen ähnlich wie mir?«

Belledin antwortete nicht. Er dachte an Kälble. Und daran, dass Haller sie abgeknallt hatte. Er wünschte Johanna Haller nichts, als er das Zimmer verließ. Er hatte keine Kraft für Verständnis.

Nur zwei Zimmer weiter lag Kälble. Der Arzt kam aus ihrem Zimmer. Belledin sah ihm an, was er ihm verkünden wollte. Er kannte seine eigene Miene zu gut, wenn er einem Hinterbliebenen den Tod eines nahen Menschen zu überbringen hatte.

Belledin fragte stumm, nur mit den Augen. Er wartete auf das stumme, zurückhaltende Kopfschütteln, das ihm Kälbles Tod verkündete, und schluckte.

»Sie kommt durch«, sagte der Arzt.

Belledin starrte ihn an. Er glaubte, nicht recht gehört zu haben.

»Wollen Sie zu ihr rein? Sie schläft.«

»Ja.« Belledin hörte seine eigene Stimme kaum.

Der Arzt öffnete ihm die Tür, und Belledin betrat das Zimmer. Nur langsam gelang es ihm, an Kälbles Bett zu treten. Da lag sie. So, als hätte sie nur zu viel Jameson getrunken. Sie schlief ihren Rausch aus, da war er sich sicher. Und wenn sie erwachte, würde sie ihn wieder nerven.

Er strich ihr das schwarze Haar aus der Stirn, fuhr mit dem Handrücken über ihre Wange und zog mit dem Zeigefinger ihre scharfe Nase nach. Dann weinte er. So, wie er sonst nur allein vor dem Fernseher weinte, wenn er einen Film gesehen hatte, der genauso beschissen ausging wie der, in dem er sich gerade befand. Wenn sie jetzt die Augen aufschlagen würde. Er würde sich noch nicht einmal schämen deswegen. Zu Hause verbiss er sich die Tränen, wenn Biggi ins Zimmer kam. Vor Kälble würde er seine Gefühle zeigen. Aber er wusste, dass er den Schritt nicht wagen würde.

VIERZEHN

Viel zu packen hatte er nicht gehabt. Er hätte eigentlich längst fahren können. Böhnisch hatte ihm zur Lösung des Falles gratuliert und sich bei ihm bedankt. Er wisse nicht, wie er Schirmer und Kälble so rasch ersetzen sollte. Aber Belledin hatte gleich jeden Versuch im Keim erstickt. Er würde auf keinen Fall länger bleiben.

Jetzt stand er vor den beiden toten Sonnenblumen auf dem Balkon und suchte den Horizont. Biggi hatte er bereits angerufen. Gegen Abend würde er eintreffen. Er sah an sich herab auf die Cowboystiefel. Sie drückten etwas an den kleinen Zehen. Aber er würde sie tragen, bis das Leder seinem Fuß gehorchte. Das war er Kälble schuldig. Ein Geschenk hatte sie ihm gemacht. Einfach so. Kein Brief dabei, dafür eine selbst aufgenommene CD. Johnny Cash, passend zu den Stiefeln.

Er lenkte seinen Audi auf die B 27. Er wollte nicht über Karlsruhe, sondern über den Bodensee nach Hause fahren. Das würde länger dauern. Er brauchte Zeit. Er trat mit dem Cowboystiefel aufs Pedal, legte Johnny Cash ein und drehte ihn laut auf. Kein Anruf der Welt würde ihn jetzt davon abhalten, nach Merdingen zurückzukehren.

Epilog

Anna hatte Glück gehabt. Die Kugel war glatt durchgegangen und hatte keine inneren Organe verletzt. Sie saß im Krankenbett, zwei dicke Kissen hinter sich, Bluhms Laptop auf den Schenkeln. Martin hatte ihn vorbeigebracht und sich bei ihr entschuldigt. Immerhin. Sie hatte seine Entschuldigung angenommen und ihm gesagt, dass sie sich auch nicht gerade wie eine Erwachsene benommen habe. Dann war das Thema durch gewesen, und sie hatten sich Glück fürs weitere Leben gewünscht. Warum nicht?

Schirmers Beerdigung hatte sie verpasst. Sie war froh darum. Noch froher war sie aber, dass sie an ihrer eigenen vorbeigeschrammt war. Es war schön, zu leben. Auch wenn es in Bauch und Herz noch stach.

Sie tippte Bluhms Passwort. Es war nicht leicht gewesen, es zu knacken. Aber sie hatte es gefunden. Sie war die Expertin. »Touché« lautete es. Und es passte. Auch für sie. Sie war getroffen worden. Nicht nur von Hallers Kugel, auch von Belledin. Er war gegangen, ohne mit ihr zu reden. Bestimmt hatte er sich leise von ihr verabschiedet, als sie bewusstlos auf der Intensivstation gelegen hatte. Er hätte wohl auch nicht mehr gesagt, wenn sie wach gewesen wäre. Ein Badenser eben, der glaubte, es wäre alles gesagt, wenn er mit sich selbst gesprochen hatte.

Sie überflog noch mal ihren Schlussbericht samt dem Geständnis von Johanna Haller und schickte ihn direkt an Böhnisch. Dann klappte sie den Laptop zu und griff nach dem Buch, das neben ihr auf dem Nachttisch lag. Die bleiche Blondine auf dem Cover forderte »Rache ohne Gnade«.

Anna kam nicht zum Lesen. Es klopfte an der Tür. Ihr Herz schlug höher. Belledin?

Es war Böhnisch. Er hatte einen Strauß Astern im Arm.

»Kein Usambaraveilchen, aber dafür mehr Blüten.« Er legte die Blumen ins Waschbecken, dann setzte er sich zu ihr ans Bett. »Sie sehen schon wieder ganz gut aus. Nicht lange, und Sie können in Ihrem VW-Bus wieder die Blitzkästen foppen.« Er lachte kurz über seinen Scherz, atmete dann tief durch und sagte: »Ich habe eine Anfrage von der Polizeiakademie aus Freiburg. Da Schirmer dort jetzt nicht mehr unterrichtet, ist eine Stelle vakant geworden. Und ich dachte …« Er druckste. »Ich weiß, Sie sind noch sehr jung und selbst frisch von der Akademie. Aber Sie kannten Schirmers Arbeitsweise sehr gut. Ich meine, bis Sie wieder ganz fit sind, könnten Sie ja vielleicht den einen oder anderen Vortrag dort halten? Was meinen Sie?«

Anna lachte laut los. Hielt sich aber gleich den Bauch. Dann lachte sie erneut, dachte an Belledin und sah Böhnisch mit großen Augen an.

»Eine Schwäbin in Baden?«

Michael Moritz
TOD IN DER RHEINAUE
Broschur, 256 Seiten
ISBN 978-3-89705-718-0

»Michael Moritz hat mit Killian und seinen Zeitgenossen ungewöhnliche Charaktere in der badischen Provinz erschaffen. Und mit diesen Figuren entwickelt er rund um den Kaiserstuhl einen aufregenden Kriminalroman, der den Leser immer wieder mitreißt. Spannung, badische Lebensart und viel Lokalkolorit verbinden sich hier zu einer aufregenden Geschichte mit unerwartetem Ende.«
Staatsanzeiger

»Eine klug durchdachte Geschichte zwischen Geheimdienstverstrickungen, Klezmermusik, Goethes Totentanz und badischer Weinseligkeit.«
Freiburg aktuell

»Die Geschichte ist immer kurzweilig und birgt so manche überraschende Wendung und natürlich auch einiges an Lokalkolorit.«
Basler Zeitung

Michael Moritz
ROTER REGEN
Broschur, 224 Seiten
ISBN 978-3-89705-758-6

»Plot und Figuren merkt man an, dass der Freiburger Autor im Kaiserstuhl aufgewachsen ist. Das soll ein Kompliment sein, denn Michael Moritz spielt gekonnt mit Klischees und Dialekten in einer spannenden Geschichte voller gut gezeichneter Figuren.« Chilli – das Freiburger Stadtmagazin

»Ein facettenreicher, spannend und flott erzählter Kriminalfall.«
Badische Zeitung

Michael Moritz
WEINSELIG
Broschur, 256 Seiten
ISBN 978-3-89705-817-0

»Wieder ermitteln Belledin und Killian gemeinsam. Und sie bewegen sich an vielen vertrauten Orten so sympathisch menschlich – besser gesagt badisch-typisch, dass es dem Leser unweigerlich warm werden muss ums Herz. Trotz Mord und Totschlag!« Badische Zeitung

»Atmosphärisch dicht, ungemein bildhaft und von badischem Humor durchdrungen.« REGIO Magazin

Michael Moritz
LOST PLACE VIENNA
Broschur, 320 Seiten
ISBN 978-3-89705-902-3

Drei abgesägte Köpfe schöner Frauen bringen die Wiener Kriminalkommissarin Valentina Fleischhacker in Bedrängnis. Als sie auch noch unter Verdacht gerät, ihren Kollegen Zirner getötet zu haben, ist sie gezwungen, abzutauchen. In Zirners Wohnung findet sie einen gepackten Rucksack samt GPS – und eine außergewöhnliche Schnitzeljagd beginnt. Am Fundort des letzten Frauenschädels stößt sie auf die Koordinaten, die sie zum nächsten Cach führen sollen. Doch je näher sie dem Mörder kommt, umso mehr begreift sie, dass er sie kennen muss. Denn er legt ihr Rätsel aus, die nur sie lösen kann …

Michael Moritz
ZÜRCHER VERSCHWÖRUNG
Broschur, 272 Seiten
ISBN 978-3-89705-972-6

»Ein temporeiches Buch mit packenden Thrillerelementen um einen zunächst sehr undurchsichtigen Fall, in den unzählige verdächtige Personen verwickelt sind, es Leichen zuhauf gibt und Stahl niemandem trauen kann. Das sich dramatisch zuspitzende Finale führt schließlich die losen Fäden gekonnt zusammen.« ekz

Michael Moritz
UM DIE WURST
Broschur, 272 Seiten
ISBN 978-3-95451-092-4

Erik Schwarz, kämpferischer Breisacher Tierschützer, liegt tot im Löwenzahn – und in unmittelbarer Nähe des Schlachthofes. Kommissar Belledin nimmt die Ermittlungen auf. Dabei hat er nicht nur mit einer neuen Kollegin zu kämpfen, die ein dunkles Geheimnis vor ihm verbirgt, sondern auch mit Kriegsfotograf Killian, der sich im Schlachthof eingeschleust hat, um dort heimlich Fotos für die Tierschützer zu schießen. Belledin, passionierter Fleischliebhaber, bleibt nichts, als in die Tiefen eines blutigen Geschäfts hinabzusteigen …

www.emons-verlag.de